双葉文庫

僕たちの戦争

荻原浩

僕たちの戦争

I

いい波だった。

灰色の空の下で、空より昏《くら》い海が騒いでいる。遠くの水平線はまるで山脈だ。海岸に迫る隆起はみるみる膨らんで高い壁になり、浜辺のずっと手前で砕けた。

午前十時。満潮から干潮へ変わる時刻だ。風は順風《オフショア》。雲が早回しの速度で東の空へ流れていく。つけっぱなしのカーラジオが、台風は関東地方を通過したものの、依然として高波に対する注意が必要だと伝えている。よしよし、今日はサイコーの波が楽しめそうだ。

尾島健太《おじまけんた》はハイラックスサーフを降りた。ルーフからボードを下ろす。風に躍るストラップが頬を叩いた。砂まじりの風は痛いほどだ。

ボードは六フィート〇インチのコンケーブボトム。身長百七十センチの、けっして背の高いほうじゃない健太にとっても少し短いのだが、プロっぽいこのサイズを使っている。ガムテープで補修したテール近くの疵《きず》が見えないように裏返しでクルマへ立てかけ、リバースのTシャツを脱ぎ捨てた。

九月十二日。気温は二十七、八度だろう。迷ったが、ウェットスーツは着ないことにした。夏が来る前、岩礁でこすって腿のところにかぎ裂きをつくってしまったのだ。せっかくの大波だ。テイクオフした時にぶざまな姿は見せられない。見渡したところ、自分以外にこんな日に海へ来ようなんていう人間はほんのわずかで、浜辺に停まっているクルマは二、三台だったけれど。

みんな知らないんだ。湘南や三浦半島あたりで波乗りをしてるやつらはイモ。関東で本当の波が来るのは、ここだけ。自分が生まれ育った茨城の海だけだ。健太はそう思っている。

運転席でサーフパンツに着替える。オレンジの地に、ブーゲンビリアの模様をあしらったお気に入りだ。短い天気予報が終わると、ラジオはまたニュース番組に戻った。

朝からずっとこのニュース。ニューヨークで飛行機事故か何かがあったらしい。貿易センタービルという建物が凄いことになっているそうだが、健太に言わせれば、その臨時ニュースのおかげでいつもの番組がぶっとんでしまい、お気に入りのDJのジョークが聞けなかったことのほうが災難だった。

AFNにチューニングを合わせたが、ここもアナウンサーが興奮した声でわめき続けているだけ。ラジオを消し、カーステレオにハイロウズのCDをぶちこんだ。フルボリュームにして外へ出て、煙草をくわえ、ボードにワックスを塗る。それから軽くウォーミングアップをした。

海に出るのは久しぶりだった。今年の夏はまだ、これで五回目。いまつきあっている美奈《ミナ》美《ミ》がサーフィンをやらないからだ。サーフィンもボディボードもやらない女とつきあうのは初めてだった。ミナミはいままでつきあってきた女たちと、ちょっと違う。

首をまわして骨を鳴らすと、リヤウィンドゥに映っている銀色のボーズ頭が、回転灯みたいに光った。

　夏の初めに髪をばっさり切ってベリーショートにした。色はシルバーアッシュ。ミナミはなかなか似合うと言ってくれたのだが、バイト先のフロアチーフにはたっぷり嫌みを言われた。「なんだ、そのアタマ。銀はやめろ。お客さんが怖がるじゃないか」しかたなくその時は髪の色を落としたが、三日前から元に戻している。もうバイトは辞めちまったから、関係ない。

　足首とボードをコードで繋ぐ。リーシュコードは同じものを使い続けているからボードやウェット同様、ガタがきていて、いつ切れてもおかしくないのだが、当分は我慢だ。先週までのフリーターから、正真正銘のプータローになってしまった、いまの健太に贅沢はできない。

　波打ち際へ歩きだすと、風はさらに強くなった。素人臭いポイントで波待ちをし、何度もボード落ち《ワイプアウト》していた二人連れが浜へ退散してくるのを横目に、健太は海に入り、ボードに体を横たえた。

　風は不気味なほど生温かいのに、海水は冷たかった。夏場よりひどい海草の群れがまとわりついてくる。むき出しの肌をクラゲに刺された。健太はウェットを着てこなかったことを、早くも後悔しはじめていた。

　海に来れば、体の内側をクラゲが刺しているような苛立ちが、少しは収まるだろうと思ったのに、体の中に棲む正体不明の棘《とげ》つきの生き物が、よけいに暴れ出してきた。フロアチーフのヤマグチの言葉を思い出して、健太は海の中で毒づいた。ちくしょう。

「お前は最初からここを辞めるつもりで働いてるだろ。だから何やっても中途はんぱなんだよ」

バイトを辞めた日だ。ヤマグチは客のオーダーを聞きまちがえた健太に、ぐちぐちぐちぐち、いつまでもウザったく文句を言い続けた。悪いことにその日はビールジョッキを落とすという、めったにないミスも犯してしまっていたのだ。

いいじゃねぇか。鳥わさが板わさに替わってたって。どっちにしたって、相手は酔っぱらいだ。カマボコ板を切って出したってわからないぐらい酒を飲んでいたのだ。ヤマグチががたがた言わなければ、気づかなかったかもしれない。

「お前には生き甲斐や夢があるのか？　ないだろ。見てればわかるよ。お前がはんぱに生きてるのは勝手だけどな、仕事まではんぱやられちゃ困るんだよ。わかるか、俺たちはこの店の看板しょってるんだ。この仕事に体張ってるんだ。いくらバイトだからって、気合入ってないやつに、この店に居られたら迷惑なんだよ！」

健太にではなく、店長や他のバイトに聞かせるためのセリフだとすぐにわかった。いけすかないヤツだ。自分だって就職が決まらず、バイトで入った居酒屋チェーンで、たまたま正社員に昇格しただけのくせに。よそに行く気力も夢もないだけだ。酔っぱらい相手に半分残飯になる料理を出し、サーバーがカクテルしている酎ハイが薄いだの、中国産の枝豆がまずいだのとからまれる仕事に、なんの生き甲斐を持てというのだ。

ねちねちねちねち。くどくどくどくど。いつまでもうるさいから、ヤマグチの頭の上でウーロン・ハイのジョッキを逆さにしてやった。そしてその場で、ヤマグチがしょっているというタヌキのキャラクターマークの入ったハッピを脱ぎ捨てた。ちくしょう。波は最高だが、健太の気分はサイテーだった。

去年、高校を卒業して、進学も就職もしなかった健太にとって、夜のバイトは親に対する唯一の言いわけだったのだが、ただでさえ文句しか言わない親父が、さらに口うるさくなった。金がなくてしかたなく家の飯を食っていた昨日の晩もだ。

「毎日毎日、テレビゲームとサーフィンか。いい身分だよな。お前、そうやってずっと生きていけるつもりか。そろそろ、きちんと人生を考えろ。俺だってもうすぐ定年なんだぞ。いつまでもスネをかじれると思うなよ」

きちんと人生は考えている。退職金で温泉巡りをする日々を待ち焦がれている親父より、夢もあるつもりだ。あるけれど、親父には言えない。なにしろ今年で五十六歳。日本が戦争に負けた年に生まれた旧石器人みたいな人間だから、健太がゲームクリエーターになりたいなんて言ったら、頭がフリーズしてしまうだろう。

サーフィンはただの趣味だが、毎晩ゲームをしているのは将来のためだ。ゲームをしているだけじゃない。映画やシナリオの勉強もしているし、ちんぷんかんぷんのコンピュータ・プログラミングの本も読んでいる。アニメおたくでもないのに、コスプレをしてコミケットに参加したこともある。

ゲームクリエーターになる夢を打ち明けたのは、ミナミにだけだ。ミナミとは居酒屋『トト八』のバイトで知り合った。ひとつ年下の十八歳。つきあいはじめたのはミナミが高三の夏休みの時だから、もう一年になる。外見は特別好みじゃなかったし、健太より高いかもしれないぐらい背丈も合わない。でもミナミとは、最初に会った時から、ずっと前から知っていたみたいに気持ちが通じ合えた。昔風に言えば、赤い糸ってやつかもしれない。

もう二十回は寝た。いまでは喋らなくても顔を見ただけでお互いの考えていることがわかる仲だ。それなのに、最近、うまくいっていない。

昨日、電話で話した時も険悪な雰囲気になってしまった。バイトを辞めたことをミナミは怒っていた。

「なんでそのくらい我慢しないの。あたしが居た時から、ヤマグチはそうだったよ。言わせとけばいいじゃん。どーせドラマかなにかで覚えたせりふをそのまま喋ってるだけなんだから。あんなやつにアツくなるなんて、ケンタ、まるで子供だね」

「大切なことなんだよ、俺にとっちゃ。プライドの問題だ」

「大切じゃないよ。それじゃヤマグチと一緒じゃない。そんなこと言ってたら、プライドがいくつあったって足んないよ」

「男にはなぁ、命と取りかえても守らなくちゃならないものがあるんだ」

「それって、この間ケンタが書いてたシナリオのせりふでしょ。馬っ鹿みたい」

本当は、今日はディズニーシーへ誘うつもりだったのだ。短大というのはけっこうヒマみたいで、平日に誘っても、いままではたいていオーケーだった。だけどミナミの返事はNG。明日は病気のおばあちゃんのお見舞いに行く。ミナミはそう言っていたけれど、本当だろうか。短大って男もいるんだっけ？　まさかとは思うけどヤマグチと……。やつがミナミを狙っていて、ミナミが受験のためにバイトを辞めた後も、しつこく誘っていたことは知っている。

誰も俺をわかっちゃくれない。

つまらない日常から逃げ出すつもりで、沖へ向かってゆっくりパドリングを続けた。まだまだ。もう少し先だ。今日はもっとでっかい波が来るはずだ。水にもぐり、波の下をかいくぐって進む。そうしているうちにようやく、体の中でふつふつしている行き場のない苛立ちや怒りが、水に溶け出していった。

ウェイティング・ポイントを決め、海上を漂って、しばらく波をやり過ごす。

沖に目をこらしていた健太は、体を緊張させ、ボードを握り直した。

鈍色《にびいろ》の山脈がぐんぐん近づいてくる。いままで見たこともないような大波だった。よしっ。テールを沈め、両足で水を掻いて方向転換する。

遠くで閃光が走り、空が割れるような音がした。雷か？　それにしては音は低く、くぐもっていた。空の上で誰かが巨大なため息をついたみたいだった。

ノーズを岸へ向け、両腕で水を掻き、スピードを上げた。そろそろ波のトップがくるはずだ。

波はいつまでたっても来なかった。

おかしい。あんなに大きかった背後の波の気配が消えている。後ろを振り返った健太は、目を見張った。

目の前に半透明の巨大な壁が立ちはだかっていた。視界がぐにゃりと歪んだ。体勢を立て直す時間はなかった。コンクリートの壁に激突したような衝撃に、体がボードから離れ、海の中へ叩き落とされた。水流に翻弄されて何度も回転する。周囲を覆っているはずの波にも、全身にまとわりつく泡にも、なぜか水の感触がしなかった。半透明のゼリーの中に包みこまれたようだった。

いつもならけっして慌てたりはしない。しかし、突然のワイプアウトに体はまったく反応しなかった。頭もだ。衝撃で脳味噌だけ外へ吹き飛んでしまったようだった。自分の手足がどこにあるのかすらわからなくなった。そして、健太は意識を失った。

二

空は青く、広かった。

風は西北西。ついいましがたまで穏やかだった雲が、急を告げるがごとく騒ぎはじめ、足早に鹿島灘の方角へ流れていく。上空には強風が吹いていた。

とはいえ石庭吾一《いしばごいち》には、舷側の雲の流れなどまるで目に入っていなかった。視野にあったのは、眼前の計器と、その前方の高度百五十メートルの空だけだ。どちらにしろ機体に吹きつけてくる風は怒濤のようで、少しでも風防の外へ顔を出そうものなら、飛行帽を被《かぶ》った首ごとちぎれ飛ばされそうだった。九十三式陸上中間練習機の操縦席の中で、吾一は手袋を突き破らんばかりに指に力をこめ、固く操縦桿を握りしめていた。

速力計の針が小きざみに震えながら八十ノットを超えた。スロットルレバーをこころもち緩める。エンジンの唸りが耳をつんざき、震動は骨まで震わせた。まだ夏が終わらない九月上旬。風を切り裂いて飛ぶ高度百五十メートルの空は、地上の熱気とは無縁だったが、吾一は飛行服の中にたっぷりと汗をかいていた。

初めての単独飛練だった。指揮所脇に掲げられた搭乗割に、自分の名が連なっていることを知った時は、欣喜雀躍《きんきじゃくやく》したものだ。予科練甲飛十三期生として土浦航空隊に入隊してから一年、ずっとこの日を待ち焦がれていた。「単独」を無事にこなせば、鬼畜米英を駆逐する戦闘機乗りにまた一歩近づくのだ。

緩上昇の後、旋回を四度。今日の飛行の訓練項目を復唱し、頭の中をそれだけで満たす。

「操縦桿は腹で操れ。あまり固く握るな。自分の陰茎《サオ》を握る時を思い出せ」

同乗飛行訓練の折の、小野寺教員《おのでらきょういん》の下品で適切な教えを思い出して、操縦桿を握る手を緩めた。

後部の教員席にはバラストとして成人男子の体重分の砂袋が積んであるだけだ。伝声管から飛んでくる怒鳴り声も今日はない。教員たちの罵声が懐かしい気すらした。

急《せ》くな。平常心だ。いつも通りやればいい。自分にそう言い聞かせた。予科練を卒業し、土浦航空隊から霞ヶ浦練習航空隊の飛練教程に進んだこの一カ月で、もう十時間の同乗飛行を経験している。単独飛練だからといって、何が変わるわけではない。

操縦桿を右に傾け、フットバーを踏みこむ。第一旋回。Gが頭上からかかっているせいか、自分が回転している体感はない。遥か下方の地上のほうが回っている感覚だ。

第二旋回も無難にこなした。高度は三百メートルに達している。ここでいったん水平飛行に移る。よしよし、ここまでは合格。ようやく眼下の風景を見る余裕が生まれた。

霞ヶ浦が鏡面のように輝いている。左手には先月までの学舎、土浦航空隊の飛行場。軒を連ねた兵舎が蒲鉾屋《かまぼこや》の店先のようだ。分隊の棒倒し三勇士のひとりとして暴れまわった練兵場も、七つ釦《ボタン》も誇らしく帽子を振って卒業退隊した隊門も一望のもとだった。吾一は彼方《かなた》の山稜に目を凝らした。足尾は見えるだろうか。故郷の足尾はどこだろう。

予科練に入隊したのは昭和十八年の夏。中等学校を卒業した後であったから、今年、満年齢で十九歳。ただでさえ同期の中では年長だ。何かにつけて気の入りすぎる性質《たち》が災いしてか、吾一にはなかなか単独飛行の許可が下りなかった。これ以上、他の練習生の後塵を拝したくはない。いや、戦局の逼迫《ひっぱく》したいま、わが軍の航空機の数は限られており、搭乗員教育制度の再編成も囁かれている。後塵どころか、今日の結果いかんでは、せっかく選抜された操縦の道を閉ざされ、整備科回しとなって、それこそ油塵にまみれることになるとも限らない。少年時代から「海の若鷲」を夢見ていた吾一にとって、それは挫折以外のなにものでもなかった。

飛行服のポケットの中に忍ばせたお守りと一枚の写真にそっと触れた。見ていてくれ、おふくろ。見守っていてくれ、芳子《よしこ》。

遠く鹿島灘の方角で稲妻が走った。聞こえるはずのない雷鳴が耳に届いた気がした。空耳には違いない。雷《いかずち》の音というより獣《じゅう》の断末魔の咆哮《ほうこう》に聞こえた。

第三旋回に入ろうとした時だ。突然、激しく機体が揺れた。

握っていた操縦桿が、大魚を釣った竿のごとく蠕動《ぜんどう》しはじめた。スロットルレバーから左手を離して両手で懸命に押さえつけたが、止まらない。まるで生き物となって躍っているようだった。エンジンの故障か――汗が伝う背中が、新たな事実に気づいて冷たくなった。

エンジン音が聞こえない。プロペラが回転しているにもかかわらず。発動機系計器に目を走らせる。正常だった。しかし、確かに音はない。なぜだ。

前方に視線を戻した吾一は、飛行眼鏡の中で目を見開いた。

視界が消えていた。霧《ミスト》ではない。雲でもない。空が水底から見上げるように仄暗《ほのぐら》く霞み、光を歪ませていた。

右も左も同じだった。下もだ。眼下に広がっていた霞ヶ浦がどこにも見えなかった。

速力計の針が左右に揺れている。水平儀は機体が逆さまになっていることを示していた。

なにもかもが目茶苦茶だった。

「小野寺教員！　どうすればよいのですか」

吾一は後部座席の砂袋に叫びかけた。どうしていいのか、まるでわからなかった。

突然、胸を鉄槌で叩かれたような激しいGが襲ってきた。気が飛び、頭が朦朧《もうろう》とした。操縦桿を握りしめたまま金縛りになった。ぼんやりした頭の中で、自分が落下していることだけがわかった。風防の先の得体の知れない薄靄《うすもや》が、飛行眼鏡を、そして半分閉じかけた目までも覆いつくす。そして、吾一の意識は深い混濁の中に沈みこんだ。

三

強烈な痛みとともに意識が戻った。生まれて初めての失神は、悪夢から目覚めた時に似た孤独と喪失感を体へ残していった。目ぶたを押し上げる力はなく、目の前は真っ暗だった。痛みは胸からだった。肺が空気を求めて悲鳴をあげている——そう気づいた健太は大きく口を開けた。喉に流れこむ大量の水に驚いて、目ぶたが開く。そこは悪夢の続きだった。視界いっぱいの半透明の薄闇。飛び去っていた記憶が一瞬にして蘇る。俺はワイプアウトして海に放り出されたのだ。

　しかし、わかっているのは、それだけだった。自分が沈もうとしているのか、浮かびかけているのか、頭が上にあるのか下にあるのか、まったくわからない。体だけが状況に反応し、無我夢中で水を掻き、両足で蹴った。海水を大量に呑みこんだ胃袋が痙攣《けいれん》し、嘔吐《おうと》したが、反吐《へど》は水圧に押し戻されて喉へ戻ってくる。肺が痛い。恐ろしく速い鼓動に合わせて脳味噌が膨張と収縮を繰り返す。全身の細胞が酸素を欲しがって皮膚を突き上げてくる。それでも体は動き続けた。

　前後不覚の半透明の世界の一カ所に、ほのかな光が見えた。光の方向へ必死でもがく。灰色だった視界がしだいに青味を帯びてきた。

　いきなり視界が開けた。水より鮮やかな一面の青。空だ。水しぶきが上がる。健太は水面から思い切り伸び上がり、海水を吐き出した。

　口と喉を全開にした。痛みが喉を焼いたが、何度も深呼吸して、空気をむさぼった。毛穴にも酸素がしみこむ気がした。立ち泳ぎをしながら、胃の中の海水と内容物をすべて吐き出した。空はいつの間にか晴れ、波も静まっていた。そこで初めて自分の足首からアンクルベルトごとコードがはずれ、サーフボードが消え失せていることに気づいた。

　周囲は見渡すかぎりの海原だった。かなりの沖へ流されたのだ。その事実が再び健太を恐怖させた。喉が熱い息を吐き出す。極度の緊張状態の時、いつもそうなるように、尿道の先がちりちりした。

　あせるな、クールになろうぜ。自分に言い聞かせる。泳ぎには自信があった。さっき海の中で溺死しかけたことを思えば、FFⅨ《ファイナルファンタジー・ナイン》みたいなもんだ。楽勝でクリアできる。

　静まったとはいえ、沖の波のうねりは半端じゃない。懸命に体のバランスを保って、ようやくまともに動きはじめた脳味噌を働かせた。

　空を見上げて太陽を探す。真上よりやや背後。ということは、まだ午前中のいまはその反対を目指せば西側にある陸に着く。よし、ゆっくり行こう。体力を消耗しない平泳ぎで行くことに決めて、体を水に預けようとしたとたん、目の隅に陸が見えた。反対側だ。あわてて体を反転させた。

山となった波が、一転、谷になる瞬間、地平線が見えた。間違いない。この海に何十回も来ている健太には見慣れたシルエットだった。

陸が見えた方角へ泳いだ。顔を太陽の光が射る。でも、なぜ？　午前十時のはずなのに、どうして陽が西にある？　アメリカ西海岸まで流されたのならともかく、あり得るはずがなかった。

しかし、そんな疑問は、すぐに現実的な難問にとって代わった。いまや陸がはっきりと見えているが、前に進まない。潮の流れが速すぎるのだ。

渾身の力で水を掻いたが、進むどころか、地平線がどんどん遠ざかっていくように思えた。手が萎《な》え、足が痙攣しはじめた。疲労は限界に近かった。格闘ゲームで言えば、ＨＰレベルを示す赤いバーがあとほんの数ミリ。

一か八か、泳ぎをクロールに切り替えた。それ以外に潮流を脱出する方法はなさそうだった。しかもクロールなら陸にどのくらい近づいたかと一喜一憂しなくてすむ。あるいはどのくらい遠ざかってしまったのかも。方角だけ確かめると、あとは陸を見ないようにして、やみくもに体を動かした。

どのくらい泳いだだろう。潮騒の音が聞こえはじめ、波が体のまわりで砕けるようになっても、健太は前を見ずに泳ぎ続けた。一度、手足を止めてしまうと、二度と動かなくなってしまう気がした。

気づいたときには足が砂を蹴っていた。波打ち際まで這《は》いずり、温かい砂に頬を預けて、しばらく何も考えずに倒れていた。

最初に頭へ浮かんだのは、コーラだった。よく冷えたコーラを塩漬けになってしまった喉へ流しこむ――飲みてぇっ。想像しただけで全身の細胞が騒いだ。自分がコカコーラの1・5ℓボトルをがぶ飲みするシーンだけを思い描いて、健太はよろよろと立ち上がった。

砂浜からハイラックスサーフが消えていた。何度見まわしても、影もかたちもない。健太のクルマだけじゃなかった。他のサーファーたちや何台か停まっていたはずのクルマも消えていた。

盗まれた？　カギはかけたはずだった。一人で海に来た時には必ずそうする。クルマのキーはいつものようにビニール袋に包んでサーフパンツの内ポケットに入れたはずだ。健太は防水ポケットに手を伸ばしてキーの感触を確かめた。

キーはある。カギをぶち壊して盗みやがったんだ。やべぇ。親父になんて言われるだろう。こういう時はどうすればいいんだ？　警察に電話？

やば。健太は塩辛い舌を打った。携帯はクルマの中だ。

舌打ちを繰り返しながら、足は清涼飲料水の自動販売機のある場所へ動き続けていた。いまの健太にはハイラックスサーフより、一本のコーラのほうが大切に思えた。ひりつく喉からは唾も出てこない。体が水分を欲しがってわなないている。脱水機に放りこまれたタオルになった気分だった。全身の筋肉が痛み、足はボードを引きずっているように重かった。冷たいコーラのことを思い描き続けていなかったら、すぐにでもその場にへたりこんでしまっていただろう。

海水でふやけた脳味噌が、金など一円も持っていないことを思い出したのは、五十メートルほど歩いてからだった。その瞬間、健太は砂浜に膝からくずおれた。

どこかに金、落ちてないかな。誰か貸してくんねぇかな。もうレギュラー缶でいいや。しかし、どっちにしてもコーラは飲めなかった。健太が恨みがましい視線を送った浜辺の奥には、さっきは確かにあったはずの自販機コーナーがなかった。そのかわりに木を組んでつくった棚が置かれていて、地引き網が干してある。

どうなってるんだ、いったい？

虚ろな目で辺《あた》りを眺めた。左手へ波打ち際が湾曲している地形と、その先に見える丘陵のシルエットは、健太が海に入った場所と同じに見える。だが、地上の様子は違っていた。コンクリートの防波堤がなく、砂浜の先には直接防砂林が迫っていた。

冷えたコーラのことしか浮かんでこない頭で、健太は必死で考えた。あ、そうか。違う海岸に泳ぎついたんだ。ほんの一瞬、気絶していただけだと思っていたのだが、実際は長時間漂流して、ずいぶん流されてしまったらしい。しかしミナミから「根拠なしポジティブ」と言われる楽観主義者の健太にも、それで自分が生きているのが不思議だった。ボードにしがみついていたのか？　だけどサーフボードはどこにもなかったぞ。なにもかもがおかしかった。

防砂林に入り、松の幹にとりすがりながら重い足を運んだ。どこだか知らないが、とにかくここを出て、誰かに事情を話して、金と電話を借りるのだ。

最後の松にすがりつくと、眼前に土手が立ちはだかった。「波」で言えば中級クラスの高さだが、その時ばかりは自分が登山口に立っているような気がした。

土手に張りついている浜木綿《はまゆう》に足を取られて倒れ、両手で砂まじりの土を摑んで這い昇る。なんだよ、これ。まるで砂漠で遭難したみたいじゃないか。

砂と泥にまみれながら、やっとのことで土手の上に顔を出す。目の前に広がっていたのは、見たこともない風景だった。

すぐ下の道路は舗装されておらず、土埃が舞っている。道の真ん中に動物の糞が落ちていた。この近辺の海岸沿いの地理には詳しいつもりだったが、まったく知らない場所だった。

道の向こうは一面の畑だ。健太の自宅近くに多いビニールハウス農園ではなく、露地植えで、育ちの悪い青菜がちょぼちょぼ顔を出しているような畑。畑の先は稲穂を光らせはじめた水田。助かった、人の姿をようやく見つけた、そう思ったとたん、それがカカシであることに気づいた。

左手は雑木林だ。木立の間に屋根が見えた。いまの健太にはとんでもなく遠くに思えたが、道にはクルマはおろか通行人の姿もない。とりあえず、あそこまで歩くしかなさそうだった。

最後の気力と体力を振り絞って、滑り落ちるように土手を下った。

あそこまでいけば、水がある。まず水を一杯飲ませてもらおう。もうコーラだなんて贅沢は言っていられなかった。水だ。水、水、水。

健太はサーフパンツひとつの姿で、水、水、水と唱えながら、足を引きずって埃っぽい道を歩いた。何度も膝が折れそうになった。太陽が情け容赦ない陽射しを浴びせてくる。辺りには最近では茨城でも珍しい堆肥《たいひ》の臭いが満ちていた。

なんて一日だ。海に落ちて、流されて、死ぬ思いで陸にたどりついたのに、クルマも携帯も財布もコーラもない。水すらない。サイテーだ。

水、水、水。足が痛い。手も痛い。頭が熱い。体が冷たい。喉が焼ける。疲労と脱水症状が健太の意識をまたしても奪おうとしていた。水、水、水。

小さな橋のかかった用水路を渡り、雑木林を抜け、目の前に背の低い生け垣が見えてきた時には、もうその家のトタン屋根しか目に入らなかった。裏手らしく門が見当たらなかったが、健太は夢遊病のように竹の垣根に手をかける。庭木に果実がなっていた。

梨だ。梨、梨、梨。

誰かの声がした。女の悲鳴に聞こえた。なんであれ、海から上がって初めて聞く人の声だった。そのとたん、健太のＨＰレベルはエンプティになった。垣根の内側に落ち、あおむけに倒れた。

ぼやけた視野の向こうに、女の顔があった。目を大きく見開いている。女が何か言ったが、もう耳には届かなかった。健太は生まれて二回目の失神をした。

4

覚醒した瞬間、眩しい光が目に飛びこんできた。眼球の奥がずきりと痛む。閉じそうになる目ぶたを懸命に押し上げたが、視野は霞んだままだった。とっさに操縦桿を引いて機を上昇させようとした。しかし、それは叶わなかった。吾一の手は何も握っていなかった。

足はフットバーを探したが、布を蹴り上げた感触がしただけだった。エンジン音も風の音も聞こえない。そこでようやく吾一は、もはや自分が九十三式練習機の操縦席にいないことに気づいた。何度も瞬きを繰り返し、目の前を覆っている見えない薄絹を振り払った。

最初に見えたのは、真っ白な天井だった。少なくとも自分の辿り着いた先は地獄ではなさそうだった。信心深い吾一の母がよく言っていた。極楽浄土は空も地面も水も、そこに住む人々も明るく輝いていると。そこには病もなく、地の底のような鉱山の町で暮らす労苦もなく、博打《ばくちず》好きで浮気者の亭主もいないと。

自分は死んだのだろうか。ぼんやりと吾一は考えた。そうに決まっていた。高度計は狂う直前まで三百メートルを示していた。その高さから落ちて、生きているはずがない。

しかし、それにしては、目の前の光景は生々しく、五体の感覚は鮮明だった。体を少しでも動かすと、筋肉と関節が軋《きし》みをあげる。頭を軽く振っただけで万力で締められるような痛みが走った。

一寸、また一寸。頭痛を堪えて首をもたげた。頭上には恐ろしく眩しい照明器具。天井の隅に見たこともない鉄製の機械が据えつけられている。壁は白と薄桃色の雛《ひな》あられじみたふやけた色合いに塗られていた。航空隊は酷暑日課が明けたばかりで、まだ暑さが残る日であるはずなのに、部屋はひんやりしていた。右手は窓だ。汽車の窓より数段大きな一枚ガラスが嵌《は》まっている。

自分が寝台に寝かされていることに気づいた。いつの間にか飛行服ではなく寸詰まりの寝巻に着替えさせられていることにも。今度は上半身を起こしてみる。膠《にかわ》で貼りつけられたような背骨を、呻きをあげて寝台から引き剝《は》がした。

寝台は鉄製だ。吾一は練習機が離陸する直後に似た身の置き場のなさを感じた。生まれ育った栃木の片田舎には、ベッドなどという洒落たものはなく、航空隊の二段ベッドにもまだ慣れていない。予科練の兵舎で使っていた吊り床《ハンモック》のほうがまだしも落ち着く。

寝台のすぐ横にテーブルが置かれ、真鍮製らしい鉛色の箱が載せられていた。入隊時の適性検査で見た遠近判定検査機のようなガラス板が嵌まっている。その隣にはやはり金属製の花柄が描かれた直径五、六寸の茶筒状の物体。何に使うものなのかはわからない。

筒に手を伸ばしてみる。上部に触れたとたん、いきなり熱湯が飛び出してきた。思わず叫んでしまった。

「うおっ」

朦朧《もうろう》としていた意識が覚醒してくるにつれ、吾一の頭の中に巨大なこんにゃく玉のような疑問がふくれ上がってきた。ここはどこだ？　本当にあの世かと疑うほど、浮世離れした部屋だった。

部屋の外から足音が近づいてきた。吾一は身を固くし、部屋の扉に目を凝らす。

三途の川の奪衣婆《だつえば》が顔を出すのではないか、半ば本気でそう思っていたのだが、あにはからんや、入ってきたのは女だった。白の洋装。頭にも白い帽子。滑車付きの器具を引きずっていた。

「点滴でぇーす」

笑いかけてきた女の言葉には、妙な訛《なまり》があった。二十五、六の年増だが、語尾を長く伸ばす子どもじみた喋り方だ。日本人ではないのかもしれない。支那女のように手足が長く細く、背も高かった。

「あらあらぁ、ちゃんと寝てなくちゃ、だめじゃないのぉ」

おかしな訛の女が毛布をかけ直す。吾一は体を緊張させたまま身を横たえていた。航空隊にいると若い女を見る機会などめったにない。女は半袖姿で、柔肌がむき出しであった。スカートの丈はやけに短い。こっそり唾を呑みこんだ音を聞かれた気がして吾一は赤面した。

「おやおやぁ～、お熱があるのかしら」

額に女の腕が伸びてきた。女の手は冷たくて柔らかかった。吾一はまたもや全身を硬直させ、頬を火照《ほて》らせた。

「後で体温計持ってきますねぇ〜。その前にぃ、はぁい、手を出してぇ」

女が携えてきたのは医療器具らしかった。してみると、ここは病院なのであろうか。吾一の知る海軍病院の看護婦とはずいぶん様子が違うが、そういえば女の白衣は看護婦用被服に見えなくはない。女が吾一の腕に注射針を突き刺した。

「ここは？」

そう尋ねたつもりであったが、口から漏れたのは木枯らしのような音だけだった。声を発しようとすると、喉が痛み、餅を詰まらせた時に似た不快感がする。

女は首をかしげてから、何の意味もなく笑った。顔立ちは悪くないが、かわいそうに髪は酷い赤毛だ。嫁入り先がなくて職業婦人となったのであろう。

「だいじょうぶ。海で溺れかけただけだから。後で先生が来ますから、それまでおとなしくしててねっ」

子供に語りかける口調で言い、部屋から出ていく。溺れかけた？　ということは自分は落水したのか。海？　霞ヶ浦ではなく？　練習機に海まで飛ぶ燃料があっただろうか。

ここはどこの病院だろう。この十九年間、吾一が医者にかかったのは、予防注射に行った町医者と歯医者、そして予科練に入隊した時の身体検査の時ぐらいだ。病院のベッドに寝た経験は一度もなく、病室というものに入ったのも、覚えているかぎり一度きり――そう、たった一度きり。芳子の見舞いに行った時だけだ。

病院にいい思い出はない。吾一の知るそこは暗く、陰気で、死の匂いのするものだ。

再び半身を起こし、自分のものであるのかどうか定かでない体と格闘して、寝台に腰かけた。これだけで三分はかかっただろう。

看護婦らしき女が刺した注射針は、腕に残ったままだった。針には透明の管がついており、滑車付きの器具からぶら下がった容器と繋がっている。リンゲル注射に似ていたが、くらげを思わせる得体の知れない容器の中で波うっているのは薄黄色の怪しげな液体だ。たっぷり海軍水筒ひとつ分はある。

あれを俺の体に入れようというのか？　背筋が寒くなった。薬は嫌いだ。高価なばかりで、効き目などない。薬が人の命を救えないことを吾一は知っていた。矢も盾もたまらず、腕から針を引き抜いた。

足がまだ自分のものであることを確かめるために、そろりと床に下ろした。窓から外を覗いてみるつもりだった。床は板張りではなく、素足の冷たい感触は、艦務実施教程で体験した巡洋艦の甲板のそれに似ていた。

壁に手をつき、よろけながら、まばゆい光が差しこんでいる窓へ近づいた。こんな大きな一枚ガラスは見たことがない。土浦の市街地でショーウィンドゥというものを生まれて初めて見たが、それはすでに防空のために白い紙が貼られていた。窓枠は鉄製らしい。引いても押しても、窓は開かなかった。

眼下に広がっていたのは、摩訶不思議《まかふしぎ》な光景だった。真下の地面は唐草風の紋様が描かれたコンクリートで固められている。そこここに色とりどりの花が植えられていた。部屋は肌寒さを感じるほどだが、ガラス一枚隔てた外界の陽光は、残暑の厳しさを想像させる眩しさだった。コンクリートの前庭の先には高い塀が巡らされていて、その先にあるらしい道路は見通せなかった。

建物の門をくぐり、中へ入ってきた二つの人影に目を剝いた。女の二人づれ。女たちの髪は、それぞれ金髪と栗毛。服は着ていないも同然で、海水着もかくやと思えるほど肌を露出していた。

吾一は天を仰いだ。呻きとも嘆息ともつかない声が喉から漏れた。すべてを理解したのだ。自分は海に落ち、漂流して、そして救出されたのではない。捕虜となってしまったのだ。ここは日本ではない。いったいどれだけの時間眠っていたものか、あろうことか敵国に連れてこられたのだ。ハワイ島か。先頃、玉砕の報を聞いたグアム島か。あるいはサイパンか。眩しさと、眩しさのせいだけではないめまいをこらえて、吾一は高い塀の先へ目を凝らす。五、六階、いやもっとあるだろう高層の建物が連なっていた。

コンクリートばかりの建築物のひとつに、「M」という大きな一文字が書きしるされていた。昨年より市井《しせい》では敵性語が禁止されていたが、海軍はいまも英語教育を続けている。だから吾一には、その「M」の脇に添えられた英文字もあらかた読めた。

『まくどなーど』

遠くにひときわ大きな、航空母艦を思わせる巨大な建物が聳《そび》え立っていた。屋上には十三夜の月に見える橙《だいだいいろ》色の標識。その下に添えられた英文字は「Ｄａｉｅｉ」だ。あろうことか、満艦飾に飾りたてたその建物のそこここに英国の国旗がひるがえっていた。何のつもりか、下げ幕には日本語が入っている。

『イングランドフェア開催中』

英軍。大英帝国だ。吾一は窓に拳を叩きつけた。すでに大東亜共栄圏から駆逐し、ドイツの新型爆弾でロンドンは火の海となったはずだが、イギリスはまた舞い戻ってきおったのか。

こうしてはおれぬ。吾一は部屋を見まわし、武器になりそうなものを探した。生きて虜《りょ》囚《しゅう》の恥辱を受けずの気概であった。予科練の七つ釦に袖を通した時から、いや中等学校の講堂で記録映画『荒鷲の海』を観、飛行兵になる夢を見はじめた日から、それだけの覚悟はできていた。

さきほどの注射針を思い出した。あれを使おう。軍刀の代用としてはあまりに小さく頼りないが、尺余の銃《つつ》は武器ならず、寸余の剣《つるぎ》何かせん。物量は大和魂で補うのが帝国軍人の心意気だ。白兵戦では鬼畜米英には負けぬ。銃剣術の教員も言っておられた。

「き奴等《やつら》は洋式便所ばかり使っておるから、我々帝国軍人と違い、足腰の鍛練が出来ておらぬ。そこを狙うのだ、丸腰になった場合も、ひるむな。胸ぐらをば摑み、気合もろとも足払い一閃、それ、こうだ。えいやぁ」

えいやぁ。吾一は声に出してその型《カタ》を真似てみた。いっこうに力の入らない足がもつれて、ころげそうになる。急に不安になった。外地へ赴《おもむ》いている陸軍砲兵の従兄弟《いとこ》からの文によれば、アメリカ兵は皆、五尺八寸以上の背丈であるらしい。とりあえず萎え衰えている体をなんとか回復させねば。ここを脱走するのは、それからだ。
　吾一は部屋の真ん中で海軍体操を始めた。位《イ》相《サウ》差《サ》臂《ヒ》屈《クッ》伸《シン》膝《シッ》挙《キョ》肢《シ》運動《うんどう》だ。
　イチ、左手肩へ。左足横ニ。
　ニィ、左手挙ゲ。右手肩へ。右足横へ。
　サン、左手下ゲ。右手挙ゲ。左足前へ。
　シ、右手下ゲ、左手横へ。左足蹴ル。
　こんにゃくのように頼りなかった四肢に、少しずつ血が巡り、力が蘇ってくるのがわかる。

　さて、どうしてくれよう。奴らの手口はわかっている。日系人か中国人を使って自分を陥《おとしい》れるつもりなのだ。ここを日本だと思いこませ、油断させて軍極秘を聞き出そうという算段だろう。どんな拷問にも屈しない帝国軍人魂に恐れをなした鬼畜米英は、機密を得るにはそれが最も得策と考えたのであろうが、所詮、類人猿に近い毛むくじゃらの白人どもの猿知恵、猿芝居。日本を装ったつもりなら、とんだ茶番だ。ここを本当の日本国だと信じる馬鹿者などいるはずがない。
　ゴ、ロク、シチ、ハチ、キュウ、再び、イチ、ニィ、サン、シ。
　すっかり体が覚えている動作を続けていれば、動転した心を少しは平静に戻せる気がした。
　ゴ、ロク、シチ、ハチ、キュウ。
　体をふらつかせながら、吾一は両手両足を懸命に振り続ける。頭の中では、第一軍歌『同期の桜』の旋律が鳴り響いていた。

咲《サ》イタ花《ハナ》ナラ　散《チ》ルノハ覚悟《カクゴ》
見事《ミゴト》散《チ》リマショ　国《クニ》ノ為《タメ》

五

健太は再び海上にいた。半ば意識を失いながら必死にボードへすがりついていた。夢だとわかっていた。なにしろつかまっているボードは、健太のコンケープボトムじゃない。いや、サーフボードですらなかった。かたちは似ているし、色も健太のものと同じオレンジ色だったが、それは冷たい金属製で、ＨＩＣブランドのやしの木マークのかわりに大きな赤い丸が描かれている。夢だとわかっていても、恐ろしかった。やがて健太は力つきて、そのサーフボードによく似た何かから滑り落ちた。

誰かの声がする。最初は深海魚が喋ったのかと思った。健太の夢の続きは、海の底に沈み、ちょうちんあんこうに足を齧られているシーンだったからだ。

女の声だった。ミナミ？　いや、違う。ミナミの声はもっと高い。セックスが終わった直後だけは、ちょっと鼻にかかったハスキーボイスになるけれど、それでもこんな声じゃない。

さっき見た女のことを思い出した。ほんの一瞬だったが、その姿は一枚の絵画のように目ぶたの裏に焼きついている。きれいな女だった。健太の姿に驚いて大きく見開いた目は、まるで黒い水晶みたいだった。あの女だろうか。

再び女の声。健太に呼びかけているらしいが、なんと言っているのかはわからない。海中でもがいて浮かび上がった時と同じように、沈もうとする意識を懸命に引きずりあげる。ようやく目が開いた。

とたんに目が醒めた。目の前にあったのは、しわくちゃのじゃがいもみたいな顔だった。じゃがいもみたいな老婆が、しわのひとつにしか見えない口を動かした。

「塩梅《あんべえ》どだ」

十年前に死んだ健太の祖母《ばあ》ちゃんみたいな喋り方だった。体の具合を聞いているらしい。あわてて飛び起きた。

小さな部屋だった。目の前に正座している婆さん同様、部屋の様子もなんとなく親父の実家に似ていた。天井が低く、ふすまで仕切られていて、壁は白土。鴨居の上はワラを混ぜたむき出しの土になっている。祖母ちゃんが死んだ年に消えてしまった家だから、あやふやな記憶しかないのだが。祖母ちゃんの家と違うのはさほど古くなっていないことだ。張り替えて間もないらしい畳からは、青草の匂いがしていた。

老婆がふすまの向こうに消え、少しして、茶碗を載せた盆をかかえて戻ってきた。

「白湯《さゆ》、飲め」

強烈な渇きは、いまや喉を焼く痛みになっていた。礼を言う余裕もなく、ひと息で飲んだ。生ぬるいただの湯だったが、いままでの人生の中で、最高の味の水だった。小じゃれたカフェテリアの一瓶４５０円のペリエより百倍うまい。野良犬みたいな健太のがぶ飲みに驚いて、婆さんがしわに埋もれた目を見開いた。

自分が何かを着せられていることに気づいた。薄い生地の水色の着物だ。なんていうんだっけ。

大洗《おおあらい》の海上花火大会に二人で行った時、ミナミが着てきたやつ。健太の前でくるっと回ってポーズをとっていた着物だ。ミナミが言ってた。これ、うちにあったのを繕《つくろ》い直したユカタなんだよ——。そうそう浴衣だ。健太はその浴衣の男物を着ていた。

ありがとう。もう一杯欲しいんだけど——そう言ったつもりだったが、喉からはエアコンの暖気運転みたいな音しか出なかった。でも老婆には言わなくてもわかったみたいだ。

「も一杯、持ってくっけ」

さっきより足早にふすまの奥へ消える。隣の部屋も和室のようだ。小さな仏壇と小型冷蔵庫ほどの大きさしかないたんすが置かれているのが見えた。

なんで俺はここにいるんだろう?

浴衣の袖で口をぬぐいながら、健太は思い出そうとした。今日一日のことを最初から。

今朝は八時前に目が覚めた。ふだんはおふくろに叩き起こされるまで寝ているのに、サーフィンに行く時だけは朝早く目が覚める。おかげで出勤前の親父と洗面所で遭遇してしまった。後退した額を耳の上の毛でカバーしようとする無駄な努力をしながら、親父はいつもの調子で言っていた。

「また波乗りか。他にやるこたぁないのかよ。いつから働くんだ。それとも予備校行くか?」

いつものように無視した。何か言い返してやりたかったが、うまい言葉が見つからなかったし、クルマを貸さないと言われるのも困る。歯ブラシで喉まで出かかった言葉を押しこんだ。

おふくろはダイニングでテレビを見ていた。いつもの朝のワイドショーではなくニュース番組。

「あら、今日は早いのね。ねぇねぇ、健太、大変なのよ。ニューヨークでね、飛行機がビルに突っこんじゃったんですって。それも二回も――」

ダイニングテーブルの上に朝メシになりそうなものが何もないことがわかったから、すぐにキッチンへ行き、冷蔵庫からコーラのペットボトルを出して口飲みした。昼近くにその日の最初のメシを食う健太に朝食が用意されていないのは、毎度のことだ。二階に戻って着替え、ハイラックスサーフにボードを積み――

いつもと何も変わらなかったはずだ。親父はせりふまで同じ説教をたれ、おふくろは相変わらずノーテンキ。変わったことと言えば、ハイラックスサーフのエンジンが一発でかからなかったことぐらいだ。

コンビニで買った焼きそばパンを食いながら海岸までクルマを走らせた。つくば市の郊外にある健太の家から海まではクルマで一時間ほど。

十時頃には海岸に着いた。そして俺は、サーフボードで沖へ行き、ワイプアウトして、溺れて、岸まで必死で泳いで――なんだか遠い昔のことのように思えるが、そこまでは事実のはずだった。茶碗を持っただけで震えてしまう全身の衰弱が本当だと言っている。おかしかったのは、むしろその後だ――

ふすまが開き、再び老婆が現れた。今度は片手にやかんをぶら下げていた。小さな婆さんだ。年寄りというのはたいてい小さいものだが、それにしても小柄だ。身長は百四十センチもないだろう。

茶碗につがれた水を立て続けに三杯飲んだ。四杯目でむせてしまった。婆さんが背中をさすってくれた。

「馬みてえだな。急《せ》かんでも、やかんは逃げねよ」

言葉はぶっきらぼうだが、背中で動く婆さんの手は優しかった。健太は初めてまともに声を出した。

「ありがとう……」年上にタメ口をきくな、ちゃんと敬語を使え。トト八の店長にいつも叱られていたことを思い出して言葉をつけ足す。「……ございます」

「腹、減ってっぺ?」

朝から焼きそばパン一個しか食っていないが、いまは固形物より水分が欲しかった。五杯目の水を飲みながら、健太は首を横に振ったのだが、老婆は小さな体に似合わないごつごつした丈夫そうな手の甲を揉《も》みほぐしながら、最初から決まっている事実を告げる口調で言った。

「食え、すりゃあ元気も出っぺ。もうちっとで夕飯だ」

もうそんな時間になるのか。そういえば部屋は薄暗かった。天井からは小さな笠をつけた電球がひとつ下がっているだけなのだが、まだ灯されていない。

「いま何時ですか？」

部屋には時計がなかった。健太の家なんか、電話やビデオデッキやエアコンや電子ジャーにまでデジタル時計がついているのに。老婆は立ち上がり、健太の背後の障子を開けた。隣室の時計を見るのかと思ったら、障子の向こうは外だった。日がだいぶ傾いている。

「五時と六時の間だべ」

ずいぶんアバウトな婆さんだ。健太はハイラックスサーフに突っこんだままのシーマスターを思い出した。十九歳の誕生日にミナミに買ってもらった時計だ。本物なら十万円以上はする。ブランド物にうといミナミが、バッタもんとも知らずに買ったことはすぐにわかったが、もちろん、そんなこと気づいてもいないふりをして使っている。

クルマよりミナミにもらった時計のほうが心配だった。仲間には自分のクルマと言っているが、本当はハイラックスサーフは親父のクルマだ。ステッカーも貼れないし、ペイントもできないし、乗るたびに親父のゴルフバッグをひきずり下ろすのも面倒だから、バイトの金を貯めて、自分のクルマを買うつもりだったのだけれど。

布団から立ち上がろうとしたが、うまくいかなかった。全身の筋肉がプリンになったようだった。膝が折れて、布団の上にころがってしまった。健太は自分がサーフパンツを穿《は》いていないことに気づいた。

「無理すな、ゆくっと休めばえがっぺ」

老婆が言う。自分がこの家のあるじなのに、遠慮しているみたいに部屋の隅っこに座って、もじもじと手の甲をさすっている。

「おまえさんの穿いてたサルマタ、あんまり切なそうだったから、脱がした。外に干してある」

老婆の日に焼けた頬がドス黒くなった。顔を赤くしているらしい。海に入ってちょうどよくなるようにサーフパンツの紐はいつもきつめに締めるのだ。オーマイガーット！　仮性包茎を見られちまったか。

「後で褌《ふんどし》を出すから、それを締めるとええ」

「え？」

聞き違えかと思って顔を見返した。老婆は言い訳をするふうに言う。

「死んだ爺さまは褌しかしねえお人だったから、うちにはおまえさんの穿いとったみてえなハイカラなもんはねぇんだ」

「はぁ」

「爺さまの越中じゃ小さいかもしらん」健太の股間にちらりと視線を走らせ、老婆が小さく笑った。「なかなかにご立派で……」

あわてて浴衣の裾を直した。

「それより、電話を貸してもらえませんか？」

何もかもクルマの中だ。携帯もサイフも。いまの健太が持っているのは、老婆が干したパンツとその防水ポケットに入っているクルマのキー、そしてこの体だけ。

「……電話」婆さんが天井を見上げる。それが何を意味する言葉だったか考えているかのような間があった。「……ああ、電話な。村長さんのとこへ行けばあるんだが」

「まじ⁉」

思わず声に出して言ってしまった。いまどき電話がない家なんてあるのか⁉　あわてて口を押さえたが、婆さんは気にするふうもなく健太に尋ねてくる。

「おまえさん、どっから来たのけ？　この辺の人間と少し言葉が違うな」

「つくば市です」

「ふむ、筑波《つくば》衆《し》か」

「ええ、ここはどこですか？」

婆さんが餅を喉につまらせたような顔をした。

「知らねぇで来たっぺ？」

「いえ、近くの海岸に来て、サーフィンをしてて流されちまったらしくて……」

サーフィンという言葉は、年寄りにはちょっと難しかったか。婆さんは健太の言葉を聞かなかったことにしたらしく、餅をぽこりと吐き出すみたいに言った。

「ここは、夏海村《なつみむら》だ」

健太は生まれも育ちも茨城だが、聞いたことのない地名だった。大洗町の近くだとばかり思っていたのだが。

「学生さんか？」

「いえ、あの、フリーターっていうやつで……」

「古板？」

「ええ、まぁ」

婆さんが薄い眉をしかめる。職業とはいえない自分の職業に、大人たちがいい顔しないことはわかっている。本当はいまやフリーターですらないのだが、もっと苦い顔をされそうで、そのことは黙っていた。

「それは板前さんのことか？」

「いや、店では料理をつくる係じゃなくて、運ぶだけなんですけど。ウェイターっていうか」

「上板？」

「はい」

「よくはわからんが、大変な仕事なのか……」

「いえ、別に」

婆さんがゆっくりと首を振る。

「その若さで……」言うべきかどうか迷った様子を見せてから言葉を続けた。「髪が真っ白でねぇか。苦労しとるんだべ」

健太のシルバーアッシュのことを言っているらしい。確かに金髪《キンパ》や茶髪《チャパ》に比べたら珍しいのは確かだが、白髪と間違われたのは初めてだ。ちょっと色が薄すぎたかも。説明するのが面倒だったから、適当に言葉を濁した。

「……いやぁ、まぁ、それほどでも」

「奥ゆかしいの。近頃の若い衆にゃ珍しい」

どうも年寄りと話をするのは苦手だ。健太が困惑して口をつぐんでしまうと、婆さんも困った顔をして、それ以上は追及してこず、再び手の甲を揉みはじめた。

「ま、どんな事情があるのか知らねぇが、とにかく夕飯食ってけ。村長さんのとこへ行くのは、その後でもえがっぺ」

「いえ、もうだいじょうぶ。すぐに出ていきますから」

そう言ったとたん、腹が鳴った。現金な胃袋だ。水分をとって渇きが収まったとたんに動き出しやがった。婆さんが顔中のしわをさらにしわしわにした。笑ったらしい。

「食ってけ。こんな御時世でも、おまえさんに食わす飯ぐらいはあるから」

素直に好意を受けることにした。

「すいません」

老婆が部屋を出て行くと、健太はもう一度、足がよろけないように注意して、ゆっくりと立ち上がった。水のおかげだろう。枯れ木同然だった手足に、少し力が戻っていた。長時間泳ぎ続けた全身の筋肉が熱く疼《うず》いているのがわかる。おそらく明日はひどい筋肉痛に苦しむことになるだろう。

いつも何時に帰るかなんて、おふくろには言わないから、どうせ夕飯はチンして食えるものしか用意していないはずだ。まぁ、いいや。とりあえず体が回復するまではおとなしくしていよう。それから礼を言って、海岸沿いに歩けば、そのうち元の場所へ戻れるだろう。クルマがレッカー移動されていなければいいけれど。

途中でマックに寄ってコーラを飲んで、ミナミに携帯をかけるのだ。今日はサイテー。すっげえ波でさ。ボード流しちまった。ぶざまにワイプアウトしたところは短めにカットして、沖から泳いで海岸まで戻った場面は、ちょっとオーバーに話す。

「まじ、死ぬかと思ったよ。何度も思ったぜ、もうやべェって。でも俺、そん時、考えたんだ」

そこで言葉を切る。そして少しだけ声を低くして、こう言うのだ。

「お前の顔をもう一度見るまでは死ねないって」

ミナミのことだから、笑い飛ばすだろうけど、でも言ってやる。本当のことだからだ。潮流の中で少しも前に進んでいないとわかってからは、陸を見ないで泳ぎ続けた。ミナミの顔だけを目ぶたに浮かべていたのだ。

「やっぱ、人間、死ぬかもしれないってシチュエーションになると、強いわ。俺もひと皮剝けたかも。チンチンはまだだけど」

恥ずかしいからジョークに紛らわせて、そう言ってみよう。少しはミナミが自分を見直してくれることを期待して。

　障子窓まで歩いた。破れ目を紙片でていねいにつくろってある。夕日が障子紙をほんのり赤く染めていた。がたがたと揺れる障子を開けながら健太は思った。案外、この辺の海に来た時に立ち寄るマックの近くだったりして。

　窓の先は縁側だった。軒先に大豆の茎が干してある。彼岸花が咲く小さな庭の向こうは、背の低い板塀だ。塀越しに家並みが見えた。いちおう商店街らしいが、みな平屋か二階建ての木造。老朽化はしていないが、造りはやけに古めかしい。どこかで見たような風景だった。

　思い出すまでに、そう時間はかからなかった。ミナミと一緒に行った場所だったからだ。ミナミとはいろんな場所へ行ったが、健太はそのすべての日に何をしたかを、一時間単位で思い出すことができる。ヤマグチの指示など聞いたそばから忘れてしまうのに。

　そうそう、いつかミナミと行った、横浜にあるテーマパークによく似ているのだ。巨大な館内に昔の日本を再現した場所だ。でも、もちろん似ているだけだ。頭上にはテーマパークの天井ではなく、夕日に染まった空が広がっている。思わず見とれるほどきれいな夕焼けだった。

　第一、目の前に並んでいるのは、あのテーマパークのコンセプトの昭和三十年代より、もっと古くから建っていそうな建物ばかりだ。こんな場所が日本に、しかも自分の住む茨城にあるなんて、まったく知らなかった。古い街並みをわざと保存している町おこし運動かもしれない。茨城は偕楽園《かいらくえん》にしか観光客が来ないからな。

目の前の店の軒先に掲げられている横書きの看板を見て、健太は絶句した。なんじゃ、ありゃ。

『店腐豆林小』

もしかして、ここって、チャイナ・タウン?

6

イチ、ニィ、サン、シ、

ゴ、ロク、シチ、ハチ、キュウ。

額から汗が噴き出してきた。しかし、すぐに乾いた。天井近くに備えられた機械から、冷風が流れ出ているからだ。中に氷が入っているらしい。吾一はその送風装置の真下で頭を冷やしながら、考え続けていた。

あの看護婦もどきは、医者が来ると言っていた。奴らがまだ猿芝居を続けるつもりだとしたら、好都合だ。騙されているふりをして、そやつを人質に取ろう。注射針のついたあのゴム管は人質を縛り上げるのにちょうどいい。もし暴れるようであれば、首に巻き付け、ひと思いに息の根を止めてやる。

イチ、ニィ、サン、シ、

ゴ、ロク、シチ、ハチ、キュウ。

借り物めいていた四肢が少しずつ自分のものへと戻りつつあるのを感じた。いよいよ実戦だ。この一年の間に、人を殺すさまざまな方法を学んできた。しかし、まだ訓練と授業でしか殺してはいない。吾一の胸は進軍ラッパのごとく高鳴り、体は瘧《おこり》のように震えた。その高鳴りが昂揚のためであり、震えが武者震いであるのかは、吾一自身にもわからなかった。

イチ、ニィ、サン、シ、

ゴ、ロク

来る。足音が近づいてきた。先刻の偽看護婦ではない。もっとゆっくりした重い足音だ。一足飛びに寝台へ駆け戻るつもりだったが、衰弱した体ではロスアンジェルス五輪の三段跳びで優勝した南部忠平のようにはいかず、足をもつれさせて床に倒れ伏した。匍匐前進《ほふくぜんしん》し、寝台の脚にとりすがる。

敷布の上に身を投げ出し、毛布にくるまった瞬間、扉が開いた。吾一は注射針をしっかと手の中に握りこむ。

「具合はいかがですか?」

毛布から目だけ出して、声の主を窺った。巨《おお》きな男だった。仰臥《ぎょうが》の体勢であったから余計そう思えたのかもしれない。白衣を身につけたその背丈は六尺豊かに見えた。しかも力士のごとく肥《ふと》っている。三十貫近い目方があるだろう。母親からの手紙で、このところの民間の食糧事情の悪化はつとに聞いていている。非常時のいま、こんなに肥っていられる日本人は、力士と軍需工場の食糧配膳係以外に考えられなかった。

なるほど。吾一は得心した。日系米人だ。中等学校の修身の教師の言葉が頭に蘇る。

「アメリカ人が我々より図体がでかいのは、奴らが悪食《あくじき》だからだ。肉ならなんでも食うのである。なにせコッペパンに犬の肉を挟んだものを好むという話だからな。そんな野蛮なものを食うても、何の滋養にもなるまい。恐るるに足らず。皆、ウドの大木だ」

ウドの大木が、犬の陰嚢《いんのう》のような顎の贅肉《ぜいにく》を揺らして言った。

「大事にいたらなくて、よかったですよ」

さきほどの女に比べれば、まともな日本語に聞こえる。体に似合わない柔らかな声だった。騙されまいぞ。こちらを安心させ、軍極秘を聞き出そうという肚《はら》に違いない。最も知りたいのは、おそらくこの夏から各航空隊で募集が始まった特別攻撃隊の機密であろう。奴らがどれほどの情報を入手しているのかは知らぬが、その全容を聞けば、震えおののくはずだった。

注射針にまだ管が装着されたままであることに気づいた。針を引き抜こうとしたが、男に気取られずに動かねばならないから、思うようにいかない。

「オジマさんですね？」

口を真一文字に結んで睨み据えてやった。どのみち、ろくに声は出なかっただろう。まだ喉に詰め物をした感覚が抜けていなかった。顔立ちはごく普通の東洋人だが、男は妙な眼鏡をかけていた。つるの太い鼈甲眼鏡《べっこうめがね》だ。レンズが円形ではなくなすび型をしている。つるの横に小さく入っている文字が、英語であることを飛行術練習生の目が見逃すわけはなかった。

吾一は心の中で嘲笑してやった。愚かものの白豚どもめ。

ようやく針が抜けた。そろりと右手に持ち替える。男はまるで気づいていない。吾一が何も答えぬとわかると、狼狽《ろうばい》した口調になった。

「あ、失礼、先ほど警察から、あなたが倒れられていた海岸に停めてあったクルマで、お名前が特定できたという連絡があったものですから——人違いでしたら申しわけありません」

女のようにふぬけた喋り方だ。確かに図体ばかりで恐るるに足りない。巨軀の割りに貧弱な男の生白い腕は、銃剣など握ったこともなさそうに見える。スパイとして雇われた兵役経験のない民間人に相違ない。

「お体は大丈夫なようですね。水溺事故かと思っていましたが、全身に打撲が見られる以外、問題ありません。心臓はモニターを見るかぎりノーマルな数値でしたので、ＩＣＵ《アイ・シー・ユー》でなくこちらへ運ばせていただきました。念のために頭部のＣＴ《シー・ティ》スキャンを撮りましょう——」

そらそら、狸の尻尾《しっぽ》が出てきたぞ。語るに落ちるとはこのことだ。大男の日本語に聞いたこともない横文字が混じりはじめた。吾一は布団の中で汗ですべる針を握り直す。

「ちょっと、脈を拝見します」

男が手を伸ばしてきた。接近してきた顔を狙って紫電《しでん》一閃、右腕を突き出した。

「な、な、なにをするんですっ！」

目を狙ったが、やはり男が眼鏡をかけていたのは誤算だった。気合もろとも貫くつもりだったのだが、アメリカ製レンズは見かけによらず丈夫で、針のほうが吹き飛んでしまった。

「ちょ、ちょっと、あなた」
男がだぶだぶの顎を震わせた。妙な形のレンズの中の目が丸くなっている。豹変し、正体を現すかと思ったが、尻もちをつき、女のように頬に手を当てているだけだ。取るに足らん相手だ。人質の価値もない。吾一は文字通りの腰抜け男を捨てておいて、部屋の外へ飛び出した。

扉を開け放ち、部屋と同じ雛あられ色に塗られた廊下へ出たとたん、大きな台車と正面衝突した。押していた偽看護婦が悲鳴をあげ、積まれた荷物が落ち、けたたましい音を立てた。足もとにフォークがころがってきた。食事を運んでいたらしい。武器になりはしまいかと、手を伸ばした刹那《せつな》、吾一の目は床に釘付けになった。

大量の茶椀と皿が散乱していた。食糧もだ。椀から零《こぼ》れ出ているのは、銀シャリ——混入飯ではなく、まじりっ気なしのぴかぴかの白米だ。緊張のために存在を忘れていた胃袋が、吾一の腹の中で突撃ラッパを鳴らしはじめた。

偽看護婦が何やらわめいている。大男が部屋から顔を覗かせてこちらを窺っていた。まばたき一回分だけ逡巡《しゅんじゅん》したが、理性以上の何かが吾一の体を反応させた。なにしろ昨今は、質量万全と謳《うた》われた航空隊の兵食も日に日に内容が乏しくなっている。今朝もミルクのかわりに落花生油を飲まされたほどだ。

フォークとともに茶椀もかっさらった。ついでに魚の揚げ物も。腹が減っては戦《いくさ》はできぬ。吾一はフォークを握り、茶椀をかかえ、魚のフライをくわえて、再び走り出した。追いかけてきたのは女の声だけだ。

廊下の突き当たりを右に折れると、すぐ目の前に鉄扉が立ちはだかった。上部で電光数字が光っている。二枚戸の間に手を入れてこじあけようとしたが、開かない。背後が騒がしくなってきた。いかん。急がねば。一撃、二撃、体当たりをかましているうちに、仏壇の鈴《りん》を鳴らすような微かな音がして、扉が開いた。

中から出てきた男をなぎ倒して突入したとたん、進退極まったことを悟った。そこは納戸を思わせる狭い部屋だった。大男と偽看護婦がこちらに迫ってくるのが見えた。吾一は荒い息を吐き、目を血走らせて、すがりつくようにフォークを握りしめた。と、突然、誰が手をかけたわけでもないのに、扉が閉まった。

閉じこめられたか――歯噛みをし、ついでに魚のフライを噛み砕いた。最後の晩餐《ばんさん》になるであろうフライは、身震いするほど美味だった。ふむ。アメリカにも鯵《あじ》はあるのだな。醤油もかっさらっておればよかった。死に直面すると場違いなことが頭に浮かぶことを吾一は知った。

観念してしゃがみこみ、銀シャリを手ですくいとろうとした時だ。いきなり急降下時に似たGが体にかかった。吾一は茶椀を両手でかき抱いたまま体を硬直させた。

南無阿弥陀仏。部屋、が、動いて、いる！

惚けた目で部屋を見まわしているうちに、とある敵性語を思い出した――エレベータ。

なるほど、これがエレベータというものか。田舎育ちの吾一は見るのも乗るのも初めてだった。東京のホテルやデパートに備えつけられているという人員用の昇降機だ。なんとアメリカには、鰺や銀シャリだけでなく、こんなものまであるのか。鰺の尻尾を齧りつつ、唸ってしまった。小部屋が静止し、扉が開いた。

フォークを握って身構えたが、入ってきたのは、老人だった。青色の洋服を着、杖をついている。茶椀とフォークを手にした吾一に、老人は顔を強張らせたが、吾一が着ている服を眺め、内科、泌尿器科、精神科、と日本語そっくりにかかれた表示板を見上げて、何かを納得したらしく、すぐに背中を向けた。

老人はあきらかに、さっきの偽医者や看護婦もどきとは違っていた。正真正銘の日本人だと吾一は直感した。同じ場所で生きてきた人間の匂いがする。杖をついていながらもなお、しゃんと伸びた背筋から見て、退役軍人であろう。こんなご老人までたぶらかしておるとは。憎《にっく》き米英め。吾一は高ぶる胸を抑えつつ、老人に真相を伝えるべく、声を発した。

「ここは日本ではありません。騙されてはなりません。病院ではないのです。収容所です」

喉の変調のために、犬の遠吠えじみた声になってしまった。老人の背中がびくりと震えたが、吾一を振り向いた顔には、慈《いつく》しむような笑顔が浮かんでいた。お気の毒に。謀《たばか》られていることに気づいていないのだ。表示板の妙な書体の日本語の下には、やつらが混乱しないよう、小さく英文字が入っているというのに。

「怪しい者ではありません。自分は霞ヶ浦海軍航空隊飛行術練習生、石庭吾一であります」

今度はいくらかましな声が出たはずだったが、老人は吾一と目を合わせようとはしなかった。耳が遠いのかもしれない。歩みよると、老人は壁に体を張りつかせ、首を激しく左右に振った。背筋が凍った。老人の耳に小さな無線機が装着されていることに気づいたのだ。

スパイだ。この男も敵だ。吾一は剝いたいちじくのように目玉を膨らませる。年寄りといえども情けは禁物。フォークを振り上げると、老人が叫び声をあげた、そのとたん、再び扉が開いた。

フォークで老人を牽制し、すばやく扉の向こうを窺ってからエレベータを飛び出した。

扉の外は大広間だった。長椅子が何列も置かれ、大勢の人間が並んでいる。老齢の者が多いように見えたが、もう吾一には誰が捕虜で誰がスパイであるかを確かめる余裕はなかった。正面に大きな出入り口がある。そこをめざしてやみくもに駆けた。邪魔な人間は誰彼かまわず突き飛ばす。室内に悲鳴と怒号がこだました。

戸外へ一気に走り抜けようとして、顔面に激しい衝撃を受けた。開放してあると見えた出入口は、曇りひとつない巨大なガラスの扉だった。しかも取手もなければ、引手もない。押さえた鼻から、鼻血が流れ出てくる。頭に血が上り、冷静な考えはまったく浮かばなかった。握り拳でひたすらガラスを叩く。背後から複数の足音が走り寄ってくるのが聞こえた。

もはやこれまでか。フォークで敵を突いて突きまくり、最後は自らの喉を刺して自決するしかないのか。ガラス扉の前で吾一は地団駄を踏む。その瞬間、あっけなく扉が開いた。

躍り出たのは、むせ返るほどの熱暑の中だった。室内の冷涼さが嘘のように激烈な陽光が降りかかってくる。もっとも吾一にはそれを不思議に思う間などなかった。部屋から見下ろした景色の記憶を辿り、門をめざして炎天の中を駆け抜けた。

完治とは言いがたいが、体は八分がた回復している。名も知らない花の咲く花壇を飛び越え、紋様が描かれたコンクリートを力強く蹴る。門が見えてきた。

今度こそガラス扉ではない。歩哨《ほしょう》も立っておらず、障害物もなかった。やすやすと収容所の門をくぐり抜けた。

立ちこめる煙とガソリン臭にたたらを踏む。毒ガスだと思ったのだ。すさまじい騒音が耳をつんざく。目の前に色とりどりの見たことも聞いたこともない乗用車が並んでいた。それぞれが怒声に聞こえる警報音を轟かせて、のろのろと動いている。辺り一面に外国語の絶叫にしか聞こえない音楽が大音量で響き渡っていた。頭上からは日本の童謡『とおりゃんせ』の旋律が流れてくる。通りの向こう側では凄まじい数の電飾看板が一斉に極彩色の電光を放ち、点滅し、渦を巻いていた。

自分にのしかかり押し潰そうとする殺人的な光と色と音の洪水に、目がくらみ、五感が麻痺し、脳味噌がぐらりと揺れた。

道をゆく人間たちが吾一を振り返る。みな若い東洋人だ。誰もが仮装行列じみた服装をしている。女たちの髪はほとんどが栗色、あるいは金色。

吾一のすぐ脇で鳥の叫びに似た笑い声がした。とりわけ派手な金髪と、足をあらわにした服装の若い女の一団だった。顔は土人のごとく真っ黒で、女の一人は目の色が青。吾一がフォークをかざし、血に汚れた顔を振り向かせたとたん、笑い声は悲鳴に変わった。

　奇矯なのは女だけではない、金髪女たちが取りすがったやけに背の高い二人の若い男の髪は、赤と金。金髪は米軍式の迷彩軍装の上着を着ているが、その下のシャツには妙な日本語が書かれている。「お台場ドットコム」と読めた。角兵衛獅子のごとく髪を逆立てた赤毛は、小型無線機で何処かへ連絡をしている。東洋人そのものの扁平な顔立ちの金髪が女たちに何か言っていた。

「ドラマノロケ？　テレビシーエムカモ？　タレントジャネェ？」

　吾一は叫び声をあげ、その場へうずくまってしまいそうになるのを懸命にこらえた。やはり自分は死んだのだ。しかも、ここは極楽ではなく、地獄だ。お国のために尽くすことなく死んだ罰だ。鬼畜米英に一矢《いっし》も報わずに無駄死にした人間が陥るアメリカ地獄だ。

　背後から足音と叫び声が迫ってきた。振り向こうとした時には、複数の人間に両手と腰を押さえつけられた。

　吾一は言葉にならない悲鳴をあげ続けた。

七

　褌を締めたことなど一度もないから、どうすればいいのかわからなかった。とりあえず腰に紐をまわし、股間を布でくるみ、余った部分は尻のところにひっかける。トランクス派の健太には、あまり穿き心地がいいとは言えない。老婆は「もちっとで夕飯だ。すっかり遅くなっちまったが」と言い残して姿を消したきりだ。

たぶん健太のために遅くなったのだろうが、皮肉っぽい調子ではなく、本心からすまながっている口ぶりだった。遅いと言っても日が落ちたばかり。六時過ぎぐらいだろう。

声をかけられるのを待ったほうがいいのか、それとも自分から顔を出したほうがいいのか。あまり他人の家でメシを食ったことのない、まして行き倒れになって赤の他人の世話になるなんて、当然ながら生まれて初めての経験の健太には、どうしたものか判断がつかなかった。

迷ったが、結局ふすまを開けて部屋を出た。隣室は四畳半。街並み保存運動なのか、センスの悪い町おこしなのかよくわからない外の風景に負けず劣らず、老婆の住まいも時代遅れで質素だった。粗末な家具の中で仏壇だけがぴかぴかに輝いている。

四畳半を抜けると狭い廊下に出た。向かい側の部屋の戸が開いていて、明かりが漏れている。中から婆さんの呼ぶ声がした。

ここも和室だった。天井の低い六畳間。照明器具は笠付きの電球がひとつだけ。左手は白壁、右手はふすま。正面の曇りガラスの嵌まった窓は細かい格子状の桟《さん》で仕切られている。部屋の中央に円形の小さなちゃぶ台。まるでサザエさんの家だ。

体を折り畳むように座っていた婆さんが、薄っぺらい座布団を手のひらで叩く。そこへ座れということらしい。

「ま、たいしたもんもねぇが」

本当にたいしたものはなかった。ちゃぶ台の上に載っているのは、カボチャの煮物がひとかけら。煮魚の小片。たくあんが数切れ。味噌汁は色がやけに薄く、細切りのキャベツがほんの少し浮いているだけだ。帰り道に寄るつもりのマックではコーラだけでなく、ポテトも追加したほうがよさそうだった。

「うちはもう田んぼも畑ももっとらんから」

婆さんが言いわけじみた口調で言う。エアコンもテレビもないこの家を見てもわかるが、老婆の生活はけっして楽ではなさそうだ。ごちそうになるのが、なんだか悪い気がしてきた。

「そろそろぼた餅の季節だのに。去年はたんとこさえたもんだっけ。今年は無理だべな」

健太は考えた。家に戻ったら、今日の礼を言いにここへまた来よう。筑波のガマまんじゅうをお土産《みやげ》に持って、と。

料理が盛られているのも古めかしい絵柄入りの質素な陶器だ。よく見ると、三人分ある。この家には婆さん以外にも誰かいるのだろうか。あぐらをかくのはとりあえず我慢して正座すると、背後でふすまの開く音がした。

振り向いた健太は、思わず浴衣の裾をかき合わせた。お盆を両手で抱えて入ってきたのは、庭先で失神する前に見た若い女だった。

「さっきはどうも……驚かせてすいません」

健太にしては、きちんと挨拶をしたのだが、女は顔を伏せたまま会釈を返してきただけだ。健太がそこにいないかのように振る舞うから、最初は怒っているのかと思ったが、表情は怒っているというより困惑している感じだった。極端にシャイなタイプなのだろう。健太のはす向かいに座り、温泉旅館で出るような木のお櫃《ひつ》からご飯をよそっている間も、茶碗を手渡してくるときもうつむいたままで、まるで目を合わせようとしない。それをいいことに健太は彼女の顔としゃもじを持つ小さくて細い指にずっと見とれていた。

もしかしたら、さっきの女は錯乱した頭が見せた幻影だったんじゃないかと思いはじめていたのだ。それくらいきれいだった。こうしてもう一度会ってみて、改めて思う。

めちゃめちゃベッピン！　ミナミには悪いけれど、ルックスだけでいえば、彼女が大差で判定勝ちだ。

小柄でほっそりしていて、切れ長の目はびっくりするほど大きく、マスカラをつけているようには見えないのに、うつむいた頰に影が落ちるほど睫毛《まつげ》が長い。染めていないセミロングの髪を後ろに束ねている。

婆さんがカボチャの味つけを褒めていたから、この料理も彼女がつくったのだろう。たいしたもんだ。ミナミと変わらない年齢に見えるのに。得意料理が納豆スパゲッティだけのミナミは、ここでも判定負け。

ただし服のセンスは、へそ出しの似合うミナミのKO勝ち。彼女のファッションはかなり変だった。

白い割烹着《かっぽうぎ》はまぁいいとしても、その下は、和服とモンペ。色と柄が少し明るい以外、婆さんのド田舎ファッションとたいした違いはない。和風居酒屋チェーンのウケ狙いのコスチュームって感じだ。町おこし運動のために、むりやり着せられているのかもしれない。

茶碗に盛られた飯は薄茶色をしていた。ヘルシー胚芽米だろうか。硬くてぼそぼそしていて、正直言ってうまくない。たぶん鰊《にしん》だろう、骨っぽい魚の切り身と一緒にむりやり喉に押しこんでいると、婆さんが健太に声をかけてきた。

「おまえさん、名前は？」

「あ、尾島っす」

「下の名は？」

「健太」

「あたしはキヨだ。この子は文子《ふみこ》。両親が亡くなって、あたしが預かってるんだ。二年前に母親を結核で亡くして、常男《つねお》は——この子の父親は支那事変で死んだ」

フミコか。いい名前だ。婆さんの口ぶりからすると孫娘のようだが、容姿は似ても似つかなかった。鳥がついばむほどの量の飯つぶを口に運んでいた文子さんが、口もとを手で押さえ、目を伏せたまま軽くお辞儀をした。新聞もニュース番組もあまり見ないから、シナ事件っていうのがどんな事件なのかは知らないが、文子さんはかわいそうな身の上らしい。何か話しかけようと思ったのだが、その前にまたキヨ婆さんが尋ねてきた。

「年はいくつだ」

「十九です」

「数えで十九け？」

言葉の意味がよくわからなかったから、いいえと答えておいたのだが、婆さんの耳には届かなかったようだった。

「ふむ。大正十五年か昭和元年だな。丙《ひのえ》の寅《とら》か」

またわけのわからないことを言い、しわに埋もれた小さな目を健太に向けてくる。保健所へ連れて行かれる子犬を見るような目つきだった。

「赤紙はまだ来てねぇのけ？」

「……赤髪？」

思わずシルバーアッシュに染めたボーズ頭を撫ぜてしまった。このへんの方言だろうか。婆さんの言葉は健太の住む土地の年寄りの言葉とは、若干ニュアンスが違う。

「立派な体しとるし、いま時の若いもんにしても背丈がある。甲種合格は間違いねぇっぺ。ま、それがええかどうかは知らねぇけど」

サーフィンをやっているから胸板の厚さには自信があるが、身長は公称百七十、実際には百六十九。仲間うちでは小さいほうなのだが、婆さんから見れば、いまの若い人間はみんな大きいのかもしれない。婆さんの死んだダンナのものらしい浴衣は健太にはかなり窮屈だった。まだ何か言いたそうな婆さんから目をそらし、健太は文子さんに声をかけた。

「飯、うまいっす」

半分は本当だ。ヘルシー胚芽米はまずいが、カボチャの煮物は最高。お菓子みたいな甘ったるさがなくて、ちゃんと野菜らしい味がする。

「ありがとうございます」

文子さんの声を初めて聞いた。ギターの第1弦をそっとかき鳴らしたような、か細くて可愛らしい声だった。でも会話はそれだけ。文子さんはまた下を向いてしまったし、健太もそれ以上、何を言っていいかわからなかった。初対面の時から健太を普段以上のおしゃべりにさせたミナミと違って、彼女は言葉を交わすだけで、こっちを緊張させるタイプみたいだ。向こうも緊張しているようだった。箸を動かしても、何かを口に含んでも、まったくといっていいほど音を立てない。部屋にはしばらくの間、婆さんのたくあんを嚙む音だけが続いた。

この部屋にもテレビはおろか家具らしい家具がなかった。収納ボックス三段分ほどのサイズのたんすと、ダイニングボードのミニチュアみたいな木製の食器棚だけだ。テレビも音楽もない食卓なんて、健太にはあまり経験がない。たくあんを嚙み終わった婆さんが、ぽつりと言った。

「さっきラジオで警戒警報が出たよ」

波浪注意報か、強風注意報のことだろう。でもそれは、今日じゃなくて昨日のことのはずだ。台風はもうとっくに茨城を通り過ぎている。

「怖えな。初めてだっぺ、警報は。関東に接近中だと」

「はぁ」

「東部軍管区情報だっていうけど、本当け？　だって本土防衛は鉄壁なんだっぺ？」

妙なことばかり言う。親切な年寄りだが、ちょっとボケているらしい。

「八月には九州に爆弾が落とされたんだべ？　そろそろ東京へも二回目が来るって言うでねぇか」

ボケ老人を気づかって、調子を合わせているらしい。文子さんが婆さんのひと言、ひと言に黙って頷いている。かわいそうに、何かと苦労も多いだろう。食事をごちそうになったささやかなお礼として、健太も助太刀することにした。笑顔をつくって婆さんに語りかけた。

「爆弾って、例のミサイルのことですか？」

北朝鮮のミサイルのことを言っているのかもしれない。大学受験には時事問題も出るとかで、いつの間にか、そういう話にくわしくなったミナミが言ってたやつ。なんて名前だっけ。変な名前のヤツだ。ペコポンじゃなし、デコドンでもないし――。

「名前まで知らねぇ。とにかく怖えやつだ。ここもどうなるかわからねぇって、こないだ隣組が集まって鎮守さんの裏に防空壕を掘ったんだ。茨城なんかになぁんで爆弾落としに来るべか。海軍さんの航空隊があるからか？　日立にいっぺえ工場があるからけ？」

婆さんが箸を振り立て、口から飯つぶを飛ばす。健太の顔を見て喋ってはいるが、その目は健太じゃない誰かに怒っているようだった。とっさに視線を避けた。ちょっとどころじゃない。このバアちゃん、まじ、やべェ。

「本当のところはどうなんだ。日本はちゃんと勝ってんのけ？」

「……おばあちゃん」

文子さんが遠慮がちにたしなめる。それでも婆さんが睨んでくるから、健太はしかたなしに返事をした。

「何がです？」

「戦争だ。あんたらのような若いもんの方が詳しいべ。新聞やラジオの報道ではええことしか言わねぇけど、ここんとこ村じゃ出征した者《もん》の慰霊祭ばっかだ。こないだは加藤さんのとこの次男坊が戦死した。三カ月前にゃ戸倉薬局の跡取り息子もだ。配給もどんどん悪くなるし、アメリカの飛行機は飛んでくるし」

健太の顔を真剣な表情で覗きこんでくる。困った。昔は夏休みのたびに遊びに行っていた、おふくろの田舎の祖父《じっ》ちゃんは、健太が中学の頃からこんな感じで、こういう年寄りに話を合わせるのは慣れているつもりだったのだが。じっちゃんより重症だ。心からの同情の眼差しを文子さんへ向けた。

健太の視線に気づいた文子さんが顔を上げる。むりやりつくったふうに見える健気な笑顔を見せ、それから小さく息をついた。思わずむしゃぶりつくように見つめ返してしまった。ミナミが隣にいたら、きっとアザが残るほど太ももをつねられただろう。蕾《つぼみ》がほころぶみたいに文子さんが口を開いた。

「……兵隊さんたちが、お国のために頑張っていらっしゃるっていうのに、本当におばあちゃんたら……」

は？　最初は婆さんをこれ以上刺激しないように話を合わせているだけだろうと思った。

でも、違った。

「お気になさらないで。年寄りの言うことですから」

長い睫毛の下から健太に走らせてきた視線が本気だった。背骨のあたりがすっと寒くなった。

やっべェ。俺は老婆と孫娘、二人そろって頭のイカれている家に入りこんじまったんだ。昔、見たホラー映画のシチュエーションに似ていた。その映画では、被害者はチェーンソーでズタズタに切り裂かれてしまうのだ。早く退散したほうがよさそうだった。健太はぼそぼそして食いづらい茶碗の飯の残りをむりやりかきこんで、箸を置いた。

「……あの、そろそろ」

「もう、食べねぇのけ。おまえさんに食べさすために、今日は飯にサナギ粉を入れんかったのに」

婆さんが茶碗の中に言葉を落とす。まじやば。やっぱ、この家はおかしい。

「ごちそうさま。もう、じゅうぶん食べましたから」

文子さんが小さなため息をついたのを、健太は聞き逃さなかった。健太との別れを少しは残念がってくれているのか、それともこの狂気の家から邪魔者がいなくなることに安心したのかは、わからなかったが。正直に言えば、健太は彼女と別れるのが残念だった。たとえ彼女が頭のおかしな少女だったとしても。

「サルマタ、まだ乾いてねぇぞ。それに服はどうする」

婆さんが引きとめるように言う。そうだった。どうしよう。

「お茶、淹《い》れます」

文子さんが立ち上がった。まさかチェーンソーを振り回して戻ってきたりはしないだろう。

健太は浮かせた尻を座布団に戻した。

「ラジオ、つけとくか」

婆さんが立ち上がる。ラジオなどどこにあるのかと見ていたら、小さな食器棚の上に載っている木の箱に手を伸ばした。てっきりアンティークの装飾品だとばかり思っていたその木箱から、いきなり音楽が流れてきた。カン高い声のデュエット。童謡みたいな歌だった。

〜興亡岐《わか》つ　この一戦
ああ血煙の　フィリッピン
いざ来い　ニミッツ　マッカーサー
なんだこの唄は？　モー娘。と演歌歌手のコラボか？

〜出てくりゃ　地獄へ　逆落とし――

目を丸くしている健太に解説でもするかのように婆さんが言った。

「ふむ、日蓄《ニッチク》の新曲だべ。おまえさん、この歌は好きか？」

「あ……いえ……別に」

文子さんが湯呑みを載せた盆とともに現れた時、妙な歌がいきなり途切れ、ラジオから甲高いアナウンサーの声が流れてきた。健太の目はさらに丸くなる。

『マリアナ方面より発進せる敵機編隊、房総沖を北上中――』

おかしいのは婆さんと文子さんだけじゃない。この家のすべてが奇妙だった。ラジオの声に合わせたかのように、外からいきなりサイレンの音が鳴り響きはじめた。婆さんが顔をこわばらせて、かすれ声を出した。

「……本当に来た」

何が来たんだ？　一度止まったサイレンの音がまた始まった。五、六秒で音が止み、数秒間の沈黙ののち、また鳴りはじめる。野生動物の遠吠えに似た、不吉で物悲しげな音だった。

文子さんが身を固くして健太を振り向いた。婆さんと同じく顔面蒼白だった。いきなり電球に手を伸ばして、笠の上につけられていた黒い布で覆ってしまった。ただでさえ薄暗い部屋が、さらに暗くなった。薄闇の中で婆さんの声がする。

「文子、防空頭巾だ」

文子さんの声もした。

「はいっ」

健太はぼんやり座っていることしかできなかった。何が何だかさっぱりわからない。聞き違いでなければ、いまラジオでは確か「敵機」とか「編隊」がどうのと言っていた。外ではサイレンが続いている。次から次へと起こる予想もしない出来事を受け入れることに、脳味噌が拒否反応を起こしはじめていた。

どこからか低く重い音が聞こえてきた。まるで天井の上を無数のブルドーザーが走りまわっているような音だ。

「おまえさん、ぼやぼやしてねぇで、手伝え。雨戸を閉めてくろっ！」

婆さんの声にせき立てられて立ち上がった。近づくとガラス戸がびりびり音を立てて震動しているのがわかった。

戸を開けて、音のする方向を見上げる。とんでもないものが目に飛びこんできた。

夜空に巨大な影が浮んでいた。飛行機だ。ジャンボジェットじゃない。もっと細くて翼が長い。第一、ジャンボ機が編隊飛行などするはずがない。飛行機のシルエットは、全部で四つだ。考えられないほどの低空を飛んでいる。

空に向けて地上からサーチライトが放たれている。その光の中に銀色に光る機体とその横腹に入ったマークが見えた。米軍のマークだ。

なんで米軍の飛行機があんなところを飛んでいる？　健太の頭は真っ白になってしまった。

無意識のうちに飛び出した言葉は、自分の耳にも入っていなかった。

「いったい、どうなってるんだ？」

8

遠くで祭り囃子《ばやし》が聞こえる。吾一は提灯《ちょうちん》をさげて山道を歩いていた。石ころだらけの坂道は薄い草鞋《わらじ》の底を意地悪く突き立てるが、歩調はしだいに早足になっていく。それにつれて背後の祭りの音も遠ざかっていった。

妹の芳子を連れて古峯神社《こぶじんじゃ》の夏祭に出かけたのだが、途中ではぐれてしまった。さて芳子はどこへ行ったものか。山道はしだいに細く頼りなくなっていく。吾一の胸に不吉な予感がふくらんできた頃、道の先に小さな人影が見えた。

夢だとわかっていた。古い記憶が見せる情景ではない。赤ん坊の頃から体の弱かった芳子が、独りでこんな山の上まで来ることはなかったし、鉱山の町で暮らしていた吾一の家では、夜道を歩く時にはカンテラを持った。吾一が手にしていたのは、お盆の迎え火提灯だった。

夢とわかっていても急ぎ足になった。真っ暗な夜道の向こうの人影が、泣いているように震えていたからだ。

耳の途中で切り揃えたおかっぱ頭、薄桃色の浴衣に赤い帯。路傍にうずくまり、こちらに向けている背中は、確かに芳子のものだった。吾一は芳子に声をかける。

「さぁ、うちへ帰ろう」

おずおずと伸びてくる小さな手を、しっかりと握りしめた。提灯の明かりに振り向いた芳子は狐の面を被っていた。

か細い妹の手を引いて坂道を下りた。芳子がころばぬよう注意して、しかし、できるかぎりの早足で。急がねばならなかった。一刻も早く山を下りなければならぬ。なぜ急ぐ必要があるのかは、夢の中の吾一にはわからなかったのだが。

「お面が落ちちゃった」

背後で芳子が細い声を出す。後で取りに行ってあげるから――そう言うかわりに手を握り直した。振り向くことはできなかった。もし振り返ったら、芳子がまた消えてしまうか、あるいは別の何かにすり変わってしまいそうに思えたのだ。吾一がきつく握りしめているにもかかわらず、芳子の手は冷たく、そして空気を摑んでいるかのように手ごたえがなかった。

坂の下に吾一の家の灯が見えてきた。粗末なトタン葺《ぶ》きの屋根だが、父親は鉱山技師であったから、炭坑夫たちの家に比べれば、いくぶん大きな住まいだ。あともう少し。ようやく吾一は安堵の息を吐く、そのとたん、その息が吹き消したように提灯の明かりが消え、背後の芳子の足音もぱたりと止んだ。

「芳子？　芳子？」

吾一はおのれの手足も見えないほどの暗闇の中で妹の名を呼び続ける。

「芳子っ！」

その声に応えるように闇の向こうで声がした。

「申しわけありません」

なぜか頭上から聞こえた気がした。芳子の声ではない。大人の女の声だ。星も月もない漆黒のビロードめいた空を見上げると、また声が降ってきた。

「ほんとうに、申しわけありません」

夢にしては、ずいぶんとはっきり聞こえた。どうやら自分は夢から醒める途中であるらしい。女の声はしきりに謝っている。

「なんとお詫びしてよいやら」

母親の声だと思った。聞きなじんだ台詞だったからだ。こうした謝罪の言葉を何度聞いただろう。父親が不始末をしでかすたびに、母の絹代《きぬよ》はいつも米つきバッタのように這いつくばり、畳に頭をこすりつけるのだ。

なぜ、母親がここにいるのだろう。してみると、先刻の妙な看護婦や医師も、日本とアメリカをひとつ鍋へ出鱈目《でたらめ》に放りこんだごとき風景も、魑魅魍魎《ちみもうりよう》さながらの奇怪な風体の若い男女も、この目が見たと思ったものは、すべて悪夢であったのか。あるいは自分は彼岸を垣間見て、三途の川の手前ですんでのところで生還したのかもしれん。吾一はそう考えた。そう思いこもうとした。しかし、いくら自分に言い聞かせても、恐ろしくて瞼《まぶた》を開けることができなかった。

何人もの男たちにからめとられた感触は、腕や腰に生々しく残っている。意識が遠のく前、暴れる自分が滑車付きの担架に乗せられ、ベルトで締め上げられて、腕に注射を打たれた記憶も、夢とは考えられないほど鮮明だった。

「まぁまぁ、奥さん、お顔を上げて。救急医療の現場ではよくある事ですから。おそらく事故のショックで一時的に錯乱されたのでしょう」

男の声がした。先刻の白衣の巨漢の声ではない。それが、ほんの少しだけ吾一を安堵させた。殺していた息をそっと吐き出す。

「幸い、うちの高橋君《たかはしくん》にも怪我はありませんでしたし、もちろん当方としては事を荒立てるつもりはありません。ただまぁ、救急病棟でお預かりしただけですので早期に退院していただけると、ありがたいことはありがたい——」

不明瞭な濁声《だみごえ》で、しかも頭がまだ朦朧としていたから、男の言葉はさながら念仏で、半分しか聞き取ることができなかった。

「で、息子のほうはだいじょうぶなんですか？」

別の男の声がした。

「ご心配なく。投与したのはごく穏やかな効果の静脈麻酔ですから。かなり体が消耗しているようで、よく眠っているだけですよ」

息子というのは誰のことだろう。吾一のことであるとするならば、声の主は父親かもしれないが、あの男が吾一のことを「息子」と呼ぶなど、それこそ夢のようだ。

おそるおそる薄目を開けてみた。母親や練習航空隊の班員《ペア》たちが心配顔で自分を見下ろしている光景を期待しながら。

「健太！」

見たこともない女が顔を覗きこんでいた。あわてて目を閉じる。

「健太っ！」

男の声もしたが、吾一には閉ざした瞼を開けるつもりはない。再び頭が混乱した。まだ悪夢が続いているのだろうか。夢なら早く醒めてくれ。それればかり念じて身じろぎもせず横たわり続けた。念仏声が何か言っている。

「呼びかけても無理ですよ。並の人間なら意識が戻るまでにはもう少し時間がかかるはずです。それまでは安静にしていたほうがいいでしょうねえ。なにしろ薬が強力ですから」

「いいでしょうねえって、ちょっと待ってくださいよ。あんた、さっきはごく穏やかな薬だって言ってたじゃありませんか」

「まぁまぁ、お父さん、興奮なさらず。何しろ息子さんの様子は普通じゃなかったものですから」

「俺の息子に何をしたんだ」

「だから、眠ってるだけだって言っているでしょうに。そもそも息子さんは妙な服を着て海岸で倒れられてたそうじゃないですか。ここへ来る以前に問題があったのではありませんか。なんでしたら、いますぐお引き取りいただいてもかまわないんですよ」

「なんだよ、その問題ってのは。あんたいま、頭を指ささなかったか。おい、ちょっと」

「やめなさいよ、お父さん、悪いのは健太なんだから」

自分の頭のすぐ上で、なにやら揉め事が起きているようだったが、吾一は心の耳を閉ざして、何も聞かないことに決めた。

「お静かに願えませんか。隣に他の患者さんもいることですし。診察室でゆっくり説明しますから」

口論の声が遠ざかり、足音が去っていった。固く目を閉ざしていた吾一は、周囲に人の気配がなくなったことを確かめてから、体の緊張を解く。そして、ゆっくりと瞼を開けた。予科練の合否通知電報を開く時よりも不安に胸が震えた。

半分開けただけでわかった。目の前にあったのは、先刻と同じ部屋だった。背後の壁が白と薄桃に塗り分けられているのを見た刹那、吾一は大きく息を吐いた。吸い戻した息は半分嗚咽《おえつ》となった。自分はいったいどうなってしまったのだろう。一体全体ここはどこなのだ。

見れば見るほど部屋の様子は奇っ怪だった。天井近くの鉄製の機械が冷気を吐き出し続けている。残暑の時期にもかかわらず肌寒いほどだ。熱湯が飛び出す円筒形の筒に「TIGER」という英文字が入っているのを見ても、もう吾一は驚かなかった。

身を起こそうとしたが、手足にうまく力が入らなかった。注射のせいであろうか、いったん回復したと思った体は元の木阿彌《もくあみ》、いや、元の木阿彌どころか、さきほどよりも体は重く、頭は朦朧とし、喉の閉塞感は酷くなっている気がした。

蜘蛛《くも》の巣が張ったように霞んだ脳裏に、意識を失う前に見た、百鬼夜行か末世の乱痴気騒ぎかと疑うばかりの光景が蘇ってきた。あの光の洪水を思い出しただけで、目が疼き出す。実際に再び耳鳴りが始まった。耳もとで無数の見えない羽虫が唸りを上げる。

耳鳴りに堪えながら吾一は考えた。脱走した自分を捕らえたのに、拷問や尋問が始まる気配がいっこうにないのはなぜであろう。ここを捕虜収容所だとばかり思っていたのだが、構内にも戸外にも東洋人の姿しかないのはどうしてなのか。

考えてみれば、吾一から軍極秘を聞き出すために、こんな手のこんだことをする必要があるだろうか。吾一はまだ飛行術練習生だ。拷問に屈せぬ帝国軍人魂もなにも、万が一、屈することがあったにせよ、答えられることなどほとんどなかった。

手旗信号や海軍体操のことを知りたがっているのならともかく、吾一は帝国海陸軍にあとどのくらい航空機が残っているのかも知らない。例の特別攻撃隊のことも、いつから開始され、何が兵器として使われ、誰が隊員として選ばれるのか、まるで知らなかった。いま戦局がどうなっているのか逆に聞きたいぐらいのものだ。お国のために命を捧げる覚悟に嘘はないが、そもそもどうしてこの戦争が始まったのかも、なぜ米英が鬼畜で独伊が同盟国なのかも、吾一にはよくわかってはいなかった。

収容所でないとしたら、いったいここはどこなのだ？

頭を掻きむしった。海軍は陸軍に比べれば頭髪に寛容であったから、予科練時代ほどまめにバリカンを当てていない。伸びかかった坊主頭がばりばりと音を立てた。

気が狂いそうだった。このままでは自分は狂ってしまうかもしれない――そこまで考えて、吾一は背筋を凍らせた。恐るべき事実に気づいてしまったのだ。

一瞬、虫の羽音に似た耳鳴りが遠ざかり、すぐにさらなる大群となって戻ってきた。

嗚呼《ああ》、そうであったのか。考えたくはなかったが、そう考えれば、すべて辻褄《つじつま》が合う。おかしいのは自分をとりまく世界ではなく、自分自身なのだ。気が狂うかもしれないなどと悠長なことを言っている場合ではなく、自分はすでに狂ってしまっているのだ。

なにせ高度三百メートルから墜落したのだ。五体満足でいられるほうが不思議だった。頭をやられてしまったのだ。見聞きするものすべてがまともでないのは、おそらく自分の目と耳と脳味噌が歪んでしまったからだ。ここはキ×ガ×病院なのかもしれぬ。

吾一は自分の頭に拳を叩きつけた。何度も何度も。衰弱した腕に力が入らなかったのが幸いであった。いつもの力であれば自分で自分を気絶させていたかもしれない。

もう御国のために尽くすことはできない。幼い頃からの夢だった飛行機乗りにはなれない。航空隊の鬼教員たちから、いくら精神注入棒《バッター》で殴られても、けっして流すことのなかった涙が双眸《そうぼう》からこぼれ出て頬を伝っていった。

しばらく吾一は声を出さずに涙を流し続けた。合わせる顔がなかった。航空隊の教官や教員や同期の者たちに。故郷の親や輩《ともがら》に、そしてなにより——

泣きくれる吾一を、現実に引き戻したのは、突然の尿意だった。

痺れに似た下腹部の不快感が、切迫したものになるのに、そう時間はかからなかった。起きねば。吾一はおぼつかない手足を操って懸命に起き上がろうとした。ここで垂れ流しなどしてしまえば、男子一生の恥。たとえ頭が狂っているのだとしても、小便ぐらいは一人でできることを証明しなくては。吾一はじたばたと毛布の中でもがいた。

わずかだが腕には力が戻っており、半身を起こすことができたが、足はどうにも言うことをきかぬ。床に下ろそうとした片足の重みで、吾一の体はずるりと寝台から滑り落ちた。

立ち上がろうとしたが、果たせなかった。両足に感触がなく、腰から下に二本の棒をくくりつけているようだった。

いかん、急がねば。そう思うとよけいに尿意は差し迫ったものとなった。吾一は両手を床に突っぱり、膝歩きで戸口をめざした。

便所便所便所便所便所。

下腹部が重く痺れ、ひたいから脂汗が流れ出てくる。

小便小便小便小便小便。

尿道の先がちりちりと焦げ、全身が震えた。その間にも耳の中の羽虫の数は増え続けている。

吾一は金玉を腿の間に挟みこんで前進を試みる。戸口までのたった十歩ほどの距離が、懲罰の飛行場駆け足三周の長さに思えた。

歩幅にして三歩ほど進んだ時、いきなり扉が開いた。戸口に若い女が立っている。看護婦ではない。真紅の袖無し服を着ていた。その赤色とむき出しの白い腕の鮮やかさが、霞みはじめた吾一の目を射る。女は両手を腰にあて、首を斜め三十度にかしげて言った。

「ケンタ、なにやってんのよ、あんた」

吾一が呻き声をあげ、なおも前進しようとすると、女が駆け寄ってきた。

「どうしたの」

声が一転、狼狽していた。女が腰に手をまわして体を支えてくれた。枯れ枝のように細い腕だが、案外に力が強い。おかげでなんとか立つことができた。女の背丈は五尺六寸ある吾一と変わらないほど高く、立ち上がった拍子に頰と頰が重なり合った。電流に触れた気がした。反射的に顔を引き離そうとしたとたん、また足がよろけ、吾一は女の胸に崩れ落ちた。

九

轟々と夜空を震わせる音が続いている。雨戸を閉めきり、笠つき電球を黒い布で覆った薄暗い部屋で、健太はぼんやりと立ちすくんでいた。頭の中ではいましがたサーチライトの光の中で見たものがフラッシュバックしていた。

円筒形の胴体、長く伸びた翼。あの巨大な鳥を思わせる飛行機の名前を思い出そうとしていた。

航空機に関する健太の知識は、ちょっとしたものだ。ガキの頃から飛行機が好きで、小学校の卒業アルバムには「将来の夢はパイロット」と書いた覚えがある。ゲームに本格的にはまり出したのも、戦闘機バトル物や航空機操縦シミュレーションなんかからだった。

去年、ゲームソフト会社が主催するアイデアコンテストに応募しようとした時も、最初に思いついたのが空中戦をテーマにしたストーリーだった。タイトルは『スカイ・ドッグ・ファイター』。その時にもネットで軍用機のことをあれこれ調べた。あんなのあったっけ――。

ボーイングB－1Bランサー、ロッキード・マーチンAC－130スペクター、ノースロップ・グラマンB－2……どれも違う。しかもプロペラ機なんてかぎられている。結局、『スカイ・ドッグ・ファイター』は、入賞しなかった時のショックが怖くて本腰を入れないまま、ぐずぐずしているうちに締切りが過ぎてしまったから、完璧な知識があるとはいえないのだが。

ふいに健太は、ある映像を思い出した。ネット上の画像じゃない。広島や長崎の原爆を扱ったドキュメンタリーフィルムのワンシーンだ。唯一、似ているとしたら、あの時に見た機体。大昔、日本が戦争をしていた時代のアメリカの爆撃機だ。名前も覚えている。B－29。

まさかな、見間違えだ。なにしろ夜だし。俺、航空機オタクってほどでもないし。

そこで健太の脳味噌は、それ以上考えることを拒否し、活動を停止してしまった。

目だけがせわしなく動き、部屋のあちこちに視線を走らせた。この状況をきちんと説明できる答えが見つかりはしまいかと。

低い天井。小さなちゃぶ台。粗末な家具。ひどくずれたチューニングでおかしな音楽やニュースを伝える奇妙なラジオ。モンペと割烹着姿で、あわてふためいてたんすの引き出しをひっかきまわしている老婆と、小さなリュックサックに非常用品らしきものを詰めている若い女。壁を飾っているのは黒くてやけに大きな古時計と、あとは日めくりカレンダーぐらいだ。上のほうに交差した日の丸の旗がデザインされ、下のほうにごちゃごちゃと小難しい漢字が並べてある、その古めかしいカレンダーに健太の目が止まった。

九月十二日という日付けの上に妙な漢数字が添えてある。

「昭和十九年」

まばたきをしてもう一度眺めた。

「昭和十九年」

目をこすってもう一度。

「昭和十九年」

何回見ても同じだった。ボケた婆さんが娘時代のものを引っ張り出して飾っているとも思えない。なにしろカレンダーは新品同然、テレビのお宝鑑定番組に出せば、高値がつきそうな保存度なのだ。ドンキホーテあたりで売っている冗談グッズだろうか？　それとも——。

婆さんが何か叫んでいる。

「おまえさんっ」

何度目かで自分が呼ばれていることに気づいた。婆さんはいつの間にか頭巾をかぶっていた。生地が分厚いから、まるで二つ折りにした座布団を頭に載せているように見える。文子さんの頭にも同じものが載っていた。

「すまんが、これを使ってくろ」

婆さんが差し出してきたのは、小さな金属製の洗面器だった。

「男衆《おとこしゅ》が防空頭巾というわけにもいかねぇべ。鉄兜のかわりだ」

健太は何度かまばたきをして洗面器を見下ろし、それから婆さんの顔を眺めて、またまばたきをした。婆さんはふくろうみたいに着物の袖をばたばたさせて、しわがれ声を張りあげた。

「さ、さ、かぶれっ、早《は》よ、早よ」

しかたなく言われた通りにする。いつの間にかサイレンの音は止み、頭上で続いていた不吉な音も遠ざかっていた。

考えることを拒否してフリーズした脳味噌を再起動させるために、健太は洗面器の上から拳でこつこつと頭を叩き、いま置かれている状況をうまく説明する答えを引きずり出そうとした。

あ、そうか。クイズ番組の解答ボタンを押すように洗面器を鳴らした。

これ、ドッキリだ。あの手の番組って最近、人気だもんな。ついこのあいだも若手芸人が偽物のヤクザにビビってるのを見て、ミナミと二人で大笑いしたっけ。つまり、いま目の前にいる、おかしな頭巾をかぶった老婆と孫娘は、仕掛け人だ。俺を騙そうとしている女優なんだ。

なぁんだ、そうか。どうりで文子さんが驚くほどきれいなわけだ。いまはまだ無名なんだろうけれど、これだけのルックスがあれば、そのうちブレイクするかもしれない。婆さんもテレビでは見かけない顔だが、なかなかの名演だ。実力派のベテラン舞台女優といったところだろう。すげぇ大がかりだな。わざわざ飛行機まで飛ばすなんて。

テレビ局が米軍の協力を得てまで、素人の自分を驚かせたって何の得もなく、そんな番組が成立する可能性などゼロに等しいという疑問はむりやり頭の片隅へ押しこんだ。

そうか、そうか、健太は頭の中で自分の名推理に頷く。それしか考えられない。そうでなくては、頭がどうにかなってしまいそうだった。そうか、そうか。と祈りを唱えるように呟き続け、もう一度洗面器越しに頭を叩いた。

かぁ〜ん。心なしか、正解を告げるチャイムではなく、「残念でした」の効果音に聞こえた。

そう考えると、この部屋のすべてが舞台装置に見え、婆さんたちの立ち居ふるまいが急に芝居じみたものに思えてきた。餌箱の前のハムスターみたいにたんすの引き出しをあさっている婆さんは、中身をひっかきまわしているだけに見えるし、部屋をせわしなく出入りしながら文子さんがリュックに詰めている物だって、よくよく見ればアバウトだ。なにしろ、いかにも小道具っぽいちゃちな造りのリュックに詰めているのは、まるごとのサツマイモやドロップの缶なのだ。

「砂糖だ、砂糖も持って行かなくちゃ」

老婆役の女優が叫ぶと、孫娘役の無名アイドルがドロップの缶を振った。

「ここ、ここに入ってます」

思わず笑ってしまいそうになるのを健太は必死でこらえた。

「醬油だ、醬油、醬油」

あわてふためいた様子の婆さんが、舞台の袖に引っこむ感じでふすまの向こうへ消えると、両手で頰をはさむしぐさをした文子さんが健太を振り向いた。

「どうしたらいいのでしょう。私たち、空襲警報は初めてなんです」

落ち着きなく動く大きな瞳は、本気で怯えているように見えた。手も足も、頰にあてがった指先までも小刻みに震わせている。彼女はこの業界で絶対に成功するだろう。ルックスだけじゃない。演技力も抜群だ。健太は洗面器をひとさし指でくいっと押し上げて不敵に笑ってみせた。

「だいじょうぶ、俺にまかせてください」

テレビに映るんだから、カッコいいとこ見せなくちゃ。隠しカメラはどこだ？　柱時計の中？　奇妙すぎる形のラジオも怪しい。このあいだのドッキリ番組みたいに、赤色灯付きのヘルメットをかぶった局アナが、プラカードを掲げて、ふすまの向こうから出てくるのはいつだろう。そうしたらカメラに向かって叫んでやるのだ。「ミナミ見てるかー、俺はここだぞっ」って。

沈黙していたラジオが、突然けたたましい声をあげた。

『敵機編隊は霞ヶ浦を通過――』

隣の部屋から一升瓶を抱えて戻ってきた婆さんが、畳の上にへたりこんだ。

「また来たのけ？　さっきのとは別か？」

家の外も騒がしくなってきた。最初は潮騒に聞こえた。押し殺した大勢の人間の声のさざ波だった。誰かが家の戸を叩いている。

「沢村《さわむら》さ～ん、沢村さ～ん、お～い、キヨさ～ん、退避だ～、ト号防空壕に退避っ」

婆さんと文子さんが弾かれたように立ち上がる。健太はのんびりと首すじを掻いていた。

「ほら、おまえさんも、行かねぇと」

まるで動じる気配のない健太を、文子さんが驚いた顔で見つめ返しているのがわかった。

そうか、俺がもっとパニクらないと、番組的にキツイのか。ここは調子を合わせたほうがいいかもしれない。あんまりリアクションがなさすぎて、オンエアがボツになっちまったら、ミナミや仲間たちに自慢できなくなるもんな。ちょっとカッコ悪い気がしたが、洗面器をそのまま頭に載せて、部屋を出る婆さんたちの後を追った。こっそり口笛を吹きながら。

六畳間の向こうはキッチンというより、昔風に台所と呼ぶのが似つかわしいスペースだった。その先で床は一段下がり、八畳ぐらいの土間になっていて、木の棚や台にごてごてと雑貨が並んでいる。婆さんは店を営んでいるという設定のようだ。ゴム紐、足袋《たび》、ヤカン、鍋――並んでいる品々は骨董品と呼びたいほど、どれもが古めかしい。凝った舞台美術だったが、やはりよく見れば不自然だ。商店にしては品物が少なすぎるし、並べてある物はみな埃をかぶっている。どこのテレビ局か知らないけれど、ツメが甘いな。これじゃあ、長く店を開けていないか、開けていても誰も買いにくる人間がいないようにしか見えないじゃないか。

婆さんは足が悪いらしい。巧みな演技なのかもしれないが、土間に下りる時に文子さんの手を借りていた。杖がわりの竹の棒をつきながら歩くから、ほんの数歩分の奥行きしかない店内から戸口までたどりつくのに、かなりの時間がかかった。

細かい格子で区切られた表戸のガラスには、一枚一枚に細い紙が縦横斜めに貼られ、ユニオンジャックを思わせる紋様を描いている。健太が先に立って開けた引き戸の向こうには中年男が立っていた。男はまんまるの眼鏡をかけ、ちょび髭《は》を生やし、おまけにヘルメットをかぶっていた。

ほら、やっぱり来た。健太は男に薄笑いを投げかけて、ウィンクをしてやった。そして男が背中に隠したプラカードを差し出すのを待った。だが、中年男は妙な顔をして健太を見返してくるだけだ。よく見ると男のヘルメットは、この手の番組の局アナや芸人がかぶりそうなジェット型ヘルではなく、サラダボウルみたいなかたちをしている。服もウケを狙ったのだとしたら、はずしているとしか思えない、どこかの国の人民服風だ。

男は浴衣姿で洗面器を頭に載せた健太に、好意的とは言えない不躾《ぶしつけ》な視線を向けてくる。視線《ガン》を飛ばし返そうと思ったら、キヨ婆さんが健太に竹の棒を突きつけて言った。

「あ、これは、あたしの甥っ子だ。体を患《わずら》って、うちで療養中なんだ」

番組の「仕掛け」はまだまだ続くらしい。そろそろ終わりにして欲しいのだが。さもないと、この状況が現実だと信じてしまいそうな気がして困る。

「キヨさん、この間の防空演習どおりだ。この地区は、ト号防空壕だよ」

それだけ言うと男は背中を向ける。まさか本物ではないと思うが、リュックには防毒マスクがぶら下がっていた。

キヨ婆さんの家の前に広がっていたのは、舗装されていない幅の狭い道路と、その両側に並ぶ民家と商店が同居した小さな街並みだった。どの家々も明かりを消しているせいで、月の光をやけに明るく感じた。

夕方、窓から見た『店腐豆林小』という看板のかかった店の隣は『屋字十服呉』。その先の何軒かは平屋の民家で、暗闇に目をこらすと、向こうにぼんやりと『院醫科齒田杉』という白い文字が浮かんでいるのが見える。

そうか、日本史の教科書に出ていたっけ。昔の日本の横文字は右から読むこともあるんだよな。トラックや営業用バンのボディのロゴと同じだ。婆さんの店の軒先には看板が掲げられておらず、端っこに『こばた』という文字が入った木の板が遠慮がちに下がっているだけだった。

そうか、そうか、なるほどね。俺が二〇〇一年から昭和十九年という時代に飛んじまったっていう「仕掛け」なんだな。それほど面白い企画とは思えなかった。ありえなさすぎ。この間中古で買って、後悔した劣悪《クソ》ゲームもこれとよく似た設定だった。現代の格闘家が戦国時代に行ってしまい、そこで活躍するっていうストーリー。ありがちだよな。SF物の定番のひとつだ。時空に歪みができて、誰かが何かの拍子に落ちこみ、違う世界に迷いこんでしまう現象。ひとことで言うと——あれ、なんだっけ。ど忘れしちまった。

田舎町の明かりが消えた闇の中で、たくさんの人影が蠢《うごめ》き、ひそめた声が夜の底にたちこめていた。誰もが足早だった。走っている人間もいる。リヤカーを牽《ひ》いている人間もいる。男もいれば女もいる。年寄りや子供が多い。若い女の姿も見かけたが、若い男はほとんど見かけなかった。

女と子供は、みな婆さんたちと同じく分厚い頭巾をかぶっている。暗がりの中で見ると、まるできのこの行列だ。大人の男はたいてい人民服みたいな衣裳で、頭には消防団員風のつばの短い帽子か、サラダボウルに似たヘルメットをかぶっている。ズボンの膝から下を布でぐるぐる巻きにしているから、誰もが鳶《とび》のおっちゃんのようだった。

健太は感激した。すげえセット。すげえエキストラ！　素人の俺のためにここまでしてくれるなんて。俺、まるで一流タレントだな。ずり下がってくる洗面器を片手で押さえて歩きながら、「根拠なしポジティブ」な思考回路で健太は考え続けた。それにしても「ドッキリ」のプラカードはいつ現れるのだろうかと。

年寄りを乗せたリヤカーが健太たちを追い越していく。道を行く人々は婆さんたちとは知り合いという設定のようで、声をかけ合ったり、目で挨拶を寄越してきたりするが、健太と文子さん以外、杖をつく婆さんを手助けしたりはしない。それどころじゃないって演技を続けている。でも、誰もが目の隅で健太を窺っているのがわかった。やっぱりな、俺は主役だからな。

『院醫科歯田杉』から飛び出してきた健太と同年輩のミリタリールックが、こっちを振り向いて首をかしげている。それを見ていたキヨ婆さんが、健太を見上げて囁《ささや》きかけてきた。

「田舎は人の目がうるさいけ、おまえさんはあたしの甥っ子ということにしておこう。そのほうがおまえさんにもえがへよ？」

婆さんが意味深な目つきをする。甥だなんて少しずうずうしい気もしたが、どういうストーリー展開でも別に健太はかまわない。

「はいはい、了解」

お気楽に答えて、婆さんの着物の襟にワイヤレスマイクが仕掛けられていないか、さりげなくのぞいてみた。ない。番組制作者もそれほど馬鹿じゃないか。

再びサイレンが鳴りはじめ、黒く長い塊になって移動していた群衆がざわめいた。婆さんの家から百メートルも行かないうちに家並みは途切れ、そこから先には田畑を貫く畦道《あぜみち》しかなかった。道幅が狭くなっているためか、人々の列がそこで渋滞を起こしている。

道の脇に立った、夜目に見ても竹製としか思えないヘルメット姿のオッサンが、長い木の棒を刀のように振ってみんなに指図していた。

「慌てず騒がず、光は出さず声も出さずにまいりましょう。迅速かつ慎重に。沈勇かつ油断せず――」

エキストラとは思えない演技だった。そういえば、この男の顔は見たことがあるような気がする。バラエティ番組の再現ドラマの父親役か、サスペンス劇場の地元警察の刑事役ってところだと思うのだけれど。

婆さんが声をあげた。

「いかん、お位牌を忘れた」

家に戻ろうとする婆さんの着物の袖を文子さんがつかむ。

「やめて、おばあちゃん。もう無理よ」

「いいや、爺さまたちを置いて、あたしだけ逃げるわけにはいかね」

「じゃあ、あたしが行きますから」

「だめだ、だめだ、おまえを行かせたんじゃ、常男と富子《とみこ》に申しわけが立たね」

「おばあちゃん！」

いい芝居だった。ドッキリカメラの劇中劇にしておくのはもったいないぐらいだ。

「俺が行きます」

健太はどこかに隠されているはずのカメラとマイクを意識して、力強く言った。わけのわからないシチュエーションに陥って、パニックになる情けない若者を笑おうっていう企画なのだろうが、そうはいかない。「これだから素人は嫌だ。番組の流れがめちゃくちゃだ」とかなんとか言って、セットの向こう側でディレクターがインターコムを噛んでいるかもしれないが、ミナミに笑われるようなことをしてまで、テレビに出たいとは思わない。

文子さんが大きな瞳を健太に向けてくる。吸いこまれそうだった。本当にきれいだ。もうすぐお別れの時が来るのが、つらくなるぐらい。ミナミと知り合う前に出会っていたら、絶対に携帯の番号を聞いていただろう。健太が見つめ返すと、すぐに長い睫毛で瞳を隠してしまった。

「……だめです、そんな。今日お会いしたばかりの方に」

健太は目の下までずれていた洗面器の縁を、カウボーイみたいに指先で押し上げた。

「気にしないで。助けてもらったお礼です」

まわりの雰囲気に呑まれて、ついクサいセリフを吐いてしまった。さすがに照れて、二人の答えを聞かずに踵《きびす》を返し、来た道へ向けて走り出した。

仏壇のある部屋は覚えている。セットだなんて疑うそぶりも見せずに、果敢に家へ飛びこんでやろう。たぶん位牌を手にしたところで、「カット！」の声がかかるんだ。押入れから飛び出してきた局アナが「どうもどうも、ドッキリですぅ〜」なんて騒々しくわめきはじめるに決まっている。

『こばた』という看板の下がった戸口の前に立ち、引き戸に手をかけた。開かない。ここを出る時に文子さんが戸締りをしていたことを思い出した。しまった、ちょっとカッコわりいな。番組の演出にはまっちまったか？

「尾島さん」

振り返ると、暗がりの中に文子さんの白い顔があった。こわばった顔で鍵を差し出してくる。鍵が振り子になって揺れるほど指先が震えていた。

「とても勇気がおありですのね、わたしなんか、もう腰が抜けそう」

洗面器を押し上げてポーズをつけようと思ったが、途中で落としてしまったらしい。頭の上には何もなかった。

文子さんが頭巾を脱ぎ、健太の手に持たせようとする。ぼんやり受けとると、自分は背中にしょっていたリュックを頭に載せた。

「兵隊さんになる方には、ご無事でいていただかないと——」

たぶん会ってから初めてだろう、健太の目をまっすぐに見つめてきた。それから敬礼のポーズをした。頭の上のリュックが巨大なカツラに見える妙な姿だったが、ぞくりとするほど愛らしかった。

文子さんから渡されたのは、RPG《ロール・プレイング・ゲーム》に出てくる魔法のカギみたいな、笑ってしまうほど鍵らしい鍵だった。手に持つと意外に重い。それを鍵穴に挿しこもうとした時だった。

突然、空が低く唸りはじめた。厚く垂れこめた雲のどこかに大きな獣が潜み、低く唸っているような音だ。

サーチライトがいく筋も夜空を切り裂くように交差している。厚い雲の切れ間から黒く大きな影が現れた。健太はぽかんと口を開けて、そのシルエットを眺めた。

嘘だろ。

今度こそ見間違えじゃなかった。巨大な鳥影を思わせる真っ黒な機体が、サーチライトの光の中を通過するたびに銀色の腹を光らせる。B－29。半世紀以上も前のアメリカの爆撃機だ。

爆撃機が地上に何かを落としている。空から蒔《ま》かれた種子に見えるそれが、空中で弾けたかと思うと、きらきら光る無数の小片となって落ちてきた。

パンパンパン、パンパンパンパン。

地上のどこか遠くからカン高い破裂音が聞こえた。砲撃の音？　もしそうだとしても、爆撃機の巨大な姿と圧倒的な轟音に比べたら、豆鉄砲の音にしか聞こえない。

たった一機だけ飛び立った飛行機が、爆撃機に向かっていくのが見えた。B－29に近づけば近づくほどその大きさの違いが鮮明になる。まるで鷲にたかる蝿だ。

もう一度、健太は心の中で呟いた。嘘だろ。

なぜ？　なぜだ？　どうして？　これじゃまるで本当の──突然、ど忘れしていた、この状況をひとことで言い表す言葉を思い出した。

タイムスリップ。

そのたった七つの文字で、ずっと頭の隅に押しこめて、深く考えないようにしていた疑問の数々が氷解してしまった。

嘘だ、嘘だ、嘘だ。健太の心の中の声は、涙声になっていた。誰か嘘だって言ってくれよ。早く「ドッキリです。どうもどうも」って言って、笑いながらプラカードを出してくれよ。しかし、遠くの群衆からは悲鳴しか返ってこなかった。

かたわらの文子さんを振り返った。ただでさえ大きな目をこれ以上ないほど見開いて、空を見上げている。睫毛まで震わせたその横顔がすべてを物語っていた。

嘘じゃない。これは、現実、なんだ。

本当は健太にも最初からわかっていたのかもしれない。たぶん恐ろしくて認めたくなかっただけだ。

空と大地を震わせ続ける音は、もう間近に迫っていた。引き戸の中でガラスが躍っている。指先が震えてうまくまわらない鍵でようやく開けて、家の中に飛びこんだのは、勇気があったからじゃない。どこでもいいから逃げこむ場所が欲しかったのだ。

健太の思考回路は、信じがたい事実を受け入れることを拒んで、目の前の小さな現実にすがりついていた。位牌を探さなくちゃ──。

家の中は外よりも暗い。いつの間にかすべての窓に黒い幕がかけられていたからだ。街の明かりや足元灯や電化製品の液晶表示なんかで二十四時間、どこかしらに光がある健太の家とはまるで違う。手さぐりで、うろ覚えの間取りを思い出しながら奥へ進んだ。

天井がびりびりと音を立て、煤《すす》が顔に降りかかってくる。もしあの爆撃機が本物だとしたら、いまここに爆弾が落ちてきてもおかしくはないのだ。一秒後には自分の体と命がこなごなに砕け散っているかもしれない——そう思うと膝が震え、その震えはすぐに全身に這い昇ってきた。

「尾島さん、気をつけて!」

文子さんの声がしなかったら、その場でうずくまり、胎児のようにまるまって、指をしゃぶりはじめたかもしれない。

ちゃぶ台でしたたか向こうずねを打ったが、おかげで真っ白だった頭にわずかな理性が蘇り、同時にいま自分のいる位置もわかった。

ひんやりした素足の感触で廊下に出たことを確かめ、手さぐりでふすまを開けた。ここも真っ暗だ。婆さんが丹精をこめて磨いているのだろう、明かりがゼロに等しい部屋の中で、仏壇だけが鈍い光を放っていた。くずおれそうな膝をなだめすかして部屋に入り、そこで力尽きて仏壇を拝むように正座した。

サイレンがまたもや鳴りはじめた。いまさら遅い。遅すぎる。さっきから聞いていれば、あのサイレンは恐怖心を増加させる以外に何の役にも立っていない。

どこに位牌があるのかまったくわからなかった。仏壇の中にあるものを手あたりしだい浴衣のふところに詰めこんだ。

屋根の上から降ってくる、獲物を前にした肉食獣の唸り声を思わせる音はますます大きくなり、サイレンは哀れな小動物の断末魔の悲鳴に聞こえた。文子さんが何か叫んでいる。健太はその声に導かれるように、闇の中を駆け戻った。

文子さんは戸口にしゃがみこんでいた。健太が表に出たとたん、すさまじい音が耳を突き刺した。文子さんがかじりついてくる。反射的に抱きとめると、小柄な文子さんの頭が健太のあごを突き上げ、空を振り仰ぐ格好になった。

夜空一面に巨大な翼と長い胴体が広がっていた。まるで空港ロビーから見るような低空を飛んでいる。空の向こうに、同じ機影がいくつも続いていた。二機、三機、四機、五機……。

どうしたらいいのかわからない。震える文子さんを震える腕で抱きしめた。

「ボ、ボ、ボークーゴーへ?」

シェルターのことらしい覚え立ての言葉を口にした。文子さんが上げた顔を横に振る。目は泣き出しそうに潤んでいたが、唇は何かを決意したようにきゅっと結ばれていた。

手を差し出してきた。健太はすがりつくようにその手を握りしめる。腕が激しく震えた。文子さんの手が震えていたのか、自分の手がそうだったのかわからない。たぶんその両方だっただろう。健太がその手のぬくもりを感じる間もなく、文子さんは決然と立ち上がって健太の手を引き、小走りに駆け出した。

連れていかれたのは、ここへたどりついた時に失神してしまった裏庭だ。あの時は気づかなかったが、もともとは農家だったらしい広い庭だった。

「あそこへ」

文子さんがひとさし指を伸ばしかけたが、途中で引っこめ、両手で耳を覆ってしまった。また爆撃機が近づいてきたのだ。

指でさし示そうとしていたのが、庭の隅の円形に積まれた石垣であることはすぐにわかった。他に身を隠せそうな場所などなかったからだ。文子さんを抱えているのか、文子さんに抱えられているのかよくわからないまま、轟音の下をころげるように走った。

石垣は埋め立てた古井戸だった。深さは一メートルほど。文子さんを先に入れ、彼女が中でうずくまるのと同時に、自分も井戸に飛びこんだ。

一瞬だけ爆撃機の音が静まったように思えた。見上げると、丸く切り取られた空の上に、月が何事もなかったように浮かんでいた。しかし、その風景はすぐに巨大な金属製の鳥影に遮られた。凄まじい音が真上から降ってきた。

頭巾を脱いで文子さんの頭にかぶせ、彼女の体に自分の体を重ねた。彼女を守るためにそうしたというより、誰かの体に触れていなければ、恐ろしくて大声で叫び出してしまいそうだったのだ。頭の上からいつ爆弾が落ちてきてもおかしくはない。想像するだけで体が粉々に砕けてしまいそうだった。

文子さんが腕を伸ばしてきた。健太の手を求めているように見えた。健太は五本の指をからめてその手を握りしめ、その体を抱きしめる。夏物にしては厚手の生地ごしに触れる文子さんの体は柔らかく、そして温かかった。

健太は歯と歯を打ち鳴らして、ひたすら彼女の温もりにすがりついた。

10

女の髪からは、かすかに甘い花の香りがした。外で見た仮装行列じみた娘たちと同様の赤毛の毛先が吾一の鼻先をなぶっている。清々しく懐かしい匂いだった。さて、何の花であったか、悠長に考えようとしていた吾一の思考を、つかの間忘れていた尿意と女のうわずった声が遮った。

「怪我はなかったたって聞いてたのに、なんで？　どうしたの？　ねぇ、ケンタ？　寝てなくちゃだめだよ」

女は吾一の腋の下に手をまわし、寝台に寝かせようとする。

違う、そうじゃない。便所に行かせてくれ――そう言ったつもりだったのだが、喉からはすきま風めいた音しか出なかった。錆びついた砲塔ほどにしか動かない首を懸命に振る。吾一の鼻先へ見事な長さのひとさし指を突き出して、女も首を横に振った。

「だめだよ、寝てなくちゃ。まともに歩けないじゃない」

小便がしたい――もう一度、声を振り絞ったが、どうしたものか、まったく声が出ない。

吾一はなおも首を振り続け、両手で股間を押さえて呻いた。

「ううっ」

「え？」

毛布をかけようとした手をとめて、女が見つめ返してくる。目を丸く見開き、くるりと巻き上がった長い睫毛を何度も上下させた。

「……もしかして、おしっこ？」

幼子《おさなご》へ問いただすような物言いだったが、そのことを気障りに感じる余裕などなかった。子供のように素直に頷いた。

女が戸口に目を走らせる。吾一の体を支えてこの部屋を出ていくまでの道のりと時間を計算しているふうに見えた。ちろりと舌を出して唇を舐めてから吾一を振り向いた。

「ちょっとだけ我慢してて、すぐに戻るから」

子供の頃に聞いた記憶のある言葉だった。おたふく風邪を患った吾一の頭に氷嚢《ひょうのう》を載せ、出て行こうとした時の母親のせりふだ。町のカフェへ氷を分けてもらいに行くのだ。都会育ちの母絹代は、父の仕事の都合で炭鉱の町に住みはじめても万事がその調子だった。当時、吾一の住む町で、子供の熱冷ましに氷を使う家など他になかったはずだ。

銅山で働く人間を当てこんだ安酒場ではどこも、高価な氷を只《ただ》で分けてくれはしなかっただろう。炭鉱夫たちの家庭に比べれば若干裕福ではあったが、金は父親がほとんど博打に費やしてしまっていた。母はどうやって工面していたのであろうか。

母親にそうしたように、吾一は黙って首を縦に振る。そして女の背中をすがるように見つめて、声にならない呟きを漏らした。早く帰《け》ぇって来てくんろ。

脂汗が目にしみる。下腹部では突撃ラッパが鳴り続けていた。耳もとの羽虫の唸りは、いつしか間断のない銃声に変わっている。吾一は枕もとに野戦隊の分隊長姿の小人が立ち、一斉射撃の号令をかけている幻覚に囚われた。「砲撃、用ォォ意ィィー」

少しでも動くと暴発してしまいそうで、太股に陰茎をきつく挟みこみ、息を詰め、奥歯を噛みしめた。衝動はいっとき収まったように思えても、次の瞬間、さらに激しい波状攻撃を仕掛けてくる。周期を重ねるごとに尿意はますます強烈なものになっていった。

最早これまで、発砲やむなしと観念した頃、廊下からタカタカタカタカと高らかな足音が響いてきた。金きり声がその後を追う。

「院内で走らないでくださいっ！」

「ごめんなさ〜い」

タカタカタカタカ。悪びれる様子もなく、足音がさらに速くなった。

戸が開く音がしたかと思うと、次の瞬間には赤毛の女が吾一の眼前に現れ、徒競走のテープを切る姿勢で静止した。

「セ――フ、かな？」

片手に溲瓶《しびん》をぶらさげていた。ずっと走ってきたのであろう。荒い息を吐きながら吾一に笑いかけ、毛布の中に溲瓶を押しこむ。女の息は甘かった。

「ほい、お待ちっ」

溲瓶を股間にあてがい、己が陰茎をつまみ出そうとした。しかし腕も指先がきちんと動くほどには回復していなかった。しかも着替えさせられている寸詰まりのズボンの股ぐりは、すばやい着脱に慣れた海軍軍装のボタン式ではなく、不慣れなチャックだ。あせればあせるほど如何ともしがたい。耳元で小さな分隊長が叫んでいる。「砲撃、用ォォ意イィ」もう暴発寸前であった。

女はベッドに腰を預け、吾一に背中を向けたまま暢気《のんき》な声をかけてくる。

「さくさくっとやっちゃって。後始末もしてあげるから。気にすることないよ。おばあちゃんにも時々やってるから、あたし、慣れてんだ」

チャックのつまみは悪意かと思うほど小さく、手に余った。いまの吾一にとって、それをつまむことは、飛行手袋を二枚重ねではめたまま縫い針を拾い上げるに等しい難作業だった。チャックをあきらめ、ズボンを引き下ろそうと試みたが、こちらも底意地悪く、吾一の胴回りにはきつい寸法で、腰にしっかりと食いこんでいる。どっと汗が噴き出してきた。砲撃開始！　砲撃開始！　小人の分隊長が叫んでいる。もう間に合いそうになかった。

吾一の苦闘も知らず、女の背中がまたのどかな声を出す。

「何、照れてんのさ、大の時だって、いっつもトイレのドアを閉めないくせに」

「あうっ」

吾一が呻くと、女が振り向いた。よほど情けない顔をしていたのであろう。目が合うと、長い睫毛を上下させた。

「だめなの？　まったくもう、寝たきりのジッチャンみたいだな、ほら、貸してみ」

女の腕が毛布の中に差し入れられたと思うと、指先が吾一の股間をまさぐりはじめた。爆発寸前の尿意がふっとんだ気がした。

吾一はまだ童貞であった。中等学校時代の五年間も、卒業し炭鉱で働き出してからも、淫売宿へ繰り出そうという誘いを笑って断り続けていた。別に高潔の士を気取っていたわけではない。妹の芳子のことを思うと淫蕩《いんとう》にうつつを抜かす気になれなかったのだ。尋常小学校を卒業した多くの者が町で職を求めるのを尻目に、自分が中学に進めたのは芳子のおかげだった。

唯一の機会があったとすれば、予科練へ入隊する吾一のために鉱山の仲間たちが壮行会を開いてくれた夜、むりやり娼婦をあてがわれた時だが、相手の女が小学時代の同級生の母親だったために、果たせずに終わった。それっきりだ。

女の指は冷たかった。やすやすとチャックを下ろす。褌に手が触れた時、一瞬だけ躊躇したようにみえたが、すぐに褌をかきわけて指を押し入れてきた。こんな火急の時にもかかわらず、吾一の下腹部には尿意とは別の衝動が突き上がりそうになった。

女は眉根を寄せ、難解な計算問題を解くふうの硬い表情をし、まるで水道のカランを扱う手つきで吾一のまだ半分皮かむりの陰茎をつまみ、溲瓶の口へ乱暴に突っこんだ。

「ほいっ、お待ち。早くしなよ。こんなとこ、健太のママさんに見られたら、たいへんだ」

言葉は蓮《はす》っ葉《ぱ》だったが、女の頬は赤く染まっていた。

思いもよらない股間への奇襲に尿意が引っこんでしまったのは、ほんのつかの間だった。吾一が下腹部の力を抜いたとたん、歯の根が浮くような感触とともに、背骨が甘く痺れた。

砲撃開始！

股間の七・七ミリ機銃が炸裂した。思わず深い息が漏れた。

女はベッドから離れ、窓枠に尻を預けていた。藍色の細いズボンを穿いた足を大胆に開き、そのあいだに両腕を垂らして、そっぽを向いている。あれほど足の長い女を吾一はいままでに見たことがなかった。

長い長い放尿が終わると、吾一はもう一度、息を吐いた。顔にはうっすらとふぬけた笑いを浮かべていたように思う。

吾一の表情を眺めていた女が窓際から戻ってきて、顔の前に指を突きつける。

「言っとくけど、今日は特別だよ。これで味をしめて、変なプレーを試そうなんて思わないでよね」

女の言葉の意味はあまり理解できなかったが、伝法《でんぽう》な口吻《こうふん》のわりには、優しかった。

どなたか存じませんが、ご親切に——ようやく人心地のついた吾一は、女に礼を言おうと思ったのだが、先刻からの喉に餅がつかえたような感覚はますます酷くなっており、やはり声が出ない。ただ女に向けて頭を下げることしかできなかった。

女は毛布に手を突っこんで溲瓶を抜き取ると、わざとらしく顔をそらしたまま床に置く。

手が汚れたはずなのだが気にするふうもなく藍色のズボンで拭い、それから吾一の顔を覗きこんできた。吾一は初めて女の顔をしげしげと眺めた。

赤毛を頭の後ろで結んでいるが、きちんと結い上げていないために、髪が後頭部で棕櫚《しゅろ》の葉のように広がっている。

吾一を見つめてくる切れ長の目は、やや吊り眼気味で、少し左右に離れている。顔の両側に垂れたほつれ毛から飛び出した耳は大きく、昔、母親が与えてくれた西洋の絵本に出てくる妖精のようだった。美人と呼ぶには癖のある顔だが、菩薩を思わせるその笑顔は、なぜか吾一には懐かしく、そして今までに会ったどんな女より美しく見えた。女に視線を捉えられた吾一の背骨は、放尿時よりもさらに甘く痺れた。

「まったくあきれたよ。さっきママさんに会って話を聞いた。お医者さんにいきなりパンチをくらわせようとしたんだって？　相変わらず馬鹿だね。またヤマグチの時みたいに、何か言われたの？」

女は大きな耳飾りのついた耳たぶを指でもてあそびながら一人で喋り続ける。奔放な女に見えて、その実、吾一の陰茎に触れたことを恥じ入っているのやもしれぬ。

「いま、パパさんが服を引き取りに行ってる。コスプレ衣裳を着てたんだって？　コスプレでサーフィンしてたの？　そのパンツも変だよ。ひもパン？　頭がおかしくなったんじゃない？」

そうとも、頭がおかしいのだ。この娘が喋っている言葉の意味がまるでわからないのも、彼女のせいではない。自分の頭がおかしくなったためなのだ。女が吾一へ親しい人間であるかのように話しかけてくるのも、吾一がこの女のことを忘れているだけなのだ。きっとそうに違いない。

「病院じゃ、あんたにすぐにでも出てって欲しいらしいよ。検査はしなくてもだいじょうぶ、なんて突然言いはじめたって、パパさんが怒ってた。あ、パパさんと会ったのは初めてだったから、ちゃんと挨拶しといたよ。仲のいい友達ですって言って。ねぇ、ケンタ、聞いてるの？」

吾一は喉を指さし、口を開閉して見せた。

「………え？」

女の目がみるみるうちに丸く膨らんだ。

「………まさか………喋れないの？」

子供のように頷くことしかできなかった。女の唇が悲鳴をあげる形になり、そこにあてがった指の間から、吾一には意味不明の言葉が漏れてきた。

「マジ!?」

十一

小さなちゃぶ台に並んでいる朝飯は、昨晩の簡素なメニューがごちそうに見えるほど貧しいものだった。

茶碗に盛られている黒っぽい米にはふかしたサツマイモが混じっている。イモに米らしきものが混じっていると言ったほうがいいか。お椀の底が見えそうなほど薄い味噌汁には野菜なのか雑草なのかさだかでない葉っぱが浮かんでいるだけ。他にはおしんこが一切れ。

キヨ婆さんが「早く食え」というふうに箸をタクトみたいに振るから、のろのろと茶碗を手に取った。いまの健太には、たとえ目の前にホテルのルームサービスが置かれていても、反応は同じだっただろう。食欲などまったくない。

ちゃぶ台の向かい側の文子さんは昨日、初めて会った時と同様、厚い貝殻に閉じこもってしまった。何も喋らず、伏せた睫毛で健太の視線から瞳を隠して、粗末な食事を行儀作法の見本のようなしぐさで口に運んでいる。まるで健太に体を許し、それを後悔しているといった感じのぎこちない雰囲気だ。

昨日の夜は爆撃機の音が消えてからもずっと、二人で井戸の中で抱き合って震えていた。人々の声が道へ戻ってくるのを聞いて、文子さんが弾かれたように健太から体を離し、健太はおそるおそる外へ頭を出した。爆撃機の黒い群れも、雲まで震わすほどの音も、消えた夜空には、地上でおたおたと逃げまどっていた健太たちにアカンベーをするみたいに、あっけらかんと満月が浮かんでいた。

文子さんと二人でそうしていた時間がどのくらいだったのか、まったくわからない。頭の中の時計は完全に止まってしまっていた。その時の健太には永遠と思えるほど長い時間だったはずなのだが、一晩経ってみると、ほんの短い間だった気もする。

あの時も会話するどころじゃなかった。一度だけ文子さんが、健太じゃない誰かに助けを求めるように「怖い」と言った。健太も文子さんにというより自分自身に言い聞かせるように耳元で囁きかえしただけだ。「だいじょうぶ、だいじょうぶだから」

死の恐怖から逃れた反動からか、戻ってくる人々の喧騒が、やけに陽気に聞こえたことを覚えている。婆さんは竹の棒の杖を引いて裏庭に顔を見せると、井戸の両端で背中を向け合っていた健太たちへ何ごともなかったかのように声をかけてきた。

「もう平気だっぺ。中さ入れ」

もちろん村長さんのところへ行くどころではなく、この家に泊めてもらうことになったのだが、健太は一睡もできなかった。真っ暗な部屋の中で天井を見つめながら、ずっと考え続けていた。

俺はどうなっちまったんだ。これからどうしたらいいんだ。俺はどうなっちまったんだ。これからどうしたらいいんだ。俺はどうなっちまったんだ。これから――

部屋をこっそり抜け出して、ここがテレビ収録のための野外セットかもしれないことを確かめてみようかとも考えた。だが、結局やめた。その考えが完全に否定されてしまうことが怖かったからだ。

俺は海で溺れて昏睡状態に陥って、病院のベッドか自分の部屋で長い夢を見ているのじゃないだろうか。そう考えて、目を閉じ、十まで数えてから、目を開けてみたりもした。何度も何度も。しかしかぞえる数を百に変えても、三百に変えても、目の前には病院も自分の部屋も現れず、心電図みたいな天井の木目が見えるだけだった。

さしもの健太の「根拠なしポジティブ頭」にも、浮かんでくる答えはひとつだった。

俺はタイムスリップしてしまったんだ。

だけど、そんなことが本当にありえるのだろうか？　機械的に口へ運んだ固いイモが喉につかえてなかなか下りていかない。

「昨日は、なんもなくて、本当にえがったな」

キヨ婆さんが健太に声をかけてきた。歯を剝き、ひたいにV字型のしわをつくっている。怒っているように見えるが、この婆さんの場合、これが笑顔のようだった。

健太は曖昧《あいまい》に声を出し、文子さんは無言でただ頷く。キヨ婆さんは飯粒を飛ばしながら一人で喋り続けた。婆さんの話では、少なくともこの村には、どこにも爆弾は落ちなかったらしい。

「伝宣ビラってもんだけ落としてったそうだ。アメリカの得意な謀略戦法だと。外地じゃしじゅう落ちてくると、小林豆腐の旦那が言ってたな。拾っちゃいけね、けっして見ちゃなんね、と班長さんが言っとったけんどが、ほれ」

婆さんが着物の襟の下から何枚かの紙切れを取り出す。文子さんが目を見張り、呆れたというふうに首を振った。

「ふん、あたしはもうお迎えが近《ちけ》ぇんだ。あれはいかん、これはだめだなんぞと童《わらし》に説教たれるみてぇなことを言っても無駄だ。何をしようがあたしの勝手だっぺな」

お迎えが近いという年でもない。昨夜、この婆さんの年齢を聞いて驚いた。足をさすりながら、こうぼやいていたのだ。「あたしももう六十四だものな」。八十近くだと思っていたキヨ婆さんの年は健太の親父と十歳も変わらなかった。

婆さんがちゃぶ台の上に空から落ちてきたという紙片を置く。昔の紙幣だ。聖徳太子みたいな帽子を被った肖像画と『拾圓』という文字が入っている。いや、紙幣のカタチをしたDMみたいなものだった。婆さんが一枚を裏返して見せると、そこには、赤と黒の二色で、ごてごてと図や絵や文字が並んでいた。

「敵ながら天晴《あっぱ》れな工夫だな。思わず手が出てしまったっぺ」

見ろという具合にちゃぶ台の真ん中に紙片を突き出す。文子さんが怯えるように腰をずらした。

一枚には日本列島とその下の島国――フィリピンだったっけ?――の絵柄が描かれていた。フィリピンの下のほうに星条旗が立っていて、こんな文字が躍っている。

『マリアナ陥ツ　次ハ?』

もう一枚は字だけ。手書き文字をそのまま印刷したものだ。こう書いてある。

今や米軍は更に勇躍日本本土に向ひ進撃を續けんとしてゐる。新基地を獲得したニミッツ、マッカーサー兩大獎率いる陸海軍の全力は自在に活動するに至った。B－29に依る本土空襲も益々激烈さを増すであらう。軍閥が降伏するまで全國民が苦しまねばならない。

皆様の指導者に此の絶望的戰争を止めるやう要求せよ。それが美しい故國を救ふ唯一の方法である。

ところどころに妙な漢字やひらがなが混じっていたり、使い方を間違ったりしているのは、米軍がつくったものだからだろうか。「アメリカの情報戦略は世界一」。以前観たスパイ映画で大統領役の俳優がそんなセリフを口にしていたけれど、昔からこういうのが得意だったらしい。

もしここが本当に昭和十九年の日本なのだとしたら、テストで、鎌倉幕府をつくったのは豊臣秀吉、と書いてしまうほど歴史の苦手な健太にだって、この時代が、いまどういうことになっているのかがわかった。一年足らずのうちに戦争に負けるのだ。

「よくわからねぇが、これからはいつでもどこへでも空襲できるって言いてぇんだべ。本当だとしたら、日本中が火の海になっちまう。まぁ、常男の話じゃ、日本も支那にたくさん爆弾落としてるっていうから、因果応報だな」

婆さんの話では、日本もよその国に同じことをしていたらしい。それは知らなかった。映画にもドラマにもでてこないから。

文子さんはビラに決して手を触れようとはしないが、目は釘付けになっている。もともと明るいとは言えない三人の食卓がさらに陰気になった。

婆さんが漬物をかじり、反芻《はんすう》しているのではないかと思うほどゆっくりと呑み下してから、また健太に声をかけてきた。

「なぁ、おまえさん」

しわを押し上げるように目を見開いて健太の顔をじっと見つめてくる。

「もしや逃げてきたんでねぇのけ？」

「え？」

「つらくなって逃げてきたんだべ」

むりやり口に押しこんでいたイモが、喉につまってしまった。婆さんは健太の目をとらえたまま視線を離さない。どういう意味で言っているのかわからないが、なぜか、そう言われればそうであるような気がした。俺はクビ同然でバイトを辞め、ミナミとも険悪になって、口うるさい親父に文句ばかり言われて、何もかもに腹が立って、何もかもが嫌になって、海へ行ったんだ。そして、気づいた時にはこの奇妙な世界にたどりついていたのだ。

「アメリカの爆撃機が来たっつうのに、驚く様子もねぇ、あの肝の据わり具合を見てわかった。応召《おうしょう》してねぇ人間では普通、ああはいかねぇ。おまえさん、本当は兵隊さんなんでねぇのけ？　訓練がつらくて抜け出してきたんだっぺ」

文子さんが婆さんの言葉に小さく顎を振って同意したのがわかった。健太が焦点の合わない目を向けると、頬を赤く染めて下を向いてしまった。イモを呑み下すために健太が喉を上下させたのを、頷いたのだと勘違いしたらしい。婆さんがぽつと言った。

「やっぱしな」

文子さんが重大な秘密を知ってしまったというふうに小さく息を吐き、健太にたっぷりよそったために少なくなってしまった、小さなイモのかけらしか入っていない自分の茶碗に目を落とす。もうすっかり健太はどこかから脱走してきた兵隊ということになっているらしい。

「去年、隣村の地主さんの三男坊が陸軍さんの幼年学校から逃げてきちまって、騒ぎになったことがあったよ。したっけ、まだ十五歳だったから、そのまんま連れ戻されて。陸軍さんにも面子《めんつ》があろうから、表沙汰にはならねかったそうだけんどが」

婆さんの言葉が右の耳から左の耳へ抜けていく。俺、逃げ出したかったのか？　俺のいるべき場所はいまみたいなつまらないところじゃない。本当の俺にはもっと違う世界があるはずだ——確かに海に入った時、そんなことを考えていた気がする。でも、こんな世界に来たかったわけじゃない。

「連れ戻されて、無事でおったかどうかは知んね。何のお咎《とが》めもなしってことはあんめ。兵隊さんは大変だっていうでねぇか。上の位のもんや長くおるもんが威張って、若い兵隊さんを叩いたり蹴ったりするんだろ。敵と遭う前に殺されちまう。常男がそう言ってたよ」

文子さんの箸が宙で止まる。ただでさえうつむいた顔がさらに下を向いてしまった。婆さんがやけに優しい口調で言う。

「心配するな、憲兵なんぞを呼んだりしねぇから。どんな事情があったか知んねぇが、別に聞こうとも思わねぇ。服を貸してやる。こんな御時世じゃ足しになるかわかんねぇが、金も貸す」

健太は婆さんの言葉に頷くことしかできなかった。

「筑波にご両親はいんのけ？」

もう一度頷いた。

「そこへ帰《けえ》れ。この戦争はもうすぐ終わる。あたしは学がないけど、軍のたいていの大将さんより長く生きてる。年寄りの勘だが、日本は負けっぺ。この十円で昔は上等米が二斗五升は買えた。今じゃ一升。それも闇でなくては手に入らねぇ。モノがないのに勝つわけあんめ。こんな戦争が長く続くはずがねぇ」

婆さんが襟もとに手を突っこみ、何やら探しはじめた。あれ、どこへいったっけ。宣伝ビラをいくつか出しては引っこめる。しばらくそうしてから、目当ての一枚が見つかったらしく、健太の手つかずの汁椀の前に突き出してきた。

「ああ、これだ。捕虜さんだか日系人だか、誰がこしらえたか知んねぇが、なかなか粋なことをするもんだ」

他のものと同じお札を模したビラだった。右側に日本髪に結った和服の女のイラストが描かれている。後ろ姿だが女は横顔をこちらに見せていて、文子さんのように長い睫毛を伏せてうつむいている。左側に筆文字で、こう書かれてあった。

『君死にたまふことなかれ』

キヨ婆さんが言った。

「おまえさんも死ぬな。生きろ」

文子さんがこくりと顎を動かしたように見えた。

この人たちが女優でもタレントでもなく、自分の生まれるはるか以前の人間であることは、間違いがなさそうだった。健太ももうその事実に逆らうのは無駄な抵抗だと思いはじめている。しかし「根拠なしポジティブ」のキャッチフレーズはダテじゃない。才能かもしれない能天気さで、こう考えていた。

もしかしたら、タイムスリップしたのは俺じゃなくて、この人たちだけ、この村だけかもしれない。と。

ここを出て行けば、もとの世界に戻れるんじゃないか——昨日、明け方近くなってからは、ずっとその可能性を考え続けていた。考えれば考えるほどその想像は、勝手に確信に近いものへとふくらんでいく。

婆さんの言うとおりだ。とにかくここを出よう。そうすれば、なんとかなるはずだ。帰りたい。顔を合わせても文句しか言わない親父と、何も言わないかわりに目で無言のプレッシャーをかけてくるおふくろが待っている、電子レンジで温める料理しか用意されていない家でも、いまは帰りたい。何カ月も片づけていないゴミためみたいな部屋で眠りたい。そしてミナミに会いたい。一刻も早く。

「心配《しんぺぇ》ねえ。寅年生まれだべ。『虎は千里を往き、千里を還る』昔の人もそう言うてっぺ。夕方ぐれぇに出ていけばえがっぺ。狭い村だ、人の目がうるさい。いつまでもここにかくまってやることはできねぇから」

こくりと頷いた。

婆さんが出してくれた死んだ爺さまのものだという服は、目にしみるほどの強い防虫剤の匂いのする白い背広だった。モード系のスーツのように襟ぐりが狭い。

着てみるとけっして大柄ではない健太にも窮屈なサイズだった。ズボンは股下が短すぎ、袖はひじと手首の中間ぐらいまでしかない。気をつけて体を動かさないと健太の肩幅と胸の厚みで生地が裂けてしまいそうだった。ぴったりなのはウエストのサイズぐらいだ。

婆さんは背伸びをして跳ね上がった襟を直し、壁に飾る額縁の曲がりを点検するように、首を左右にかしがせた。

「ふむ。似合うでねぇか。こうして見ると、おまえさん、なかなかの男前だな。ちっと裾が短えか。文子に裾下ろししてもらえ。あの子はここへ来る前は、東京で洋裁学校に通っていたから」

健太の足を眺めていう。

「靴が心配だな。足の寸法はどんぐらいだ」

「26・5です」

「それは何文のことけ?」

健太の困惑した顔を見ると、婆さんも困った顔になった。それ以上何も聞かないことにしたらしい。

「靴は常男のがある。それを履け。常男のなら入るべ。あの子は足ばかり大きかったから。

馬鹿の大足、まぬけの小足つうてな。最後まで馬鹿だった。兵隊でもねぇのに、味方の弾に当たって死んじまった」

この服も靴もキヨ婆さんにとっては大切なものなのだろう。健太は頭を下げた。こんなに素直に他人へ頭を下げたのはいつ以来だろう。

「いろいろすいません、服は必ずお返ししますから」

もしこの異常事態が元通りになったら、返すことなどできないのだが、つい、そう言ってしまった。

文子さんが正座をし、小さな机に頬杖をついていたのは、昨日から健太が寝ている部屋の隣、縁側に面した四畳半だった。

「あのぉ、すいません」

声をかけると、文子さんがゆっくりと振り向く。彼女がたまたまそうなのかもしれないが、なんとなく二十一世紀の人間より、すべての動作がゆるやかに見える。健太は気が短いほうだから、他の女だったら苛ついてしまうところだが、文子さんの場合、全然気にならない。おかげで、ひとつひとつのしぐさにたっぷり見とれることができるからだ。

視線が合うと目をそらしてしまうのはいままでと同じだったが、今回は一秒半ぐらい目を合わせてくれた。婆さんに言われた通りのことを伝え、頭を下げてズボンを差し出す。

「ああ、はい、すぐにやります」

文子さんはズボンに話しかけるようにそう言って、すっと立ち上がった。他に行き場もなく、健太は部屋の隅にあぐらをかく。

若い男に部屋を見られるのが恥ずかしいのか、文子さんは押入れから裁縫道具を取り出すついでに、彼女にしては素早い動作で、部屋の中を片づけた。といってももともときれいに整頓されていたし、たいしてモノがあるわけでもない。部屋に置かれているのは、小さな文机と小さなたんすがひとつずつ。着物を掛けるのに使う、健太には名前のわからない細い鳥居みたいな家具。あとは蓋の開いたトランクだけだ。どこから流れてくるのだろう。かすかに音楽が聴こえる。

じろじろ見ると嫌がられそうで、健太は障子紙を眺めていることにしたのだが、ついつい目は文子さんの姿を追いかけてしまう。

文子さんは手慣れた様子でズボンの裾の糸をハサミで切り、眉剃りなど必要なさそうな形のいい、やや下がり気味の眉の間にしわをつくって、針の穴に糸を通そうとしている。黒目がちの瞳がほんの少しより目になった。あ、カワイイ。一度目は失敗。糸の先をちろりと舐めた。うおっ、色っぺぇ。糸が針穴に通ると、今度は歯で噛み切ろうとした。うつむき加減だった顔が上をむき、こちらに白い喉を見せる。目が遠くを見つめるように、とろんと潤んだ。うおぅうおぅうおぅ。

いきなり目が合ってしまった。文子さんは、一瞬だけ笑顔を返してくれたが、すぐにまた顔を伏せてしまった。なんだか本当に初めてセックスをした翌朝みたいな雰囲気だ。ぎこちなく、よそよそしく、それでいてどことなく親密。ミナミとの時もそうだった。女によっては急にベタベタしてきたり、ワガママになったり、たった一晩でこの先のつきあいが長くないことを予感させるコもいるのだが。その点だけはミナミと文子さんは似ているな——そんなことを考えてから、文子さんとは手を握り合っただけだったことを思い出して、健太は一人で頭を掻いた。

昨日の夜、キスぐらいしとけばよかった。あのシチュエーションなら、あるいは許してくれたかもしれない。なにしろ一秒後には一緒に死ぬかもしれない若い男と女だ。まだお互いが生きてることを確かめ合いたくて、交わすキス。あの時だったら自然のなりゆき。神様だって許すだろう。許してくれないのは、たぶんミナミだけだ。

自分の身に降りかかっているとんでもない事態をほっぽり出して、健太はそんな暢気なことを考えた。空から爆弾が落ちてくることを思えば、この先、自分に何が待っていようが、なんとかなる気がしてきたのだ。

音楽は小さく震えるように続いている。高い男の歌声だ。それが部屋の中から聴こえていることに、ようやく気づいた。隅に置かれたトランクからだった。

思わず近寄って覗いてみた。蓋の開いたトランクだとばかり思っていたのは、携帯用の機械だ。中でレコードがぐるぐる回っている。生まれた時からCDがあった健太にとって、レコードは、クラブのDJが指でキコキコするための特殊な楽器というイメージしかない。何て言う機械だったっけ。健太が小学校時分まで親父が聴きもしないレコードと一緒に持っていたヤツ——。

ビクターの商標みたいに機械を覗きこんでいる健太の心を読んだように、文子さんが答えた。

「父のものだったんです。その蓄音機」

「チクオンキ……」

ぼんやりと初めて聞いたその名前を復唱すると、文子さんが目をぱちぱちとしばたたかせた。

小さく流れているテノールは、メロディも歌詞も歌唱法も古めかしく、ノイズがしょっちゅう入るのだが、いまの健太には、なかなかいい歌に思えた。文子さんが聴いている曲だから、そう思ったのかもしれない。あるいは爆撃機の轟音や群衆の悲鳴がまだ耳の奥に残っていて、きれいな旋律に飢えていたからかもしれない。

都に雨の　降る夜は
涙に胸も　しめりがち
遠く呼ぶのは　誰の声
幼なじみの　あの夢この夢
ああ　誰か故郷を　想わざる

レコードが終わり、聴こえてくる音が潮騒みたいなノイズだけになった。ぎこちない沈黙を破るつもりで問いかけてみた。

「いい曲ですね。なんという曲ですか？」

「ご存じないのですか」呆れたという顔をされてしまった。文子さんがくすりと笑う。「本当におかしな方」

どうやら知っていて当然の、この時代のミリオンヒットらしい。文子さんが正座したまま、すいっと近寄ってきて、蓄音機のスイッチを切る。レコードが止まると、円盤の真ん中に小さく曲名が書かれているのがわかった。

『誰か故郷を想はざる』

「わたし、この曲が大好きなんです。それとカチューシャの歌や、埴生《はにゅう》の宿も」

自分自身のことを話すのは初めてかもしれない。それだけで文子さんは頬を染め、赤くなった耳たぶを隠すように撫ぜた。

驚いた。健太の周りには、好きな曲どころか、好きな体位だってあっけらかんと話す、あのミナミですら赤面するような女がたくさんいるのに。二十一世紀なら世界遺産だ。妙なところで健太は確信した。

百%《ひゃくパー》、間違いない。やっぱりここは五十何年も前の世界だ。覚悟を決めなくちゃ。気合をバリバリ入れていかないと、帰れないぞ。だが自分でそう決めてしまうと、心臓にダンベルを吊るしたような不安が少し軽くなった。

「音楽、好きなんですか?」

文子さんがこくりと頷き、裁縫の手をとめて健太の顔を見つめてきた。今度は三秒ほど。素晴らしき前進。再び目を伏せてから、独特のスローテンポで口を開いた。

「ええ、尾島さんは？」

「どんなものをお聴きになるのですか？」

「俺？　俺も好きっす」

「ちょっと古いやつを。ハイロウズとか、その流れでブルーハーツも。あとはセックスマシンガンズとか……ハイスタンダードはご存じですか？」

ご存じのはずがなかった。セックスマシンガンズの名前を出したのはまずかったかと思ったが、文子さんとの会話を途切れさせたくなくて、つい口走ってしまった。セックスマシンガンズの名前を出したのはまずかったかと思ったが、文子さんの顔色は変わらなかった。意味がわからないらしい。そのかわり、こくんと優雅に首をかしげた。

「それって洋楽ですの？」

「ええ、まぁ」違うような気もするが、どう説明していいのかわからない。

文子さんが黒水晶みたいな目をくるりと悪戯《いたずら》っぽく動かした。そういう表情をすると、整った顔立ちがやけにあどけなく見える。言動が大人びているからそうは思えないのだが、たぶん健太と同じか少し年下だろう。あ、違うわ。昭和十九年で十八、九ということは、俺よりだいぶ――ああ、ややっこしい。

文子さんが唇にひとさし指をあてた。内緒、ということらしい。何をする気だろう。立ち上がって開けていた部屋の障子を閉めた。それから押入れを開ける。中には当然、布団が入っている。健太は思わず妙な想像をしたが、もちろん文子さんは健太の想像通りのことはせず、押入れから鞄を引っ張り出してきた。今度は本物。男物らしい黒くて大きなトランクだ。

そう新しいものじゃないだろうけれど、大切にしている品らしく、張られた革がつやつや光るほど磨かれている。文子さんは金属製の留め金を開けて、中から何かを取り出し、重大な秘密を告白する調子の囁き声を出した。

「わたしも持っていますのよ、洋楽のレコード。去年、禁止になってからは聴かないようにしていますけれど」

　レコードジャケットだった。文子さんが中からレコードを取り出し、花の蕾みたいなかたちに唇を尖らせて埃を吹き払い、それから蓄音機の上に載せ、アームというのだろうか、蛇口みたいな部品をレコードの上に置いた。

　これはインストゥルメンタルだった。のどかなバイオリンの旋律が流れてきた。

「これ、父が私に買ってくれた最初のレコードなんです。私がまだほんの小さい時。最初で最後になってしまいました……」

　名前は知らないが、聴いたことのある曲だった。

「なんていう曲です」

「スワニー河」

　誰かに聴かされたんだ。誰だっけ。

「父が若い頃に流行した曲だそうです」

　セックスマシンガンズの百分の一ぐらいテンポの遅い曲だが、これもいい曲に思えた。平和そのもののメロディが、小川の流れのように耳に入りこんで、まだ耳の奥に残っているB

―29の爆音を洗い流してくれる気がした。

最後まで聴きたかったのだが、途中で邪魔が入った。閉じた障子の向こうが急に騒がしくなったのだ。

婆さんの声が聞こえる。

「おまえさんたちは、な、な、なんだっ、ひ、人の家に勝手に！」

動転した声は途中から悲鳴になった。それに別の声が重なった。威圧的な男の声だった。

文子さんがびくりと身を震わせ、蓄音機のスイッチを切った。ぷつりと音が止む。外の騒ぎだけが耳に飛びこんできた。

「どけ、婆ぁ、どかんとただじゃすまんぞ！」

なんだかよくわからないが、婆さんが危ない。震えはじめた文子さんを見て、健太は立ち上がった。事情は知らないが、恩返しをしなくちゃ。ミナミへの土産話にするために、五十年以上前の人間を一人ぐらいぶん殴って二十一世紀へ帰ってやる。健太は意気込んで障子を開けた。

縁側のすぐ向こうに男が二人立っていた。二人とも軍服を着ている。元農家のひなびた庭には場違いな白い軍服。二人のうちの大柄なほうが健太の顔を見上げてくる。定規みたいにエラの張った四角い顔のその男が、唇の片側だけつり上げて笑いかけてきた。

「見つけたぞ、イシバ」

12

「まったくふざけやがって、ふた言めには、一過性、一過性、そればっかりだ。そんなこと言うだけなら、俺にだって医者ができるぜ。こんな病院、こっちからご免こうむるわ。ここにいたら治るもんも治らねえ」

　見知らぬ男が怒りの声を発していた。

「だいじょうぶよね。あのお医者さん、心因性だって言ってたもの。どこかにケガしてるってわけじゃないわよね。そうよ、そうよね。たいしたことないのよね」

　見知らぬ女が取り乱した声をあげている。

「平気ですよ。すぐによくなります。けっこう元気みたい。ねぇ、健太」

　先刻、吾一に溲瓶を持ってきてくれた娘がそう言い、吾一を振り返って丹下左膳のごとく片目を閉じてみせる。病院のエレベータの中だった。

「やっぱりここできちんと診《み》てもらうほうがよかったんじゃないかしら」

「とんでもねぇ。やっぱ病院は水戸よりつくばだ。俺がつくばでちゃんとした病院を見つけてやる。そうしたらすぐに喋れるようになるさ、な、健太」

「疲れてるだけよね。ほら、この子、遠足とか運動会の翌日なんかに急に熱を出しちゃったりすることがあったし。そうよ、きっとそうよね。家でゆっくり寝ていれば――」

見知らぬ男女は興奮しており、互いに相手の話をあまり聞いていないようだった。会話を聞いているかぎりでは夫婦者であるらしい。

吾一をふくめた一行四人は、病室を出て、先ほど吾一が立回りを演じたエレベータの前にいる。こちらに向けてくる白衣の男女たちの視線は冷たい。

男は漫才師の横山エンタツのようなちょび髭を生やしている。服も漫才師を思わせる派手な黄色の上着と胸にワニかトカゲとおぼしき紋様が入った紺色のシャツ。女も洋装で、千鳥格子模様の長袖シャツの下はズボン。長身の娘ほどではないがやはり髪は赤い。赤茶の毛の中に白髪が交じっている。若づくりをしているが、男は五十過ぎの初老。女は四十路《よそじ》をまわった大年増と見受けられた。

「だけど、突然喋れなくなるなんて、そんなことがあるの？　聞いたことないわ。お医者さんの打った注射と本当に関係ないのかしら」

「おう、健太、お前、あいつらから喉に変なことされなかったか」

「心配ないですよ。健太はいつもうるさいから、たまには口をきかないほうが静かでいいかも」

赤毛娘が慰める調子でそう言ったのだが、二人に睨まれただけだった。

吾一は夫婦者の妻から渡された衣服を身につけていた。下は海軍の防暑衣袴と良く似た半ズボン。上は丸首の半袖下着。目にも鮮やかな辛子色で胸のところに円形と鳥の足をあしらったふうの模様がついており、その上には、

〝PEACE〟

という英文字が入っている。中等学校の時分は英語の成績が芳《かんば》しくなく、予科練では実用的な英語のみを習っていた吾一には、この単語の意味が何であったか思い出せなかった。

道化師の衣裳のようで、気後れしたのだが、脱がされた飛行服がどこへいってしまったのか皆目わからぬいまは、このお仕着せで我慢するしかなかった。自分の陥った状況の見当がつくまでは、彼らにおとなしく従うほうが得策に思えた。

エレベータが止まり、扉が開いた先は、鉱山の本坑を思わせる大暗室であった。薄い照明の下で無数の奇怪な乗用車がうずくまり、鋼板を鈍く光らせている様は、あたかも洞窟に未知の野獣が潜んでいるかのごとき光景。

吾一は歩きだした一行の後に従う。男が振り返って何か言った。

「クルマは俺が取ってきた。お前、また俺のカードでガソリン入れたな」

吾一も思わず振り向いた。男が誰に話しかけているのだろうかと。誰もおらぬ。それでようやく男の言葉が自分に向けられていることがわかった。しかし言葉の意味はよくわからない。

「ハイオクはやめろって言ったろう。広域農道走るのにハイオクもレギュラーもないだろが」

「お父さん、いいじゃない、今日はやめて」

女にたしなめられると、男は首を縮めて黙りこんだ。かなりの恐妻家であるらしい。夫というものは、博打で身上《しんしょう》を潰そうが、余所《よそ》に女をこしらえようが妻に謝るどころか手をあげるもの――そういう姿しか見てこなかった吾一は、目の前の不可思議な光景以上に驚いた。

一行は一台の乗り物の前で止まる。座席しかないから乗用車なのであろうが、軍用トラック並みの大きさがある。色は海軍艦上機の正式塗装に似た鈍い銀色。

どこへ行くのだろう。若い娘に急かされて後席に押しこまれた。男が運転席に座る。大年増は後席に座りたい様子だったが、先に赤毛の娘が乗りこむと、不承不承という顔で運転席の隣に収まる。赤毛娘は腿が触れ合うほど身を寄せてきた。吾一は〝気をつけ〟の姿勢になった。

男が操縦盤に鍵を差しこむと、エンジン音がし、計器に明かりが灯った。女も操作めいたしぐさをする。車内に音楽が流れ、どこかから冷気が噴き出してきた。走り出した乗用車が一旦停車する。男が窓を開けると、外に設置された金属製の箱が女の声で喋りはじめた。箱に金を入れたとたん、目の前の踏み切りが開く。吾一はもう何を見ても驚くまいと心に決めた。

地下壕から抜け出ると、まぶしい陽光に目を射られた。めまいの続く目にはたまらず、瞼を閉じる。再び目を開けた瞬間、絶句した。

乗用車は先刻見たマクドナードの看板の前を通りすぎていくところだった。ガラス張りの建物の中に、話に聞いた雑炊食堂のごとく群衆がひしめいている。

コンクリートで固められた広い道路の両側には、色とりどりの奇妙な乗用車が並んでいる。

信号機が赤になり、停止したのをこれ幸い、吾一は窓の外を偵察した。

マクドナードの隣には、数字の「7」に見える一文字だけの看板を立てた店。こちらも巨大な水槽のようなガラス張りとなっており、ガラスにさまざまな貼り紙がしてある。「中華饅頭」の写真。「おでん始めました」という文字。同じ店であるのに「酒」「たばこ」「銀行」という文字が並び、ただのはったりであろうが、二十四時間営業という貼り紙もあった。「7」と読めた看板に入っている横文字は「11」を表すELEVEN。なにもかもが出鱈目だ。

やはり自分は気が触れてしまったのか？　すべては己が狂気の産物なのだろうか？

しかし、目の前に広がる世界は、狂人の妄想などという生易しいものではない。悪夢でもない。夢にも見るはずのない光景だった。

再び乗用車が動き出す。外見が奇抜なわりには低速だ。航空機で言えば十ノットも出ていまい。前後に続く乗用車も同様に、のろのろと牛歩さながらの移動を続けている。

道も建物も塀も、何もかもがコンクリートでつくられた世界だった。矢鱈《やたら》に看板が多い。眩しい光彩を放つものあり、英文字を使ったものあり、絵柄が入ったものあり。あれだけ多くては看板の役には立つまいに。

道を歩く人間たちはすべて東洋人。日本人と思えるが、みな体格がよく、背丈もあり、肥満している者も多い。老若男女《ろうにゃくなんにょ》を問わず誰もが洋装。背広姿の男も見受けたが、多くは酔狂な服の者ばかりだ。女たちと若い男の多くは髪を様々な色合いに染めている。茶、赤、金、銀。老女といえども例外ではない。紫色の髪という強者《つわもの》がいた。

夏の終わりきっていない季節とはいえ、男だけでなく若い婦女子までが二の腕や足を晒け出している。ちょうど良い寸法のものが手に入らなかったのか、短すぎる袖無し襦袢《じゅばん》の下からへそが覗いている女を見かけた時には目を剝いた。

どう見ても、この世の風景とは思えない。してみると、やはりここはあの世なのか。そうであって欲しい気がした。もしあの世であれば、再び芳子に会うことができる。

しかし、窓の外を流れゆく光景は、地獄というには平和に見え、極楽と呼ぶにはあまりに猥雑であった。

あの世でもないとすれば、ここはどこだ。吾一は首をひねった。考えろ、石庭飛行兵長。分からぬままでは航空隊に戻ることができないぞ。予科練で教わったことを懸命に思い出そうとした。

地理、理化学、代数学、運用術、航海術、航空術、通信術……。

まるでわからない。

中等学校時代の知識も総動員してみた。

国、漢、歴、数、英、図、修……。

さっぱりわからない。

『イングランドフェア開催中』の緞帳《どんちょう》の下がる建物が近づいてきた時には緊張した。その大きさたるや航空母艦のごとし。やはりあれは英国軍の本営で、自分はあそこへ連れていかれるのだろうかと疑ったのだ。

だが、乗用車はそこを素通りした。建物の前にイギリス兵や重火器や戦車の姿はなく、そのかわり『産地直送』という幟《のぼり》が立ったトラックの周囲に大勢の女たちが群がっていた。

すべてが謎だった。ここがどこであるのか、この三人組がなぜ自分を「ケンタ」と呼ぶのか、そして自分がどこへ連れて行かれようとしているのかも。

わかっているのは、この初老の夫婦と若い娘から、敵意めいたものが感じられないことだ。夫婦はまるで吾一を息子と勘違いしているようであり、娘は吾一が恋人であるかのようにふるまう。夫婦がそれを容認しているふうであるから、許嫁《いいなづけ》かもしれない。そこまで考えて吾一は頬を赤らめた。

悪い場所ではないかもしれぬ。

英国国旗を飾った建物を過ぎたあたりから、道の両側に林立していたコンクリートの建物が姿を消しはじめ、木立ちや田畑が目立つようになってきた。もう日は西に傾きはじめている。吾一の知る田舎風景とは様子が違うが、色づきはじめた稲が夕焼けに染まった様子が、ほんの少し吾一を安心させた。

乗用車がいきなり速度を上げた。風景が飛ぶように過ぎ去っていく。吾一は目を見張った。練習機で百ノットを超える速度を経験してはいるが、地上を走る乗り物ではこんな速度を体験したことがない。まるで科学冒険小説の中の乗り物だ。

ふと、頭の片隅にある言葉が宿った。のらくろを連載していた「少年倶楽部」で読んだものであったろうか。

異世界。

この地球のどこかには、尋常世界とは違う場所が存在し、そこを「異世界」と呼ぶ。そんな話を読んだ記憶があった。たとえば地表の裏側にもうひとつの地球がある。たとえば南極大陸の奥に、こんこんと間欠泉が湧く前人未到の地があり、そこは緑濃き温暖な楽園となっている。あるいは南洋の彼方にどんな船舶も寄せつけない大潮流が渦巻く海があり、その渦の内側には、誰も知らぬ未知の人々が住む云々《うんぬん》といった話だ。荒唐無稽だが、少年だった吾一は、イセカイという言葉の響きに心惹かれた覚えがあった。

そうか、ここは異世界か。異世界の住人は日本人によく似ているのであるな。日本語とよく似た珍妙な言葉を話し、まったく違う文化を築いておるのだな。大和民族はたいしたものだ、異世界にまでその覇を延ばしているのだから。

そうだそうだ、それに決めた。それでいいであろう。

かなり強引に、そして投げやりに、吾一は納得した。三人組が自分のことを「ケンタ」と呼ぶ疑問は棚上げにする。もう驚くことにも、考えることにも、すっかり疲れてしまっていたのだ。

そうと決めれば、窓の外を流れゆく風景がどのように奇怪であっても、気にならぬ。水田の真ん中に巨大な鉄塔が立っているのを見ても、電飾看板の中で文字と写真が七変化を繰り返しているのを見ても、通りすがりのどの街角にも例の「7」の看板の店があることも。遠くの空に飛ぶ航空機にプロペラがついていなくても。

なにしろここは「異世界」なのだからな。その言葉の本当の意味もわからずに、吾一は一人で頷く。勝手に納得してしまえば、いまにも散り散りばらばらになりそうな脳味噌を頭蓋骨の中にとどめておくことができる気がした。

突然、運転席の男が頓狂な声をあげた。

「ところで、お嬢さん、健太とはどういう関係？　ただの友達ってわけじゃないよね」

娘が答える。

「あ、はい、あのぉ……なんというか……おつきあいさせてもらってます」

慣れてくると三人組の不可思議な日本語が、ずいぶん理解できるようになった。

「そうかぁ、健太もやるなぁ。うらやましいなぁ、うひひ」

運転席上部の鏡に映った男の目は弓形に反り返っている。妙な男だ。エンタツ風の髭を震わせて下卑た含み笑いを続け、妻とおぼしき隣の女に膝を叩かれていた。

「やめなさいよ、ミナミちゃん、困ってるじゃない」

どうやら隣の赤毛の娘はミナミという名前らしい。いい名だ。

ふいに吾一の脳裏に、行ったこともない南の島の風景が浮かんだ。鮮やかな原色の花々が咲き、名も知らぬ鳥が歌い、そして棕櫚の葉陰では体に布を巻き、髪にブーゲンビリアの花を飾ったこの娘が微笑んでいる——。

思わず隣の娘に目を走らせる。向こうもこちらを見ていた。左右に離れ気味の瞳が吾一の目をとらえて離そうとしない。夫婦者が何やら相談話を始めたのをきっかけに、吾一の耳もとへ囁きかけてきた。女の息が耳をなぶり、髪から漂う花の香りが鼻孔をくすぐった。

「よかったよ、無事で。ほんとによかった」

唇は笑ったかたちにしていたが、瞳は潤んでいた。この娘は信用していい気がした。なにしろ自分の陰茎を握り小便をさせてくれたのだ。信用しなければ、他に何を信じていいのかわからない。

「もしあんたがあのまま海でどうにかなっちゃったら…………そうしたら、もう、あたし……」

吾一の剝き出しの膝を何かが叩いている。ミナミの指だった。爪が鮮やかな桃色をし、光沢を放っているのは何かの塗料で染めているためであるらしい。

つん、つん、ミナミにつつかれるたびに、吾一の心臓はことん、ことんと鳴った。予科練の壮行会の夜、昔の同級生の母親と、あわやの関係を結びかけて以来、今日まで女の肌に触れたことがあったろうか。吾一は考えてみた――ない。

ミナミが前の席に目を走らせてから、吾一の膝を指で撫ぜてきた。おお、なんと奔放な娘であることよ。膝に揃えた吾一の握り拳の上に指をすべらせたかと思うと、いきなり鷲摑みにした。

「あああ」

吾一は思わず声をあげた。夫婦が同時に振り向く。

「どうしたの、健太？」

吾一はぶるりと首を振る。いつの間にかケンタと呼ばれることに慣れてしまっていることに、我ながら驚いた。誰も彼もに「ケンタ」と呼ばれているうちに、自分が本当に石庭吾一という名であったのかどうかすら、自信が持てなくなってくる。運転席のエンタツが声をかけてきた。

「ちょっと何か喋ってみ。そろそろだいじょうぶかもしれねえぞ」

言われた通りにしてみた。

「あああ〜む」

「いい、すまん、無理するな」

無理をするなと言いながら、エンタツがまた話しかけてくる。

「そう言えば、お前の着てたあの飛行機乗りみたいなつなぎ。病院のやつらが切り裂いちまってたけど、いちおう引き取っておいた。後ろに積んである」

どうやら飛行服は無事であったようだ。よかった。芳子の写真はあそこに入れた一枚しか持っていない。そもそもこんな道化師のような姿で航空隊へ戻ったら、精神注入棒《バッター》十回ではすまないだろう。海軍の伝統であるこん棒による精神注入にはすっかり慣れ、予科練時代には殴られダコのできた固い尻がこん棒を折ってしまい「バッター折りの石庭」なる異名をとったものだが、食らえば痛いことには変わらない。あれは殴る人間にも技量と経験が必要なのだ。新兵教育の一環と心得てくれている教員ならよいが、他の航空隊の予科練生の中には、ただ乱暴で残忍なだけの教員に殴られ、命を落とした者もあると聞く。

「あんな、昔の飛行機乗りみたいな服、どこの古着屋で手に入れたんだ。また俺のクレジットカードを勝手に使ったな」

日本海軍のことを何も知らぬこの男が、昔の服などとほざくのは笑止千万。あれはまだ新式。一昨年採用されたばかりの上下分離式航空被服だ。

「お父さん、今日はやめてって言ったじゃない」

年増女が声を尖らせる。

「いいじゃねぇか、紀子《のりこ》。別に怒ってるわけじゃないんだ。話しかけてれば、そのうち喋り出すんじゃないかって思ってさ。なぁ、健太、いくら喋れないからって、首を振るぐらいはできるだろう。俺のカードを使ったか？　イエス？　それともノー？」

吾一には返事のしようもない。言葉の意味が不明であった。

「おいおい、さっきから変だぞ、お前。いつもの健太じゃねぇよ。サーフボードはどうした？　あんなに大切にしてたじゃないか。流されちまったのか？」

吾一には男の盆の窪を眺めることしかできなかった。

「流された？　イエスなら首を振れ」

何を言っているのかまるでわからない。乗用車が急停車する。男がこちらを振り向いた。

先刻までのにやけ顔が緊張していた。

「……質問を変えるぞ。お前は今日、海に行ったな。行ったなら、首を振れ」

ノリコと呼ばれた年増女がハンカチーフを握りしめ、こちらに首を伸ばしている。隣ではミナミが目を大きく見開いていた。吾一は困惑した。俺にどうしろというのだ。

「お前……覚えてないのか」男が声を詰まらせた。次の言葉が車内の人間を凍りつかせる。

「……記憶喪失？」

ミナミの目がいまにもこぼれ落ちそうになった。

「まじ⁉」

両手で吾一の肩を摑み、体を揺さぶってくる。

「ねぇ、あたしのことも忘れてるの？　嘘でしょ。嫌だよ、ケンタ、ねぇ、ねぇってば」

ノリコがハンカチーフを両手で絞りあげ、男が声を押し出した。

「だいじょうぶ、だいじょうぶだ。なにしろ一過性ってやつだから。俺がちゃんといい病院を探してやる。ほら、同級生だった田代《たしろ》、覚えてるだろ。レントゲン技師になった。あいつに紹介してもらうよ」

後半の言葉はハンカチーフを目がしらに押し当てているノリコに向けたものらしい。男が煙草をくわえる。それが小刻みに震えていた。

ミナミがまた吾一の手に自分の手を重ねてきた。見つめてくる瞳が不安そうに揺れている。吾一には自分が危害を加えられるのではなく、この娘や初老の男女が自分を何かから守ろうとしていることがはっきりとわかった。吾一は固く握っていた拳をゆるめ、ミナミの指に触れた。ミナミが痛いほど握り締めてきた。

吾一は考えた。なぜかは知らぬが、この者たちは自分の身を案じている。吾一に何かの異常が生じたと思いこみ、それを憂い、嘆いている。それなら、この者たちを悲しませないほうがいい。航空隊にいつ戻れるのかはわからないが、この異世界にしばらく滞在することになるのなら、なるべく彼らに従い、その意に添おうと。

誰もが沈黙してしまい、それからは乗用車の走行音だけが続いた。苛烈な西日が淡い茜《あかね》色《いろ》に変わる頃、ミナミの手が吾一から離れ、車が停車した。

窓の外に民家とおぼしき建物がある。洋館と日本家屋を足して二で割ったような家であった。小さな庭があり、そこに夏の花が咲いている。いちばん鮮やかな赤い花は、吾一にとって懐かしいものだった。夏が来るたびに芳子の墓のそばに咲く花。曼珠沙華《まんじゅしゃげ》だ。

吾一は、思った。異世界というところは、本当に日本とよく似ていると。建物や暮らしぶりや人々の風俗は似ても似つかないが、少なくとも花は同じだ。それに――。

夫婦者の住まいであるらしい庭の向こう、打ち寄せる波を思わせる山のかたちに見覚えがあった。

たまげた。異世界にも、ちゃんと筑波山がある。

十三

白い軍服の男たちは靴のまま部屋へ上がってきた。健太は文子さんが悲鳴を呑みこむのを背中で聞いた。

一人は腕章をしていて、そこに『巡邏』という文字が入っている。腕章をしていない四角い顔の男が言った。

「石庭、まさか貴様が脱走《ダッ》するとはな。予科練じゃバッター折りの猛者《もさ》だとか言われていい気になっていたそうだが、聞いて呆れるわ」

キヨ婆さんも部屋に上がってくる。自分の足が悪いことを忘れている勢いだった。草履は脱いだが、手にした高箒《たかぼうき》は握ったままだ。男の前に立ちふさがって言う。

「これはあたしの甥っ子だ。筑波山のほうで上板をしとって――」

「婆ぁ、かくまうつもりだったのか。おとなしくしていないと、お前もしょっぴくぞ。この男は石庭吾一。霞ヶ浦航空隊の飛行術練習生だ」

は？　健太の頭は真っ白になった。

イシバ？　ゴイチ？　どちらさん？

タイムスリップという現実をようやく受け入れた頭が、再びフリーズしてしまった。

「おおかた練習機《アカトンボ》を墜落させて、責を負うのが怖くなったのだろう。違うか？」

健太はぼんやり突っ立っていることしかできなかった。男が何を言っているのかまるでわからない。

「落水してくたばったとばかり思っておったら……葬式の準備までしてやっていたというのに、のめのめと。こんな近くにおったとは。たまたま上陸中《きゅうかちゅう》の杉田が昨夜、お前を見かけたんだ。他人の空似にしては似すぎる男がいるとな。天網恢恢疎《てんもうかいかいそ》にして漏らさずだな」

スギタ？　誰だ？　昨日、歯医者から出てきた軍服姿の男のことだろうか。

四角い顔の男が、健太の銀髪をこづいてきた。頭に血が上り、殴り返そうとしたが、その手は途中で止まってしまった。自分の頭をこづいたものが刀の鞘であることに気づいたからだ。男がまた唇を片側だけつりあげる。性格の悪そうな笑い方だった。

「なんだその頭は？　灰でもかぶって白髪の爺ぃにでも化けたつもりか？」

腕章をした細面の男は無言のまま、じっと健太を見つめ続けている。

「何かの間違《まちげ》えだ。帰《けえ》れ！」

上ずった声をあげる婆さんに、男がマムシみたいなエラ張り頭を振り向けた。

「婆ぁ、おいぼれのくせに危険思想か？　杉田から噂は聞いたぞ。お前の息子は危険思想だったそうだな。満州で憲兵に連行される途中で逃げて、撃たれたんだってな」

キヨ婆さんが年寄り猫みたいな声をあげて箒を振りまわした。男が片手で小さな体ごと箒を振り払う。婆さんが畳の上にころがった。文子さんが悲鳴をあげて駆け寄る。

「ほら、こい。石庭」

二人の男に両側から腕をねじり上げられ、裸足《はだし》のまま庭に下ろされた。されるがままだった。情けないとは思うが、頭の中が霧にかすんで、抵抗するという発想はまるっきり浮かんでこなかった。第一、健太は二人の軍服姿にすっかり萎縮してしまっていた。制服警官に囲まれたらさからえないのと同じ。しかもこいつは日本刀をちらつかせている。

男たちに抱えられるようにして庭を爪先立ちで歩く。文子さんの叫び声が聞こえたが、何と言ったのかはわからなかった。

キヨ婆さんの家の前には、寸づまりの霊柩車のようなクラシックカーが停まっていた。そのまわりを村人が取り巻き、何やら囁き交わしている。文子さんや婆さんを心配している人間はいないようだった。昨日の晩、足の悪い婆さんに誰も手を貸さなかったのは、単に自分たちのことで手一杯だったというだけの理由ではないのかもしれない。

無理やり押しこめられたクルマは、天井が高いわりには座席が狭い。まるで遊園地のアトラクション用だった。どこへ行くのだろう。健太がようやく絞り出した声は情けなく震えてしまった。

「あの、俺は——」

いきなり顎を殴りつけられた。

「誰が喋っていいと言った」

「山口二飛曹、どちらへ行かれますか?」

二人と同じく白い軍服を着た運転席の男が、後部座席に声をかけてくる。エラ男が答えた。

「決まってるだろう。他にどこへ行く」

ヤマグチ? 健太がバイトを辞めた元凶、フロアチーフのあの馬鹿と同じ名前だ。名前だけでなく、髭剃り痕が青い顎と暑苦しい眉毛までトト八のヤマグチに似ている。

山口は口臭が鼻につく距離まで顔を近づけてきて、毛虫のような眉毛をつり上げた。これも片方だけ。

「感謝しろ。内々で片をつけてやる。せっかくここまで操縦を覚えさせたんだ。練習機をひとつおしゃかにされたうえに、分隊から消えられたらたまらねえ。そのかわり、覚悟しろ。たっぷり精神を注入し直してやるからな。わかってるな」

わかっていなかった。わかったのは、この男とその背後にいる人間たちが何かに怒り、それがなぜか健太に向けられていること。そしてこの山口という男が、たぶん健太が人違いされている誰かを嫌っているということだけだ。

クルマが走り出す。これで助かるだろう。そう思った。そう願ったと言ったほうがいいか。健太の予想では、タイムスリップしたのは自分ではなく、この村のほうなのだ。だから、ここを出れば、こいつらは泡を吹くことになる——

そうなるはずだ。絶対に。世紀のビッグニュースだ。突然二十一世紀に出現した過去の村。そこから決死の生還を果たした青年。俺にはマスコミが殺到し、文子さんは衝撃のヒロインとしてタレントデビュー。キヨ婆さんはそのマネージャーとして暮らし、こいつらはどこかの研究所行き。あんたらも有名になれるぞ。水族館のシーラカンスのように。

道の先に二十一世紀の風景が広がるのを祈るように待ち続けたが、いくら走っても窓の外の風景は変わらなかった。舗装されていない埃っぽい道の両脇は、相変わらず藁葺き屋根が点々と続くひなびた農村。ときおり姿を見せる集落も健太にはなじみのない粗末な木造の家々ばかりだ。造りは古めかしいが、築年数がそう経っていなそうに見えるのが健太を不安にさせた。

あの村だけじゃなくて、隣村もタイムスリップしたのかもしれない。そうだよ、きっとそうだ。

しかしウィンドゥガラスの向こうには、いつまで経っても二十一世紀とは思えない風景が続いた。自分の知らない昔ながらの田舎町なのだと思いこもうとしたが、それが気休めでしかないことは自分でもよくわかっていた。

ここは現代の街じゃない。なにしろ、どんなド田舎にだって必ずあるはずの自動販売機が一台もないのだ。少し走ればどこにだってあるはずのコンビニも一軒もない。認めたくはなかったが、もう認めるしかなかった。すがるように夢想していた最後の予想がはずれたのだ。

俺は、たった一人ぼっちで、半世紀前の世界に放り出されちまったんだ。

泣きたくなった。両側にいる二人がいなかったら、本当にそうしていただろう。

どうしたらいい？　なぜ俺だけ？　俺が世界初？

ミナミには、いつか俺は、誰にもまねのできないすごいことをする男になるって豪語して、よく笑われたけれど、俺は本気だった。でも、こんなのは嫌だ。もし戻れなかったらどうしよう。

しかしいまの健太には、あまりに事が大きすぎて理解不能なタイムスリップへの恐怖より、これから自分がどこへ連れていかれるのか、という当面の問題のほうが恐ろしかった。何を怒っているのか知らないが、どうみても男たちは自分に好意的ではない。まるで犯罪者扱いだ。

必死で考えた。この状況を打開する方法を。目を閉じて、百数えればもとの世界に戻れるだなんて甘い考えではなくて、具体的なサバイバル法だ。

考えろ考えろ考えろ。なんとかするんだ。ネバーネバーネバーギブアップ。発狂してしまいそうな恐怖を持ちこたえられたのは、海にワイプアウトした時と同じようにミナミの事だけを頭に思い描いていたからだ。

遠くに筑波山が見えてきた。いまどのあたりを走っているのだろう。高い建物がないせいか、空気が違うのか、健太の生きている時代では、こんなに遠くから筑波山が見えることはなかった。

ほどなくクルマが市街地へ入る。三人の男はまったく口を開かない。

市街地といっても、いままでの集落より多少賑やかという程度だ。建物はたいていが木造で、二階以上の高さのあるものは少なく、みんな陰鬱な色をしている。その分、木立の緑や道々に咲く花の色がやけに鮮やかに見えた。

古い映像や写真でしか昔のことを知らない健太は、自分の生まれる前の世の中には色がなかったんじゃないか、なんて思ったりしていた。でも、五十数年前の世界も、空はあくまでも青で、木々は緑で、すぐそこに咲いている彼岸花の花は赤い。

湖が見えてきた。ここが茨城だとすると、あれは霞ヶ浦だろう。湖を左手に見ながら田舎道をしばらく進むと、眼前に長く続く塀が現れた。

「よし、着いたぞ。じっくり話を聞かせてもらおうか」

三人の中では格上らしい山口とやらが、フロアチーフのヤマグチそっくりのねちっこい口調で言った。

速度をゆるめたクルマのフロントガラスの向こうには、工場の入り口を思わせる間口の広い門がぽっかり口を開け、大きな墓石を対で並べたような門柱が立っていた。その片側に掲げられたレリーフにはこんな文字が刻まれていた。

『霞ヶ浦海軍航空隊』

14

格別に広い家ではないが、内部にはモノがあふれていた。まるで小間物屋の店先、いや見るものすべてが珍奇であるから、手狭な博物館と言ったほうがよいか。

吾一が通された部屋には、西洋家具が所狭しと並んでいる。ガラス戸棚には高価そうな洋酒。棚の上には外国産と思われる壺や食器や雑貨の類《たぐい》。上流の出には見えないが、夫婦は案外に財産持ちであるらしい。

寸法は違うが、病院の寝台の脇にあったものと似た、ガラスの嵌まった鉛色の箱がここにもあった。上座とおぼしき場所に部屋の主のごとく鎮座している。この世界の人間には必要不可欠なものであるらしい。何に使う道具なのか、一度確かめてみなくてはなるまい。

「さぁ、とりあえず休みましょう。ミナミちゃんも、少し休んでって」

ノリコがつくり笑顔でそう言い、続き間に姿を消す。ノリコが消えた部屋の手前、一枚板の台の上に、病室にあったものと同じ熱湯が飛び出る金属筒がおかれている。遠目がきくのは飛行兵の資質のひとつだ。吾一には、その筒に記されている小さな英文字が読めた。これは「ＴＩＧＥＲ」ではなく「ＺＯＪＩＲＵＳＨＩ」であった。

ノリコが盆を携えて戻ってきた。盆の上の精巧な細工が施されたコップには贅沢に氷がたっぷりと入っていた。麦茶であろうか。

「健太はウーロン茶よりコーラのほうがいいんでしょ」

子供をあやす口ぶりで言い、吾一には皆とは違う飲み物を差し出してくる。

ノリコがすすめてきたのは醬油だった。これを飲めというのか？　氷入りの醬油はラムネのように泡を立てている。匂いを嗅いでみると、醬油の香りはせず、膏薬じみた臭いがした。蕎麦つゆの一種かもしれぬ。

「まさか、コーラまで忘れちゃったの？」

ノリコが目を潤ませハンカチーフを取り出そうとしたから、吾一はあわてて首を振り、「甲羅」というらしいコップの中の液体をあおった。

喫驚仰天《ビックリギョウテン》。

口の中で何かが爆発した。泡が口腔で暴れまわる。ラムネすら飲んだことのない吾一には、生まれて初めての経験であった。泡とともに薬臭い甘味が舌と口蓋を突き刺し、鼻に抜ける。

思わず吐き出しそうになったが、そんなことをしたら、またノリコが泣くであろう。薬用かもしれぬから、我慢して飲み下した。喉の内側に軟膏を塗ったかのような刺激と冷たさが通過していく。氷水以外でこれほど冷えた飲み物を飲んだことはいままでなかった。

いったん腹の中に収めた泡が、再びせり上がってくる。口から強烈なげっぷを吐き出した。

「………たまげた」

全員が吾一に顔を振り向けた。男が目を丸くしながら言う。

「………おい、健太、いま喋れたぞ」

吾一はしゃっくりをする。確かに。もう一度、声を出そうと喉を上下させてみた。

「あぁむ」

ノリコが天を仰ぎ、エンタツが額をぴしゃりと叩き、ミナミが首《こうべ》を深く垂れてしまった。

「もう一回、コーラ、飲んでみて」

ミナミが言う。鼻の穴をすぼめて、膏薬臭さを嗅がないようにしながら、もう一口飲む。せりあがってきたげっぷを吐き出すと同時に言葉を発しようと試みた。三人の目が吾一に集まる。

「んごふ」

三人が同時に首を垂れた。

「健太、もう一回よ！」

ノリコが目を吊り上げた。

「んがう」

また失敗。なかなか難しい。エンタツ男が煙草のけむりを吐き出しながら言った。

「まぁ、無理することはないやな。これで体の異常ってわけじゃないことは、はっきりしたんだ。喋りたくなったら喋ればいいさ、そのうちいろいろ思い出すだろうし。俺に古着代を返さなくちゃならないってこととかさ。なぁ、健太」

合点承知、と吾一は言った。「ああむ」

長椅子に腰かけた一同の関心は吾一の一挙手一投足にあるようで、お互い同士はあまり言葉をかわさず、誰もがしきりに話しかけてくる。

「お腹すいてない？」

「体痛くないか」

「暑くないか」

「寒くないか」

そのたびに首を振る。部屋は暑くも寒くもない。閉め切られているのにもかかわらず空気がひんやりしているのは、この部屋にも病室と同じ冷気を吐き出す機械があるからのようだ。

長椅子は座り心地がよかった。今日一日、半分がた眠って過ごしていたはずなのだが、またもや睡魔が襲ってきた。たった半日であったが、自分の理解を超える事々がありすぎて、身も心も消耗しきっていた。不可思議な場所と人々とはいえ、少なくとも身の危険がないことを悟ったためかもしれない。吾一が目をこすりはじめると、ミナミが言った。

「眠いの?」

小さく頷くと、ノリコが言う。

「ちょっと寝る? 夕飯になったら起こすから」

エンタツも言う。

「おう、そうしろ、そうしろ。とにかく病院に行くのは明日からだ。起きたら、いつものうるせえ健太に戻ってるかもしれねえ」

吾一が頷いたものかどうか迷っているうちに、ノリコがミナミに言った。

「ミナミちゃん、今日は本当にいろいろありがとう。もう遅くなるから帰ったほうがいいわ」

ミナミがほんのわずか眉をくもらせた。

「まだだいじょうぶですよ。私、別に用事ないし」

この娘が帰ってしまう。いまの吾一にとってそれは、雛が母鳥を見失うのも同然だ。それなら寝てはいられない。吾一はかっと目を見開いたが、誰も見ていない。エンタツがよけいなことを言いはじめた。

「お嬢ちゃん、おうちはどこ? クルマで送ってくよ。健太じゃなくて悪いけどさ」

吾一は目玉をひんむき続けたが、こんな時にかぎって、ノリコは気づかない。ミナミとは目が合った。吾一にだけ見えるように泣きまねの表情をつくってみせ、おどけたしぐさで目の下を指でなぞる。滂沱《ぼうだ》の涙、というパントマイムであろうか。無声映画の喜劇女優のような振る舞いだが、この娘にはよく似合っていた。

男が部屋を出ていき、ノリコがコップを下げに奥の間へ引っこむ。二人きりになると、ミナミが立ち上がって吾一に身をかがめてきた。

「じゃあ、明日、また。あとで携帯入れる。喋らなくてもいいよ。聞いてくれるだけでいいから」

ケイタイというのがどんなもので、どこへ入れるものかはわからなかったが、しっかと頷いた。顔を上げた瞬間であった。

ミナミが突然顔を寄せてきたかと思うと、唇に柔らかいものが触れた。

奇襲攻撃。

吾一にとって生まれて初めての接吻《せっぷん》であった。

戻ってきたノリコに挨拶をし、ミナミは旋風《つむじかぜ》のように去っていった。帰り際に何か声をかけてきた気がするが、吾一の耳には届いていなかった。身じろぎもせずに座り続けていた。

ノリコに声をかけられていることにも最初は気づかなかった。

「――ねぇ、健太、聞いてるの？　ほら、二階で休みなさい。まさか耳もおかしいってことはないわよね」

ノリコがひたいに手をあててきた。

「熱があるのかしら、顔が赤いわよ」

ノリコに導かれるまま階段を上がる。通された部屋は、昇り口の左手だ。扉が開いた瞬間、これぞまさしく異世界ともいうべき空間が出現した。

さほど広くない部屋にありとあらゆるモノが散乱している。妙な機械や器具。壁や棚を覆う奇怪な装飾品。乱雑に積まれた書籍と、散乱した色とりどりの衣服。モノがあふれているうえに、整理整頓というものがまるでなされていない。部屋の主のずぼらさが手にとるようにわかる。航空隊の被服点検を受けたら、精神注入棒《バッター》百回ではきかないであろう。いや、銃殺されるかもしれない。

「ねぇ、健太、夕飯は何が食べたい」

ノリコが問いかけてくる。そう言われれば腹がすいた。昼間、脱走する時にかっさらった銀シャリは、結局食わずじまいだった。

「すっかり遅くなっちゃったからたいしたものはできないけど。リクエストは？　ハンバーグ？　ピラフ？　チンジャオロース？」

ノリコの言語はミナミ以上に意味不明だったが、ノリコがまた泣き笑いの表情になったから、吾一はあわてて考えるふりをした。

「そうだ、ここに書いて」

紙と万年筆を手渡してくる。なんと書けばよいのか戸惑ったが、ここは好意に甘えたほうがノリコも喜ぶであろう。素直に自分の好物を書いて渡した。

「よし、じゃあ、おいしいのつくるからね……」ノリコが腕まくりをしてみせたが、吾一が渡した紙を見て眉根を寄せた。「……ねぇ、健太、これなんて読むの？」

申し訳ないことをした。教育を受けた女に見えたから普通に漢字で書いたのだが、無学の女であったか。金平牛蒡《きんぴらごぼう》が読めないとは。

「あなたの着てた服、その袋に入ってるから。洗濯するなら言ってちょうだいね」

ノリコが出て行き、一人になると、眠気は飛び去った。部屋に置かれた紙袋から飛行服を取り出す。医師たちのしわざだろうか、なんと、ずたずたに断ち切られていた。縫い直すのには時間がかかりそうだ。航空隊に飛行服の余分はない。戻ったら、当面冬用を着用しなくてはなるまい。

ポケットの芳子の写真は無事だった。七五三の晴れ着を着て、笑っている写真だ。笑い顔が憂いを帯びて見えるのは、本人は知らぬが、医者から十《とお》まで生きられるかどうかと告げられていたためだろうか。

母から貰ったお守りは消えていた。あれが自分を守ってくれたのやもしれぬ。写真を隠す場所はないかと、部屋を見まわした。

見るものすべてが物珍しかった。ここにも例のガラスの嵌まった箱がある。これはいったい何であろうか。叩いてみると案外に軽い音がする。素材は金属ではないらしい。あちこちを触っているうちに、鈍い音がして箱の中からいきなり声が聴こえてきた。

〝引き続きニュースをお伝えします〟

なんのことはない。この世界のラジオだったのか。吾一が耳を傾けようとした刹那、突然、ガラス板の上に画像が浮かんできた。

「あぉお」

吾一は言葉にならない声をあげた。ガラス板に男女二人の姿が浮かび上がった。なんと、これは小型の映写機であったか。しかも総天然色。

かしこまって座る男女の画像に続いて、摩天楼が炎上する場面が映し出された。ニュース映画であるようだった。声だけになった女弁士が緊張した早口でまくし立てる。

〝日本時間の昨夜十時頃、現地時間の午前九時頃に発生したニューヨークの世界貿易センタービルなどアメリカ中枢に対するテロ攻撃の死者は、数千人にのぼるものと——〟

摩天楼に航空機が激突している場面が何度も映し出された。おおっ。吾一は興奮を抑えられなかった。特別攻撃隊の活躍がついに始まったのだ。いきなり紐育《ニューヨーク》か。まるで知らなかった。最新鋭機を投入したのであろう。陸軍は言うに及ばず、いままでの海軍には紐育まで航続距離のある航空機は存在しなかった。

画像がまた切り替わった。この世界では特別攻撃隊の快挙は大事件ではないのだろうか。次は納豆に関する報道だった。臭いが少なく、滋養満点の納豆が新しく生まれたことを告げる短いものだ。納豆の次は、エンタツが運転しているような奇天烈な乗り物に新型が完成したという報道。いつまで眺めていても、さほど得るものはなさそうだ。吾一は部屋の捜索を続けることにした。

机の脇の壁に幾葉かの写真が貼られている。これも総天然色だ。吾一は舌を巻いた。科学技術だけはこちらの世界のほうがはるかに上であると認めざるを得なかった。

写真を見て驚いた。写っているのはすべて男女二人か、女一人の肖像。女はミナミだった。そして一番大きな写真の中、ミナミの隣で笑っているのは——

吾一自身だった。

衣服は珍妙で、長髪を栗色に染めてはいるが、目も鼻も口も、面立ちのすみずみまで自分自身だった。

どういうことだ。

これがケンタという男なのか？

思わず己が顔をなぜた。瓜二つだ。ミナミやエンタツやノリコが間違えるのも無理はない。おそらくはエンタツ夫婦の息子。だとするとこの男はいまどこにいるのだろう。

わからない。またまた謎が深まってしまった。

疑問を解く鍵がありはしまいかと、部屋をさらに物色する。

本棚に本はなく、薄いガラス箱が並んでいる。写真や絵や英文字で飾られたその箱を苦労して開けると、中身はどれも手のひらより小さなレコード盤だった。

机の引き出しには、紙箱が詰まっていた。たいていは表に派手な漫画が描かれ、こんな文字が躍っている。

『スーパーファミコン』『スーパーマリオブラザーズ』『スーパーストリートファイターⅡ』『スーパースカイアクションゲーム』

「スーパー」という屋号の店が出している遊戯具の類であろうと推測し、中を見たら、想像していたカルタやスゴロクではなく、小型映写機と同様の素材でつくられたさらに小箱が出てきた。こちらは押しても引いても開かない。

どれもこれも吾一には理解不能なものばかりだ。書籍とおぼしいのは、机上や床にいくつかの山となって乱雑に積み上げられたものだけのようだった。

『アニメージュ』『ゲームクリエーターへの道』『RPGシナリオ入門』『サルにもわかるコンピュータ・プログラミング』『快感マガジン・デカメロン』『デラ・べっぴん』

何冊かをめくってみる。目がちかちかするほどの色彩で描かれた絵や写真ばかりのものもあれば、文字ばかりの学術書とおぼしきものもある。恥毛までさらした全裸の女が満載されたものを開けた時には、短く叫んで本を閉じてしまった。そしてまた開けた。

いつまでも恥毛ばかり眺めているわけにもいかぬ。書籍の山を点検しているうちに、山の下のほうに隠すように置かれた教科書の類を発見した。

『大学合格英単暗記術』『入試に出る漢字1000』『英文法百日マスター』『大学受験ガイド2002版』

まだ見ぬ部屋の主は親に隠れて勉学をしようとしているらしい。エンタツとノリコに学業の道に進むことを反対されているのであろうか。無理もない、吾一のいた世界では、大學など頭脳と暇と、それ以上に金に恵まれた人間にしか行けない場所だ。たとえ学費を工面できたとしても、どう見ても理知的とは思えぬこの部屋の主には、とんでもない難関であるに違いない。

『日本史なにがし』という書名の入った本を見つけた。ふむ。さすが世界に冠たる大日本帝国。この異世界でも、日本の歴史が学ばれているようだ。とすると吾一が不勉強であるだけで、ここは大東亜共栄圏の一部なのかもしれん。

開いてみる。年表を基本にした参考書の類であるようだ。上半分に年号と出来事。下半分に解説があり、総天然色写真、精緻な絵、図等が添えられている。読みはじめてすぐ、大日本帝国の歴史ではないことがわかった。

日本国の紀元は、紀元前六百六十年。神武天皇が即位された年から始まるはずであるのに、そのことには何も触れておらぬ。イザナギノ命《ミコト》が、天上から海を矛《ほこ》でかきまわして国造りをされたことも、天照大神《あまてらすおおみかみ》の天孫降臨も記されていない。

そのかわりに本の冒頭では、石器や土器がどうだったの、稲作がどうしたの、という間の抜けた記述ばかりが続いている。

そうか、これは異世界の歴史書だ。彼らは自らの国を、宗主国をならって「日本」と呼んでいるのであろう。吾一はそう考えた。だが、頁《ページ》が進むにつれて、なぜか人名も地名も吾一の知る歴史と酷似してくる。

「七九四年　桓武天皇、平安京へ遷都」

年号が吾一が習ったものと違うのは、皇紀ではなく西暦を使っているためか。

「一一九二年　源頼朝、鎌倉幕府を開く」

ここに部屋の主は赤いインクで何度も線を引いている。この程度の暗記に苦労しているようでは、大學合格はおぼつくまい。

「一六〇〇年　関ヶ原の戦い」

いくらページをめくっても、記述内容は吾一の知るものと変わらぬ。

「一八六八年（明治元年）　明治維新」

なるほど。この世界は歴史のどこかの時点まで大日本帝国と同じ系譜をたどってきたらしい。どうりで日本と似ているわけだ。住民の多くは日本から移民したのであろう。属国であるが故に、建国の歴史が語れないのだ。だから皆、日本人と同じ顔をし、日本語とよく似た珍奇な言語を使用しているのだ――吾一は一人で得心し、己が腿をぴしゃりと叩いた。妙な半ズボンを穿かされているためだろうか、普段のようないい音はせず、放屁に似た腑抜けた音が響いただけだった。

「一九二六年（昭和元年）　大正天皇死去」

死去などとは不敬な言い方だが、これも同じだ。時代もここから昭和になっている。彼らはいったいいつ移民をしたのだ。

「一九三一年（昭和六年）　満州事変勃発」

「一九三四年（昭和九年）　丹那トンネル開通」

おお、そんなこともあった。こんな記述まである。

「一九三九年（昭和十四年）　横綱双葉山、安芸ノ海に敗れ連勝記録止まる」

あの時は大騒ぎだった。吾一もラジオの前で興奮したものだ。

「一九四〇年（昭和十五年）　日独伊三国同盟調印」
おいおい、移民はまだか。このままでは――
「一九四一年（昭和十六年）　開戦　真珠湾攻撃」
ここも同じだ。なぜだ？
開いた次のページの表記に吾一は首をかしげた。
「一九四五年（昭和二十年）――
来年のことじゃないか。鬼が笑うぞ。
その年号の下に続く記述を読んだ吾一は、目を剥いた。
ドイツ無条件降伏
広島・長崎に原爆投下
敗戦
――嗚呼、なんということ。

15

マンションのエレベーターを六階で降り、携帯のフリップを開けた。待ち受けの時計は、6：33をさしている。ママはまだ帰っていないだろう。ミナミは携帯をバッグに戻してカギを取り出した。

「ただいま」

誰もいないことがわかっている家の中に声をかける。今年の春、お姉ちゃんが就職して、東京で独り暮らしを始めてからは、こうして一人の家へ帰ることが多くなった。ミナミのためにつけてある玄関の明かりを消して、リビングダイニングのソファにショルダーバッグを放り出す。テーブルにママの若い子みたいな丸文字でメモが置いてあった。

『夕ハンは先に食べてて』

「飯」ぐらい漢字で書けばいいのに。冷蔵庫をのぞくと、たまには自分でつくりなさいと言っているように材料がぎっしり詰まっていた。なにしろ、むこうはプロだ。

いちばん手早くできるメニューを選んだ。真空パックに入れて冷凍庫にストックしてあるチキンカレー。普通の喫茶店だったママの店を、土浦市で評判のカレーショップに変えた伝説の味だ。

とはいってもミナミは、試作品の実験台にされたり、まだ雑誌のグルメ記事なんかに載ったりする前、お店の残りをさんざん食べさせられているから、この味にはすっかり飽きている。たまにはククレカレーを食べてみたいと思うけれど、ま、文句は言えない。このカレーのおかげでミナミは短大に行かせてもらっているようなものだから。

ご飯を炊くのが面倒でスパゲッティを茹《ゆ》でることにする。これなら熱湯八分。健太がとりあえず無事であることがわかって、急におなかがすいてきた。なにしろ今日は朝から何も食べていない。

午前中、おばあちゃんのお見舞いへ行った帰りに、健太に電話をした。先々週からずっと会ってないし、電話で話をしても最後はケンカになって気まずく会話が終わってばかりだったから、昼ごはんを一緒に食べようと思ったのだ。いつもなら健太はまだ寝ているか、クルマでふらふらしている時間だった。

バイトを辞めて本格プーになってしまった健太に、沖縄そばでもおごってやろうと考えていたのだけれど、携帯は通じなかった。メールをしても返事が戻ってこない。健太はメールを打つのを面倒臭がるから向こうからはほとんど来ないけれど、返信だけはいつだってすぐにくれるのに。

おかしいなと思って家の番号にかけたら、大パニックだった。何度か会ったことのある健太のママさんは、電話の向こうで石鹸《せっけん》を食べてしまったような声を出していた。

――ああ、ミナミちゃんたいへんなの健太がね海で溺れて意識不明らしいのお医者さんを殴っちゃってケガをさせて病院から抜け出そうとしてだけどまた意識不明だそうなの――

意識不明のまま医者を殴って逃げ出そうとした？　よくわからなかったけれど、健太だったらやりかねない。わかったのは、健太が大変なことになっているかもしれないってことだった。

いまから病院へ行くところだというママさんから、病院の名前を聞き出して、なかなかつかまらないタクシーを両手を振って停めて、そして――。

とりあえず、元気でよかった。ほんとうにとりあえずだけれど。

お湯の中で泳いでいるスパゲッティを眺めながらミナミは考えた。健太がこのままずっと私を思い出さないなんてことがあるだろうか。あるわけない。健太が言葉を喋れないことがわかったときは泣きたくなるほど驚いたけれど、ちゃんと喋れたのだし。健太のパパさんの言うとおり、一過性に決まってる。

ミナミは、たぶん健太の根拠なしポジティブの遺伝子の素に違いないパパさんが、ここまで送ってくれたクルマの中で連発していたノーテンキな親父ギャグを思い出していた。「だいじょうぶ、だいじょうぶだよ、お嬢ちゃん。一過性、一過性、千葉はラッカセイ、な〜んちゃって」

健太はサイテーの親父って言ってたけど、ミナミには、いいパパさんに思えた。父親のいないミナミには、たとえサイテーでも親父ギャグ連発でも、生きているだけで、いいパパさんだ。

だいじょうぶ、だいじょうぶ、と頭の中で呪文みたいに唱えているうちに、茹で時間をずいぶんオーバーしてしまった。茹ですぎでふかふかのスパゲッティに、これも少し焦がしてしまった温め直しのカレーをかける。カレースパゲッティ。あんがいおいしい。納豆スパゲッティの次は、健太にこれを食べさせてやろう。

夕方のテレビは、どのチャンネルも昨日から大騒ぎのニューヨークのテロ事件のニュースを流し続けている。もう何度見たかわからない巨大なビルが崩壊していく映像を眺めながら、ミナミはスパゲッティをくるくるフォークに巻きつけ、もくもく食べ、そして考え続けた。

もし思い出さなければ、わたしがいろいろ思い出させてあげなくちゃ。くるくる。健太が「お前の料理はサイコー」と言ってくれた納豆スパゲッティを山盛りつくって食べさせる。もくもく。二人で行ったお店やアミューズメントパークやホテルにもう一度行ってみる。くるくる。日に焼けるとすぐに肌が赤くなってひりひりするから海は苦手なんだけれど、健太が行くならサーフィンにもついていこう。もくもく。健太に新しいバイトが見つかったら、私の誕生日のプレゼントを買わせよう。〝109〟でハートのブレスレットを買ってくれるっていう約束は、ぜひとも思い出させなくちゃ。いつか誰にもまねのできないすごいことをするって偉そうに言ってた、そのすごいことも、やってもらおうじゃないの。くるくる。そう、すべてを思い出せば、また、いつもの健太に――

ミナミはスパゲッティを巻きつけていたフォークをとめ、天井を見上げて首をかしげた。いつもの健太？

充電器にセットしていた携帯が鳴った。『ホーム・スイート・ホーム』メール用の着メロだ。健太からかもしれないと思ってとったら、トト八のヤマグチからだった。しつこいヤツ。もうバイトを辞めてずいぶん経つのに、いまだにこうしてメールを入れてくる。電話だとミナミがろくに返事をしないことがわかっているからだ。内容は読まなくてもわかってる。自意識過剰の近況報告。最後は映画かコンサートのチケットが偶然二枚手に入ったとかなんとか。いまの着メロ曲が気に入っていて、全員同じメロディにしているのだけど、今度からヤマグチの着メロだけ『わたし馬鹿よね』にしてやろうか。

メールを速攻で削除して、携帯のアドレスリスト＃1をコールする。健太が「治ったぜ、絶好調だよ。あいうえええおあぉ。東京特許許可局。バスガス爆発」なんて喋り出すんじゃないかと半ば期待して。まだうまく喋れないようなら、一方的に話だけをしようと思っていた。健太のママさんやパパさんの前では言えないことがたくさんあったから。たとえ健太が言葉を喋れなくても、メールではなく直接話をしたかった。

十コール、十五コール、二十回鳴らしても健太は出なかった。

おかしいな。絶対家にいるはずなのに。もう一度かけ直してみる。

二十五回鳴らしたけれど、やっぱり出ない。お風呂に入っているのかな。

沈黙したままの携帯をテーブルに置いて、ミナミは今日一日のことを思い返してみる。タクシーが停まったのは思っていたより大きな病院で、病室がどこだかわからなくてウロウロしているうちに、廊下でばったりママさんと会えた。

体に異常はなかった、とママさんが言っていたとおり、二週間ぶりに会った健太は病人には見えなかった。いつもの健太だった。一年中日焼けしているから顔色がいいんだか悪いんだかわかんないし、少し痩《や》せたかなとは思ったけれど、そのせいで、ふだんより精悍《せいかん》に見えたぐらいだ。ママさんとパパさんは健太がお医者さんを殴ったとか暴れたとかで病院ともめているみたいだったから、健太がベッドの下で四つんばいになっているのを見た時にも、最初はまた何かアホなことをしでかそうとしているのだとしか思わなかった。いつもみたいに——。

抱き起こした時の健太の体が意外に軽いのには驚いたけれど、うなじのあたりから、ちょっと海の匂いがするのも、サーフィンに行った帰りのいつもの健太と同じだった。

くるくる。スパゲッティを巻いたフォークを持ち上げて口を開く。ミナミはまた手をとめた。舌を伸ばして唇の端をぬぐい、フォークを置いて、右手で輪をつくってみる。健太のあれを握った時の感触も、いつもと変わらなかったはずだ。男って信じらんない生き物だ。あんな時でも少し硬くなってた。健太がいつも言ってる「俺のキャノン砲はまだまだこんなもんじゃない」の状態だった。

スパゲッティの最後の一本をちゅるりと口の中に吸いこんで、ミナミはもう一度、首をかしげた。なぜ自分が首をかしげているのか、自分でもよくわからなかった。

もう一回だけかけてみよう。リダイヤルではなく最初からやり直してみた。十コール、十五コール、十六、十七……

今度はいきなり切れた。まさか携帯のとり方まで忘れてしまったわけじゃないでしょうね。お皿を洗い、お化粧を落として顔を洗っても、向こうからはかかってこないから、さらにもう一度。十五コール、二十コール、二十一、二十二……

ようやくつながった。受話口の向こうのかすかな気配にミナミは耳をすます。健太の息づかいが聴こえた。やっぱりまだ喋れないのだ。

「健太？　あたし。まだ喋れないなら、聞いてるだけでいいから。ねぇ、あたし考えたんだ。外へ出られるようになったら、どっか行こうよ、いままで二人で行った場所に。筑波スカイラインとか、水戸のクラブとか、横浜のラーメン博物館とか、花火を見に行った大洗の埠頭とか、国6沿いの牛丼屋さんとか。うちの店でもいいよ。ママのカレー、食べに来る？　サーフィンに行くなら、日焼けどめクリームばっちり塗ってつきあうし。そうすればいろいろ思い出すんじゃないかって気がするんだ。運転がまだ無理なら、あたしがクルマを出してもいいからさ。友だちから借りるよ。平気平気、この間みたいに、サービスエリアと間違えてインター降りちゃったりしないからさ。ねぇ、どう、健太？」

——ううっ。

すすり泣きみたいな健太の声がした。

十六

クラシックカーが入っていったのは、だだっ広い敷地に木造二階建ての建物が並ぶ、学校を思わせる施設だった。学校と違うのは、門の脇に銃をかついだ兵隊が立っていることだ。昔の軍隊の施設であることは、健太にもすぐにわかった。日が暮れて薄暗くなった敷地のはるか向こうに見えている飛行機のシルエットは、プラモデル屋の天井から吊り下がっている日本軍の戦闘機そのものだった。

門を入って左折すると、クラシックカーは太い枝が夕空をわし摑みにしている木の下で停車し、クルマというよりトラクターに近い古めかしいエンジン音を消した。

「ほら、降りろ」

山口が健太の頭を叩く。平手で後頭部を狙った、犬を扱うような叩き方だった。全身の血がざわざわと頭に這い昇っていった。

兵隊たちが乱入してきたのは文子さんにズボンの裾下ろしをしてもらっていた最中だったから、健太はまだ浴衣姿で裸足だったが、浴衣の下にはキヨ婆さんの夫の形見だというシャツを着ている。山口がその糊《のり》のきいた襟を摑んで引っ張った。貝殻でつくられたボタンがはじけ飛んで、ウィンドゥガラスを小さく鳴らした。恐怖も忘れて健太は山口の手を振り払う。

「おい、いいかげんにしろよ」

山口がどんぐり眼《まなこ》を見開いて、ぽかりと口を開けた。自分が反撃されるとは夢にも思っていなかった、という顔だ。左隣の細面の男が息を呑み、振り向いた運転手は顔に驚愕の表情を張りつかせていた。

「狂ったか?」山口が歯を剝き、腐った魚の臭いがする息を吹きつけてきた。「石庭、もういっぺん言ってみろ」

「俺はイシバじゃな――」

いきなり顎にグーでパンチが飛んできた。目の前が赤くなり、頭の後ろで花火が弾けた。焦点を失ってしまった視界の向こうで山口が日本刀を抜きかけたのがわかった。本物の刀は時代劇に出てくるものみたいにピカピカ輝いてはいなかった。血の色を吸ったような鈍い銀色に光っている。山口がエラを左右に張り出して叫ぶ。

「こ、こ、こいつ、俺に盾突きやがった。た、た、た、叩き斬ってやる」

「山口二飛曹！」

細面が健太の体ごしに腕を伸ばして、山口の手首をつかんだ。

「邪魔をするな、小野寺《おのでら》。どうせこいつは墜落死扱いになってるんだ。ここでくたばったって同じことだ！」

小野寺と呼ばれた男がウィンドゥの外に目を走らせて、冷静な声を出した。

「番兵が見てます」

その言葉を聞いたとたん、離せ離せと口では言いながら、山口はあっさり手を離した。そのかわり顔を真っ赤にして健太を睨みつけてくる。

「ぶっ殺してやる！　わかってるな、練習生だろうがなんだろうが、お前らはお国の為に死にに来たんだ。ここはもう前線だ。弾が飛んでくるのは前からだけじゃねぇんだぞ」

何か言い返してやりたかったが、顎が奥歯まで痺れて、声を出すことができなかった。どちらにしても、本物の日本刀の鈍い光を見てしまったいまの健太には何も言えなかっただろう。

山口と小野寺に引っ立てられて広い敷地を歩いた。自分がこれからどうなるのか、まったく見当がつかない。ぼんやりした頭で想像がつくのは、ここから健太とよく似た男が脱走したらしいということだけだ。

幾列にも連なった建物の窓からたくさんの頭が突き出して、健太たちを窺っているのがわかった。小野寺が健太を隠すように肩をいからせたが、あまり効果はなかったろう。二人とも百七十センチ弱の健太より背が低い。しかし体のわりには、やたらと力が強かった。腕をねじり上げられた体は半分宙に浮き、歩くつもりはないのに、どんどん敷地の奥へと進んでいってしまう。

「山口二飛曹、分隊長へ報告しなくては」

「後でいい」

木造校舎を思わせる建物に放りこまれるように入り、暗い廊下を歩かされる。内部も健太が通っていた小学校の旧校舎に似ていた。木製のドアを小野寺が開け、山口が健太の背中を押した。

ドアの中は、広い部屋だった。高い天井の下に太い梁《はり》が縦横に走っている。木の床はよく磨かれ、先に立った小野寺のシルエットが映るほど艶光りしていた。なんだか古めかしい食堂を想像させた。

食堂に見えるのは、中央に八人がけぐらいの机と長椅子がいくつも並んでいるからだろう。壁ぎわには二段ベッドが置かれ、温泉場の脱衣所にあるような細かく仕切られた棚が並んでいる。小銃が箒みたいに無造作に立てかけられているのを見て、健太の背筋は寒くなった。

健太が入っていくと、部屋にいた全員が一斉に振り向いた。たいていが坊主頭かそれに近い短髪。工場の作業着みたいな白い服を着ている。年は健太と同じか少し下ぐらいだろう。小柄な選手しかいない高校野球部の合宿所みたいな雰囲気だった。健太の姿に誰もが息をのみ、目を丸くしていた。

「石庭！　無事だったか――」

一人が声をあげたが、山口に睨まれて黙りこんでしまった。

部屋の奥まで引きずられ、また新しいドアをくぐる。こちらは少人数用の部屋だった。ベッドは二段ではなく、造りもゆったりしている。中央のテーブルを囲んで何人かの男たちが座っていた。テーブルには酒の匂いのする茶碗が並んでいる。輪の中心にいるのは、椅子の上にあぐらをかいた、ひときわ小さな男だ。小男が健太の顔を見て悠然と笑った。

「おお、石庭、本当に生きてたんだな。よく帰ってきた――」

爪楊枝《つまようじ》をくわえたまま体に似合わない太い声でそう言い、前のめりにかぶっていた作業帽のつばの間から健太の顔を覗きこんできた。周囲の男たちより少し年上のようだ。といっても三十そこそこ。誰も彼もオヤジ臭い喋り方と立ち居ふるまいをするが、顔だけ見れば山口は二十代前半、小野寺は健太とそう変わらない年のようだった。

小男の服も他の人間と同じ作業着だったが、二の腕につけたエンブレムには意味ありげな逆Vの字型のラインが四本入っている。小男はそのマークを見せつけるように体格に釣り合わないゆったりした動作で半身に構え、帽子のつばをくいっと押し上げた。

「――よく帰ってこれたな、どの面下げて戻ってきたかと思えば、なんだ、その白い頭は？」

答えたのは、山口だった。

「変装して逃げるところだったようです。すんでのところを捕らえました」

山口が胸をそっくり返らせたが、小男には褒めるつもりはないようだった。小さな頭を載せた爬虫類を思わせる長い首を、山口のほうへねじ曲げて、怒りの声をあげる。

「山口、お前の教育がなっとらんからだ」

「は」

山口が直立不動になった。小男にはやけに従順だ——こういうところもトト八のヤマグチによく似ている。バイトにはガミガミ、店長にはペコペコ。昔からこういうヤツは多いらしい。上に頭を下げてばかりいる反動で、下の人間の前ではふんぞり返るのだ。

「根性を叩き直せ」

叩き直せ？　自分の身に降りかかる現実に頭がついていけず、健太は他人事みたいにぼんやりとその言葉を聞いていた。小男に命令された山口が伝言ゲームのように小野寺にわめいた。

「精神注入棒《バッター》、持ってこい！」

小野寺が部屋の隅へ駆け寄った。健太は幽体離脱をしてしまったような醒めた目で小野寺の後ろ姿を追った。壁には巨大な額縁に見える棚が据えつけられていて、数本の木の棒がスポーツショップのゴルフクラブみたいに仰々しく飾られている。

「どのバッターにしますか」

「一番バッターに決まってるだろ」

山口が何を言っているのかよくわからなかったが、野球用語でないことは確かだった。

殴られた顎が熱を帯び、脈拍に合わせて疼痛《とうつう》が押し寄せてくる。触らなくてもそうとうに腫れているのがわかった。顔の右頬の皮膚がつっぱり、右目が開けにくくなっていたからだ。何か言おうとしたが、健太はぼんやりと突っ立って、息を吐き出すことしかできなかった。痛みで口が麻痺していたというより、恐怖のために舌も唇も痺れてしまっていたのだ。

高三の時、相手が暴走族《ゾク》だと知らずに、海岸で眼《ガン》を飛ばしてきたヤツに喧嘩を売っちまって、五、六人に囲まれたことがある。仲間が助太刀に来てくれて、なんとか助かったのだが、その時の数倍怖かった。いつだったか、サーファー仲間の一人が、背中に入れたタトゥーが生意気だとチンピラに因縁をつけられて、ヤーさんの事務所に連れて行かれたことがある。そいつは小便をチビって帰ってきた。その話を聞いた時は健太もみんなと一緒に笑ったが、いまはそいつの気持ちがわかる。健太もチビりそうだった。

小野寺がいちばん長い棒をつかんで戻ってきた。野球のバットほどの長さと太さ。違うのは筒状ではなく、二面が平たく削られていることだ。平たい面に『海軍精神注入棒』とおどろおどろしい墨文字で書かれていて、グリップのところには房までついている。なんだこれは？

「石庭、構えろ」山口が叫ぶ。「何してる、構えて、お願いしますと言え！」

健太がなけなしの勇気をふるって、これが人違いで、自分が石庭という名前ではないことを主張しようとしたそのとたんだった。

尻に衝撃が走る。前のめりに倒れた。山口が尻にこん棒を叩きつけてきたのだ。

「構えろと言っただろ。誰が倒れろと言った。なにがバッター折りの石庭だ。聞いて呆れるわ」

尾てい骨が熱く痺れ、痛みが背骨を伝って頭蓋骨まで這い上がってきた。

「ほら、立てっ」

勝手に人を床に転がしておいて、立てもなにもないだろう。摑みかかって、こん棒を奪い、殴り返してやろうかと考えた。だが、体は動かなかった。山口が手にしていた日本刀と、壁に並んだ小銃の列が頭にフラッシュバックしたからだ。トト八のヤマグチ相手だったら反撃してもバイトの口をなくすだけだったが、いまそんなことをしたら命をなくす気がした。

「立たせろ」

小野寺が両方の腋の下に手を差しこんでくる。立つもんか、健太はうつ伏せで両手と両足を床に放り出したままにしていたのだが、小野寺は腹に膝頭をこじ入れてきて、膝を立てた。健太の体がすいっと浮き上がると、すき間に肩をつっこんでくる。背中に押されて膝立ちになると、ヤツはくるりと体を反転させて、はがい締めの体勢をとる。抵抗する気力を起こす間もない早わざだった。こいつ、慣れてやがる。

「ほら、構えろっ」

小野寺に腕をひっぱられて、ふらふらと立ち上がった瞬間、また尻に衝撃。尾てい骨が不吉な音を立てた。体が大きく泳いだが、今度は踏みとどまる。

仰々しく用意された道具と小野寺の機敏な動作で、いま自分が受けているのが日常的な懲罰であることがわかった。しかし、山口にはただの懲罰で終わらせるつもりはなさそうだった。健太は生まれて初めて、ゾクに囲まれた時ですら考えもしなかったことを思った。殺されるかもしれない――。

背後でバットの素振りの音によく似た空気音。

三発目。

そのまま前に吹っ飛んだ。壁にしたたか頭を打ちつけ、意識が遠のきはじめた。これで昨日から何度目だろう。しかし、今回は健太の意識が途絶えることはなかった。誰かが――山口に決まっているが、腫れ上がった頰を靴底で踏んづけてきたからだ。

17

何度読み返しても同じだった。
一九四五年（昭和二十年）
ドイツ無条件降伏
広島・長崎に原爆投下
敗戦
年表の下に添えられているのは二枚の写真。一枚は巨大なきのこ雲。その写真の横で、焼けただれた皮膚をさらした裸の少女が泣いていた。

敗戦？　神国日本が負ける訳がないではないか。何と忌まわしい本であろう。危険思想家が人心を乱すために、悪しき未来を占い、喧伝しているとしか思えない。吾一はその『日本史年表みるみる暗記術』とやらを放り捨てようとしたが、できなかった。目はその先の記述を追いかけていた。年表にはさらに続きがあった。

「一九四六年（昭和二十一年）　新選挙法による第22回衆議院総選挙　日本国憲法公布」
「一九四八年（昭和二十三年）　極東国際軍事裁判判決」

米兵の前に立たされている粗末な服を着た男の写真に目を見張った。坊主頭に眼鏡と髭の特徴的な容貌。東条英機元首相だ。

そんな馬鹿な。写真を見つめ続けているうちにめまいを覚え、吾一は本を放り捨てた。散り散りばらばらに混乱した思考が、ちぎれ雲が吹きよせられるように集まり、巨大な暗雲となった。頭の中で湧きあがっていく真っ黒な入道雲の意味するものは、ひとつしかなかった。

ここは日本なのだ。

この奇妙奇天烈な世界はまぎれもなく日本だったのだ。自分が病院のベッドに寝ていたのはほんの数時間だけだと思っていたのだが、おそらく意識を失ったまま何年もの時を経てしまったのだ――。

なんということ。日本は戦争に負けたのか。

総天然映写機であるらしい機械は、けたたましい音と映像を放ち続けている。いつのまにか画像は特別攻撃隊がアメリカの摩天楼を破壊したという報道に戻っていた。そうとも、日本が戦争に負けるわけがない。東条元首相が虜囚となった現在も、聖戦は続いているのだ。吾一が映写機に顔を振り向けたとたん、女弁士が吾一の頑迷さをたしなめるように喋りはじめた。

〝アメリカ政府はこの攻撃について、オサマ・ビン・ラディン氏の関与が濃厚とし、報復の準備があることを表明しています。日本政府もこれを受け、小泉首相は「日本はアメリカを強く支持し、必要な援助と協力を惜しまない」との決意を語りました〟

吾一の耳から音が消えた。聞くことを拒んだからだ。

画面には半白の髪を文士風の長髪にした西洋犬のような顔立ちの日本人が、星条旗の飾られた部屋で白人の大男と握手をしている場面が映し出されていた。

吾一は映像から顔をそむけ、血走った目を周囲にめぐらせた。半裸の女の写真を飾り立てた右手の壁に、細長い姿見が立てかけてある。無造作に脱ぎ捨てられた衣服や積み重なった本をかき分け、鏡の前に這い寄った。

鏡に映る自分の顔は、昭和十九年九月、航空隊の飛行場を飛び立った朝と少しも変わらない。半月ほどバリカンを当てていない長めの坊主刈り、山口班長から鉄拳制裁を食らった頰が腫れていたため、数日間剃らずにいた髭が伸びかけているのも同じだ。

例の本を拾い上げ、もう一度開いてみた。いったいいまが昭和何年であるのか確かめるために——。

「一九四九年（昭和二十四年）湯川秀樹ノーベル物理学賞受賞」

「一九五二年（昭和二十七年）対日平和条約・日米安保条約発効」

「一九五六年（昭和三十一年）日ソ国交回復に関する共同宣言・国際連合加盟」

年表はまだまだ続いていた。ページをめくる指が震えた。

「一九六四年（昭和三十九年）東京オリンピック開催」

「一九六九年（昭和四十四年）アポロ11号月面着陸、人類月へ」

ひとつひとつの記載に目を見張り、呻いた。

「一九八九年（平成元年）昭和天皇死去、87歳　美空ひばり死去、52歳　消費税導入」

信じられない。年号まで変わっている。西暦で綴られた年表の最後の一行は、この年で終わっていた。

「二〇〇〇年（平成十二年）」

二〇〇〇年――国史は皇紀で習ったが、中等学校、予科練とそれなりの教育を受けてきた吾一は、もちろん西暦も理解している。しかしそこに書かれた数字はその理解を超えていた。

吾一は頬をゆっくり撫ぜた。本を閉じたとたんに煙が立ちのぼり、自分の髪と髭を真っ白にしてしまうのではないかと半ば本気で考えた。再び這いずって鏡の前に戻る。やはり、鏡の中の顔は、見たところ満十九歳当時の吾一のままだ。

そこに映る自分は本当の自分とは違うのではないか、鏡に映っているすべてがまやかしではないのかと疑い、鏡の前に正座し、首を斜めに傾けてみた。鏡の中の吾一も首をかしげた。

片手をあげると、やはり手をあげた。

敬礼をしてみた。鼻の穴を広げてみた。人気トーキー俳優尾上松之助が見得を切るように首をぐるりと回転させ、目玉を剝いてみた。それから吾一は泣いた。

部屋のどこかで音楽が鳴り響いている。第一軍歌さながらの勇壮な旋律は、悲嘆にくれる吾一を鼓舞するように聴こえた。ほんの束の間で音が消え、また鳴りはじめる。吾一はひざ小僧に押し当てていた顔を上げた。

音楽はのべつまくなしに音を垂れ流している映写機から漏れていたわけではなかった。ノリコが「ここに置いとくから」と言って残していった小さな機械からだ。

近寄ると、また音が消えた。手にとり、耳に押し当ててみた。銀色で蒲鉾板を二枚重ねたような形をしている。ミナミがクルマの中でときおり取り出し、指を走らせ、眺めていたものとよく似ていた。貝殻のついた房飾りもミナミのものと色違いだ。オルゴールであろうか。

ミナミがそうしていたように蓋を開けてみる。中には小さなボタンがぎっしり並び、蓋の裏側のガラス板には幻灯のごとく写真が浮き上がっている。

ミナミの写真だった。片手の指をジャンケンの「ちょき」の形にし、おどけた表情でこちらに笑顔を向けている。

ロケット写真のようなその小さな肖像の輪郭を指でなぞる。まだ涙が乾いていない頰に押し当てる。ひらがなの「ん」の字のかたちに綻《ほころ》ばせている曼珠沙華の花蘂《はなしべ》の先ほどの唇に、己の唇を重ねようとしたその時、機械がまた音楽を奏で始め、ミナミの写真が消えてしまった。

吾一は動転し、板に並んだ操作ボタンをやみくもに押した。音楽が突然やんだ。ガラス板にはミナミの写真ではなく、めちゃくちゃな数字が並んでいた。

狐につままれた気分で機械を眺めていると、また音楽が鳴りだした。いちばん大きなボタンを押すと、音が止まった。機械を叩いてみる。裏返してみた。耳に押し当ててみた。驚いた。機械からいきなりミナミの声が流れてきた。

言葉の意味は半分もわからなかったが、吾一は彼女の言葉のひとつひとつに頷き、すがりつくように機械を握りしめた。そしてまた涙を流した。

十八

気が遠くなりかけた健太の耳もとで、けたたましいホイッスルの音が聞こえた。鳴らしたのは山口だ。それに続いてやつの殺気だった声がした。

「水だ、誰かオスタップ持ってこい」

尻が熱い。頭が熱い。全身が熱い。床に張りついた頰だけがひんやりと冷たかった。健太はすがりつくように床に顔を預け、そして昨日から頭の中で何度呟いたかしれないセリフを、また繰り返した。悪い夢なら早く醒めてくれ——。両目から涙が零れ出た。

「こいつ、泣いてやがる。腑抜けめ。貴様は女か。それでも日本男児か？　帝国軍人か？」

壁に激突した時に舌を嚙んでしまったらしい。口の中に生温い液体があふれ、鼻から血の臭いが抜けていった。

複数の足音が近づいてきた。

「入ります！」

まだ声変わりし終えていないようなガキの声がした。霞んだ視界の先に部屋のドアがあり、白いズックを履いた複数の人間の足が見えた。

目の前に置かれたのは、直径五、六十センチはありそうなブリキの桶だった。山口はそれを一人で持ち上げようとしていきみ、小男から「部屋を水びたしにするな」と一喝されて諦め、茶碗ですくった水を健太の顔に浴びせてきた。

「小野寺、立たせろっ」

また小野寺の手が伸びてきた。二度も同じ手にひっかかるもんか。このまま床にころがっていても自分にプラスになることは何ひとつなさそうだったが、とりあえず言いなりになるのだけは嫌だった。体を丸め、両腕で小野寺の膝をブロックしようとすると、今度は背後からつま先を入れてきた。またもジャッキを使ったようにふわりと体を持ち上げられてしまう。

こいつらはプロだ。リンチのプロ。

つかまれた腕を引き戻そうとしたが、健太より背が低く痩せているくせに小野寺は力が強い。逆にねじり上げられてしまった。体を覆いかぶせてきた時、小野寺が健太の耳もとで囁いた。「腰を引いて、力を入れろ。骨、やられるぞ」

それが命令なのか、アドバイスなのかよくわからなかったが、立ち上がった健太は小野寺の言葉どおり腰を引きぎみに落とし、下半身の筋肉に力をこめてみた。そうすると尻がすぼまって自然に尾てい骨を守る体勢になった。

背後でまた空気を切り裂く音がした。山口の「ふん」という鼻息も聞こえた。

〇・五秒後に衝撃。

みしりと鈍い音がした。

尾てい骨が折れたかと思ったが、違った。

「おおっ、バッターを折った！」

「これで二本目だ」

こん棒にひびが入った音だった。山口がドアの外を怒鳴りつけている。

「貴様ら何を見とる。班から脱走者を出したのは、お前ら全員の責任なんだぞ。わかっとるな、後で総員バッターだ！」

小男を取りまいていた年かさの男たちの中から、すかさず声があがった。

「班長のお前の責任でもあるよなぁ、山口」

山口がホイッスルケトルのようなヒステリックな声をあげた。その次の瞬間、身構えていた尻にではなく、うなじにこん棒が飛んできた。思わず両手で押さえると、今度は側頭部。かすんだ視界がぐらりと揺れ、たまらずに膝から崩れ落ちた。

「山口二飛曹、それは危険です！」

小野寺の声がした。

「おいおい山口、あんまりやりすぎると死んじまうぞ」

「また戦病死扱いにするのか」

半分面白がっているとしか思えない、そんな声も聞こえた。山口が髪をつかんできた。切れたまぶたから流れ落ちてきた血が視界を赤く染めているから、山口の顔がどこにあるのかわからなかった。

いきなり桶の中に頭を突っこまれた。不意うちをくらった口と鼻と耳、顔中のすべての穴に水が攻めこんでくる。山口の声がくぐもって聞こえた。

「この野郎、この野郎っ、なんだこの白い頭は、ふざけやがって」

体重をかけて押さえつけてくる山口をはねのけようとしたが、両手は動かない。何度も殴り倒されているうちに、体力も抵抗する気力も奪われていた。

「いったい髪に何を塗りたくりおったんだ。ペンキか？」

「もしや、二飛曹……石庭は事故の衝撃で気が触れてしまったのでは？　こんな反抗的な男ではなかったはずですが」

小野寺が言う。

「貴様、かばうのか」

「いえ、その髪は本物ではないかと……激しい恐怖や痛苦に瀕した人間は一夜にして白髪になるとものの本で読んだことがありますが……」

「ふん、馬鹿馬鹿しい、そんなことがあるわけねぇだろう」

山口が鼻を鳴らす。頭を引き上げられ、いきなり髪の毛をむしられた。また目から涙が零れてくる。悔しいがまったく抵抗できなかった。声も出ない。何かリアクションをすれば、それが数倍になって返ってくることを悟って、体が犬のように萎縮してしまっているのだ。

山口が口臭のきつい息を吐いた。健太の髪の毛を吹き飛ばしたらしい。

「けっ、たとえ白髪が本当でも、こいつが脱走《ダッ》したことには変わりねぇ」

息をつく間もなく、また頭を水の中に戻された。口からはもう泡も出ない。その時だ。ドアの外から声が聞こえた。

「石庭が戻ってきたのか」

細く柔らかな声だったが、その言葉に全員が緊張するのがわかった。ズックとは違う硬い足音が部屋の中へ入ってきて、健太の数歩手前で止まった。健太の首根っこを押さえていた山口の手が離れる。健太は水から顔を上げ、四つんばいのまま咳きこんだ。

「まだ私のところに報告がないようだが」

「山口！」

小男の尖った声がし、それに答える山口の緊張した声が聞こえた。

「あ、いえ、いま分隊長のところへ伺おうかと思っていたところでありまして……」

すべての声が遠く、チューニングのずれたラジオ放送に聞こえる。鼓膜の近くで潮騒みたいな耳鳴りがしていた。

「立て、石庭」

新しくやってきた声の主が言った。命令口調は同じだが、山口たちに比べるとはるかに冷静で、悪意めいたものは感じない。健太はのろのろと立ち上がる。目ぶたから滴《したた》り落ちてくる血をぬぐい、かすんだ目を見開いた。

目の前に立っていたのは、白い軍服を着た男だった。山口の着ているものとは違って、肩に飾りがついていて、仕立てもよさそうに見える。部屋の中なのに白いカバーをつけた帽子をかぶっていた。戦争映画でよく見る将校の帽子だ。丸い細ぶちの眼鏡をかけたうりざね顔は、まだ二十代半ばぐらい。健太の生きている時代だったら、軍服よりビジネススーツが似合いそうな男だ。

「石庭、何があった？　報告せよ」

健太は首を振り、血がにじんだ唇と、三倍ぐらいに腫れ上がったように思える舌を動かそうとした。この男なら少しは話が通じるかもしれないと思ったのだ。未来から来たなどとは、とうてい信じてはもらえないだろうが、少なくとも人違いであることは、わかってもらいたかった。

「……俺は、石庭……じゃない……尾島だ」

部屋にいた全員が健太に顔を向けてきた。誰もが驚きか怒りの表情、あるいは冷笑を浮かべている。山口が節分の赤鬼のお面みたいな顔をして睨んでいた。エラを張り出して口をぱくぱくさせているが、何も言えずにいる。丸眼鏡だけがまったく表情を変えなかった。

「もう一度訊くぞ、お前は飛行術練習生、石庭吾一飛行兵長だな」

床に血の色の唾を吐いて、声を絞り出した。

「……知らない……イシバなんて……やつは知らない……」

丸眼鏡が手を伸ばしてきて、熱をはかる具合に健太のひたいへあてがった。ごつごつした山口の手に比べると、指が細く柔らかな手だった。

「ふむ、コルサコフ症候群かもしれん」

「……コルサ？」

「うん、逆向健忘症だ。記憶喪失という言葉は聞いたことがあるだろう？」

「知りませんね。我々は分隊長と違って学がありませんので。ずっと軍隊暮らしでありますから」

分隊長と呼ばれている男より年上に見える小男が「ずっと」というところを強調して吐き捨てる。皮肉丸出しの言葉を丸眼鏡は意に介するふうもない。

「必要のない学だがね。軍隊では精神病科の医者はいらんようだからな」

小男の言葉を軽く受け流し、それからほっそりした指で健太の腫れた目をこじ開けた。

「もう一度言ってみろ」

「……俺は……尾島……健太だ」

「うん、嘘を言ってはいない」

丸眼鏡が確信をこめた口調で言った。

「なぜおわかりで？」

「嘘を言えば眼球が定まらなくなり、瞳孔が広がる。彼が話しているのは真実——いや、真実と思いこんでいるという意味だがね。自己を喪失した初期の段階で混乱し、たまさか見聞きした別人の姓名を自分の名だと錯覚しているのではないかと私は推測する」

軍人というより学者風の物言いで兵隊たちに講釈する丸眼鏡の言葉が、耳鳴りの止まらない健太の耳には遠い波の音に聞こえた。体がぐらつき、立っているだけでせいいっぱいだった。

小男が爪楊枝を吐き出した。

「こいつをどうされるおつもりで？　分隊長」

「病舎へ連れていけ、私が診察する」

どこかで舌打ちが聞こえた。

19

洋式テーブルの上には、正月か祭りでなければお目にかかれないほどの料理が並んでいた。大勢の客を招くのであろうかと吾一は考えたのだが、いつまで経っても誰が来るわけでもない。どうやらこれがエンタツとノリコと吾一、三人分の夕餉《ゆうげ》であるらしい。とはいえ所狭しと置かれた皿の上の料理のおおかたは、吾一に馴染みのないものばかりだった。

「がんばってつくっちゃった。時間がなかったから半分は冷凍物だけど。チンジャオロースとカニクリームコロッケと春雨サラダと……フライドチキンはまだあるからね。ほら、キンピラゴボウも」

前かけで手をぬぐいながらノリコが笑う。

「いきなり漢字クイズなんか出すんだもの。国語辞典で調べちゃったわよ。喋らなくても、やっぱり変な子ね、あんたは」

笑顔をむりやり張りつけたようなノリコの表情に吾一の胸は痛んだ。自分がケンタという者ではないと知ったら、ハンカチを何枚使うことだろう。

エンタツは服を丸首シャツと短ズボンに着替えて麦酒《ビール》を飲み、映写機を眺めている。ビールは瓶ではなく缶詰から注いでいた。茶の間であるらしいこの部屋の映写機は二階の部屋のものよりずいぶんと大きい。家長用であろうか。

画像はすっかり見慣れた、アメリカの摩天楼が特別攻撃隊の突入によって炎上している場面だ。吾一の生きていた時代より科学文明は発達しているにせよ、個人用の映写機ではたいしてフィルムが入らないのだろう。同じ場面ばかりが繰り返されている。吾一は崩落する建物の名前が「世界貿易センタービル」という名前であり、攻撃機が発進したのがビンラディン市という場所からであることも覚えてしまった。

「ひでえなぁ、まったく」と言いながらエンタツはニュース映画にあくびをし、手にした薄板を映写機に差し向ける。映像が突然、別のものに変わった。山間の秘湯の風景だ。エンタツが指を動かすと、それが消え、色とりどりの髪をした道化師じみた衣裳の娘たちが歌い踊る場面が映り、またもや消え――

「おあぉ」

「どうした健太？」

たまげた。映写機の中には膨大なフィルムが詰まっているのだ。吾一はこの十九年間、映画を観た経験など指折って数えるほどしかないというのに、この時代の人間たちは家に居ながらにして、さまざまな映画を鑑賞することが可能なのだ。

いま画面には野球の試合が映写されている。夜だというのに煌々《こうこう》と照明を灯した下で、見たこともない派手な試合着の選手たちが白球を追っていた。早慶戦ではなく職業野球だろう。応援しているらしい「ジイアントス」の投手が本塁打を打たれた瞬間、エンタツが天を仰いだ。ついいましがたまで戦火を伝える報道を眺めて講釈を垂れていたのに、なんとも天下泰平な男だ。

ノリコが厨房に戻る。流しの下には、零式戦闘機の操縦席並みの計器が備えられている。仏壇の鈴に似た音がし、ノリコが計器の下の扉を開け、中から新たな料理を取り出した。短時間でこれだけの献立をつくるノリコの手際に、吾一は舌を巻いていたのだが、よく見ていると、その扉の中に料理を入れ、再び取り出す以外に、炊事らしきことはあまりしていない。

流しの隣の貯蔵庫から新しいビールの缶詰を取り出したエンタツが、吾一とノリコ、どちらに話すともなく言った。

「あちこち電話して聞いてみたんだけどさ、なんかのショックで一時的に喋れなくなったり、記憶がなくなったりするのはそう珍しくないそうだ。あんがいにすぐ治るって言ってたぞ」

ノリコがくいっとエンタツに顔を振り向けた。

「誰に聞いたの？」

「ほら、大学で同期だった高森《たかもり》。脳に大きな外傷がなくて、医者が一過性って言うなら、脳虚血なんとかじゃないかってよ、待ってろ、メールで情報を送ってもらった」

エンタツも小型無線機を持っていた。ミナミやケンタという男が持つものと違って、二つ折りではない縦長の機械だ。ピアノ弾きのようにすばやく指を走らせていたミナミに比べると、はるかにおぼつかない手さばきで機械を操作し、それを眺めてまた喋り出した。

「そうそう、一過性脳虚血発作だ。脳の一部への血液供給が一時的にストップしたことによっておこる脳疾患と……そうかぁ、やっぱり健太、危なかったんだな。苦しかったんだな。よかったよ、助かって」

エンタツが吾一の顔を覗きこんでくる。いままでにない真顔だったが、髭にビールの泡をつけているところがこの男らしい。

吾一は首をかしげただけだ。空中で意識を失ってしまい、着水した時のことはまるで覚えていない。いつ練習機から放り出されたのかも。胎児のごとく丸まって水とも泥ともつかない深みに沈んでいったかすかな記憶だけが残っている。息が苦しかったはずなのだが、そのことも覚えていなかった。

途中で夢を見た。水上に漂う九十三式陸上中間練習機の主翼に懸命にしがみつこうとするのだが、なぜか手は霞をつかむように素通りしてしまう。翼は見る間に透明になっていき、それが消えかけた時、突然、オレンジ色の板が目の前に現れたのだ。主翼によく似ているが、日の丸の替わりに椰子の木の紋様が入っていた。夢は吾一がそれに手をかけたところで終わった。

「えーと、主な症状は、言語障害、歩行の異常、一時的な健忘と、ほら、ぴったりじゃないか」

「なんで高森さんにそんなことがわかるの。あの人、お医者さんじゃないでしょ」

ノリコはエンタツの太平楽な口調に苛立っているふうに見えた。

「製薬会社の営業だから、やたら詳しいんだよ。医者は知らなくてもクスリを出せるけど、俺たちはちゃんと作用と副作用を知らないとセールスできないって豪語してた。ストレスがどうとか痴呆の介護がどうとか、いまこういう神経関係の病気が大はやりだから、あいつのところは繁盛してるらしいぜ。世間は不況だっていうのに、羨ましいよ、まったく」

「そんなことはどうでもいいから。どうしたら治るのか教えて」

「ほっとけば、たいていは一日か二日で治るそうだ。脳卒中の兆候かもしれないから、一応、病院には行ったほうがいいって言われたけど、まぁ、十九のガキが脳卒中でもないだろう。とにかく健太は頭がイカれちまったわけじゃないってことだ」

「もし治らなかったら?」

「あ、それもメールに書いてある。えー、かなり重篤な記憶喪失の場合――家族、知人が協力して、本人が強い記憶を残しているはずのモノや場所を提示するなどの努力が必要。ようするに記憶を取り戻せる環境をつくってやればいいんだな」

「どうやって？」

ノリコが身を乗り出してエンタツの無線機を覗きこもうとしている。何が見えるのだろう。

「つまり、こういうことだ。もう一回同じ海に連れて行って、健太を溺れさせる。で、健太がまた気を失う。気づいた時には、もとに戻ってるって寸法さね――」

わけのわからない部分は飛ばして吾一はエンタツの言葉に聞き入った。確かにこの男の言うことには一理ある。自分が発見されたという海岸へ戻り、もう一度水の中へ潜れば、あるいは昭和十九年に戻れるかもしれぬ。

「なにそれ⁉」

顔をひきつらせてしまったノリコに、エンタツが髭をつまみながら、歌うように言った。

「な〜んちゃって」

「やめてよ、もう。つまんない冗談は」

ノリコが呆れ声を出したが、吾一に向けてきた顔は笑っていた。

「まったく、お父さんは成長がないわよね。健太にしっかりしてもらわないと。ほら、健太、たくさん食べなさい。フライドチキンはどう？」

ノリコが小皿に載せて寄こしたフライドキチンというのは、天ぷらに似た揚げ物だった。

申し訳ないが、ここが五十数年後の未来であると知ったいまは、食欲などすっかり失せてしまっている。儀礼的に金平牛蒡に箸をつけたが、まるで木の根を嚙んでいるようだった。

なぜ半世紀先の日本へ自分が年をとらずに放り出されたのかがわからなかった。どうして彼らの本当の息子であるケンタと自分が瓜二つであるのかも、ケンタという男がいまどこで何をしているのかも、皆目見当がつかない。いまここにケンタという男が戻ってきたら、彼らはさぞかしたまげるだろう。飛行術練習生とはいえ海軍軍人だ。どんな難関にもひるまぬ気概と機知は持っているつもりだったが、さすがにこれほどの不可思議な局面を打開する方策は、いまのところ何も思い浮かばなかった。

「よぉ、健太、ビール飲め。ノリコ、グラス持ってきてやれ」

「だめよ、いくらなんでもお酒は。さっきまで病院で寝てたのよ」

「平気だよ、ちょっとぐらい」

「いつもは未成年のくせに俺より飲むな、とかブツブツ言うくせに。ちゃんとお医者さんに見てもらうまでは、だめ」

「だいじょぶ、だいじょぶ。明日には治るだろうから、快気祝いの前祝いだ。酒を飲ませて脳味噌をアルコール消毒したほうが治りが早いって高森のメールにも書いてあったぞ」

「ほんと⁉」

「な〜んちゃって」

またエンタツが髭をつまむ。五十の峠を過ぎた年だろうに、幼稚な男だ。だが、エンタツのその軽薄なせりふは、心配性のノリコの気分をやわらげる効果があるらしい。ノリコは苦笑し、戸棚からコップを取り出して戻ってきた。

コップにビールが注がれたが、手をつけるのは躊躇《ちゅうちょ》した。いままで酒を飲んだことがなかったからだ。予科練では酒、煙草は御法度だったし、航空隊に入ってからも、それは変わらない。航空隊の酒保《しゅほ》に置かれた酒を飲むのは、教員である古参兵だけ。彼らのたむろす場所へのこのこ行けるわけがない。

同期生たちはたいてい吾一より年下だが、たまさかの外出休暇の時には、指定食堂や倶楽部で酒を飲み煙草をくゆらす者も少なくなかった。酒も煙草もやらず、ラムネやサイダーや菓子すら飲み食いしなかったため、吾一は皆から、石庭吾一ではなく「石部金吉」だ、などとからかわれたものだ。

芳子が結核を患って療養所に入ってから、母親は願をかけて茶断ちをし、肉や魚も口にしなくなった。吾一には普通の――周囲に住む炭坑夫たちの家庭よりはいくぶん贅沢といえる――食事が用意されたが、その母親と二人だけで夕餉をすますことが多かったせいか、普通に食事を摂ることに、吾一は長らく罪悪感めいたものを感じていた。ごくまれに夕食時に家へ戻ってきたかと思えば、ウイスキーだ、コンビーフだ、カステラだと、贅沢三昧の土産を手にし、母親を辛気臭いだの、しみったれだのとののしる父親は嫌悪の対象だった。

その性癖は、芳子が亡くなり、そのおかげで諦めていた中等学校に進む学費が捻出されてから、ますます拍車がかかったように思える。予科練でも練習航空隊に入ってからも、伝え聞く民間の食糧事情に比べれば恵まれているにもかかわらず、「足りない」「まずい」と航空隊の食事に不平を言う同期生たちを尻目に、吾一はもくもくと与えられたものだけを食い、喉の渇きを癒すものだけを飲んだ。

「おい、健太」

コップの中の泡をぼんやり見つめていた吾一に、エンタツが驚いた顔をしていた。

「どうしたんだ。いつもは俺の酒を勝手に飲むなって言っても飲むくせに」

エンタツが目を三日月型にし、両手をどじょうすくいのように動かす。

「ささ、遠慮すんなよ」

しかたなくコップを手にとり、ひと口だけ喉へ流しこんだ。甲羅を飲んだ時と同様に口腔で冷たい泡がはじけ、それが喉から腹へと落ちていく。胃の中が冷え、ついで熱くなり、泡が喉から口へと戻ってくる。

「……ういっく。苦い」

エンタツとノリコが目を見合わせた。

「お、また喋れたぞ。飲め、ほら、もっと飲め」

もう一口。顔が熱く火照った。

「……あうっぷ。飲んだ」

「おお、その調子だ」

「ああ、これで安心」

泡で刺激されたためか、胃の重いつかえがとれ、急に腹が鳴りはじめた。目の前にあるフライドキチンなる食物を箸でつまんでみる。用心深く匂いを嗅ぎ、おそるおそる齧った。

さくりとした歯ごたえとともに口の中に脂の旨味と香ばしさが広がる。ふむ、珍味だ。かみしめると、柔らかな肉と肉汁が舌をとろかした。頬がきゅっとすぼまる。おお、なんという美味。白身の魚か、いや鶏肉だ。それに衣をつけて揚げてあるのだ。二口目で残りのすべてをほおばった。もっちりした皮の脂と、しっとりとした肉の塩梅が絶妙であった。たちまちのうちにノリコがとりわけた二つをたいらげ、脂のついた指を舐め、フライドキチンを山盛りにしてある大皿へ箸を伸ばした。

たったひと言、ふた言、吾一が喋っただけだと言うのに、ノリコは大はしゃぎだった。

「よかったわぁ、食欲があって。健太は本当にニチレイのフライドチキン、好きよねぇ」

「よしっ、どんどん行こう。今日は無礼講だ。考えてみりゃ、こうして差しつ差されつ飲むのは初めてだよな。お前が未成年だってこと、父さん、忘れちまうことにするからさ」

差し出された杯を受け、エンタツが自分のコップを突き出して催促するから、注いでやった。ビールの入った缶詰はおそろしく冷えていた。

「………平気なの、健太」

ノリコを安心させるために、吾一は唇の端を吊り上げる。あまり笑うことには慣れていないが、小型無線機の中のミナミのように唇を「ん」の字にしてみた。ノリコが小娘じみたはしゃぎ声をあげる。

「あ、ようやく笑ったわね。ああ、よかった。なんかずーっと眉毛を吊り上げて怒ったような顔をしてたから、心配だったのよ。ほんとうに、よかったわぁ。そういえば、健太、髪の色を黒に戻したのね。朝起きた時は銀色だったのに」

「あれ、そうだったっけ。赤かったんじゃねぇの。こいつ、髪の色がころころ変わるからわかんねぇよ。俺の白髪染め使ったんじゃねぇだろうな。あれ、育毛剤入りだから高いんだぞ」

「ケチねぇ、ほんとに。どうせなんの効果もないくせに」

五十路《いそじ》と四十路の男女にしては二人はずいぶん子どもじみている。そしてよく喋る。まるで夫婦漫才《めおとまんざい》のようだった。いつも苦虫顔で、妻や子には命令口調でしか言葉を発しない吾一の父親と、その父に何も口答えせず、陰で恨み言を繰り返す吾一の母親とは、だいぶ様子が違う。

エンタツが空のコップにビールを注ぐ。それをまた飲んだ。なぜだろう。うまいとは思えず、格別喉が渇いているわけでもないのに、つい口に運んでしまう。

飲むたびに喉にからみ餅のように詰まっていた見えない異物が、少しずつ腹に落ちていく気がした。試しにまた声を出してみた。酒のためか、頬の筋肉がゆるみ、舌もなめらかに動いた。

「……うまい……です」

二人が同時に吾一の顔を覗きこんできた。

「おおっ、また喋れた。もうだいじょうぶだ」

「あああ……もう、心配したんだから。頭がおかしくなっちゃったんじゃないかと思って」

エンタツが拳を振り上げる。ノリコが腕を伸ばしてエンタツのもう一方の手を握りしめていた。

「……いろいろ、ありがとう……ございます」

本当にありがたいと思っている。長くは困るが、少しの間なら、この二人の息子のかわりになってやりたい気もする。ただの勘でしかないのだが、何となく吾一は、この夫婦の本当の息子が、もうこの世にはいないのではないかという気がしていた。自分とケンタという若者の輪廻《りんね》の輪がどこかでよじれ、何かの拍子に入れ替わってしまったのではないか。いまのこの状況に説明をつけるとしたら、それしかなかった。

しかし好意にいつまでも甘えているわけにはいかぬ。真実を話し、どういう手段を使えばいいのかはわからないが、なんとしても昭和十九年へ戻らねば。

隊へ帰らねばならなかった。たとえそこが、精神注入棒《バッター》を振るうことだけが生きがいの班長山口と、軍歴十余年、善行章四本を盾に分隊を牛耳《ぎゅうじ》る分隊士のチビネコこと兼子《かねこ》と、彼らとは違う意味で恐ろしい分隊長、両角中尉《もろずみちゅうい》が待っている場所でも。

たとえ、もうミナミには会えず、フライドキチンも小型万能映写機もない場所でも。

なぜなら――

なぜだろう。理由などない。鳥が巣に戻るのと同じだ。そういうふうに教育されているからだ。

「おおい、ノリコ、信じらんねぇなぁ、ありがとうございます、だってよ。ございます、だぞ。健太からこんな殊勝な言葉を聞くなんてよぉ」

「まだ熱があるのかしら」

ノリコが小娘じみた嬌声をあげ、顔の前で小さく拍手する。ぱちぱちぱち。

吾一はノリコを見、それからエンタツに顔を向けた。

「……お話ししたい……ことが」

しゃっくりをするように喉を動かして気管を押し広げる。こうすれば言葉が出やすいことに気づいた。

「おお、なんだ」

「なぁに、健太」

「私は……」

吾一が喋るたびにノリコは拍手をする。ぱちぱちぱちぱち。

「……私はあなたたちの……」

ぱちぱち

「……息子では……ありません……石庭吾一……というものです」

ぱち。

ノリコの両手が宙で止まった。エンタツもビールの缶詰を傾けた姿勢のまま静止してしまった。

「……おい、健太、つまらねぇ冗談はよせ」

健太はゆっくり首を振り、またひとくちビールを飲んで喉を塞いでいた蓋を押し下げる。

「……自分は……霞ヶ浦海軍航空隊……飛行術練習生……石庭吾一で……あります」

自分の言葉が、エンタツとノリコが懸命に努力して薄い氷のように張っていた団欒《だんらん》の空気を、一瞬にして粉砕してしまったのがわかった。ノリコがエプロンに顔を埋めてしまった。

「……頼むよ、健太」

エンタツが荷役馬のような物悲しげな目を吾一に向けてきて、力なく首を振った。ノリコが立ち上がる。

「お味噌汁、あたためなくちゃ」

涙声になっていた。若作りをしていても丸い背中は年を隠せない。エプロンの裾で目頭を拭っている。その姿を正視することができず、吾一はコップに目を落とした。残りを飲み干し、首を振り続けているエンタツの手からビールの缶詰をもぎとり、空のコップに注ぐ。一気にすべてを飲み下した。そして、腹の底からこみあげてくる熱い塊とともに、二人にもうひとこと、言った。

「な〜んちゃって」

二十

分隊長と呼ばれていた丸眼鏡の後に従って部屋を出た。もう夜になっていた。今夜も空にはぽっかりと月が浮かんでいる。二〇〇一年の九月は、連日、真夏日が続いていたはずだったが、昭和十九年の九月は、肌がちりちりするほど涼しかった。

両腕はさっきと違う二人組につかまれているのだが、二人の力加減は山口とは大違いだった。健太を気づかって支えてくれているのがわかる。建物の外へ出ると、右腕をつかんでいる男が囁きかけてきた。

「だいじょうぶか、石庭」

まんまるの顔を青光りするほど坊主刈りにした一休さんみたいな男だった。自分はイシバではないし、だいじょうぶでもなかったが、ここへ入ってきて初めてかけられた情のこもった言葉に、健太は無言で頷いた。

「よかったよ……もう駄目だって知らせを受けた時には……俺たち……」

一休さんが声を詰まらせると、左側の男も「ううっ」と呻いた。健太より背が高く、がっちりした体格のにきび面。潤んだ目を赤くしている。二人ともまだ高校生か、それに毛の生えたぐらいの年齢だ。

健太は一休が持ってきた服に着替えさせられた。他の大勢の若い連中と同じ服だ。昔の軍隊らしいここのしくみがなんとなく健太には呑みこめてきた。健太が人違いされているイシバという男や、両側の二人組は一番の下っぱ。トト八で言えばバイトだ。山口や小男がそれを監督するフロアチーフやサブ・マネージャー。五メートルほど先を行く丸眼鏡が店長といったところか。これだけの広さがあるのだから、店長クラスよりさらに上のチェーン統括本部の幹部や重役なんかも、うじゃうじゃいるのだろう。

つまりイシバとかいうこの時代のアホが無断欠勤をして、トンズラしちまって、その責任を健太がかぶらされているってことだ。誰もが自分をイシバと呼ぶところを見ると、健太に外見がよく似たやつなのに違いない。誰もが別人と疑いもしないほど似ている人間がいるなんて信じられない話だが、似ているのは顔だけではなさそうだ。「石庭」という名札のついた服も靴も健太にぴったりだった。

もうひとつ、わかっていることは、トト八のように気に入らないから辞めて出ていくといっても、ここではそうはさせてもらえないだろうってことだ。

一休はひと言囁いただけで口をつぐんでしまった。丸眼鏡の背中がすぐ近くにあるからのようだった。健太に同情すると、同罪ということになってしまうらしい。

丸眼鏡が立ち止まったのは、さっきの建物とよく似た木造の二階建てだった。

「よし、お前たちは、戻ってよろしい」

一休とにきび面がでかい声で何か叫び、丸眼鏡に敬礼し、くるりと踵を返した。滑稽なほど大げさだったが、何千回、何万回と反復しても少しの狂いもない機械じみた正確さを感じさせる動作だった。

丸眼鏡は建物の中に入り、振り向きもせずに廊下を歩いていく。他にどうしようもなく、その後をついていった。化粧ガラスが嵌まったドアの前でようやく健太に顔を向けてきた。

「さ、入れ」

薄暗い陰気な部屋だった。消毒液の臭いが立ちこめ、木の机や壁の棚に医療器具や薬品の瓶が並んでいる。隅の椅子で居眠りをしていた水兵服の男が、足音に気づいて顔をあげた。丸眼鏡の姿を見たとたん、はじかれたように立ち上がって、直立不動の姿勢になった。

「当直か？」

男が緊張した声で返事をすると、丸眼鏡が優しげな声を出す。

「少し休め、下がっていい」

水兵がしゃちほこばった足取りで出て行くと、丸眼鏡が帽子を脱いだ。坊主でも短髪でもなく、前髪の長い七三分けだった。国語の参考書に写真が載っている昔の文学者みたいな髪形だ。

ミナミが短大に行きはじめてから、なんだか焦ってしまって、最近の健太は、親父たちには内緒で大学受験のテキストを開くようになった。十五分で眠くなって閉じてしまうのだが。

「まぁ、そこに座れ」

丸眼鏡は脱いだ帽子で、医療器具の並んだ机の手前の椅子を指し示した。戸棚をひとわたり眺めて薬品の瓶を取り出し、言われたとおりに座った健太に細身の体をかがめてくる。ピンセットでつまんだ脱脂綿を瓶に浸し、唇に押し当ててきた。

「痛っ」

「ひどいな」

顔を寄せてきて、健太の腫れた顔を覗きこんでくる。

「予科練卒は出世が早いからな。兵から軍歴を始めた山口たちは妬《ねた》ましいんだろう。医大から兵学校に鞍替えした私のこともな――」

まぶたにも薬が塗られた。痛みと薬品の刺激で、目の中に星がまたたいた。

「ところで石庭、私はむろん罰直《ばっちょく》などはせんから、教えてくれ。なぜ航空隊から逃げた。この間、私が――」

目をぱちくりさせている健太に、三十センチほどの距離に顔を近づけていた丸眼鏡がぽかんと口を開けた。

「本当に何も覚えておらんのか。てっきりお前の狂言かと思ったぞ。さきほどの診断はただの方便だったのだが。あのままだと、山口はお前を殺しかねなかったからな。もしかして、私のこともか？」

健太はこくりと頷く。丸眼鏡が肩をすくめてみせる。たぶんこの時代の人間にしては、かなりのオーバーアクションだろう。古い外国映画の俳優みたいな動作だった。

「君たちの愛すべき分隊長、両角中尉だ。はじめまして」

そう言って健太に笑いかけてくる。せりふもかなり大げさだった。この男の責任じゃないが、センスがひどく古い。

「お前とは何度か個人的な話もしたが……そうか、覚えていないのか」

両角が机の向こう側に歩く。薄暗い電灯の光を反射して丸眼鏡が光っている。引き出しを探って聴診器を取り出し、ひじ掛けをひっぱり出して健太の座るすぐ横に置き、そこに腰を下ろした。膝と膝がぶつかり合うほどの距離だ。

両角が手振りで胸を見せろと命令してくる。言うとおりにした。与えられた服にボタンはなく、上からかぶるタイプだったから、裾を両手で押し上げた。診察したって無駄だ。どこもおかしいわけじゃない。健太の胸に聴診器を押し当ててくる両角に思い切って言ってみた。

「……お、俺、尾島と言います……信じてもらえないと思うけれど、未来から来たんです。二〇〇一年から……」

本当のことなのに、その言葉はとんでもなく間抜けに聞こえた。両角が鷹揚《おうよう》に頷く。当然のことながら、わかったから、もう言うなというふうな頷き方だった。

「本当なんだ」

「……かわいそうにな」

両角の呟き声を払うように健太はぶるりと首を振った。

「う、嘘じゃないんだ……俺はこれから先の歴史も知っている。日本は戦争に負けるんだ」

「私も知ってるよ」

両角がこともなげに言った。思わず顔を見返してしまった。もしかして、この男も未来からやってきたのか――。

しかし、そうじゃなかった。左手に持った聴診器で健太の胸を探り、もう一方の手で肋骨のあたりを叩きながら、両角が言葉を続ける。

「もうわかっている。大本営も、兵隊や国民には聖戦完遂と叫びながら、終戦工作を探っている。いまさら和平など持ち出しても連合軍が納得するはずがあるまいに。会議室の一時《いっとき》の狂熱に浮かされて、なんの見識も見通しもなく、戦争を始めるからこんなことになるんだ。上層部と言ったって、山口や兼子たちと一緒だよ。自分たちのつまらん地位や面子を守るために他人に犠牲を強《し》いているだけなんだ」

まるで悪性の病気の診断を下すように両角が言う。電灯の光が眼鏡をミラーグラスにしてしまっているから、どんな表情で話しているのかはわからなかった。

どこかで咳きこむ声が聞こえた。隣室は病棟になっているらしい。両角が芝居めいたしぐさで自分の唇にひとさし指をあて、その指を健太の唇にも押しつけてきた。「ここだけの話だ」ということらしい。

「特別攻撃隊の隊員募集が始まった。御国の為と軍令部は言うだろうが、戦争が終わってしまったら責任を取らされる連中の悪あがきの盾になるだけだ」

両角が苦しげに息を吐いた。

「……もう私には耐えられん。君らのような無垢な少年たちが、無駄死にしていくのを見るのは」

肋骨を押していた両角の手が腹に下り、健太の腹筋を撫ではじめた。八つに割れた筋肉のひとつひとつを確かめるような手つきだった。思わず身を引くと、両角がいきなり健太の胸に頰を押しあててきた。

「ああ、石庭、石庭。よかった、生きていたんだね」

おい、こいつはいったい、なんなんだ？

21

吾一は鏡に映った己が姿を見て、ため息をついた。

上着は丸首の半袖シャツ。健太の部屋に散乱していた衣服の山は、ここへ来た翌日、紀子によってすべて洗濯された。その中からいちばんまともな服を選んでみたのだが。

陸戦隊服の色合いに似た褐青色のシャツだが、胸のところに蝶ネクタイを締めた鼠の漫画が描かれている。まるで道化服だ。しかし、これでも半裸の女の写真が刷りこまれていたり、舌を出した唇が大きく描かれているものよりはいくぶんましだった。無地や模様の地味なシャツは皆、赤や桃色、女が着るような色合いばかり。敵性語の英文字が入ったものも着る気にはなれなかった。星条旗が描かれたものなどもってのほか。

香港シャツを着たかったが、あまりに膨大な洗濯物に、紀子の手がまわらなかったものか、襟付《えりつき》きの半袖シャツには糊がきいておらず、しわが消されていないまま衣紋掛《えもんが》けに吊るされていた。

　健太の部屋の電数時計が、まもなく正午を刻もうとしていた。もうすぐミナミがやってくる。糊のきいていないシャツなどを身につけて笑われたくはない。

　ズボンは藍色の厚手の綿ズボンが二本だけ。膝に穴の空いていないほうを選んだ。誰もが自分と見間違えるほどの容姿なのだから背格好も似ているはずなのだが、健太のズボンの寸法はだぶだぶだった。

　ミナミは毎日「ケータイ」という名前の未来社会の電話機で連絡を寄こしてくれる。

　この時代の電話は、吾一の知るものとはまるで違う。もし吾一が昭和十九年に戻り、見聞きした奇譚《きたん》の数々を人々に語り聞かせても、この電話のことは誰も信じないだろう。

　なにしろ電話線がなく持ち運びができるのだ。手回しハンドルもない。交換局を呼び出し交換手に繋いでもらわずとも、番号を押すだけで相手が出る。ベルではなく音楽で受信を告げ、文字や動く画像まで送られてくる。未来人たちはもう三十年以上も前に月世界旅行に成功したと歴史年表に書き記されていたが、それ以上の驚異かもしれない。

　吾一は健太の部屋で携帯電話の扱い方に関する分厚い説明書を発見し、一晩かけて意味不明なカタカナ言葉ばかりの文章を解読し、ようやく電話の受け方を覚えた。「メール」という電子手紙もこちらから打電することはできないが、ミナミからの文《ふみ》はなんとか受信できるようになった。まだまだ手間取って時間がかかる場合が多く、こちらの苦戦を察すると、ミナミは自宅用の固定式の電話機のほうにかけてくれる。

携帯で送話してくるのはミナミだけでなく、健太の友人らしき男女の場合もあるのだが、それには出ないことにしている。この電話機は、かけてきた相手の番号や名前がわかるのだ。しかもミナミだけ着信の際に鳴る曲が違う。

五十余年後の世界へ来て、今日で四日目。いまだにあらゆることに戸惑ってばかりいる。洋式便器の片縁に手を置いたら、いきなり尻の穴を狙って温水が噴き出してきて、思わず跳び上がり、便所を水びたしにしてしまった。

浴槽の脇の操作盤を触っているうちに温度が上昇し、釜茹でになりかけた。「テレビ」という名の映像機を操る「リモコン」なる機械をいじっているうちに、突然、健太の部屋の音響装置が鳴りはじめたり、冷房装置から温風が吹き出したりして、そのたびに紀子や勝利《かつとし》——エンタツの名前だ——に駆けつけてもらう。この世界にはリモコンがいたるところにあるのだ。

記憶を喪失した態を装ってはいても、あまりに重症である様子を見せると、そのたびに紀子がハンカチを握りしめ、台所で、よよと泣くから、少しずつ思い出しているふりをし、己のことはなるべく己でするように心掛けている。

しかし今朝も食卓で失態を演じてしまった。食後に出された「キウイ」なる果実を皮ごと齧りはじめたとたん、紀子がハンカチをくわえて台所に駆けこんでしまったのだ。

こうして毎日身につける衣服を選ぶのも難儀であった。一昨日《おとつい》、勝利と病院へ行く時にも、いちばんまともに思えた格子縞の襟付きシャツを選んだつもりだったのだが——。「お前、入院する気か？　それ、パジャマじゃないか」

「テレビ」は毎日見ている。いちおう病人であり、しばらくは安静の身ということになっているから、健太の部屋で日がな一日、映像を流しっぱなしにしている。間違えないようにリモコンは必ずテレビの下の引き出しに入れておくのだが、まだ細かい操作法までは理解できておらず、大音響を出してしまうことがしばしばあり、そうすると階下から紀子の忍び泣きが聞こえるものだから、それからは複数ある映像配給会社をひとつだけに固定している。

紀子も家事の合間にはたいていテレビを作動させ、煎餅《せんべい》などをかじりながら見入っていることが多い。女中を置いていない家庭婦人というのは重労働であるはずなのだが、紀子は案外に暇そうだ。掃き掃除や洗濯や縫い物、風呂焚きやおさんどん、毎日の家事をどのようにこなしているのかは謎だ。

テレビはこの時代にはかかせないものであるらしい。勝利も仕事から戻ると、きまって缶詰のビールを傾けながら職業野球を眺めはじめる。この時代では早慶戦以上の人気があるようだ。「ジイアントス」が負けると勝利はとたんに不機嫌になる。

勝利はいちおう会社員であるらしいが、出勤の際には無帽でトンチンカンな色合いの背広や万国旗のようなネクタイを締めていく。「皇国代理店」という会社に勤務していると聞いたが、ろくな職場ではあるまい。

当初こそ、テレビに泡を吹くほど驚愕し、次々と切り替わる映像に目を剝き続け、深夜になって画面が砂嵐の実況中継のみになるまで作動させたままにしていたが、見慣れてしまえば、なんということはない。

じつにくだらない。

上演される一時間ほどの連続芝居も、奇抜な服装と踊りで歌われる唄も、若者たちが意味不明の言葉で騒ぐ即興演芸風の喜劇も、ただただ騒々しく、内容は男と女が惚れたの腫れたのというものばかりだ。

惚れた腫れたでないとすれば、なにがしを買えば、あるいはなにそれを試みれば、得をする。儲かる。痩せる。健康になる。綺麗になる。他人より立派に見られる。そんな欲得と享楽を助長する情報の垂れ流しだ。未来人たちの色と欲への執着は、吾一たちの時代の人間に比べて、はるかに強いように思える。

嘆かわしい。

それでもテレビを映写させ続けているのは、情報を得るのが目的だ。当面、ミナミや紀子や勝利を悲しませないようにするため、そして昭和十九年に戻る手だてをつかむためだ。他の映像はともかく、報道を扱う画像が映し出された時だけは、真剣に画面を見、耳を傾けるようにしている。

自分と同様に時空を超えてしまった人間が他に居はしまいか、健太という若者がどこへ行ったのか、あの昭和十九年九月十二日――この時代で言えば二〇〇一年――に何か特別なことが起きてはいなかったのか、と。

報道は連日、紐育に攻撃をしかけた中東にあるアルカイダという聞いたこともない国に、アメリカが即刻応戦するであろうということばかりが繰り返し報じられている。とはいえ、『全世界を震撼させる惨事』などと煽り立てていた、かなりの一大事であるらしいその事変も、このたった四日の間で、少しずつ衆人の関心が失われつつあるように見受けられた。なにしろ、悲痛な表情で、この同時多発テロによる死者は四千余名にのぼる——大本営発表ではない裏情報でガダルカナル島における戦死者の数を知ってしまった吾一には驚くにはあたらない数字なのだが——などと報じていたアナウンサーが急に笑顔をつくり、話題を支那蕎麦《なそば》のうまい店を伝える情報や、どこかの芸人が離縁をしたやらしないやらといった話に切り替えてしまうぐらいだ。そして、相変わらず夜は職業野球の放送があり、惚れた腫れたの歌謡や演劇が始まる。

いまテレビでは道化役者らしい二人の男が、金髪の日本娘に冗談らしきことを言い、下穿きが見えそうなほど丈の短いスカートのその女が嬌声をあげている。

「まじ？　えぇ～っ、それってまじ？」

男たちがそれに答えている。

「まじ、まじ。まじだって言ってるじゃん」

「まじオッケーだよ」

『まじ』——テレビを眺め続けていると、耳にタコができるほど、この言葉を聞くことになる。喜怒哀楽のすべてを表す言葉、あるいは軽い挨拶といった意味で使われるものらしい。

「だって、だせえじゃん」と男がいい。

「ちょ〜やばくなぁい」と女が答える。

文化や風俗同様、日本語もこの半世紀余でずいぶん変化している。語尾を『じゃん』で結ぶ、言葉の初めに常套句的に『ちょ〜』をつけるというのも未来世界の言葉の特徴だ。『だっせ〜』は否定的な意味合い。「否」「不可」を表すもののようだ。「もっと覇気を出せ」の略と思える。

肯定する場合は、『いけてる〜』。「どこか素敵な所へ行けるだろう」といった解釈になろうか。『いいとも〜』という語もそうだ。

『うざい』は中年男の同義語、あるいは枕言葉であるらしい。「たらちね」や「ちはやふる」と同様のものか。

うざい勝利が多用する「な〜んちゃって」や「だよ〜ん」というのは一度も聞いたことがない。この土地独特の方言なのだろう。

いつまでかわからぬが、とりあえずこの世界で健太という人間として生きていくためには、こうした言葉も覚えねばならなかった。吾一は毎日、鏡の前で訓練を行っている。

「まじ、まじ、まじ、まじ」

「ミナミ、まじ、こんにちはじゃん」

「今日は、どこへ行けてる〜」

テレビだけでなく新聞も隅々までむさぼるように読んでいる。左から右へ読む見出し文字が多いことや、妙な書体と略字が多いこと、総天然色写真が使われていることを除けば、こちらには大きな違和感はない。しかし記事の内容は驚きの連続だ。

この時代の社会情勢が把握できておらず、用語も不明なものが多いため、どこまで正確に理解できているのか自信はないが、どうやら日本はアメリカと軍事同盟を結んでいるらしい。今回のアルカイダとの戦争にも日本軍が参戦する可能性が論じられている。しばしば出てくる「在日米軍」という言葉には目を見張った。同盟ではなく植民地ということではないか。

健太の部屋に置いてある、さほど多くはない書物も毎日読み続けている。読むというより眺めていると言ったほうが正確かもしれぬ。大学受験に関する申し訳程度の学習書をのぞけば、本棚に並んでいるのはほとんどが漫画。もしくは色鮮やかな総天然色印刷の雑誌の類。健太という者が、この時代のごく普通の若者であるのかどうかは知らないが、あまり賢い男ではないようだ。そしてかなり好色だ。

雑誌はこの時代の一大娯楽であるらしい「ゲーム」なるものの話題を集めたものや、「サーフィン」という運動競技に関するものなど多種多様だ。髪形や服装に関する専門雑誌――髪の毛の染め方、眉毛の剃り方、すね毛の処理法――などという女の腐ったような内容を記事にしたものまであった。

そういえばあの勝利ですら、今年で五十六歳になるというのに、毎朝、整髪料だけでなく育毛剤なるものをふんだんに投与し、小さな送風機で乏しい髪を神経質に整えている。たくわえている髭も、威厳を示すためというより、己の喜劇役者横山エンタツ似の風貌を少しはましに見せるためのもののようだ。まだ見ぬ健太といい、勝利といい、この男どもが航空隊に入隊したら、一日で音《ね》をあげて逃げ出そうとするだろう。
たいていの雑誌にはうら若き婦女子のおそろしく生地の少ない海水着か、それすら身につけていないいかがわしい写真が掲載されている。全編、裸女の写真のみの猥褻本《わいせつぼん》もベッドの下で見つけた。

春画は見たことがあるが、全裸の女の写真を見たのは初めてだった。その類の書物を見るたびに、吾一は激しくいきり立った。股間だけではない。心もだ。

あれは昭和七年、吾一がまだ小学校に上がったばかりの頃だったろうか、日本橋の白木屋デパートで大火災があった。その折、下穿きをつけていなかった多数の和服の女店員たちが、梯子《はしご》で下りる際に裾を気にするあまり墜落死し、ああ、大和撫子《やまとなでしこ》の慎み哀れなり、と多くの人々の落涙を誘った——婦女子の間でズロースを穿く習慣が広まったのはそれ以来だと、後に大人たちから聞かされたものだ。この猥褻写真本の中で乳や恥毛を晒して笑っている恥知らずの女どもには、あの乙女たちの心情などまるで理解できないであろう。

いったいこの時代は、どういう時代なのだろうか。

知れば知るほど情けなく、嘆かわしく、腹立たしい。すでに多くの兵が御国のために散り、軍神となられた。その尊い犠牲は、こんな世の中をつくるためであったのか。

煮えくり返るはらわたを鎮めるために、紀子が用意してくれたとんがりコーンを口へ運ぶ。フライドチキンととんがりコーンは、この未来世界の数少ない収穫であった。できれば昭和十九年に持ち帰りたいものだ。そして飛行術練習生から晴れて一人前の飛行兵となり、不帰の覚悟で出撃する際には、最後の晩餐とし――

最後？

自分が命を散らし、守ろうとしている祖国は、ここになるわけか？　髪の毛を色とりどりに染めて享楽三昧の生活を送る者たちの国に？　いけてねぇ～。

吾一は首かしげ、そして腹を立て、またとんがりコーンを口に運んだ。

ぱふぱふ～。

窓の外で豆腐屋のラッパに似た音がした。

「健太ぁ、ミナミちゃんがきたわよぉ」

二階の窓から覗くと尾島邸の前に真紅の乗用車が停車していた。その窓からミナミが顔を出し、手を振ってくる。と、またラッパの音。

ぱふぱふ～。乗用車の警笛だった。

ミナミは笑っている。異世界に放り出された不安と焦燥が吹き飛んでしまう笑顔だった。

吾一も手を振り返し、教員から課業整列を命じられた時よりもすばやく階段を駆け下りた。

靴を履く手がもどかしい。健太の靴は運動靴しかないが、馬鹿の大足と仲間にからかわれていた吾一の十一文三分の寸法にぴったりだ。

ミナミは前回会った時よりも髪を大きく結っていた。長い赤髪がパイナップルの葉のように揺れている。大きな耳が可憐な小動物のようだった。

今日のいでたちはすねの半ばまでの丈の白いズボン。上は胸部を覆う腹巻状の濃い桜色の布だけだ。布の下から縦長の臍《へそ》がのぞいている。四日前の吾一なら目を剝いたであろう姿だが、もはや驚きはしなかった。一瞬、健太が多数所有している写真本の裸女の顔をミナミとすげ替えてしまい、それを恥じて、まっすぐ見つめてくる視線から目をそらしてしまった。

中国女優李香蘭《リコウラン》のようなずば抜けた美女というわけではなく、写真本の裸女たちと違って南瓜《かぼちゃ》か西瓜《すいか》と見紛うばかりの乳房を持つわけでもない。しかし、大きな唇の口角がきゅっと吊りあがり、鼻の上にしわをつくって、昼寝をする猫のような切れ長の目を細めたミナミの笑顔を見ると、なぜか胸の鼓動が早くなる。

車に寄りかかり腕を組んでいたミナミが、吾一を上から下へ眺めてから言った。

「ねぇ、ケンタ、それ、あんたの考えた独自のファッションなのかもしんないけどさ、Tシャツをベルトの中にしまうのは、やめときなよ」

勝利を真似てみたのだが。すぐに裾を引き抜いた。航空隊の病室で着る傷病服のようで落ち着かなかったが、ミナミがそう言うのだから、素直に従った。

小さな車だった。勝利の持つ装甲車並みの大型と違って、ダットサン十二型小型高級車ほどの寸法だ。友達から借りたんだ、とミナミは言う。『みにくうぱ』という名前だそうだ。

「昨日、家のほうの電話にかけた時、パパさんが出て、クルマの運転のしかたも忘れてるみたいだって聞いたから」

ミナミは運転席の安全ベルトを自分の体にくくりつけながら言う。練習機の落下傘バンドや肩バンドの締め方とはずいぶん作法が違う。ぼんやり隣の席へ座ったままの吾一に手を伸ばしてベルトを締めるのを手伝ってくれたミナミは、笑顔を崩しはしなかったが、心なしか悲しげな表情に見えた。

　吾一は車の運転はできないが、銅山の運送トラックにしばしば同乗していたからしくみはわかっている。操縦法を習得できはしまいかと、目を皿にして運転席の計器と装置を眺めまわした。おそらく航空機の操縦に比べればはるかに簡単なはずだ。

「右があくせる、左がぶれーき」

　ミナミが呪文を唱えるように両足をぱたぱた動かした。飛行機操縦の際の「ヨーソロー」という指示、復唱と同様のものだろう。

「ちゃんと確かめとかないと、あたし、ときどき間違えちゃうからね。もしかして、あたしの運転の腕前も忘れている？　だったら覚悟してね」

　暴れ馬が跳ねるように車が走りはじめた。ミナミはハンドルに顔をへばりつけ、指の関節が白くなるほど握りしめて右へ左へと回す。

　操縦桿を握る時には柔らかく、卵を手に持つように——小野寺教員に習ったことを教えたかったが、とても声をかけられる雰囲気ではない。しかも吾一は紀子や勝利にも電話をしてくるミナミにも、まだ長い会話はままならないふりをしている。この時代の半分外国語のような言葉をうまく操る自信がないからだ。不用意な言葉を吐いて彼らから見放されたくなかった。

　尾島一家の住まいは、霞ヶ浦航空隊と同じ茨城県にある。「つくば市」という耳慣れない名の町だ。民家と田畑が混在している土地で、建造物は目を驚かせるものばかりだが、田畑や雑木林は吾一の時代のものと大きくは変わらない。ときおり見かける藁葺き屋根が、吾一を少しばかり安堵させる。

何度か右折と左折を繰り返し、広い街道へ出ると、道は空《す》き、信号機の数が増え、突然飛び出してくる人間や自転車の姿が減った。相変わらず目を吊り上げて前方を見つめたままだったが、若干の余裕が出てきたようで、ミナミが言葉をかけてきた。

「ママさんから聞いたよ。脳の検査はなんでもなかったんでしょ。よかったね。心療内科に通って、少しずつ、いままでのこと思い出せばいいんだって言ってたよ。だいじょぶ、だいじょぶ。焦ることないからね」

自分に言い聞かせるような口ぶりだった。吾一は頷いた。

「ねぇ、どこへ行こうか」

首を傾げてみせた。

「朝ごはん、何時に食べた？　お腹すいてない？」

腹を押さえて、すいているという意思表示をした。ミナミは声をかけてくるたびに、寄り目になるほど前方にこらした視線をすばやく吾一に走らせる。

健太は昼近くに朝食を摂るという自堕落な生活をしていたらしいが、吾一は毎朝六時に起床している。一分で寝床を片づけ、三分で洗顔と歯磨き、ひげそりをすませ、それからたっぷり時間をかけて海軍体操をし、汗をぬぐっている頃にようやく起き出してくる勝利ともに食事をする。紀子の驚きようは尋常ではない。

「何食べる。ケンタの好きなものでいいよ。パスタ？　石焼きビビンバ？　ソーキそばのおいしいお店があったじゃない、あそこは？」

聞いたこともない食べ物ばかりだった。この五十数年のうちに変化しているのは、食生活も同様だ。紀子の作る食事は半分も名前がわからない。無言のままの吾一へミナミは快活な声を出し続ける。

「あ、じゃあ、東京まで行ってみない。ほら、先月、一緒に渋谷へ行ったじゃない。ケンタと出かけるのは、あの時以来だよ。ケンタが物忘れしちゃう前に、最後に二人で行ったとこ。行けば何か思い出すかもしれない」

東京か。

吾一は一度も東京へ行ったことがなかった。もちろん写真や絵はがきは数多く見たし、噂もたくさん聞いている。良いところだよ。足尾とは大違いだ。母親が、遠くにそこが見えるような目をして、よくそう言っていた。

花の都、東京。レンガ造りのビルディングに銀杏並木《いちようなみき》の黄金色が映える銀座のハイカラな通りと、不二家のシベリアケーキ。陛下の御座《おわせ》られる皇居の二重橋は荘厳で、春ともなれば千鳥ヶ淵にえもいわれぬ美しさの桜の花影が落ちる。浅草雷門の小粋さと仲見世通りの賑わい。牛鍋の舌のとろけるような美味。母親の生まれ故郷である蒲田は、映画俳優、女優が闊《かっ》歩《ぽ》する、活気にあふれたキネマの街。

いままでは未来世界に驚愕と混乱しか与えられていなかったが、吾一は初めて好奇心につき動かされ、胸を躍らせた。二十一世紀の東京はどんな様子であろうか。

「ね、行こ。ほら二人で映画観た後、台湾料理のお店に行ったじゃない。おいしかったよね、あそこの腸詰め。それからちょっと休憩しようぜってケンタが言って――」

そこでミナミは言葉を切った。吾一が記憶をなくしている――正確に言えば、最初から何も知らない――ことなどすっかり忘れていると言いたげな口調だった。

「時間はたっぷりあるしさ。平気だよ、あたしも茨城のちまちました道より高速のほうが運転しやすいと思うんだ。ね、そうしよう」

何も喋らないでいれば、ミナミの危ういものに見える笑顔が消えてしまいそうな気がして、吾一は言ってみた。

「行けてるっ」

ミナミが笑った。いままでにはなかった心の底からの笑い声に聞こえた。

「なに、それ？　東京でいいってこと？」

「ちょー、まじ」

「なんか、テンション、変だよ。海水につかりすぎて脳味噌が塩漬けになったのかね」

ミナミが路傍で停車し、うんうんと唸りながら、何度もハンドルを回して車を反転させた。

「お昼どうしよう。東京に着いてから食べる？　それまでケンタのお腹がもてばの話だけど。なんでも食べたいものを言いなよ」

「フライドチキン」

ミナミがふるふるとパイナップル頭を揺らして笑った。

「やっぱり、そうきたか。もっといいものをおごってあげようと思ってたのに。ほんとに健太はケンタッキー好きだもんね。健太はケンタ好き、な〜んて、パパさんのオヤジギャグがうつっちゃったよ。でも、いい人じゃない、パパさん」

ミナミは快活に喋り続ける。わざとそうしているのかもしれない。

「じゃあ、高速に乗る前に食べちゃお。実はあたし、おなかペコペコだったんだ。朝ごはんちゃんと食べたのに。二人分ぐらい食べられちゃいそう」

ミナミの車が入っていったのは、外壁を紅白の縞模様で彩った記念式典会場のような店だった。入り口には布袋様《ほていさま》を思わせる白髯《はくぜん》の老人の人形が立っている。航空隊の近くにあった指定食堂と同じく食券を先に買う形式のようで、注文はすべてミナミがしてくれた。

「飲み物は？」

ミナミが聞いてくるから、少し考えて「番茶」と答えたのだが、なぜかまた、ミナミのパイナップル頭がふるふる揺れた。

「だんだんいつものケンタに戻ってきたね。つまらないジョークは、きっとパパさんゆずりだよ。いつもどおりでいいよね。コーラのLサイズ」

甲羅か……あまりうまいものとは思えないが、誰もがすすめるところをみると、健太はコーラが好物だったようだ。

この間、あたしがおごってもらったから、今日は出すよと、勘定もミナミが払ってくれた。たまげた。千五百二十二円。吾一の時代なら鶏肉どころか養鶏場が買えるだろう。

ひげ爺さんが描かれた箱が盆に載せられて差し出された。吾一がそれを運び、壁のいたるところに鏡がはめこまれた店内の空いた食卓へ置いた。コーラははた迷惑なほど大きな紙容器に入っている。米の飯は頼まなかったようで、かわりに細切りのじゃがいもが添えられていた。箸を探したがどこにもない。どのような作法で食べてよいのか皆目わからぬ。

ミナミがみかんジュースの小ぶりの容器にストローを差しこんだから、とりあえずコーラにストローを差しこんだ。

ミナミがじゃがいもの細切りをひとつつまみ上げ、口にほうりこむ。吾一も同じことをした。

今日のミナミの爪は真紅で、小さな模造宝石をつけていた。運転していた時に履いていた運動靴を、踵《かかと》の細く高いものに履き替えている。ジュースを飲む時に体をこごめると、胸まで巻いた腹巻の上に小さな谷間が見えた。

吾一の時代では商売女でも身につけないような服装で、目のやり場に困ったが、これが吾一に見せるために着飾ってくれたものであるのなら、悪い気はしない。そもそも店内の若い女たちはみな似たり寄ったりの服装だ。金太郎の腹掛けじみた背中丸出しの女や、はみ出した臍に耳飾りをつけている者までいる。

ミナミは鶏肉の塊を両手で持ち、丈夫そうな歯でかみちぎる。赤い唇をすぼめて指先をなめてから、またじゃがいもを一本口に放りこむ。ここのフライドチキンは紀子のつくるものより大きく、手摑みで食するものらしい。

「どうしたの、食べなよ」

ぼんやりミナミに見とれていると、肉の多そうな棒状のものに紙を巻き、差し出してくる。ミナミの真似をし両手で肉をつかみ、ひとくち食ってから指を舐めた。

うまかった。紀子のつくったものもうまかったが、それ以上だ。吾一の知る鶏肉に比べると少々水っぽいことは否《いな》めないが、驚嘆すべき肉の柔らかさと初めて味わう香辛料の風味が、それを補って余りある。ひとくちごとに舌が躍った。

ミナミが紙で口を拭ってから、またじゃがいもをつまむ。大きく開けた口に放りこみ、小指を立て、ストローを摑んでジュースを飲んだ。

吾一はそっくり真似をした。唇を叩くように拭ってから、じゃがいもを放り入れる。はずれてしまって、もう一度やり直した。それから小指を立ててコーラを飲んだ。

ミナミがくすくすと笑う。

まったく同じ作法をしたのだが、どこかおかしかったのだろうか。吾一が顔をこわばらせていると、鶏肉の脂のついたひとさし指を赤ん坊のようにしゃぶり、すぽんと音をさせて抜き取ってみせる。それからじゃがいもを二本手にとって、唇の両端に差しこんだ。まるで鬼の牙だ。

吾一もじゃがいもを二本手に取る。そこでようやくミナミが自分をからかっていることに気づいた。

「どらきゅら」

いもを挟んだままの歯のすき間からミナミが言う。

吾一は二本のいもを唇の真ん中に並べて言った。

「うさぎ」

鏡に映った自分の姿を見て、吾一は思わず笑った。久方ぶりの——この未来世界に来てから、いや、そのずっと前から忘れていた笑いだった。ミナミも鼻の上にしわをつくって猫のように目を細めた。

「前にもよくやったよね、マネっこゲーム。二人でムキになって何時間も続けて——」

ミナミが目を伏せ、真顔になって言葉を続ける。

「あたし、ちょっと心配してたんだよ。ケンタがあの日から人が変わっちゃったみたいで。でも、よかった。やっぱり、ケンタは普通のバカだ」

馬鹿でよかったという言葉は腑に落ちなかったが、ミナミが喜んでくれたのが嬉しくて吾一は警戒を解き、また未来人の言葉を使ってみた。

「まじ？　まじオッケーすか？」

少し早計であったか。これには首をかしげられてしまった。

「前より馬鹿になったか？　以前はもう少し硬派だったのに」

いつのまにかコーラの『得るサイズ』を飲み干していた。飲み慣れてくると、フライドチキンやじゃがいもの細切り同様、なかなかの滋味だ。容姿が似ているだけでなく健太という男と自分は嗜好《しこう》も似ているのであろうか。

何の因果か自分同様、神隠しにあってしまったらしい健太という男はいまどこで何をしているのであろう。こうしている間にもひょっこり尾島の家に戻ってきたら、自分の立場はどうなるだろうか。吾一が恐ろしくもあるそんな想像にふけっていると、みかんジュースの紙コップをかきまわしていたミナミが、氷をがりりと齧り、土地言葉を使って言った。

「したっけ、久々に東京さ行くっぺ。なめらんねぇようにすっぺよ」

二十二

尻が痛む。尾てい骨が酷い虫歯になったように疼く。脈拍と同じリズムで疼痛の波状攻撃がやってくる。とても仰向けに寝ていることができなくて、うつ伏せになると、今度は切れた目ぶたの傷がごわごわしたシーツにこすれて健太を呻かせた。

診療室の隣の病室らしい大部屋だった。ベッドに寝かされた健太が唯一とれるポーズは横向きしかなかった。しかも腫れあがった右頬が触れないように左頬を下にして。

両角は不気味だが、とりあえずあの男のおかげで助かった。山口はまともじゃない。あの威張りくさった小男とその取り巻き連中もだ。

両角が言っていた。

「あいつらも同じことをされたのだよ。新兵の時代にな。精神注入棒《バッター》は新兵の娑婆《しゃば》っ気を一掃する、心身の鍛練に効果的な海軍の由緒正しき伝統だという人間も多い。だが、そういう言葉を口にするのは皆、バッターを振るう側の人間だ。幸い私は兵学校の出だから、さほどの酷い体験はないが、打ち所が悪くて半身不随になった者もいれば、命を落とした者もいる。そんな人間と、その遺族は由緒正しい伝統などとは思わんだろう。しかし、それにしても、これは酷いな……よく骨が折れなかったものだ」

あの後、健太は診察台にうつ伏せに寝かされ、ズボンを剝かれた。長すぎるのではないかと思うほど執拗な触診をしながら、両角は授業をする教師のような口ぶりで言葉を続けた。

「男ばかりで、死ぬ時と死に場所を待たされ、それがいつどこかもわからん状態で毎日を過ごしているのだ。苛立つ気持ちはわからんでもない。立場上、上の人間はバッターを振るわねばならない時もある。だが、山口や兼子の場合は嬉々としてやっている。精神病理学的に言えば加虐性癖かもしらん。上の立場の人間に苦痛や屈辱を受けた時、自分が同じ立場になったら、過去の怨念をはらそうとして同じことをする者は多い。しかし、自分がそれを受けたからこそ、下の者には同じ思いはさせまいと考える人間もいる。人間性というのは、そのあたりがひとつのわかれ道ではあるな」

両角は自分の指に薬をこすりつけて、健太の臀部《でんぶ》に塗りはじめた。痛みに体をのけぞらせる健太を悦《たの》しんでいるかのような指遣いは薄気味わるかったが、言っていることはわかるような気がした。

健太は高校一年の二学期まで野球部に入っていた。中学時代は強肩強打の三塁手で、その高校に進学したのも県立にしては強豪で、甲子園がまったくの夢ではない学校だったからだ。

だが甲子園を夢見ていた健太を待っていたのは、上級生たちのリンチに等しいしごきだった。

百本を完璧に取りきるまでやめられず、ひとつエラーをすれば十本追加になる地獄ノックだろうが、帽子のつばが塩で真っ白になるほどの炎天下でのインターバルランニングだろうが、それで野球がうまくなれるのなら耐えられた。我慢できなかったのは、スポーツやトレーニングとはまったく無縁の理不尽なしごきだった。

三年生がいた時は一年坊主はまだお客さんだったから、どうということはなかった。しごきが激烈になったのは、夏の甲子園の県大会でベスト8で敗れて、二年生が中心の新体制になってからだ。

一年生部員の一人が病欠したり、誰かが手ひどいエラーをしたりすれば、全員がグラウンドで何時間も正座。もしくは近代スポーツ理論では無駄——というか弊害——でしかないウサギ跳びでグラウンドを何周も回らされた。

合宿では体づくりだという名目で全員がどんぶり飯を四杯食わされた。食えないやつには飯の上に七味とうがらしがひと瓶分ふりかけられる。炭水化物ばかりとったって体ができるはずもないのに。

監督から三塁手としてレギュラーを約束されていた健太に対するしごきは特に激しかった。

同じポジションの二年とその仲間たちが部のムードメーカーだったからだ。

　そんな理不尽なリンチに耐えられなくなったある日、健太は、自分より下手な二年生の三塁手を、バッティングやグラブさばきだけでなく、パンチやキックでも劣ることを思い知らせてやってから、野球部をやめた。

　サーフィンを始めたのはその翌年からだ。一人でできるスポーツだったから。

「まぁ、戦闘要員をつくるには有益な習慣ではあろうな。他人の心身の痛みに無神経になることが戦争だ。そういう者ほど優秀な兵であったりする」

　壁の向こうから咳きこむ声が聞こえた。両角が少し声をひそめる。しかし話をやめようとしなかった。健太の尻の割れ目にきつい臭いのする塗り薬を塗りながら、話し続けた。誰かに話したくてたまらなかったという様子だ。王様の耳はロバの耳。健太は王様の床屋の掘った穴の代わりらしい。

「といって私は非戦論者ではないぞ。軍隊は好きだ。私が医大予科を半年でやめ、海軍兵学校に入ったのも、一兵卒から苦労するのが嫌だったからじゃない。精神病科医になるより、よほど自分には向いている気がしたからだ。りりしい軍服姿で整列する若者の姿はすがすがしいものだ。規律というものは悪いものじゃない。若い兵たちが手足をのびやかに揃えて行進する姿は美しい。一点の隙もなく並ぶ兵たちの前で号令をかけるのは、とても心地よいものだ」

　両角は、いまで言う精神科医の卵だったらしいが、こいつ自身に精神鑑定の必要がある気がした。

名残《なごり》おしそうに健太のズボンを元に戻して、両角が尻を叩いた。

「よし、いいぞ。骨には異状がない。私は外科志望ではなかったが、とりあえず応急処置はしておいた。数日間は病室入りだな。ここの軍医のひとりは私が中途退学した大学の先輩だ。お前にはしばらく軽作業の配慮をしてもらうように頼んでみるよ」

水兵服が戻ってきて、健太はすぐ隣のここに連れていかれ、青い浴衣のような患者服を渡された。

男が徒党を組むとろくなことはない。男は女以上に女々しく、その嫉妬は暴力的なぶん、たちが悪い。健太が放りこまれたのは、どうやらそういう世界のようだった。野球部や居酒屋のバイトならキレてケツをまくれば、すべてをゲームみたいにリセットできるが、ここではどう考えてもそうはいかない。

いま何時頃だろうか。病室には数多くのベッドが並び、複数のいびきや歯ぎしりが聞こえている。窓の外では秋の虫が鳴いていた。健太の寝かされたベッドは窓際から二列目。目を開けると、格子に細かく仕切られたガラスの向こうに、ぽかりと月が浮かんでいた。まんまるから少し欠けはじめた月が、格子で十字型に切り取られ、何かの紋様のような姿を見せている。

きれいな月だった。しかも大きい。なぜだろう。五十数年前の世界は、こんなくそったれな所なのに、健太のいた時代より、月も虫の音もはるかに美しかった。

月に見とれて横臥させていた体をずらした瞬間、尾てい骨が床に触れた。かび臭い布団の中で呻き声をあげてしまった。

「静かにせんか！」

どこかから声が飛んできた。大きな部屋で、簡素なベッドが列をつくっている。暗くてはっきりとは見えないが、ほぼ満員のようで、ほとんどのベッドの毛布が人形に盛り上がっていた。

窓際に誰かのシルエットが浮かんでいて、頭部のあたりに赤い火が見える。こっそり煙草を吸っているらしい。いがらっぽい煙の匂いが健太の鼻をくすぐる。

まずそうな匂いだったが、猛烈に煙草が吸いたくなった。そういえばこの二日間まるで吸っていない。煙草を吸いはじめたのはつい最近だ。仲間やミナミの前で粋がって吸っているだけで、一日十本吸うかどうかなのだが、吸えないとなると、むしょうに恋しくなる。

山口にオスタップとかいう水桶の中に頭を突っこまれた時に、水をだいぶ飲んでしまったらしい。喉がひりついている。コーラが飲みたかった。きんきんに冷えたコーラを1・5ℓのペットボトルでがぶ飲みしたかった。

冷たいビールでもいい。トト八でバイトを始めてから酒はだいぶ強くなった。オヤジが冷蔵庫にちまちま入れている発泡酒や、サーバーをいい加減に操作するから泡ばかりになるトト八のジョッキ生でもいいから飲みたい。

セカンドステージまで進んだ、やりはじめたばかりのゲームを思って、指がコントローラーをなぞるように動いた。でもまあ、あれはどうでもいい。いま自分が置かれている状況は、ゲームの中の戦士より苛酷に思えた。

それより音楽が聴きたかった。いまの気分ならブルーハーツの『TRAIN-TRAIN』か『人にやさしく』だ。あるいはハイロウズのCDかなんかをガンガンかけてすべてを忘れたかった。

ミナミに会いたかった。せめて携帯の声だけでも聞きたかった。

もしここが自分の家なら、ベッドを抜け出せば、すぐそこにそのすべてがあるのに、いまの健太には汗臭い枕と、ごわごわのかび臭い毛布しかない。

朝が来るのが怖かった。窓の向こうの月がほんの少し移動して、格子窓のど真ん中で輝いていた。健太は頬と尻とその他もろもろの痛みに耐えて、ずっとそれを見ていた。

妙な場所に刺激の強い薬を塗られたためだろうか。こんな時だというのに、ペニスは半立ち状態になっちまっている。健太はそれを握りしめてミナミのことを思った。

ミナミ、待ってろよ。俺、絶対に戻るからな。

とても眠れはしないと思っていたのだが、昨日、一睡もしていなかったせいか、いつの間にか健太は眠りに落ちていた。

ミナミの夢を見た。

23

憧れて入った航空隊だが、翼を持たない人間が空を飛ぶということは、本来不自然なことなのであろう。吾一は何度か肝を冷やした経験がある。

練習機には二つの操縦席があり、飛行訓練《ひれん》の初期の段階では同乗した教員が操縦をする。練習生は自分の座席の操縦桿やフットバーに伝わってくる操舵感覚を体に叩きこんでいくのだが、ある時、自分で操縦をしてみろといきなり命ぜられ、教員が手を離した瞬間に、きり揉みしそうになったことがある。何度か旋回を繰り返しているうちに飛行場を見失って頭が真っ白になったこともあった。

最も危険なのは着陸時だ。機首角度と速度を的確に保持し、同時に飛行場の吹き流しを目の端で確認して風の強弱を判断する。どれかひとつでもミスをすれば、落下着陸だ。本土でも外地でも、どこそこの練習航空隊で、誰それが死んだという噂は耳にたこができるほど聞いている。

そのためか、同乗訓練の際に練習機に乗る教員たちはみな鬼の形相で、少しでも操縦を誤ると、伝声管から怒声を浴びせてくる。時折、緊張をとくような冗談まじりの指示をしてくれる小野寺教員の時はまだいいが、山口班長など、操舵の時機が一瞬でも遅れるだけで、教員席の着脱式の操縦桿を引っこ抜いて、空中で人の頭を殴りつけてきたりする。

いまの吾一には彼らの気持ちが少しだけわかる気がした。この時代は恐ろしいほど車が多く、そして速度が速い。未来の自動車のしくみや交通規則をよく知らない吾一の目にも、ミナミの運転は危ういものに思えた。

「高速」という歩道のない道路に入ったとたん、車列のスピードは街中とはけた違いに上がり、どの車も速度の遅いミナミのみにくうぱの脇をこすらんばかりに追い抜いていく。急な旋回路があるとふらふらと道の真ん中に出てしまうミナミの車に対して、後続車からの警笛が鳴る。操縦のうまくない人間に自分の命を預けるのは、恐ろしいものだ。

ミナミは「しぶや」という街をめざしているらしい。日比谷の間違いではなかろうか。聞きなじみのない地名だった。

東京へ近づくにつれて空がどんよりと暗くなっていく。別に雨模様というわけではない。よく晴れた日で、車のガラス窓から差しこんでくる光はまぶしいほどなのに、行く手に見える東京の空は灰色だった。

灰色になっていくのは空だけではなかった。高速道路の両側を覆った塀から垣間見えるのは、あいかわらずコンクリートばかりの街並みだ。目をなごませていた木々や田畑の緑が、東京へ近づけば近づくほど少なくなり、風景も灰色一色になっていく。彩りといえば、悪趣味な色使いを競い合っているかのような民家の屋根とけばけばしい広告看板だけだ。

歴戦の勇士ではないものの、海の若鷲であるはずの吾一が、ミナミの運転に肝を冷し続けているうちに「しぶや」に着いた。

中心街からはずれた場所でミナミが地下駐車場に車を置き、手招きされるまま裏道から駅前広場に出た吾一は、何かの比喩でもなく、大げさな物言いでもなく、卒倒しかけた。

目の前には信じられない光景が広がっていた。

林立するビルディングの壁という壁に写真が掲げられ、奇妙な装飾が施され、電光が輝いている。巨大なテレビを埋めこんだ建物もそここにあり、どれもがてんでんばらばらの映像を矢つぎばやに映し出していた。

目が眩んだ。しかし本当に仰天したのは、目抜き通りを歩き出してからだ。

街が喋っている。

店やビルディングの前を通るたびに、建物が声を張り上げるのだ。

〝ただいま開店三周年記念特別セール実施中〟

〝さぁ、いまなら、三割、四割、五割引きっ〟

〝この秋の新色、もうお試しになりましたか――〟

売り子が叫んでいるわけではない。建物自体が音響装置を使って喋っているのだ。

〝いらっしゃいませ、いらっしゃいませ、いらっしゃいませ〟

〝遊ぼう、遊ぼう、新機種誕生〟

〝出来立て手づくり、ほっかほっか〟

〝紳士の娯楽のパラダイス！〟

声でなければ、誰かの歌声、もしくは楽器の演奏。

派手な色合いの乗用車が轟音を立てて通りを走り去り、その車に進路を妨害された別の車が怒鳴り声じみた警笛を鳴らす。トラックまで喋っていた。

〝バックします、バックします、バックします〟

そうかと思えば、そこここで携帯を手にした人間の声が乱れ飛んでいる。いったいどこの誰と何をそんなに話す必要があるのだろう。耳鳴りがしてきた。

どの店にも不必要と思えるほどの商品が並び、食堂が煙や匂いを立てて客を誘っている。しかも恐ろしいほどの人出。芋の子を洗うとはこのことだ。人が多すぎて、うまく足が運べない。

未来人たちの髪の色や奇抜な服装にはだいぶ慣れたはずだったが、この「しぶや」の人間たちはさらに特別だった。茨城の人々が清楚に思えるほどに。

いま吾一がすれ違った男は、側頭部を刈り上げ、てっぺんだけ残した髪を赤く染めてニワトリのとさかのように立てている。鼻には鎖をぶら下げていた。

ミナミの隣を歩く女学生らしき集団は、全員が金髪で顔を真っ黒に塗っている。未開人の祭礼儀式じみた化粧の口紅は白だ。耳には大量の金の輪がぶら下がっていた。

若い人間だけではない。もう不惑とおぼしき年齢の男が、薄くなった頭を茶色に染め、水玉の蝶ネクタイをし、体にぴったり張りついた赤いドレスを着た自分の娘ほどの年齢の女と腕を組んで歩いていた。

五十に手が届こうかという大年増が動物の皮を剝いでつくったらしい服で歩いている。混雑の中にもかかわらず女は犬を連れていて、犬にも自分と同じ服を着せていた。目眩と耳鳴りはすぐに脳味噌を攪拌《かくはん》されるような頭痛となった。ミナミがいなかったら、耳を塞ぎ、目を閉じて、その場でうずくまってしまったかもしれない。

「どう、渋谷、思い出した?」

周囲の喧騒に張り合ってミナミが声を大きくする。思い出すもなにもない。悪夢にもでてこない魔界だ。四日前、病院から抜け出した時に見た光景など、この叫喚地獄に比べれば、三途の川の渡し口にすぎなかった。

「……今日は何かの祭りなのか?」吾一は頭痛に耐えてそれだけ言った。今日がここの祭りの日で、仮装行列をしているのかもしれないと思ったのだ。「……なぜ、こんなに人がいる?」

吾一の言葉に、ミナミの顔に一瞬翳がさしたが、けろりとした声で答えた。

「土曜日だからね、土日はいつもこんなもんなんじゃない?」

彼女にとっては健太である吾一を気づかって、わざと気楽な調子で言ってくれたのかもしれないが、吾一は急にミナミが遠く離れてしまった気がした。やっぱりこの娘にしろ五十数年先の未来の人間なのだ。

人でごったがえす歩道から脇道にそれた。青色のバケツにゴミが山盛りになっている。昭和十九年なら盆や正月でも出て来ない豪勢な食物が無造作に打ち捨てられ、腐臭を放っていた。

「ほら、あそこのお店だよ。どう？　思い出さない」

ミナミが道の先を指さした。快活な口調だったが、目は怯えているように見えた。

「ああ、そういえば……」

ミナミを悲しませないせりふを口にしようとしたが、うまく言葉にならなかった。ミナミの言う料理店のすぐ先には裸の女の写真を大きく飾った店があり、その看板をまだ年端もいかぬ男児がじっと眺めている。小学生とおぼしきその子どもの仲間たちは、お互いに何も喋らず、携帯用の電子遊具にかぶりついていた。

「どうしようか、夕ご飯には早すぎるし、映画でも観る？」

もうたくさんだった。何も見たくない。何も聞きたくない。

「だいじょうぶ、ケンタ？　顔色が悪いけど」

「……ああ、平気だ」

平気じゃなかった。

目の前を歩いている若い男が口飲みをしていた瓶を路上に落とした。吾一と同年輩か少し年長、予科練ならば、すでに前線に立つ甲飛十一期か十二期といった年齢だ。

吾一は瓶を拾ってやった。尾島家の冷蔵庫に入っているコーラの薄い瓶と同様のものだ。体がふらつきはじめていたが、ミナミの前でそれを気取られないように、重い体をできるかぎり機敏に動かして青年を追いかけ、肩を叩いた。

「君、落とし物だ。気をつけたまえ」

若者は薄気味悪そうな顔をして、瓶を受け取る。だが、数歩先でまた瓶を落とした。ようやくそいつが落としたのではなく道にゴミとして捨てているのだと気づいた。かっとなってまた瓶を拾った吾一の手をミナミが握りしめてきた。

「ケンタ、やめなよ。ああいうやつ、結構多いんだよ。喧嘩になるよ。これ、あたしがどこかに捨てとくからさ」

吾一が凶器でも手にしているかのように瓶を奪い取る。

「いつから……」こんなことになっているのだ。そう言いかけて吾一は口をつぐんだ。ミナミに聞いてもわかりはしないだろう。たぶん勝利や紀子に聞いても。

五十年後の日本は、多すぎる物質と欲と音と光と色の世界だった。誰もが自分の姿を見ろ、自分の声を聞けとわめき散らしている。謙虚も羞恥も謙譲も規範も安息もない。

これが、自分たちが命を捨てて守ろうとしている国の五十年後の姿なのか？

予科練でも航空隊でも、吾一たちは皇国を守る盾になれと教えられた。

何を守るために？

国土か？

天皇陛下か？

芳子がいなくなってしまった自分の家か？

色とりどりの髪と服で着飾って街を歩き、あらゆる品々を買いあさり、あらゆるものを食い尽くすこの者たちの親や祖父母か？

服を着せた犬をか？

陽が西に傾きはじめ、ますます毒々しい光を放ちはじめた街を茫然と見つめ続けている吾一に、ミナミが少し濡れた声で囁きかけてきた。

「ごめん、急に遠出なんかさせたからだね。もう少し時間をかけて治そう。ほんとに、ごめんなさい。今日は、もう帰ろう」

吾一は頷いた。

そうだ、帰ろう。帰らなければ。

二十四

突然、トランペットの音が鳴り響きはじめた。

正露丸のコマーシャルソングに似ていた。

健太は飛び起き、枕元の目覚まし時計に腕を伸ばした。いつも十時にセットしているのだが、サーフィンに行く時かミナミと待ち合わせをしている時以外、時間どおりに起きたためしはない。

腕を五センチ伸ばしたところで、寝ぼけた頭にするりと魔の手みたいに現実が忍びこんできた。

ここが自分の家のベッドじゃないことを思い出した瞬間、健太はまたベッドに潜りこみ、現実から身を守るように胎児のポーズに体をまるめた。そしてさっきまで見ていたミナミの夢のおぼろげな記憶にすがりついた。

行ったことのない南の島だった。ミナミはやしの木の下に立っている。体には赤や黄色の原色の花模様が入った布を巻いているだけで、髪をおろし、ブーゲンビリアの花を挿していた。

外国の有名な画家の絵に似ていた。ボーギャンとかゴーガンとか、確かそんな名前の画家。なんだかはるか昔にも見たことがある気がする夢だった。

声をかけようとしたところまでしか覚えていなかった。鳴り続けているラッパの音が、夢をかき消してしまったのかもしれない。

毛布越しに誰かの怒号が聞こえ、いきなり頭を殴られた。

「いつまで寝てる、起きろ」

おそるおそる頭を持ち上げると、いつの間にか患者服の人間の何人かは病室の掃除をし、別の何人かは食事の配膳を始めている。病棟であっても自分たちのことは自分たちでしなくてはいけないらしい。

食事はお粥《かゆ》と梅干し、ゆで卵だった。質素ではあるが、キヨ婆さんたちの食卓ほど酷くはない。粥の熱さが切れた口の傷にしみた。顎がうまく動かない。それでも健太は懸命に口を動かした。

食わなくちゃ。とにかく体力を回復させるのだ。なんとしても生き延びなくては。そして戻らなくちゃ。

そうだよ。ここへ来た入り口があったはずなんだから、どこかに出口もあるはずなんだ。飯を食ってまた横になった。比較的症状の軽い人間には、病人か怪我人であっても何かの作業があるらしく、どこかへ出かけていったが、両角が手を回してくれたのか、健太にはお呼びがかからなかった。

病室といっても戦場ではないせいか、残った人間たちにも重症と思える患者は少ない。ベッドに寝たまま、あるいは腰をかけた人間たちが退屈そうに会話をしている声が、あちこちから聞こえた。健太には誰も話しかけてはこない。何人かが好奇の目でこちらを見ていることに気づいて、毛布をかぶって寝たふりをした。

「おい、聞いたか、あの男」

「ああ、脱走した練習生だろ。なぜ禁錮《きんこ》もされずに、ここにいる。陸軍なら重営倉《じゅうえいそう》もんだろう」

二つほど離れたベッドから聞こえてくるその会話は、どうやら健太のことを話題にしているようだった。

「両角中尉の稚児だという噂もあるぞ」

「両角？　ああ、あの近眼《ちかめ》の……」

チカメ？　近眼のことか？　その言葉に揶揄《やゆ》が含まれていることに健太は気づいた。そういえば両角以外、若い人間に眼鏡をかけたやつは見かけない。

「しっ、声が高い。聞かれるぞ。練習生といったって、あいつらは飛行兵長だからな」

「だいじょうぶだよ、頭がイカレちまってるそうだ。落水した衝撃で何も覚えてないんだと。自我忘失症とかっていう——」

健太はこの施設内で噂になっているらしい。

「どこに落水したんだ？」

「機は見つかっていないらしい。ま、練習機の燃料なら霞ヶ浦のどこかだろう」

健太は毛布の中で耳をそばだてた。情報収集だ。自分がここへ来てしまった理由や自分が身代わりにされちまった石庭とかいう馬鹿たれのことが、少しはわかるかもしれない。

「記憶喪失とかいうやつじゃないか？　昔、俺の村にもおったよ」

もう一人別の男が会話に加わってきた。

「山へキノコ採りに行って沢に落っこちちまって、しこたま頭を打って——自分の名も忘れて、親や兄弟の顔も名前も皆目わからんようになったそうな」

「治るのか、それは？」

「さぁな。そいつは治らなかった。医者に見放されて、ぶつぶつ妙なことも言いはじめたからさ、狐憑きかもしんねぇって拝んでもらったそうだが、家族ももてあましてさ、結局——」

「結局？」

「キ×ガ×病院送りだよ。もう十年も前の話だ。いまでも出てきてねぇ。家族が出さねぇんだよ。体よく厄介払いだな。俺のところは狭い村だ。家族にそういうもんがおると、あれやこれやと噂も立つ。そいつの妹たちはまだ嫁入り前でな」

「話には聞いたことがある。精神病院とかいうところだろう？」

「おお、それよ、それ。考えてみりゃ、あそこは軍隊よりひでえな。刑務所以下かもしれん。除隊も懲役明けもねぇ。家族がそのままでいいっていやぁ出てこれねぇんだから。自分はキ×ガ×じゃないってキ×ガ×が言ったって誰も信用しねえからよ」

「じゃあ、あいつも――名前、なんていったっけ？」

「石庭、確か石庭吾一だよ。あいつは自分は石庭って名前じゃないって言い張って、別の名前を名乗ってさ、山口二飛曹に刃向かってこっぴどく罰直くらったと」

「山口二曹に刃向かう？　よく生きてたな」

「自分が海軍軍人だってことも忘れてるらしいぞ」

「つまり、そうとうの重症ってことか」

「おう、いままであいつら予科練卒のガキどもは大切にされてたが、もう海軍には乗る飛行機が残ってねえからな。たぶん何日か様子を見て、あのまんまなら――」

そこで男が言葉にするのが忌まわしいというふうに口をつぐんでしまった。おい、どういうことだ。このまんまなら、なんなのだ。健太は毛布の端を固く握りしめた。

「その手の病院送りか？」

「そ、予科練様が軍神になりそこねて、一生病院暮らしってこと――」

男たちの声が急にやんだ。病室に近づいてくる硬い靴音が聞こえる。健太は毛布のすき間からそっとドアの方向をうかがった。

白衣を着た中年男が聴診器を首からぶら下げて入ってきた。こいつが医者か。軍隊の医者だから軍医と言うのだろうか。

軍医はやけに偉そうで、看護師らしい若い兵隊を従えて、ベッドを歩いてまわるが、たいして診察をするわけでもない。たいていは問診だ。階級がかなり上の人間らしく、質問された人間は半身を起こしたり、ベッドの上に正座したり、病人のくせに立ち上がって敬礼するやつまでいる。

「どうだ、痛みは治まったか」

「は、課業はまだやもしれませんが、胃は平気です。もう重湯でなくとも粥を食えるかと」

答えているのは、さっき健太が一生病院暮らしだと、小気味よさげに話していた男だ。

「ふむ。粥が食えるか。ならば、もう平気だな。明日から課業に戻れ」

毛布をはだけ、目を覚ましたふりをして、男が落胆する顔を眺めてやった。かなりアバウトな診察だった。これならなんとかなるかもしれない——。

軍医が健太のベッドに近づいてきた。健太はある決意を固めていた。隣のベッドで問診を始めた髭面の軍医の案外に鋭そうな眼光を見たとたん、一瞬決意がひるみそうになったが、夢の中のミナミの姿を思い出して、自分を鼓舞した。

今年は無理だけど、金を貯めて来年の夏は二人で旅行しよう。やっぱ、南のほうがいいな。すげえ波に乗る俺を見せてやるよ——この間、そんな約束したことを思い出した。いや、この間じゃない。五十年後の約束だ。だからあんな夢を見たのかもしれない。

頭の中ではブルーハーツが『君のため』を歌っていた。

ああ君のため　僕がしてあげられることは
それぐらいしか　今はできないけれど
軍医が健太の前に来た。黒目がちなのに愛嬌を感じない、何もかも見透かされそうな目をしている。その目で興味津々といった様子で健太の顔を見つめてくる。両角が言っていた大学の先輩には見えなかったが、健太の情報は、当然耳に届いているはずだ。

「どうだ、具合は」

軍医がトランプのキングみたいな髭をなぜて、トランプのキングが出しそうな低い声で言った。

健太はベッドの上に正座した。右手をゆっくりと上げる。五本の指をまっすぐ伸ばし、それを眉毛の上あたりに押し当てた。

敬礼だ。毛布のすき間から回診の様子を観察しているうちに覚えた。思ったとおり、軍医が意外そうな顔をした。

「自我忘失症だと聞いていたのだが、記憶を取り戻したか」

「はい」力強く息を吐き出して返事をする。「まだまだですが、少しずつ思い出してまいりました」

我ながら他の連中に負けない声が出た気がした。自分は意外に環境へ順応するのが得意なタイプかもしれない。トト八でも、ヤマグチたちチーフ連中にはタメ口をきいて怒られたりしたが、客への挨拶とセールストークはバイト仲間の中でもピカイチだと、店長には褒められていた。

「少しずつ？」

まだ疑わしげな目をして軍医が言った。

「では、姓名と階級を名乗ってみよ」

階級？　あれ？　なんだっけ？　さっき聞いた気がするぞ。

「名乗ってみよ」

軍医はこれがファイナルアンサー、という表情で睨んでくる。

健太は頭をふだんの十倍ぐらいの速度で回転させた。大きく息を吐き出す。そして言った。

「自分は、石庭吾一。飛行兵長であります」

ああ君のため　僕がしてあげられることは

それぐらいしか　今はできないけれど

25

耳鳴りが止まらない。目眩はまだ続いている。脈を打つたびに疼きが寄せては返す頭は重く、心はもっと重かった。

東京を見てしまったせいだ。未来というより末世というべき、五十余年後の日本の姿を知ってしまったからだ。

帰りの道中は吾一にとって心楽しいものではなかった。しかしそれはミナミとて同じであろう。乗用車を運転しながら、往路よりさらに無口になってしまった吾一の顔を窺ってくる。

「ねぇ、どうしようか。まだ時間早いよ。どこかに寄ってく？」

吾一はゆっくり首を横に振った。もう何も見たくない。聞きたくない。知りたくない。

「そうだ、クラブに行こうか。ついに土浦にもできたんだよ、クラブ。友達と一回だけ行った。ケンタ、ああいうとこはイマイチって言ってたけど、ハマるかもよ。踊るの嫌《や》だったら、見るだけでいいから。けっこうおしゃれだったよ。土浦も捨てたもんじゃないんだから」

痛々しく聞こえる明るい物言いで、ミナミが言う。何か言葉を発して、心配ないことを伝えたかったが、再び失語症に陥ったかのように舌が錆《さ》びついてしまっていた。第一、言うべき言葉が見つからない。

「だいじょうぶ？　かなり顔色悪いよ。あんたの場合、青じゃなくて、ドス黒。サービスエリアでお茶飲もうか？」

もう一度、首を振った。先刻からずっとこの調子だ。ミナミは小さくため息をついてまた前方へ視線を戻す。

乗用車は高速道路を走っていた。あまり操縦のうまくないミナミがハンドルにしがみつきもせず、吾一に言葉をかける余裕があるのは、行く手が車で滞《とどこお》っているからだ。

路上に延々と続く赤い後尾灯は、予科練入隊のために旅立つ日、盛大な壮行式の後、鉱山の皆が駅まで見送ってくれた時の提灯行列を思い出させた。

夕刻だった。ホームにたくさんの日の丸の小旗が揺れ、普段は顔を合わすことのない父と母が肩を寄せ合って立ち、夜なべ仕事でつくった腹巻を母から渡され、そして吾一は皆に慣れない敬礼をしてみせた。

「行ってまいります」

ふいに吾一は、自分が行くべき場所を悟った。顔を振り向ける。

「……霞ヶ浦……霞ヶ浦へ行ってくれないか」

「かすみがうらぁ？　まじ？　霞ヶ浦さ行ってなにすっぺ。ススキしか生えてねっぺ」

土地の言葉を使ってミナミが言う。懐かしい響きだった。航空隊に入隊して以来、ほんの数回、しかも行き先を限定された外出の際、指定食堂や倶楽部の女将《おかみ》たちが使っていた言葉と同じだ。無理やりつくった笑顔をミナミに向けた。

「まじ」

ミナミのみにくうぱが高速道路の混雑を脱し、一般道へ入った頃には、日は落ち、空はすでに薄墨色になっていた。

「とりあえず霞ヶ浦のどこ？　総合公園？」

「土浦の駅の方角から行ってくれ」

予科練のある土浦航空隊は、もともと霞ヶ浦航空隊の水上機訓練施設であったから、両者は近接している。土浦航空隊に十カ月、霞ヶ浦航空隊に一カ月余、都合一年近くを過ごした土地とはいえ、隊外へ出ることはまれであったから、他に行き方を知らぬ。

土浦の町はまるで様変わりしていた。だが、しぶやを経験した吾一は、さして驚きはしなかった。色も光も騒音も車内ならさほど気にはならない。市街地を抜けると、すぐに道の両側に田畑が姿を現すところなど、しぶやに比べたら可愛いものだ。

土浦はミナミの住む町だ。父親を早くに亡くし、姉が上京したため、いまは母親と二人暮らし。ミナミの母親は町はずれでカフェを開いている女経営者だと聞いた。慣れた道であるためか、ミナミの運転も危なげがなくなってきた。駅から南へ下っていけば、霞ヶ浦の湖面が望め、ほどなく湖面に流れこむ精進川の河口一帯に土浦航空隊が見えてくるはずだ。

建物が林立しているせいか、薄闇の向こうに霞ヶ浦は見えなかった。民家や商店や工場らしき施設などが並んだ沿道は、両側が一面の田畑だった昭和十九年とは様相が変わっていたが、ときおり姿を見せるこの地域特有の背の低い丘陵は目に慣れたものだった。飛行訓練で空から何度も地形を俯瞰《ふかん》しているから、いまの自分のおおよその位置はわかる。千鳥《ちどり》ヶ池《がいけ》のあたりだろう。

やたらに多い住所を表示する看板にも、知っている地名がふえてきた。「阿見《あみ》」という名を見かけて、吾一の胸は高鳴る。そう、土浦航空隊は、正式には土浦市ではなく、稲敷郡《いなしきぐん》の阿見にあるのだ。もうすぐだ。もうすぐ懐かしの土浦海軍航空隊が見えてくる。練習生たちと〝若鷲の歌〟を高らかに歌ったあの予科練が――。

若い血潮の　予科練の
七つ釦は　桜に錨《いかり》　今日も飛ぶ飛ぶ　霞ヶ浦にゃ
でかい希望の　雲が湧く

吾一の胸に黒雲が去来した。奇怪《おか》しいぞ。いま渡った川は精進川《しょうじんがわ》であるはずなのに、土浦航空隊は見当たらない。

いまこの国の軍制がどのようになっているのかは知らないが、米軍とともにアルカイダを制圧せんとの議論もあるやに聞くから、航空隊は存続しているはずだと吾一は考えていた。

とりあえず航空隊へ行けば、自分のことがわかるかもしれぬ。なにがしかの記録が残っている可能性もある。いきなり乗りこんで事実を話せば、また病院へ連行され、紀子を泣かせるのが落ちだろうから、尾島健太という男のふりをしたまま訪ね、場合によっては志願兵として働き、昭和十九年に戻る途《みち》を探してみるつもりであったのだが――。

吾一の知る土浦航空隊はどこにもなかった。

なんの、土浦は閉鎖されたとしても、海軍における飛行搭乗員教育の総本山ともいうべき霞ヶ浦航空隊は存続しているであろう。騒ぐ心にそう言い聞かせて、吾一は拳を固く握りしめた。霞ヶ浦航空隊は、土浦航空隊の西、霞ヶ浦沿いの街道から少し奥に入ったところにある。必ず、ある。

「そこを右へ曲がってくれ」

「ちょっとぉ、もう少し早く言ってよね」

右手に折れ、坂を上りきれば、霞ヶ浦航空隊の鉄塔が見えてくるはずだった。いい思い出ばかりとは言いがたい場所だが、吾一は帰巣本能に近い衝動に突き動かされて、その威容が見えてくるのを待った。

土浦の予科練教程を終えてからは、同期の人間たちはてんでんばらばらに各地の練習航空隊に転隊となった。近くは筑波、谷田部、百里原、遠くは台湾の虎尾、比島のマニラ。

吾一は古屋《ふるや》や久保田《くぼた》らとともに霞ヶ浦航空隊へ配属。なぜそこに配されたのか、転隊には個人の希望など通らぬし、理由など聞かされることはないため不明だが、練習連合航空総隊司令部が置かれた霞ヶ浦への入隊は、なんとなし誇らしかった。

しかし、いくら進んでも、道の両側に並んでいるのは見慣れぬ建物ばかりだ。ここにも『7』の看板の店。妙だな。

「そこを左に」

「どこ行くつもり？」

「もう少しなのだ。まっすぐ行ってくれ」

「あたしゃ、タクシーの運転手かい」

ミナミが唇を尖らせた。道の右手、民家の屋根の先にとうもろこし畑が見える。霞ヶ浦航空隊から垣間見える向こう側にも、とうもろこし畑が多かったことを思い出して、吾一の胸にまたもや不安の雲が垂れこめはじめた。

その時だ。道の左手、眼の隅に見覚えのある影がよぎった。

「とまってくれ」

「ん、もう」

みにくうぱが急停車する。安全ベルトをはずそうともがいたが、首尾よくはずれない。ミナミが手伝ってくれた。ころげるように車から飛び出して、道を駆け戻った。

隊門だ。霞ヶ浦航空隊の隊門が見えたのだ。

走り寄った吾一の目の前にあったのは、まさしく隊門だった。積まれた石は古び、補修されたらしい跡すら老朽化していたが、見間違えるはずもない。

門は鉄柵で閉ざされている。その向こうには兵舎とは思えない明るい色合いの建物が立ち、吾一が取りすがる柵のすぐ先の花壇には、さるびあの花が咲いていた。

門柱に掲げられた金型の表札を読む。航空隊ではなく学校の名前が入っていた。

背中でミナミの声がした。

「この小学校になんか思い出でもあるの？　あんたの小学校って確か、つくば市内だよね。好きだったコが、ここへ転校しちゃったとか……」

明るさを装っているが、話しかけていないと不安でならないという口調だった。しかし、その声は吾一の耳にはまるで届いていなかった。

嗚呼、なんということ——

航空隊はすでにない。この時代に、もはや自分の行き場はどこにもないのだ。

二十六

病室に入って三日目。朝飯を食い終えた健太は、服を患者服から作業着に着替えた。衛生兵から渡された「軽業《けいぎょう》」と書かれている紐つきの木札を首からつるす。昨日の診察でトランプの王様みたいな髭の軍医に命令されたからだ。

「脳味噌はともかく体はもう問題ない。飛行作業はまだ無理だろうが、とりあえず兵舎に戻って、見学なり軽作業なり、上官の指示を仰げ」

正直に言って少し――いやもっと正直に言えば、かなり――びびっている。しかし、ここの様子を知る絶好のチャンスだ。健太は深呼吸をし、そっとガッツポーズをしてから、病室の外へ足を踏み出した。

昨日一日、ベッドで寝たふりをしながら、あるいはぼんやりと窓辺で外を眺めたり、便所へぶらぶら歩いたりしながら、周囲のすべてに耳をかたむけ、目をこらし、何もかもを吸収しようとした。軍隊のこと。自分が間違えられている石庭吾一という男について。昭和十九年という時代がどういう時代なのか。

二度と出られなくなるというこの時代の精神病院に送られるわけにはいかない。とにかく二十一世紀に帰るまでは、ここで生き抜かなくちゃならないのだ。健太には圧倒的に不利な状況だが、アドバンテージがないわけじゃない。なにしろ自分だけがこの先、何が起きるかを知っている。

あと一年足らずで戦争が終わる。そうしたら、自由の身だ。ここを出たら、自分が流れ着いたあの海岸にもう一度行ってみるつもりだった。そして沖へ向かって泳ぐ。海のどこかに時代を突き抜けるトンネルがあるはずだ。きっと、ある。ぜったい。百パー。

とにかく、十一カ月の辛抱だ。健太は得意とは言えない「忍耐」を自分に課そうと決めていた。ミナミ、待ってろよ。俺、絶対に帰るから。他の男になんか見向きするなよ。

病室——患者を収容する部屋というより軍隊内では病院自体を指す言葉らしい——では石庭のことはかなり話題になっていて、しかもみんな健太の精神状態をまともだと思っていないから、遠慮なしに喋ってくれた。

わかったことはいろいろある。まずここがどこかということ。

日本海軍の霞ヶ浦航空隊だ。海軍の戦闘機や爆撃機の基地。

石庭吾一という男は、ヨカレンという軍隊の学校を卒業して、ここで練習生として飛行機の操縦を学んでいる途中。ちょうど健太がタイムスリップした日に、単独飛行訓練に出た後、機体とともに行方がわからなくなった。

脱走（あるいは事故死）する以前は優秀で、模範的な兵隊だったらしい。練習生といってもヨカレンを出た人間、特に石庭たち甲種飛行ヨカレン生は出世が早いらしく、階級は病室にいる下手な年長の兵隊よりも上のようだ。

ただし階級が上だから威張れるというものでもない。現に病室を実質的に牛耳っている衛生兵とかいう看護師の役割をする連中は、階級が上と思える人間にもかなり威張り散らしている。軍隊で三年間、大きなミスもせずに勤務すると、そのたびに階級とは別のゼンコウ章という称号がもらえるそうだ。悪行を重ねてもゼンコウ章、と誰かが皮肉っていたから、たぶん「善行章」と書くのだろう。目印は右袖につけた逆V字型のエンブレム。最初に連れて行かれた部屋で一番偉そうにしていた爪楊枝のチビは、確か四つつけていた。

ようするにレギュラーか補欠かに関係なく、長く居るやつが威張れるしくみというわけだ。

誰もが若いのには驚いた。病室にいる連中も、窓の外で顔をひきつらせて、走ったり、気をつけをしたり、敬礼したり、右往左往している連中も、顔を見るかぎりまるでガキ。オッサンと呼ぶような年齢の人間は少なく、圧倒的な数の下っぱはたいていが健太と同年輩、もしくは年下に見えた。オヤジが夏が来るたびに思い出したように観る戦争映画なんかじゃ、けっこう年を食った大物俳優が兵隊を演じていたりするが、実際の昔の日本の軍隊は、少数の大人が、高校生や大学生ぐらいのガキんちょを支配している世界だ。

みな背が低く、痩せている。航空隊に選ばれる人間は、厳しい身体検査や体力測定をくぐり抜けて来たやつららしいから、これでもこの頃の体育会系っぽい人間たちなのだろうが、誰かの結婚式や葬式でたまに会う、身長百七十弱の健太を見上げて「おお、でかいなぁ」なんて言ってくる親戚の爺さまたちに囲まれている感じだ。

両角のような上の位の人間は、専用の宿舎を持ち、それ以外の兵隊は、健太が最初に連れていかれた兵舎、もしくは居住区と呼ばれているところで全員が寝起きしている。

石庭の所属する練習航空隊は、百何十人かずつ分隊という組織で分けられていて、その下にさらに班がある。石庭は第十二分隊の三班（作業着風の服に縫いつけられた名札に12―3と書かれていたから、たぶん）に所属している。班長はあのヤマグチ似の山口という男。石庭の名前とともに、たびたび話題に上っていたが、いい評判はひとつもない。

と言っても誰もが石庭や山口を知っているわけでもない。窓から見るかぎり、ここにはすごい数の居住区がある。万単位の人間がいるはずだ。

おそらくこの時代には、全国各地にこれと同じような場所があったのだろう。キヨ婆さんの村に若い男が少なかったわけだ。

若い男の誰もが兵隊の国——それが親戚の爺さまたちが健太とタメ年ぐらいだった頃の日本の姿だなんて、実際にこの目で見ているのに、まだ信じられない。

オヤジが生まれたのは戦争が終わった年だったし、おふくろはそれより七つ年下だから戦争のことは知らない。健太が小学生の時に死んだオヤジ方のばあちゃんは、いつも言ってた。

「戦争のことは思い出したくない」

わからないのは、なぜ自分がここへ来たのか、そしてなぜ石庭という男が誰もが疑わないほど自分によく似ているのか、だ。もしかしたら血縁関係の人間かもしれないと思ってあれこれ記憶をたどってみたりもしたが、健太の知るかぎり、石庭なんていう名字の親戚はいない。

居住区に戻る前に探検してやろうと思って、うろうろしているうちに、道に迷ってしまった。一昨日はほとんどノックダウン状態だったから、最初に連れて行かれた居住区の場所はうろ覚えだし、どの施設も似たような二階建てだ。さて、困ったぞ。

「貴様、何をしておる」

いきなり一喝された。後ろから声をかけてきた男は、健太と同じ事業服という名の作業着姿だが、帽子の周囲にラインが一本入っている。ラインなしより一本、一本より二本のほうが格上であることには、ここへ来てすぐに気づいていた。すかさず直立不動する。

爪先は揃えずに開く。顎を引き、まばたきはしない。それがここの直立不動の作法であることももう覚えた。

それから右手をあげる。ひじはあまり横に伸びないようにする。四十五度ぐらいか。指先を揃え、眉の上あたり、帽子のふちの近くまで伸ばす。これが敬礼のルールだ。

「はい、ただいま軽業のため、分隊に戻り指示を仰ぐよう命ぜられましたっ」

病室にいる下っぱの口調を真似してそう言ってみた。「はい」は一回だけ。うるさくない程度に大きな声で。病室でも年長の患者に急かされて「はい、はい、はい」と三回答えた若い配膳係が、「はい」の数だけ殴られていた。

「どこの分隊だ」

「はい、第十二分隊、石庭吾一であります」

「十二？　十二は、あっちだろう。こんなところでうろうろするな」

「はい、申し訳ありませんっ」

バイト時代のくせで「いまお持ちします」と続けてしまいそうになった。一本ラインは、健太がトト八で鍛えた『明るい接客マニュアル』どおりの声に、小さく頷く。健太の応対に満足したようだった。なるほど、接客マニュアルの要領か。らっしゃいませ〜。板わさ入りま〜す。まいどありがとうございましたぁ。何事も経験だ。

男が指さした方向へ歩き、ようやく見覚えのある建物が見つかった。

居住区はどこも似たようなつくりだ。温泉旅館の大宴会場みたいな木造の大部屋で、中央のモルタルの通路以外は板張り。

時刻は午前八時すぎ。朝飯がすんだばかりだというのに、大勢の人間が目を吊り上げて動きまわっている。健太の姿に好奇の視線を向けてくる人間もいたが、たいていはそれどころじゃないという感じだった。

階級はどうあれ、このフロアのドンであるらしい善行章四本のチビが、数人の若い兵隊を一列に並べて、朝っぱらから一人一人にパンチを見舞っている。狙いは全部、顎。顎を叩くのがここの風習らしい。ひときわ背が低いからパンチはみんなアッパーだ。

あんなストロー級のアッパー、俺なら上体を軽く反らしてかわしてやるのに。健太は片手を伸ばしてチビの頭を押さえつけ、やつが両手をぐりぐり空振りさせている姿を想像して、思わず頬をゆるめてしまったが、すぐに顔を引き締めた。

まずいまずい、ここでは意味なく笑っただけで制裁を受けるのだ。健太は、忍耐、忍耐、といままで口にしたことはなかっただろう言葉を何度も心の中で唱えた。

「わかったか！」

チビがヒステリックに叫ぶと、何がわかったのか、全員が声を揃える。

「はいっ」

あんなへなちょこパンチ野郎でも上の人間には逆らえないってことがわかったのだろう。

奥のほうで聞き覚えのあるドラ声がした。

「何、ぐずぐずしてるっ、貴様ら飛行作業から戻ったら、全員精神注入棒《バッター》だ！」

山口だ。十人ぐらいの若い兵隊がその前に並んでいる。みんな飛行服姿だった。

列の中から、この間、健太を病室に連れて行ってくれた一休さんが、こっそり目くばせをしてきた。声は出さず唇だけ動かしている。（がんばれ）と言っているらしい。健太が下ろしたままの腕でVサインを返したら、妙な顔をされてしまった。

（ふたつ？）

健太の姿を見つけた山口が目玉を剝いた。

「貴様、そこで何してる」

首から下がった軽業の札に視線を落としたとたん、唾を飛ばしてわめきはじめた。

「軽業だぁと？　練習機一機潰して、脱走かまして、軽業ぉぉ、ふっざけるな」

山口が腕を振り上げて近づいてきた。チビといい、こいつといい、朝っぱらから凄いハイテンションだ。低血圧の健太には真似ができない。殴りつけてくるのかと思って身構えたが、山口は飛行用の手袋を握った腕を横に伸ばして、大部屋の一角を指さした。

「教員室と分隊士室の掃除をしとけ。便所もだ。全員の事業服を洗濯。靴も磨け。足を捻挫しやがったあの馬鹿と一緒に」

山口が指をさした先には、床に大量の靴が投げ出されていた。健太と同じく軽業の札を下げて、せっせとそれを磨いているのは、一休と一緒に健太を支えていたにきび面だった。

「ぴかぴかに磨いとけよ。舐めても平気なぐらいにな、わかったな」

「はい、わかりました」

チューハイの雑巾の絞り汁割り、いまお持ちしま〜す。素直に直立不動して答え、伸ばした手の先をファック・ユー・サインにする。

居住区からあっという間に人けがなくなった。残っているのは朝食の片付けをしている人間だけだ。健太が近づくと、にきび面はのっそりと顔をあげ、のんびりとした声を出した。

「もう、だいじょうぶなのか？」

この時代の人間にしては大柄だが、顔はまだ若い。十七、八歳といったところだろう。

「うん」

革靴をひとつ拾い上げて、にきび面の隣に腰を下ろす。近くに人がいないことを確かめてから、囁きかけた。

「じつを言うと、まだ思い出せんことが多い」この時代の人間風に言ってみる。ようするに親戚の爺ちゃんたちみたいな喋り方だ。「どうにも困っている。お前だけに話すが、航空隊に入ってからの記憶がとんと抜けてしまっているようなのだ」

年はとりたくないものだのぉ、健太よ。

「予科練時代のこともか？　同期の俺と古屋のことも？」

「うん、ワリぃ……」と口にしかけて、すぐにいい直した。「すまん」

にきび面があんぐりと口をあけて、大型の草食動物を思わせる小さな目をぱちくりさせた。

「名乗ったほうがいいのかな……俺は、久保田だ」

「よろしく」

健太が握手を求めると、牛がエサ箱に頭を振り向けるようにゆっくりと首をかしげて、それからおそるおそる手を握り返してきた。

「しかし、困るだろうな、それでは。知れたら、また、班長のバッターが飛ぶぞ」

「なんとかするよ、そこでお願いがござる」ちょっと時代を遡りすぎたか。「少々協力して欲しい」

「俺は、何をすればいい」

まばたきをくり返す久保田に言った。

「教えて欲しい、ここがどういう場所で、何をすればいいのか」

「よし、わかった」

口ぶりは大人びているが、健太の言葉に素直に頷く様子は、まだ高校生の兄《あん》ちゃんという感じだ。

「それと、もうひとつ……」

「それと？」

「教えてくれ、俺はいったい誰だ？」

27

何度眺めても同じだった。霞ヶ浦航空隊の隊門だったそれは、尋常小学校の校門に替わっていた。吾一はじっと隊門を見つめ続け、強く触れれば砕けてしまいそうな石の肌をそっと撫ぜた。

「帽振れー」のかけ声とともに、軍帽を振る後輩たちに見送られて予科練を後にし、新たにこの門をくぐったのは、わずか一カ月あまり前であったのに。表札の『霞ヶ浦海軍航空隊』の文字も厳めしく、隊門の両側には番兵が立っていたはずなのに。この門を巣立ち、実用機訓練を経て戦地へ赴き、海の若鷲となって敵とあいまみえる日を夢見ていたのに。

目からはいつしか涙が零れ落ちていた。吾一は隊門の前で、あるはずのない軍帽を脱ぐしぐさをし、右手を上げて見えない帽子を振った。小さな弧を描くように、何度も何度も。それから地面にうずくまった。

背中に温かいものが触れた。ミナミの手だった。ミナミは背骨をなぞるように吾一の体をさする。もう一方の手を吾一の固く握った拳の上に置いた。

ミナミが顔を覗きこんできた。さるびあの赤色が闇に溶けこみはじめた時刻だ。時おり通りすぎる車の灯が、ミナミの顔をつかの間だけ照らし出す。ミナミは初めて会った時と同じ、菩薩の微笑を浮かべていた。

両手で吾一の頭をつかみ、自分の胸元に引き寄せる。されるがままだった。指を吾一の髪に差し入れ、手荒くかきむしった。

「たとえあんたの頭がおかしくなっちゃったとしても、あたしはずっとあんたと一緒だよ」

いきなり背中を叩かれた。

「さ、行こう」

上官から『顎』を食らった時のように吾一は背筋を伸ばして立ち上がった。ミナミの後をのろのろと追う。何度も振り返ったが、校門になってしまった隊門は、いくら見直しても、校門のままだった。

車は反転せず、進行方向へ走りはじめた。霞ヶ浦航空隊の庁舎、兵舎、飛行場があったはずの場所だ。ほんの数日前まで吾一にとって全世界に等しかったその場所は、いまはもう痕跡ひとつなく、民家が軒を連ねる静穏な風景に変わっている。

ミナミはまっすぐ前を見つめ、黙ってハンドルを握り続けている。横顔を窺っても、こちらを向こうとはしない。吾一が先に口を開いた。

「さっきはすまん、つい取り乱した」

「うん」

「どこへ行くんだ」

「ちょっとね」

あいまいな短い返事を繰り返し、すぐに唇を引き結んでしまう。立場が逆転してしまった。

巨大な橋桁を持つ道路が見えてきた。先刻抜け出た高速道路だった。車は進路を変え、高速道路に沿って道を南下した。

しばらく進むと、右手に西洋の古城を模した建物が見えてきた。怪しげな色合いのネオン管でカタカナの建物名が記されている。

クルマは速度を緩め、方向指示を右へ出した。ミナミがようやく吾一に顔を振り向けてくる。さるびあより紅い唇が開いた。

「忘れたなんて言わせない。あんたとの初めての場所だよ」

ネオン管が投げかけてくる光が、ミナミの顔を赤く染めた。

「思い出させてあげるよ、あたしのこと」

二十八

靴磨きより洗濯を先にやっておくべきだった。夕方、飛行作業と呼ばれる操縦訓練から戻ってきた山口は、事業服が乾いていないと怒鳴りはじめ、またもや精神注入棒《バッター》を持ち出してきた。

久保田と二人で壁の前に立たされ、それぞれ五発ずつ食らった。

久保田に教えられた通り、両手を頭上に上げて、足を心持ち開き、尻を突き出してみた。これがバッターを受ける時の正式な構えなのだそうだ。尾てい骨を直接叩かれないように腰を引いて前のめりになり、尻に力をこめておけば、衝撃がやわらぐということも聞いた。

山口のことだから、絶対に何か因縁をつけるだろうと思って、病室に昼飯を食いに戻るついでに医務室からかっぱらってきた脱脂綿を、尾てい骨のあたりにあてがっておいた。事業服は生地が薄くて透けやすいから、バレないように隠すのには少々苦労したのだが。

半分分けてやるといった脱脂綿を久保田は断ったが、のんびり笑って言った。

「うまい手だな。今度、みんなに教えておくよ」

石庭はずいぶんと山口に嫌われていたようだ。久保田にバッターを振るう時とは、あきらかに鼻息とスイング音が違う。だが、健太はまたしてもバッターをぶち折った。

「おお、三本目だ！」

部屋のあちこちから歓声に近いどよめきがあがった。山口は折れたバッターを握って、怒りと屈辱に体を震わせていたが、同じ下士官仲間からも笑い声を浴びせられると、「きいっ」とヒステリックな声をあげて教員室に走りこみ、そのまま出てこなかった。

教員室を掃除するついでに、仰々しく飾ってある数本のバッターのうち、山口が使いそうないちばん長いやつを、剝き出しの配管パイプに何度も叩きつけて、あらかじめひびを入れておいたのが正解だった。

そんなわけで、病室に戻ったいまも尻は疼いているが、デッドボール直撃に等しい前回に比べれば、自打球がかすった程度のダメージですんだ。

教員たちの靴を磨き、服を洗って干し、教員室と分隊士室を掃除し、飾ってあるバッターにひび割れをつくり、便所にホースで水を撒き、モップをかけている間に、久保田へあらゆることを質問した。

「……本当に何も覚えておらんのだな。お前の衣嚢《いのう》はあそこだ。ベッドの場所は覚えているか？」

久保田は何度も口をあんぐりと開け、目をしばたたかせながら、いろいろなことを教えてくれた。自分の故郷の長野がどれほど美しいかということまで。思ったとおり健太より二つ年下。中学四年で甲種飛行予科練習生になったそうだ。

何もかもが驚きだった。この頃の中学校は五年まであるってことすら知らなかった。石庭は同期の中では年長で、いま十九歳。年まで健太と同じだ。

久保田はまる一日、こうして顔を突き合わせていても、健太を石庭だと信じきっているようだった。それほどよく似た赤の他人が、なぜ五十何年も前の日本に存在したのだろう。なんだか怖くなって石庭の誕生日は聞かなかった。

「てっきり谷田部航空隊の配属と思っていたのだがな。以前の分隊の中では、ここに来たのは俺たちだけだ」

谷田部は、つくば市の南にいまも残る地名だ。常磐自動車道には谷田部インターもある。鹿島や西茨城あたりにも海軍の航空隊があるらしい。これも驚き。自分の住んでいる茨城県内に、昔、そんなにたくさんの軍隊の基地があったとは知らなかった。まるでカントリークラブ並みだ。

予科練はあくまでも理論を学び基礎訓練を行う学校的な場所で、訓練生は途中で操縦、偵察、整備など適性に応じてコースを選別され、教育内容も変わる。石庭たちは操縦コース。そして卒業後には練習航空隊で実戦的な訓練が続けられる。練習航空隊には石庭たち「甲飛」だけでなく、もっと年下でも受験できる乙飛も混じっているし、戦場から戻ってきた叩き上げの人間もいる。分隊の一番年下は、なんと十五歳だそうだ。

階級は、海軍の航空機搭乗員の場合、こんなふうになっている。

いちばん下から、二等飛行兵、一等飛行兵、上等飛行兵、飛行兵長、ここまでが一般の兵隊で、健太たちはここのトップ。

その上が山口たち下士官で、二等飛行兵曹、一等飛行兵曹、上等飛行兵曹とランクアップしていく。山口は二等飛行兵曹。

なんだ。石庭とたいして変わらない。だからよけいに威張り散らすのかもしれない。一般の志願兵は、出世が早い予科練卒にすぐに階級で並ばれる、もしくは抜かれるという話だ。一年坊主にレギュラーの座を奪われるのが腹立たしい二年生みたいなもんだろう。

例のチビは兼子という名前で、分隊長の下の分隊士という役職だそうだ。階級は飛行兵曹長で、下士官と士官の中間の准士官。ちなみにこっそり囁かれているあだ名はチビネコ。

下士官・准士官のさらに上が士官。階級は下から少尉、中尉、大尉《だいい》、少佐……その先にもまだまだあるらしいのだが、覚えきれないから、そこまでで勘弁してもらった。

士官になるとまるで待遇が変わるそうだ。住む場所も食事も豪華で、世話係の従兵というのがつく。ようするに下の人間を上の連中が踏んづけ、さらに上がその連中を牛耳るという巨大なピラミッド構造になっているわけだ。

両角もそうだが、士官クラスに兼子のような叩き上げより若い人間が多いのは、彼らが高学歴である兵学校出身者や志願した予備学生で、入隊と同時に士官になることを約束されたエリートコースを歩んでいるからだそうだ。刑事ドラマに出てくるキャリア組みたいなものだろうか。日本の学歴社会というのは昔からだったみたいだ。「大学だけは行っておけ」オヤジのしつこい小言《こごと》が健太にはいつも「つまんない人生を歩め」と言っているようにしか聞こえなかったが、生きている時代がこの昭和十九年だったら、素直に頷いていただろう。

「なぜ予科練に入ったんだ」

まだ徴兵される年齢にはなっていないという久保田に聞くと、この男にしては素早く答えが帰ってきた。

「決まっているじゃないか、御国に一日でも早くご奉公するためだよ」

その時だけ久保田の牛車のウシみたいな目が闘牛のように輝いた。別に嫌々ここへ入ったわけではないらしい。

なまじ予備知識がなかったのが幸いしたのか、健太は脱脂綿に水をしみこませるように、情報を吸収していった。とはいえ付け焼き刃の知識がどこまで通用するかはわからない。

最大の不安は飛行機の操縦だ。石庭や久保田たちは一年近くかけて理論から実践までを学び、この航空隊に配置換えになってようやく一人で飛べるようになったばかりなのだそうだ。飛行機の操縦シミュレーションは得意だが、いくら根拠なしポジティブな健太の思考回路でも、答えはひとつだ。

飛行機なんか飛ばせるはずがない。

石庭の所持品は、衣嚢と呼ばれる大きな袋の中に服が一式。そして日用品が詰められた小さな木の箱。それだけだった。

石庭を知る参考にしようと木箱だけ病室に持ち帰ったのだが、特別なものは入っていない。薬、懐中電灯、辞書、ノート、腹巻などなど。きちょうめんな男だったらしい。それぞれがきちんと整理整頓されていた。『塩羊羹』『カステラ』『かりん糖』などと書かれた菓子の包装紙まで折り畳んでとってある。

手紙が数通入っていた。送り主は母親のようだ。達筆なのか悪筆なのか、年寄りの親戚からくる年賀状の筆文字みたいで、半分ほどしか読めないのだが、石庭の健康を気づかったり、自分や知り合いの近況を伝えたり、家のことは心配するな、お国の為に尽くせなどと激励したりしている内容であることはわかった。

手紙の最後は、いつも似たような調子で結ばれている。

『××屋の羊羹、送つておきました。お前はいつも人にあげてしまう×××××、必ず自分で食べて下さい。軀には氣を付けて』

×は読めなかった字だ。

『××さんから戴いたかりん糖、送ります。×××××のことはもう氣にかけず、少しは××の或るものを食べなさい。軀には呉々も氣を付けて』

切手が貼られていない出しかけの手紙も見つけた。宛先はみな「石庭芳子様」になっている。

母親への返信ではない。母親の名前は「絹代」だ。こちらははるかに読みやすい。ひらがなばかりだからだ。字もところどころ間違えている。「う」が「ふ」になっていたり、「ろ」が「ら」だったり。石庭はあまり賢い男ではないらしい。馬鹿の真似はつらいな、などと思って読みはじめたのだが、すぐにそれがまだ幼い妹に読ませるためのものだと気づいた。

芳子へ

いま兄さんはヨカレンといふところで、毎日、お国のために働く兵たいさんとなるべく、がんばつてゐます。

くんれんはときにはつらいこともありますが、芳子のことを思へば、なんのこれしき。りつぱな武くんを立てて、いつか海軍大将になつてやらうの心いきです。

兄さんのことを見守つてゐて下さい。

吾一

芳子へ
兄さんは今日、れんしゆうきではじめて空を飛びました。まだ一人では飛べず、教いんにみちびかれながらですが、大空はよいものです。空から見ると町も人もまるでおもちやのやうです。芳子にも見せてあげたい、と心から思ひました。
もちろん遊びで空を飛んでゐるわけではありませんから、空をながめるよゆうなど、ほんのつかのま。こんどの戦争は長くきびしいものになりそうですから、一日も早く一人前の飛行兵となつて、東亜の空から敵をくちくしたいと思ひます。
兄さんはがんばります。

吾一

芳子へ
兄さんはヨカレンをぶじそつぎようし、カスミガウラこう空たいというところで、毎日、きびしいたんれんをつんでゐます。
戦局は風うん急をつげてゐます。人々の生活も戦時下のためにいろいろくろうが多いことは、母さんから聞いてゐます。
兄さんはこの身をお国にささげるかくごをあらたにしてゐます。故郷へ生きてもどることはないでせう。いつかはわかりませんが、芳子のところへ行けると思へば、かなしい気持ちなどまるでありません。

兄さんももうすぐお前のところへ行くからね。そうしたら、また昔とおなじやうに肩車をしてあげよう。おまへのとくいなお手玉をして遊ぼう。

吾一

よくわからない文章だった。生きて戻ることはないと言ったそばから、お前のところへ行くと言ってみたり。字も汚い。

健太の書くものとよく似た字だった。筆跡まで自分とそっくりの男——なんだかこれまでの十九年間のほうがすべて夢で、いまこの航空隊にいる自分が本当の自分であるような錯覚に陥りそうになってしまう。

木箱のいちばん底に何冊かの薄っぺらい本が収まっているのを見つけた。『飛行要務教科書』『空中航法教科書』『航空機用計器参考書』その他いろいろ。思わず口笛を吹きそうになった。ラッキー、いいもんがあるじゃん。

「備忘録」と書かれたノートも数冊。開いて見ると、びっしりと飛行機の操縦方法、用語、飛行訓練の際の諸注意などなどのメモが書き記されていた。ていねいに図や表も描かれている。健太並みの字の汚さはあいかわらずだが、石庭は健太より難しい漢字をたくさん知っていた。

教科書とノートを抱えると、健太はもうすっかり飛行機の操縦ができる気になっていた。よし、今夜中にマスターしよう。

勢いこんで教科書を開いたとたん、衛生兵に呼ばれた。

「石庭、来い」

「はいっ」

すぐさまベッドから飛び起きた。こいつは善行章三本、返事が小さいと扁桃腺を腫らして声の出ない人間まで殴りつけるやつだ。

「どこへ……」と言ってから、衛生兵の目の色が変わるのを見てあわててつけくわえた。

「でありますか」

「医務室だ」

嫌な予感がした。

衛生兵がドアをノックすると、中から聞き覚えのある声がした。

「入れ」

やっぱりまた、あいつか。

医務室の陰気臭い薄明かりの下で、両角中尉が待っていた。前回と同じく衛生兵を外に追い払う。健太が直立不動し、敬礼をすると、意外そうな顔をした。

「もう記憶は戻ったのか。明日から飛行作業に戻ると聞いたから、もう一度、診察をせねばと思ってな」

どんな理屈をつけてここに出入りしているのかは知らないが、軍医ではないこの男には、そんな資格はないはずだ。しかし健太は「はい」と声をあげて、半歩ほど後ずさりした。どうもこいつは苦手だ。

「そう固くなるな。まぁ、そこへ座れ。診察と言っても精神病科医は問診しかできん。本当は少しお前と雑談をしようと思って呼んだのだ」

そんなことを言われても、軍隊というところが上の位の人間と気安く語り合えるような場所じゃないことは、この数日間で身にしみている。タメ口なんかきこうものなら、銃殺されてもおかしくない。健太は警戒を解かずに、両角が指し示した椅子にそろりと腰を下ろした。

「お前にはすまないことをしたと思っている。山口が事あるごとに、お前につらくあたるのは、私が直々に指導したり、臨時の従兵にしたり、少々目をかけすぎたせいかもしらん。脱走したと聞いた時も、不思議とは思わなかった」

お前のせいかよ、とつっこみを入れたかったが、もちろんできない。それに石庭が山口から憎まれているのはそんな単純な理由ではなさそうだ。山口は内心で石庭という男を恐れている。健太にはそう思えた。

「私はお前に期待していたのだ。良い飛行兵になるはずだと。お前ほど飛行服の似合う兵はそうはおらん」

雑談と言いながら両角には健太と楽しくお喋りをするつもりはないようで、背筋を伸ばして油断なく座っている健太に一方的に語りかけるだけだ。

「私はもうすぐ分隊を離れる。飛行部の分隊長には不適格ということでな」

両角が丸眼鏡をはずし、ことりと机の上に置いて、両目を揉みほぐした。眼鏡のない顔は案外に整っている。そして想像以上に若い。二十五より上ということはなさそうだった。

「もう伊達眼鏡だなどと言い訳する気力もなくなったよ。視力検査を受けたら、両目とも0・6だった。兵学校で書を読みすぎたためかもしらん。飛行機乗り失格だ」

そういえばこの霞ヶ浦航空隊では眼鏡をかけた人間が極端に少ない。健太の居住区には皆無。昔の人間はみんな目がいいのかとばかり思っていたのだが。

「ああ、再び飛行服を着ることができないとは……マフラーをなびかせ、銀翼のかたわらに颯爽《さっそう》と立ち、粋に立てていた飛行帽の耳あてを下ろし、出撃命令を下す……すべては夢か幻ぞ………南洋の濃く熱い空気、むせるような花々の香り、ガソリンの匂い、若い兵たちの汗……」

黙って聞いていた。なんだかよくわからないが、とにかくいまはなんでもかんでも知ることだ。そして記憶力がいいとはいえない自分の頭にしっかり叩きこんでおくことだ。

頭を抱えてひとしきり髪を掻きむしってから、両角が再び丸眼鏡をとり上げ、ていねいにハンカチでレンズを拭いてからかけ直した。

「与謝野晶子は知っておるか」

「いえ」

両角が立ち上がり、窓枠に両手を突っ張って夜空を眺める。いきなり節をつけて朗読を始めた。

「ああ、弟よ君を泣く

君死にたもうことなかれ
すめらみことは戦いに
おお自らは出でまさね
かたみに人の血を流し
獣の道に死ねよとは
死ぬるを人の誉れとは」

君死にたもうことなかれ——聞いたことがあるセリフだと思ったら、キヨ婆さんが拾ってきた米軍の宣伝ビラに書かれていた言葉だった。健太がそのことに気づいたとたん、ふいに両角が口を閉ざし、こちらを振り向いた。

「私には姉が一人おってな。私が医大の道を捨てて兵学校へ入ると両親に話したのを聞いて、嫁ぎ先から、この歌を書き写した手紙を寄こしてきた。姉は一時期、文学に染まっておったからな。女の繰り言の歌だ。私は好きにはなれなかったが、なぜかこのところ、この歌が頭に浮かぶ。視力だけではなく、気質も分隊長には不適格な人間なのかもしらん」

ただ黙って聞いているしかなかった。頷いても、首を横に振っても両角が喜ぶとは思えない。この男は、健太をカセットレコーダーか何かのかわりにしているらしい。いったい何を吹きこむためのレコーダーなのかは知らないが。

「先日話した特別攻撃隊だが、そろそろわが航空隊でも募集が開始される。一応は志願制だ。あれには応じるな」

特別攻撃隊？　なんのことだ。先日話した？　あの時は尻と顎が痛くて、両角の話はろくに聞いちゃいなかった。

「十死零生《じっしれいしょう》は、帝国海軍の伝統ではなかったはずだ。私はあれを気に入らん。死に対する賛美と美学に欠けている。技量と度量によって敵を討つのが航空隊だろうに。軍令部は飛行機乗りをただの操縦機械だとしか思っておらんようだ」

詩の朗読の次は、演説だった。

「兵理にも悖《もと》っておる。精神論では米国を破れん。索敵能力も物量も劣勢の状況下で、経験の浅い飛行兵を飛び立たせても、敵艦に近づく前に七面鳥のように叩き落とされるだけだ。所詮、自分たちは操縦桿を握ることのない軍令部の連中が、机上でつくりあげた空論に過ぎん。私はき奴らの頭に日の丸の鉢巻きを巻き、操縦席にぶちこみ、貴様らがまず先に行け、と言ってやりたい」

いったい何が言いたいのだろう。小難しい言葉ばかり使ううえに、興奮してどんどん早口になっているから、さっぱりわからなかった。

外で咳払いが聞こえてきた。古参の衛生兵が立ち聞きしているのかもしれない。両角は古い外国映画の俳優みたいに大げさに肩をすくめて見せ、健太に歩み寄ってくる。

「さぁ、別れだ。もう一度だけ抱擁させてくれ」

両角が両腕を広げて囁く。げ。

「妙な詮索はするな。ただの西洋式の挨拶だ」

健太よりやや背の低い両角を抱きかかえる格好になった。両角が顎のあたりに頰を寄せてくる。薄気味が悪かったが、しばらくそのままでいた。両角の頰が濡れているのがわかったからだ。

両角が突然、健太から身をひき剝がし、くるりと背中を向けて言った。

「よし、異状なし。石庭、行ってよし」

せっかく飛行機の操縦方法をマスターしようと思っていたのに、戻った時にはもう消灯時間になっていた。

健太は懐中電灯と教科書と石庭のノートを手にして毛布の中にもぐりこむ。

飛行機ノ操縦ハ一般ニ発動機回転数ノ増減ト、操縦桿及踏棒ノ操作ニ依リ実施スルモノナリ。而シテ補助翼ハ飛行機ノ気速ニ、又方向舵及昇降舵ハ気速及プロペラ後流ノ大小ニ応ジ、其ノ効力ヲ増減ス――

毛布の中で健太は呻いた。

やっべえ。ぜんぜんわかんない。

29

二十畳ほどの洋室だった。部屋の中央に置かれた大きなベッドの背板は金色の柵状で、ふかふかした枕がふたつ並んでいる。その先には鏡がしつらえられてあり、壁の中ほどでは、薄桃色の電飾が仄暗い部屋に妖しげな光を投げ落としていた。

吾一はひと隅に置かれた、やはり背板が金色の椅子に正座し、惚けたように部屋を見まわした。

「ビール、飲もうよ」少し掠れた声でミナミが言い、冷蔵庫から小さな瓶を取り出した。

「バドワイザーでいい？」

驚いたことに素手で栓を抜き、ひとつを渡してくる。吾一はコップを探したが、ミナミが瓶を口飲みしているのを見て、それを真似た。

ビールを飲むのは、これで何度目だろう。勝利は毎晩、七時過ぎには尾島家に帰ってきて――紀子に言わせれば珍事であるそうな――吾一たちとともに夕食をとる。その際に必ずビールを飲み、吾一にも勧めてくるからしかたなくつきあっていた。

「ここはね、あんたとの初めての場所だよ。あたし、運動部だったから、ビールを飲んだのも初めてだったな」

ミナミは吾一と向かい合わせの椅子に座り、膝を抱えて体を丸めた。素晴らしく長い足の上にビール瓶を載せ、瓶に語りかけるように言葉を続ける。思い出させるというより、教えこむふうな口調だった。

「あんたが初めての男だったかは、忘れちゃったなら、もう教えてあげないよ」

ここがどういうところなのか、男女の機微には鈍感そのものの吾一にも、なんとなし理解はできた。ビールをもうひと口飲み、生唾をのみすぎて干からびてしまった喉を湿らせる。

アルコールには慣れていないから、すぐに顔が熱くなってきた。

「……この間、あたし、ほんの一瞬だけど、あんたがケンタにそっくりな別人じゃないか、なんて妙な想像しちゃった」

瓶を見つめていたミナミが視線を吾一に向け、目を捉えようとする。薄桃色の照明に照らされて瞳がきらりと光った。

「そんなはずないよね。もしもケンタに双子の兄弟がいたとしたって、あたしなら見分ける自信があるよ」

これ以上、自分にはこの娘を騙すことはできない。そう悟って吾一は、口を開いた。本当のことを言うために。

「じつは……」

ミナミがするりと椅子を下り、開きかけた吾一の口を唇でふさいだ。おう。二度目の口づけ。

西洋式の挨拶だ——そう言われて両角中尉から頰に接吻を受けたことはあるが、口づけをしたのはミナミとが初めてだ。電光石火であった前回に比べて今回は長い。予科練入隊前の肺活量検査で、一位の成績だった吾一ですら息がつまりそうだった。

舌が独自の生き物のように伸びてきて、吾一の唇を割り、歯茎をくすぐった。ここへ来る道すがらミナミが舐めていたハッカ飴の香りがした。

音を立てて一度は離れた唇が、今度は耳に近づいてきた。ミナミが小さく囁く。

「先にシャワー浴びる？」

頭に桃色の霞がかかってしまった吾一が惚けたままでいると、耳たぶを嚙まれた。

「さ、時間がないよ、さくさくっと行こう。恥かかせないで。あたしから誘ったのは初めてなんだから」

言葉の迫力に押されて吾一は立ち上がる。隊列行進のように背筋を垂直に伸ばして、ミナミの指さす方向へ歩いた。

風呂場は尾島家のものより広く、扉は素通しのガラス張りになっていた。これから起こり得る状況を想像して、吾一の頭は爆発しそうだった。男根は勃起するどころではない。もちろん吾一とて自慰の経験がないではないが、共同生活の予科練では機会はなく、そもそも猛訓練と精神注入棒《バッター》の日々ではその気力も奪われ、長く夢精しかしていなかった。

サルマタを脱いで風呂場に入る。足が震えているのがわかった。腋の下の臭いを嗅ぎ、手で口を覆って口臭がないことを確かめる。

大ぶりの浴槽には湯が張られていなかった。吾一はすがりつくようにシャワーのカランをひねる。シャワーの使い方は尾島家に滞在している数日で覚えた。

風呂の棚には薬品の瓶しか置かれておらず、石鹸がどこにも見当たらない。しかたなく体に熱い湯を浴びせ、備え付けの手ぬぐいでひたすら全身をこすり、頭をごりごりと洗った。

芋の子を洗うような洗い場で慌ただしく垢を落とす航空隊での入浴に慣れた吾一は、すぐに体を洗い終え、風呂場を出ようとしたのだが、たまげた。

ガラス扉の向こうでミナミが腹巻のような服を脱いでいるのが見えた。思わず目を釘付けにし、それから浴室の床に視線を落とした。

扉が開き、扉のわずかな木枠で身を隠して顔をのぞかせたミナミが、眠り猫に似た笑い顔を見せ、ノックの口まねをした。

「こんこん」

するりと扉をすり抜けて、吾一の前に立つ。

全裸だった。手足の長い伸びやかな肢体は陶器のごとく白く艶やかであった。小ぶりな乳房はみずみずしい桃のようであった。縦長にくぼんだへそは可憐なえくぼのようであった。その下の薄く柔らかそうな陰毛は——吾一はそこから目を離すことができなくなってしまった。

春画で見た座布団のような裸体ではなく、泰西名画《たいせいめいが》の樽のごとき肢体でもない。健太がベッドの下に隠した猥褻本の女たちのような浅ましいほど凸凹を誇示した肉体とも違う。女の裸がこんなにも美しいものであるとは思ってもいなかった。

ミナミが裸身を寄せてくる。乳首が吾一の胸板に触れた。

「おおう」

ミナミの唇が吾一の唇に重なった。三度目だ。いや、四度目。五度目。六度目。七度目。

機銃掃射のごとき口づけの連射ののち、長い舌が吾一の歯をこじ開けにきた。ミナミの舌が吾一の舌を探している。吾一は下腹部にみるみる力がみなぎってくるのを感じた。

「あむむ」

ミナミは吾一の唇をもぎとる勢いで吸ったのち、今度は顔を下降させていった。首、胸、腹、ミナミの紅が吾一の体にさるびあの花を散らしていく。そしてさらに下降——。

「おお、おう」

吾一はミナミの前に無条件降伏をした。

初めての女の体は、柔らかく、温かく、そしていい匂いがした。

三十

翌朝も正露丸のテーマソングに叩き起こされた。

今日はもう病室を出なければならない。健太は課業整列五分前までに分隊へ戻れと言い渡されていた。大急ぎで飯を食い、着替え、洗顔し、身辺整理をすませて病室を出る。

昨夜は明け方近くまで、ずっと飛行機操縦の難解な教科書にチャレンジし続けていた。睡眠不足で頭がぼんやりしていたせいだろうか、またまた迷ってしまった。居住区のあちこちでかけ声がこだまし、隊列をつくった兵隊たちが次々と飛び出してくる。

やべえ、初日から遅刻。トト八の時と同じだが、やばさはたぶん百倍だ。何とか第十二分隊の居住区へ辿りついた時には、もう人影は数えるほどだった。

久保田の姿を探したが、いなかった。そういえば、健太と同じく今日から軽業が明けると言っていたっけ。

まずい。食卓番として残っている人間に声をかけようと思ったが、みな顔を引きつらせて仕事を終わらせようとしていて、とても言葉をかけられる雰囲気じゃない。まずい、まずい。今日はパンツの下に脱脂綿をしこんではいないのだ。

「よぉ、重病の自我忘失症患者」

声に振り向くと、食卓番だったらしい一休さんの青く光るまんまる頭があった。

「初めまして、古屋英二《えいじ》と申します」健太の顔を見るなり、大げさに頭を下げてから、にやりと笑いかけてきた。「久保田から話は聞いたぞ。水臭いな、同期の桜の名前まで忘れるなんて」

久保田とは対照的な早口。この男から話を聞いていれば、昨日は二倍ぐらいの情報が手に入ったかもしれない。

「頼む、教えてくれ、俺はどうすればいいんだ？」

「久保田が嘘を言うとは思わなかったが、本当に重症のようだな。まず飛行服に着替えろ。もうみんな格納庫に行っている。どこにあるかは久保田から聞いているだろう。一寸《ちょっと》、待ってな。こいつを烹炊所《ほうすいじょ》に置いてきたら、教えてやるから」

食器を入れた籠を抱えて古屋が出ていく。昨日教えられた棚から、「石庭」と名前の書かれた飛行服を取り出した。焦茶色の見ているだけで暑苦しそうな服だ。片方の腿のところの小さなかぎ裂きを、恐ろしく丁寧に縫い繕ってある。石庭はまじめで神経質なやつだったんだろう。顔は似てても性格は俺とまるで逆。友だちにはなれそうもない。とりあえずそれを着込み、ゴーグル付きの帽子をかぶってみた。戻ってきた古屋が目を丸くしていた。

「おいおい、棒倒し三勇士の石庭が……情けねぇ。帽子がさかさまだ。飛行服の着方も忘れたか」

古屋が直してくれた。帽子をかぶり直し、飛行服の上にライフジャケットみたいな胴衣をつける。ジッパーやボタンはなく、紐で縛るだけ。いちばん下についた紐は股間に通して結ぶ。

首には白いマフラー。こいつがやたら長い。百八十センチぐらい。幅も五十センチ以上あるだろう。古屋が器用に折り畳んで、健太に差し出し、首に巻けというしぐさをした。

ライフジャケットの上にさらに太いベルトを体に巻くのだが、これがややこしい。まず背中で交差させて、肩から腰へ。そこから尻の上に。それでもまだたくさんの短いベルトがあまってぶらぶらしている。残りの八本のうち、四本は腹の上で「×」の形に留め、下の方の四本で股間を固定する。まるでSMの緊縛プレーみたいだった。これは落下傘バンドだ、という古屋の言葉を聞いて、健太のうなじの毛は、ちりちりと逆立った。

「なぁ、練習機って、やっぱり落ちたりするのか」

あきれ顔をされてしまった。

「お前、落ちただろが。ここへ来て一カ月ちょいだが、お前が三人目だ」

手袋を握った指が震えてきた。どうしよう。一年間練習をしてきた石庭だって墜落したのだ。いきなり飛行機を操縦しろなんて、稲庭うどんでバンジージャンプをやれと言われるようなもんだ。

「急げ、急げ、また山ちゃんが頭で湯を沸かしはじめるぞ」

昨日、久保田から聞いた話では、山口は分隊の中でも一、二を争う凶暴な班長だそうだ。人望のなさも一、二。班は「ペア」と呼ばれる五人ずつのグループに分かれ、それぞれ別々の教員が担当する。幸い健太のペアを担当しているのは、教員の中では下っぱだが、人望のある小野寺のほうで、山口から直接指導されることは、めったにない。

霞ヶ浦航空隊の、増設を繰り返したらしいごちゃごちゃと並んだ新旧の建物の間を走り抜けると、目の前にあきれるほど巨大な空き地が出現した。東京ドーム何個分なんてもんじゃない。ディズニーランドより広いだろう。

広大な平地にずらりと飛行機が並び、あちこちでプロペラが凄まじい唸りをあげている。健太でも名前を知っているゼロ戦もあれば、もっと巨大な数人乗りの飛行機もあった。中央に倉庫のような建物がそびえている。そこをめがけて駆けていく古屋の後を追った。あれが格納庫のようだ。

格納庫の手前にいくつもテントが張られていて、そのうちのひとつに同じ分隊の見慣れた顔が揃っていた。テントの中央の椅子に兼子が座り、その周囲に教員たちが並んでいる。練習生たちは地べたに体育座り。プロペラの始動音をものともしない山口のドラ声が聞こえてきた。

「遅いっ！」

「申し訳ありません！」

古屋が息を切らしながら、山口の前で直立不動する。健太も隣に並んで同じセリフを口にした。山口は健太だけを睨みつけ、首をマムシみたいにくねらせて、口臭が臭うほどの距離に顔を近づけてきた。

「貴様、何万円もする練習機をおしゃかにして、脱走かまして、今度は遅刻か？　死にてえか。あん。戦地へ行く前に死にてえのか」

山口が健太の顔に唾を飛ばして叫んだ。

「いますぐ前支え、一時間だ！」

その言葉を聞いたとたん、古屋がライフジャケットのポケットから、卵を取り出した。

「烹炊所からギンバイしてまいりましたっ。班長はこのところお疲れのご様子なので、精をつけていただこうかと」

絶妙のタイミング。この男がくりくりした目を輝かせて言うと、なぜか嫌みに聞こえないおべんちゃら。古屋は二十一世紀の日本でも優秀なセールスマンとして成功するだろう。

「おう」山口が卵ひとつに目を細める。小面憎い顔をしているが、まるでガキだ。「生卵か。ひさしぶりだな。以前は飛行機乗りの飯には毎朝ついたものだが」

周囲を用心深く窺ってから、腹の上のベルト留めの金具で卵を割り、一瞬で呑みこんだ。

唇の端の黄身を舐めながら言う。

「よしっ、前支え、三十分」

「はいっ」いきなり古屋が地面に這いつくばって、両手を突っ張った。わけがわからなかったが、健太も同じことをする。別に殴られるわけではないようだった。「前支え」というのは、三十分間、腕立ての体勢のままでいろということらしい。

「卵一個で三十分のもうけ。まぁ、よしとするか」

古屋がにやりと笑いかけてくる。

精神注入棒《バッター》や顎へのパンチに比べたら楽なもんだと思っていたのだが、すぐにそうでもないことに気づいた。サーフィンのパドリングで鍛えているから腕力には自信があったのだが、すぐに二の腕が震えてきた。腕の力を抜くと、今度は重みが腹にかかり、腹筋が痛み出す。しかも健太の飛行服だけみんなと違ってやけに厚手だ。どうみても冬用。夏物の飛行服は石庭とともに消えてしまったんだろう。まだ九月中旬、いつもの健太ならまだTシャツと短パンで過ごしている時期だ。毛布を体に巻いたような飛行服のおかげで、みるみるうちに全身が汗まみれになった。まけてもらった三十分ですら持ちこたえることができるかどうか――。

昔の日本人を舐めちゃいけないようだ。健太に比べて古屋はタフだった。健太より背が低く、体も細いのだが、慣れているのか、息も切らさずにのん気な声をかけてくる。

「チビネコは張り切っとるな。分隊長がまた変わるらしいからな。叩き上げの飛曹長だから、分隊長になれるわけもないのに。またどこかから、頭でっかちのボンボンが来るだけだ」

健太はそれどころじゃなかった。腕と腹の痛みに耐え、目に流れ落ちてくる汗を首を振って払って、ひたすら飛行機が飛び立つ様子を観察し続けた。操縦を覚えなくちゃ。なんとしても。


練習機はオレンジ色の複葉機だ。二人乗りだが、名前を呼ばれた明らかに健太より年下の小僧は、一人で操縦席に乗り込み、手慣れた動作で飛行服のベルトをシートベルトに繋いでいる。ほどなく飛行機の両翼と尾翼の先の方向舵がパタパタと動きはじめた。発進する前に点検をするのが決まりらしい。

教習所でクルマの運転を習うのに似ている。スケールは違うが指導員が怖いところもだ。違うのは事故ったら、まず確実に死ぬだろうってことだ。誰もが石庭の奇跡の生還に驚いていたが、健太には石庭という男が生きているとは思えなかった。ここへ連れて来られたばかりの頃は、石庭が帰ってきて自分の嫌疑が晴れることを期待していたのだが、もう四日だ。はた迷惑だが、やつはきっと死んじまってる。それ以外にどう考えていいのかわからなかった。


「スイッチオフ！」

小僧がかけ声を出すと、何人かが駆け寄って、プロペラを手で回しはじめた。

「圧搾止めっ、イナーシャー回せ」

小僧はまだ変声期途中の声で、てきぱきと確認事項を暗唱する。今度は二人がかりで妙な金具を機体に突っこんで、ぐるぐる回しはじめた。

「出発します」

練習機が地上を滑走しはじめた。いったん機体が停止し、再び加速する。今度はかなりの速度だ。そして複葉機はふわりと浮き上がり、みるみるうちに空へと舞い上がっていった。

「おおう」

思わず、腕と腹筋と背中の痛みを忘れて歓声を上げてしまった。なにしろガキの頃の夢は、パイロットだ。古屋がのんびりした口調で解説を加える。

「水野《みずの》は上手いな。あいつは三重空《みえくう》の予科練だ。あれでまだ数えで十六だから、俺らはたまんねえな」

古屋は石庭と同じ十九歳だという。驚き。十六歳か。いや、数え年っていうのは確か生まれた時を一歳と数えるのだから――まだ十五ぐらい。そいつが一人前の兵隊なのか。

ようやく三十分が過ぎた。健太は地べたにへたりこみたいのをこらえて練習生たちの体育座りの列の端っこに加わり、目の中に滴り落ちてくる汗をぬぐいながら、飛び立っては戻ってくる練習機をひたすら眺め続けた。

前支えの苦痛から解放されたためか、急に眠気が襲ってきた。ただでさえ睡眠不足なのに、うだるような暑さがよけいに頭をぼんやりさせる。睡魔をこらえて目をこすっていると、中央の席に陣取った兼子が声をあげた。

「よし、次、石庭！」

へ？　眠気がいっぺんに吹っ飛んだ。返事もできない健太のかわりに小野寺が声をあげた。

「兼子分隊士、石庭は今日の搭乗割には名前がありません。あいつはまだ……」

「小野寺、ずいぶん偉くなったな。助教のくせに、いつから俺に盾つく身分になった」

「いえ、自分は盾つくつもりなどありません。ただ、まだ記憶が回復していない人間に飛行させるのは危険ではないかと……」

兼子は練習生と教員を見まわし、自分がここのトップだということを意識させる口調で、小野寺の言葉を遮った。

「見ろ、さっきから見ておれば、こいつは落ち着きがない。きっと落水して、怖《お》けづいているのだろう。違うか、石庭。こういう時には荒療治が必要だ。まさか、いくらこいつが馬鹿でも、もう一度練習機を落としたらどういうことになるかはわかっているだろう」

健太は小さく首を横に振った。どうなるのだろう。

「では、同乗ということに。そのほうが危険が少ないかと」

「同乗？　乙飛のヒヨッコも一人で飛んでおるのだぞ。戦局が差し迫ったいま、そんな悠長なことを言ってられるか！」

自分の頭ごしに繰り広げられる論争に、健太は手に汗を握った。がんばれ、小野寺。

「単独飛行はまだ早計だったのかもしれません。石庭は気負う性質《たち》ですから。この間の事故は単独を許した私の責任でもあります。今回は私が同乗して……」

身分は教員助手だが、階級は石庭たちと同じ飛行兵長であるはずの小野寺は、階級もキャリアも上の兼子に懸命に食い下がっている。本当に責任を感じている口調だった。こういうヒトがフロアチーフなら、トト八のバイトを辞めたりはしなかっただろう。

「口が過ぎるぞ、小野寺。分隊士のおっしゃる通りにしろ。班長は俺だ」

山口が口を挟んできた。容姿も性格もこいつはほんとにトト八のヤマグチにそっくりだ。もしかしたらあいつの先祖かもしれない。絶対、こいつだけは許さない。二十一世紀に戻るまでに、必ずボコボコにしてやる。

兼子が山口を振り向いて言った。

「そうだ、班長は山口だ」

山口がエラを尖らせて大きく頷く。

「同乗するなら、山口、お前が乗れ」

山口の目玉が飛び出した。

「は……あ、しかし、あいつは小野寺の言うとおり、まだ危険で……」

「俺と助教のどっちの言うことを聞くんだ？」

兼子がひと睨みすると、山口がすくみ上がった。いちばんの当事者であるはずの健太は、とても口を挟める雰囲気じゃない。

「石庭練習生、十七号機、空中操作同乗出発！」

兼子が声を張りあげると、山口は「きいっ」と甲高く叫んで練習機に走っていってしまった。隣に座っていた古屋が健太の尻の穴に指を突っこんできた。

「うお」小さく悲鳴をあげて健太は腰をあげた。古屋が囁きかけてくる。

「立たんと殺されるぞ。兼子の前で敬礼」

もう後には引けない。ええいっ、なんとかなるさ。シミュレーションゲームのジェット機に比べたら、この時代の飛行機なんて、原始的な構造に決まってる。

操縦席に乗り込むだけでひと苦労だった。小さく見えるが目の前で見る練習機は案外に大きい。他の連中がそうしていたように翼に足をかけ、よじ登るように後部座席に這い上がると、そこには山口の顔があった。ゴーグルをかけていても顔が引きつっているのがわかる。

「馬鹿野郎、いつまで予科練気分でいやがる。貴様が前だろうが」

あわてて前の座席に這い入った。初めて見る昔の飛行機の操縦席は、思ったとおりシンプルな構造だ。しかし、想像していたものとまったく違っていた。

健太がゲームで経験していたのは、クルマのハンドルのように両手で握る操縦桿だが、目の前にあるそれは床下から一本の棒が伸びているだけ。計器はどれもまん丸で、アナログの目覚まし時計を並べたようにしか見えない。床には両足を乗せるらしいペダルが二つ。左手にクルマのギア風の装置があるが、もちろん、ニュートラルやバックやドライブなんていう表示はない。

げげ。やべえ。めちゃくちゃやべえ。ここで飛ばなければ、どういうことになるか想像もつかなかった。もし万一、離陸できてしまったら……それはもっと恐ろしい。

「早く座席バンドを締めろ」

山口がうわずった声を出す。椅子にくっついたシートベルトのことらしい。何をどうしていいのかわからなかった。後ろの山口からは見えないだろうから、適当に締めるふりをした。だいじょうぶか？　これがないと、あっという間に落っこちてしまうとか？

「伝声管、装着！」

デンセイカン？　昨日の教科書にはそんなもの載ってなかったぞ。頭は完全にパニック状態だった。テントの下にいる兼子がわめいていたが、周囲のプロペラ音が大きすぎて何を言っているのかわからない。山口の馬鹿声はよく聞こえた。

「何してる！　ぐずぐずするな、いい加減にしろ。まさか一切合切忘れてるんじゃねぇだろうな。もしてめえが下手を打ったら、俺も道連れになるんだぞ。貴様と犬死になんぞしたくねぇ！」

俺だって嫌だ。

「早くしろって言ってるだろが！　貴様、俺を舐めてやがるのか。いつもいつもおれを見下したような目をしやがって。思い知らせてやる、思い知らせてやるっ」

山口の唾が目の前の風防まで飛んでくる。健太の頭をいきなり何かで殴りつけてきた。操作どころではなく、頭を押さえる。痛えっ。この野郎、いつの間にバッターを用意したんだ。

二撃目の気配を感じて後ろに首をねじ曲げる。山口が後部座席で立ち上がり、手にしたこん棒を振り上げるところだった。凶器の正体がわかった。

操縦桿だ。この飛行機の操縦桿は着脱式で、それで殴りつけてきたのだ。

健太の心の中から「忍耐」の二文字が消し飛ぼうとしていた。だめだ。俺に兵隊のふりなんかできるわけがない。どうせ、すべてムダなら、山口の操縦桿を白刃取りして、やつをボコボコにしてやる。

操縦を忘れた人間と空を飛ぶ恐怖に理性を失っている山口と、同じく理性を失いかけている健太が眼《ガン》を飛ばし合っていると、練習機の真下で誰かが叫んだ。

「山口班長、中止です。飛行作業中止！」

「あ？」操縦桿を振り下ろそうとしていた山口の腕が止まった。

いつの間にか飛行場からプロペラの音が消え、走行していた飛行機も動きを止めていた。格納庫の隅、ここからは死角になっているあたりに人だかりが見えた。何かを叫んでいる声も聞こえる。大勢の人間がそこに駆け寄っていく。トランプのキングの軍医と担架を運んでいる衛生兵の姿もあった。

山口は操縦桿を宙に浮かせたままそちらに目をこらしている。健太もだ。

「何があった！」

兵舎の方角から騒ぎの中へ走っていこうとする若い兵隊に山口が怒鳴った。

「ち、中尉が……両角中尉が」

「両角？　——両角分隊長がどうしたんだよ」

「たったいま割腹自殺を——」

31

朝、午前六時に設定した携帯電話のアラーム機能で目を覚ました。旋律は〝軍艦マーチ〟。ダウンロードには少々苦労した。

布団から跳ね起き、三分で洗顔と歯磨き、ひげそりをすませる。予科練、練習航空隊を通じて、すっかり体にしみついた行動だった。

それから庭へ出て、上半身裸となり、海軍体操をする。血圧が低いせいか、朝は血の巡りの良くない体に、血液がじゅうぶんゆき渡るように手を振り、足を躍らせる。

一、左手肩へ。左足横ニ。

二、左手挙ゲ。右手肩へ。右足横へ。

三、四、五、六、七、八。

九月がまもなく終わる。尾島家のささやかな庭からいつしか曼珠沙華の姿が消え、いまは秋桜《コスモス》がさわさわと風に身をゆだねている。吾一が知る五十余年前の茨城の秋に比べると若干蒸し暑い気がするが、やはりこの時期の日本は清々しい。

汗をかくまで体操を続け、ベランダにくくりつけた竿に、自らの手でつくった軍艦旗を掲揚する。これがこのところの吾一の日課だ。

食卓へ戻り、紀子がつけっぱなしにしているテレビに時おり目を走らせながら、新聞を隅々まで読み終えると、たいてい七時半頃になる。勝利が二階の寝室から下りてくるのは、いつもこの時間だ。

「おはようございます」

吾一が声をかけると、あくびまじりの気の抜けた挨拶が返ってきた。寝巻の裾をめくり上げて太鼓腹をぼりぼりと掻き、寝癖で鳥の巣になった頭に眼鏡を載せているのを忘れて、眼鏡、眼鏡と呟きながら部屋をうろついている、その情けない姿に言ってみた。

「遅いな、パパさん。早起きは三文の徳という言葉を知らんのか。明日から一緒に体操しないか」

この世界へ来た当初、尾島夫妻との会話は聞かれたことを最小限に答えるだけにとどめていたが、黙りこんだままでいると、医者に「軽度の外因性健忘症もしくは心因性健忘症」と診断されている吾一の症状が悪化したと思いこむらしく、二人は吾一の前では陽気さを装い、吾一のいないところで内緒話を始める。それが心苦しくて、最近は自分からも話しかけるようにしていた。

「あれは体操か？　この間、かけ声に起こされて二階から見てたよ。ヒップホップとかいうダンスの練習をしているのかと思ってた」

「笑止。身体の均等なる発達と機敏性、持久力の保持に欠かせない運動だ」

勝利がようやく頭の上の眼鏡に気づき、双眼鏡のように顔から離して持ち、吾一を覗きこんでくる。

「……お前、ほんとに変わったな。俺に、おはようございます、だなんてよ。信じられねえや……やっぱり頭の打ちどころが悪かったか」

失敬なことを。紀子が炊事道具というより精密機械のような釜から飯をよそいながら言った。

「あら、昔からそうよ。だってこの子、きちんと挨拶する礼儀正しい坊ちゃんだって、よく近所の人に褒められてたもの。以前に戻っただけよ」

「……以前って、それ、幼稚園の時の話だろ。お地蔵さんにも挨拶してた頃の。第一、健太が朝から体操なんて、天変地異だ。医者の薬に何か妙なものが混じってんじゃねえか」

「お医者さんに勧められたんでしょ、ねぇ、そうよね、健太」

頷くべきかどうか迷っていると、答えを聞かずに紀子がまた勝利に語りかけた。

「あなた、ずいぶん前から健太に喧嘩ごしのことしか言わなくて、ちゃんと話なんかしてなかったじゃない。だからそう思うだけよ。私は別に変わったとは思わないわ。半日だけど、生まれて初めて入院したんですもの、きっと健康の大切さが身にしみたのよ、そうでしょ、健太」

紀子が吾一の顔を覗きこみ、確認をとるふうにもう一度、言う。「そうよね」

否、とはとても言えない表情だった。しかたなく頷いてみせる。

「まじオッケーっす」

郷に入れば郷に従え。未来社会の若者言葉を真似してみたのだが、首尾よくいかない。勝利が寝巻の裾でレンズを拭いて眼鏡をかけなおし、目をしばたたかせて見つめ返してきた。普通に喋ったほうがいいのかもしれぬ。

勝利が新聞を広げながら咳払いした。

「で、どうなんだ、健太……そのぉ、少しずつ思い出してるか、昔のこと」

どう答えたらいいものやら。

「まぁ、無理はしなくていいぞ。時間が解決するだろうさ。のんびり構えろや」

本来ならば吾一よりはるかに年下の洟垂れ小僧のくせに、生意気な口をきく。

「ぼちぼちと。牛歩のごとしですが」

「体の調子はどうだ?」

「心配ご無用。つつがなくやっております」

吾一が箸を置き、背筋を伸ばして答えると、勝利があわてて新聞を畳み、居ずまいを正した。

「……それは、なによりです」

三日に一度、市内の心療内科という医院へ通い、二言三言問診に答えている。医師は吾一が適当に返す言葉よりも、どれほどたくさんの薬を出すかが関心事のようで、毎回、大量の飲み薬の紙袋を渡される。

薬は飲まない。「夜、眠れないこともある」と答えただけで出てくるようなわけのわからないものを服用するのは、かえって害毒になる気がするからだ。さりとて捨てることもできず、健太の机の引き出しにためこんでいる。もし芳子にこれだけ多くの薬を与えることができたらと思うと、それこそ「夜、眠れなくなってしまう」

この時代においては、すでに結核は不治の病ではなく、薬とごく普通の治療で治ると医学書には書いてあった。未来世界に迷いこんだのが自分などではなく芳子であれば、どんなによかったであろう。

病院の帰りには、街を歩き、風景を眺め、商店をのぞき、歩き疲れると図書館へ行って本を読む。コンビニと呼ばれる、例の『7』の看板の店に入って、一人で買い物もするようになった。

未来社会にはさまざまなモノがあふれている。食糧、衣服、日用品、家財道具、舶来の品々。最初はただただ瞠目し、度肝を抜かれるばかりであったが、いまはもう慣れた。箸、茶碗、歯ブラシ、石鹼……本当に必要なモノは昭和十九年とたいして変わらない。後はなくてもすむものばかりだ。

戸惑ったのは物価だ。あんパンが一個百円。握り飯が百二十円。信じられない。幕の内弁当など、海軍大将の俸給一ヶ月分だ。飛行術練習生の俸給では、飴玉ひとつも買えない。

図書館では手あたり次第に書物を手にするが、熱心に読むのは歴史書、記録写真集の類だ。人類が月面へ着陸した瞬間の写真に目を見張り、ビートルズなる楽団が日本を狂乱させたという記述に首をかしげ、本土に米国の新型爆弾が投下されたという史実に歯嚙みし、日本が好況時の光景だという半裸の女が扇子《せんす》を手にして踊り狂う姿に憤る。

そして、本を閉じる時には、いつも思う。自分は、ここにいるべき人間ではない、と。新聞を食卓に開いたまま、朝からやかましいテレビを眺め、口から飯粒を飛ばして馬鹿笑いをしている勝利を見ているうちに、つい小言が口をついてしまった。

「食事をする時は、よそ見をせず、きちんと食べなさい」

「あ、すまん」

「干物を残すな。もったいない、頭も食え」

「……お、おお」

これで皇国代理店だか興国内裏店だかの営業部長という要職に就いているというのだから、笑止千万だ。

「仕事は順調なのかね？」

「まぁ、おかげさまで」

「それはなにより、励みなさい」

吾一がそう声をかけると、勝利は、「はぁ、がんばります」と口にしてから、ぶるりと首を振った。

「やっぱり変わったよ、健太。つい敬語を使っちまう。お前のほうが俺の親父みたいだ」

勝利の父親は、彼が生まれた昭和二十年に亡くなったそうだ。だから男としての教育が行き届いていないのであろう。はばかりながら自分が父親がわりとなって鍛え直してやろうかなどと考えることもある。いまさら遅いであろうが。

「そういうお前は、これからどうする」

「そろそろ働こうと思っている」

「どこでだ？　また居酒屋か」

「馬鹿をいうな」

「あ、すみません」

「御国の為に働こうと思う。自衛隊へ行く」

この国の軍隊が自衛隊と名を変えていることはすでに知っている。霞ヶ浦と土浦の航空隊はなくなったが、跡地付近には縮小された自衛隊の施設が点在していることも。入隊資格がどのようなものかは知らぬが、予科練甲種の自分がまさか落ちるとは思えない。

軍隊へ行くと言えば、涙もろい紀子が台所の蔭で泣くやもしれぬと思って、いままで黙っていたのだが、意外にも紀子は平然としていた。

「自衛隊！　いいかもしれないわね。規則正しい生活が身につくし、体も健康になるだろうし……」

そういう問題ではないであろう。銃後の母として殊勝な心がけといえるが、どうも悲愴感に欠ける。勝利は吾一の言葉を真に受けていない様子だった。

「ま、あせることはないさ。ゆっくり考えればいい。しばらくは家でのんびりしてろ。今日はまたデートだろ。うらやましいなぁ。俺は休日出勤だっていうのにさ」

今日は久々にミナミが来る。会うのはあの日以来だ。短大という女学校の夏期休暇が終わり、学業が再開したため、ミナミは多忙であるようだ。

あの晩のことは、すべて克明に覚えているが、この未来世界にたどり着いた当初と同様、何もかもが夢まぼろしに思えた。

ミナミの奇襲攻撃に陥落寸前だった吾一は、彼女に導かれるまま反攻に転じた。両手でミナミの全身の柔らかさを探り、唇をところかまわず押しつけた。無我夢中だった。自分の全身でミナミのすべてを感じたかった。息もできぬ衝動に耐えきれず、ミナミを我が身に取り込むように固く抱きしめた。それから戦線は浴室から寝室へと拡大し、そして——。

ミナミは吾一の顔と体の輪郭を確かめるように指を這わせ、唇を伝わせてきた。吾一の胸のほくろにはしゃぎ声をあげた。そして、吾一の左肩に残る判子状の疱瘡《ほうそう》の予防接種痕を不思議そうに眺めていた——。

ミナミは学業だけでなく、母親の店の手伝い、祖母の看病と、けなげに立ち働いているらしい。せっかく吾一が携帯電話の説明書を熟読して使用方法を覚え、一本指でだがメールも送信できるまでになったというのに、以前は毎日来ていた連絡も途絶えがちで、吾一は少々寂しかった。

勝利を見送った後は、部屋にこもり読書をするか、テレビを見て情報収集に努める。もちろん、昭和十九年に帰還することを諦めたわけではない。自分がこうしている間にも、戦局が日に日に逼迫していることを思うと、身を切られる思いがした。なにしろ、この未来社会が本当に吾一がいた時代の続きであり、同じように一日が進行しているのであれば、日本はあと十カ月余で敗北してしまうのだ。

自分が元の時代へ戻れば、あるいは歴史を変えられるのではないか、と吾一は思いはじめている。だから最近、図書館で読む歴史書は、戦時を記録したものばかりだ。昭和十九年秋以降の戦局のすべてを頭に叩きこみ、どう戦えば勝機があったのかを思案している。あるいは人心は荒廃していようとも科学文明に関しては舌を巻かざるを得ないこの時代の技術を持ち帰るべく、難解な近代兵器に関する書を読み、備忘録にしたためている。現在の日本軍である自衛隊に入隊すれば、さらに多くの軍極秘が手に入るだろう。

とはいえ、一介の兵である自分の意見書を狂人扱いされずに具申できるものかどうか自信はない。それ以前に、そもそもどうすれば昭和十九年に戻れるのかがいまだ皆目わからない。しかし、準備は怠りなく続けている。

心残りは、ただひとつ。元の時代へ戻るということは、とりもなおさずミナミと別れねばならないということだ。

御国のために命を捨てる覚悟の身。色恋沙汰にうつつを抜かしている場合ではないことはわかっている。わかってはいるのだが、ミナミとの別れを思うと、国を憂える胸のさらに奥深く、自らもあずかり知らぬ心胆の底が煮えたぎる思いがする。

いまから別れの時を考えてもしかたがない。とりあえず、今日は、逢おう。

洗面所で身だしなみを整える。といっても手のひらに唾をつけて、伸びかけた坊主頭を撫でつけるだけだ。七三分けにしようと思ったが、髪が短すぎ、何度やっても毛が立ってしまう。

勝利の整髪料を使ってみた。ぼっちゃん刈りになってしまった。諦めて髪をくしゃくしゃにする。ふむ。妙な髪形だが、このほうが未来社会の若者風ではある。

髭を剃ろうとしてやめた。前回会った時にミナミが無精髭を褒めてくれたことを思い出したからだ。

正午少し前、尾島邸の外で警笛の音がした。

ぱほぱほ〜。

ミナミだ。この間とは違う音。二階の窓を開けて外を見ると、前回の〝みにくうぱ〟より数段大きな車が尾島家の玄関先に停まっていた。運転席でミナミが笑っている。吾一は階段を脱兎のごとく駆け下りた。

「ミニクーパーの子がドライブに行っちゃったから、今日はこれ借りてきた。でも、やっぱRVは運転がたいへん」

葡萄色《ぶどういろ》の装甲車じみた車から降り、馬をなだめるように車体を叩きながらミナミが言う。車の脇腹には『豊中工務店』という文字が入っていた。

「同じマンションに住んでるおっちゃんが貸してくれたんだ。いいって言ったんだけど。あたしは年寄りにだけは、もてるねぇ。時々、知らないおじいさんに見つめられたりするし」

ミナミはこの間と同じジーンズという名の藍色のズボン、襟ぐりの深い腹がけ風の服の上に、今日は長袖シャツを羽織っている。

吾一は壁に貼ってある健太の写真と同じ服を選んでいた。派手なポンチ絵が入った半袖の丸首シャツの上に、柄物の香港シャツを着る。丸首の裾はズボンの外へ出し、香港シャツはボタンを留めない。下は飛行服に似た側面にポケットのあるだぶだぶのジーンズ。紀子からアイロンを借りてきちんとプレスしておいた。衣替え前だったから半袖にしたのだが、いまの気候には少し肌寒かっただろうか。

「今日はこないだよりもっと運転に自信がないや。あんまり遠くへ行くのはやめようね」

そう言うミナミに吾一は言ってみた。

「操縦……いや、運転しようか」

「まじ?」

「うむ」

飛行機以外の乗り物は、鉱山のトロッコしか操ったことはないが、なんとかなるだろう。操舵は前後左右のみだから、上下動のある飛行機の操縦に比べれば、はるかにたやすいはずだ。

「だいじょうぶ?」

ミナミの言葉に片手を振って応え、操縦席に腰を据えた。目の前のハンドルを握ってみる。これが操縦桿。飛行機と同様、足もとにはフットバー。左手側には、スロットルレバーの替わりにP、R、N、Dといった記号が表示してある棹が伸びている。

飛行機の場合、左手のスロットルレバーを制御して加減速をし、フットバーで尾翼を操舵するのだが、この間見ていたかぎりでは、ミナミは速度調節に足を使っていた。

何度か試行錯誤して親指にあたるボタンを押せば、左手の棹が動くことがわかった。ミナミの運転姿の記憶をたどって、棹を「D」の位置に固定する。

「ほんとうに、だいじょうぶ？」

助手席に乗りこんできたミナミは不安そうな声を出すが、吾一には自信があった。

まったく未知の操縦席ではあったが、目の前にあるのが人間が動かすための道具であることは練習機と同じだ。機械に全身を委ね、一体となれば、おのずと自分がどう動けばいいかがわかる。予科練と練習航空隊で培《つちか》った飛行機乗りの血が吾一にそう教えてくれた。

エンジンはすでにかかっている。落下傘バンドに似た安全ベルトを締めた。右側のフットバーを踏みこむとエンジン音が高まる。こちらが加速装置、左足側が減速用であることを一瞬にして察知した吾一は、踏みしめていた左足の力をゆっくり緩める。さ、発進。ヨーソロー。

あれ？　動かない。右側のフットバーをさらに踏みこむ。エンジン音が高くなったが、やはり車は微動だにしない。おや？

「ケンタ、ハンドブレーキ、忘れてる」

ミナミが操縦席の左下に手を伸ばす。かちりと音がした。そのとたんだった。車が跳ね躍り、いきなり滑走しはじめた。

「うわぁい」ミナミが叫んだ。

想像以上の速度だった。車は尾島邸の前の舗装道路を突っ走り、正面が高い壁になった丁字路にぐんぐん接近している。曲がり角の手前でとっさにハンドルを右へ回した。

「ふわぁ」

ミナミの叫びは歓声ではなく、悲鳴だった。旋回した車の正面に巨大なトラックが警笛を鳴らして迫っていた。ハンドルを左へ。トラックが地響きを立てて車のすぐ横をすり抜けていく。

「クルマは左側通行だってことは、もちろん忘れてないよねっ」

「もちろん」知らなかった。

「もう少しスピード落として！」

おっといけない。高速時に手足が固くなるのは、小野寺教員に指摘された吾一の欠点のひとつだ。右足を緩めると、クルマはようやく巡航速度と言える速さになった。エンジン音もミナミのため息が聞こえるぐらいに静まった。

「運転の荒っぽさは変わんないねぇ……前よりひどくなったかも……」

ようやく吾一には操縦席に並んだ計器に目を走らせる余裕が生まれた。練習機と比べても数は少ない。一人で二十近い計器を相手にせねばならない戦闘機と比較すれば、はるかに簡素だった。速度計とおぼしき円形盤は、五十を指している。節《ノット》ではなく粁《キロ》表示《ひょうじ》であろう。慣れてしまえば、車の操縦はなかなか爽快だ。口笛を吹きたい気分だった。

「ねぇ、このまま行くと筑波山のほうだよ。いいの？　ロープウェイしか遊ぶもんないよ」

「どうすれば、いい？」

吾一が笑顔を振り向けたとたん、ミナミが叫んだ。

「ケンタ、信号！」

あわてて左足を踏みこむ。車体が大きく弾み、信号機の直前で停車した。ミナミがゆっくりと首を振る。

「……あたしよりひどいや。やっぱり今日はあたしが運転する」ミナミが助手席から手を伸ばしてきて、吾一の太腿をなだめるように叩く。「まだ無理だよ、ケンタ」

「平気の平左よ」

吾一は森の石松のようにシャツの左袖をめくり、肩口を叩いて見得を切る。ミナミの目が吾一の二の腕の上部に釘付けになるのがわかった。

「どうした？」

吾一の腿に触れていた指がぴくんと震え、ミナミが腕を引っこめた。

三十二

「もう一周だっ、速駆け、速駆けぇぇ」

山口が火工品庫の前で叫んでいる。健太と九人の班員たちは、ディズニーランドより絶対に広いはずの飛行場をぐるぐると回り続けていた。

九月の終わり、風を冷たく感じるほどの陽気だったが、健太は汗まみれだった。なにせ冬用の飛行服の生地は厚く重く、サウナスーツを重ね着しているような感じだ。全身から噴き出した汗が半長靴の航空靴に伝い下りて、足の下でちゃぽちゃぽ音を立てている。

「遅い、遅いっ。いいか、ドン尻《ケツ》になった野郎は、精神注入棒《バッター》五本だからな！」

どっちにしても今日も総員バッターに決まっている。たとえ速駆けと呼ばれるこのマラソンでトップになったとしても、「まだ気合が足りない」「ドン尻が遅い連帯責任だ」などと理不尽な理由をつけられて、一本は食らう。健太はいま六番目か七番目を走っているから、二本か三本。昨日の四本よりいくらかましか。連日のバッターの打撲痕がパンツの生地にこすれて痛かった。

両角が自決したからといって、何かが変わるわけではなかった。首から下げた「軽業」の札が取れた健太を待っていたのは、野球部の合宿が修学旅行に思えるほどのハードな訓練と、飯の食い方や帽子のかぶり方、敬礼の指の角度まで気を抜けないヒステリックな規則の洗礼と、「罰直《ばっちょく》」と呼ばれる下士官のうさ晴らしとしか思えない暴力だった。

分隊士の兼子もさすがに、健太に練習機を操縦させることがどんな結果を招くかがわかったらしい。あれ以来、健太には飛行訓練のお呼びはかからない。ラッキーと言えるのかどうか、あの日を境にしたように健太以外の班員たちも練習機に乗ることが少なくなった。

飛練教程では誰もがほぼ連日空を飛ぶ、久保田にはそう聞かされていたが、ここ一週間は全員が飛行訓練なし。測量器みたいな器材を使った地上訓練、そしてこの速駆けを始めとする基礎体力訓練ばかりだ。ほんの少しだけ楽しみにしていた射撃訓練も一度も行なわれていない。

訓練のための燃料や弾丸が不足しはじめているのではないか、と班員たちは噂している。本来なら、練習機での飛行訓練が終わった後は、また別の航空隊に配属されて、本物の戦闘機や爆撃機を使った実用機訓練というのが始まるらしいのだが、その課程へ進む人間もめっきり減った、という話も聞いた。

軍隊の上の人間は命令するばかりで、いちいち理由を説明することはなく、詳しい情報を漏らすこともない。だから航空隊の中では、両角の死にもさまざまな噂が乱れ飛んだ。

飛行科から一般兵科への配置換えに絶望したという説、上層部との行き違い説、痴情のもつれだという憶測――両角の場合、相手が男であるのか女であるのか定かでないらしいから、話はよけいややこしい。その相手が石庭ではないかという噂もあったようで、健太に意味ありげな嘲笑を投げかけてくるやつもいて、ずいぶん腹を立てたもんだ。

自決そのものには、皆さほど衝撃を受けてはいない様子だった。七人きょうだいの五番目で、すでに最前線に赴いている兄から裏話をたっぷり仕込んでいる古屋は、軍隊内での自殺者は珍しくないと言う。

「海軍では艦上勤務の若い兵に多いというな。ハンモックの紐で首を吊ったり、海に身を投げたり。逃げ場のない海の上じゃ、きつい訓練と罰直が陸《おか》にいる時以上に耐えられなくなるのだろう」

長く眼鏡の使用を分隊外に隠していたらしい両角の視力低下が知れ渡るようになると、死の理由は、飛行隊を指揮して前線に立つ志を絶たれた無念さによるもの、という解釈が大方となった。中にはその死を「天晴れ、海軍軍人の鑑《かがみ》」「憂国の士」などと讃《たた》える者までいたが、健太はそんな大げさなものではない気がしている。

あの男は最初から死にたかったのだ。腹を切ってみたかったのだ。たぶん、そのための派手な舞台と筋書きが欲しかったのだ。以前、ネットを検索しているうちに迷いこんでしまったフェティッシュ・サイトで見たことのある「切腹マニア」だとしか思えない。

「遅いっ、飛行訓練だけが航空隊の鍛練ではないぞ。貴様らたるんどる。全員、前支えだ」

飛行場を何周回ったかも覚えきれない速駆けが終わると、へたりこむ間もなく今度は「前支え」。

前支えもバッターとともにほとんど日課のひとつだった。訓練というより制裁。腕立て伏せの腕を伸ばした体勢のまま、ひたすら静止する。制限時間などない。山口がもういいと言うまで、あるいは課業終了まで続けられる。誰かがへばって地面に這いつくばれば、「顎」。そいつは拳ではなく靴でさんざん顎を蹴り飛ばされ、居住区に戻ると、連帯責任で全員が罰直をくらう。

罰直にはさまざまなバリエーションがある。

例えば「蟬」。居住区の柱にしがみつき、じっと動かずに耐え、蟬の鳴きまねをするのだ。ミーン、ミーン、ミーン。

健太はいつも筋肉痛と屈辱でブチ切れそうになるのだが、班員たちは慣れたものだ。古屋などヒグラシやクマゼミにまで鳴きわけてみせ、他の班から喝采を浴びたりしている。「鶯《うぐいす》の谷渡り」は居住区にずらりと並んだすべてのテーブルの下をくぐり、椅子の上を飛び越えるというもの。この動作を延々と繰り返す。これも鳴き声つき。ホーホケキョ。

そして極めつきは、山口の十八番のバッター。この間の同乗飛行で恥をかかされた仕返しのつもりか、あいかわらず健太の時には半端じゃない気合を入れてくる。病室を出る時に大量にギンバイ——これも軍隊用語だろうか、かっぱらいのことだ——してきた脱脂綿は、古屋たちに半分わけてしまい、自分の分はボットン式便所に落としてしまったりして、もうない。小野寺がかばってくれなければ、今頃はまた病室送りになっていたかもしれない。

今日の前支えは一人の落伍者もなく無事に時間切れ。飛行機を飛ばさない午前の飛行作業が終わり、ようやく昼飯の時間になった。

やれやれ。もう一時間も前から健太の腹は鳴りっぱなしだ。タイムスリップをしてしまった当初は、食欲を二十一世紀に置き忘れてしまったのではないかと思うほど飯が喉を通らなかったが、最近はちゃんと腹が減る。

昼近くまで寝ていた二〇〇一年の時より、健康的な生活。バイト先で覚えた煙草も、格別吸いたいとは思わない。一本の煙草より、一杯の水。もしくは一本のメザシだ。

なにしろ、ここでは飯を食うのと寝ることだけが楽しみだ。時々、麦飯や豆まじりの飯になったりするし、おかずもたいしたものじゃないが、量はけっこうある。スタジオジブリのアニメに、戦争中に食い物がなくて餓死してしまう兄妹の話があったが、この時代でも軍隊は別だったらしい。きっとまともな食糧は、みんな軍隊用になっていたのだろう。

居住区へ帰りかけた分隊全員に兼子から声がかかった。

「総員、第一講堂へ集合！」

なんだよ、ったく。思わず出かかったセリフを呑みこんだ。ただでさえ今日は食事当番で、飯を食う時間が少ないのに。分隊の他の連中も、みんな目の前で餌皿をひっくりかえされた腹ペコ犬みたいな足取りで、ぞろぞろと隊門近くの講堂へ向かった。

講堂の壇上では分隊長が待っていた。

新しい分隊長は、片山中尉《かたやまちゅうい》。年齢は両角とそう変わらない。二十代後半だろう。兼子たち古参の下士官が表向きは従うふりをしているが、陰で「食らってきた飯《メンコ》の数が違う」などと陰口を叩いているのも、両角の時と同じだ。

片山は航空隊の人間には珍しい小太りの体を揺すって、いきなり演説を始めた。

「いまや戦局は切迫し、容易ならざる状況にある。諸子らもよくわかっておろうが、皇国の興廃を決する秋《とき》が迫っているのだ——」

こいつは演説が大好きだ。まだ若いのに——といっても健太より六十歳以上、年上だろうから当然なのだが——爺臭い言いまわしをし、小難しい言葉ばかり使う。両角に代わって任官した早々にも分隊の人間を集め、甲高い声を張り上げて一人で一時間も喋っていた。かんべんしてくれよ。飯抜きは困る。片山が興奮して声を裏返しはじめる。

「いまこそ我々将兵は奮然蹶起《ふんぜんけっき》、総員一丸となって敵の本土攻撃を阻止せねばならん。諸子らの赤誠をもってして以外、祖国を救う道はない。そこでだ――」

片山が言葉を切り、下士官の一人を呼びつけた。その男は壇上に上がると、大きな巻物を棒げ持って片山の後ろに立つ。片山は分隊員を眺めまわしてから、いくぶん声をひそめた。

「これから話すことは、一切他言せぬよう」

もったいをつけるのが好きなのだろう。胸を反り返らせて、クイズショーの司会者のような必要以上に長い間をとってから、ゆっくりと続きの言葉を吐き出した。

「いまから特別攻撃隊要員の志願者を募る。用紙を配るから、氏名、所属とともに、志願するものは『○』、志願しないものは『×』を記せ。五分間の猶予を与える。多くの人間の志願を希望するが、強制ではない。特に長男の者はよく考えてから返答せよ」

場内が一瞬、ざわりと騒ぎ、それから急に静まる。空気が緊張したのがわかった。

特別攻撃隊には応じるな――両角の言葉を思い出した。だが、実のところ、健太には意味がよくわからなかった。妙な勘繰りをされたらたまらないから、両角に聞かされたことは、古屋や久保田にも話していない。

片山の言葉が終わるのを合図に、背後に立った下士官が、巻物を垂らした。そこに書かれた極太の筆文字を見て、健太の全身は凍りついた。

『特攻隊志願者募集』

特攻隊！　特別攻撃隊ってのは、特攻隊のことか？　早く言えよ。

昭和の末期に生まれた健太だって、特攻隊ぐらい知っている。カミカゼ特攻隊。爆弾を積んだ飛行機に乗って自爆するんだ。健太はようやく、あの夜の両角の言葉の意味を理解した。

冗談じゃない。

紙切れと鉛筆が回ってきた。練習生だけでなく、下士官にも配られている。粗雑なわら半紙をハガキぐらいの大きさに切ったものだ。全員が座りこみ、床を下敷きがわりにして、用紙に記入を始めた。

もちろん健太は即座に「×」を書いた。「○」や他の字と絶対に間違えられないように、大きく、勢い良く。一瞬、名前を尾島と書き間違えそうになったが、石庭吾一という名前も必要以上に慎重に書いた。

しかし、特攻隊が志願制だったとは知らなかった。よかったよ。あれは強制されるものだとばかり思っていた。だって、どう考えても、あんな自殺行為を進んで引き受ける人間なんて、そうそういるわけがない――。

書いた印がどこから見ても「×」にしか見えないことを、何度も確かめてから、紙を二つにたたむ。健太と同じ食事当番の古屋と、今日は烹炊所から何をギンバイするか相談しようと思って後ろを振り向いて、目を剝いた。

古屋がウチワがわりにへらへらと振っている紙に、「○」と書かれているのが見えたからだ。

「……本気か」

思わず囁きかけると、不思議そうな顔で見返してきた。

「何のことだ?」

「いや……その……それ」

健太の視線でようやく言葉の意味を理解したらしい。

「ああ、当然至極。もともと生きて帰るつもりで予科練に入ったわけじゃない。たった一人で敵艦を轟沈できるなんて、愉快、痛快。男子の本懐。石庭とて同じだろう」

思わず手の中の紙を固く握り締めてしまった。戦前生まれにしておくのが惜しいほどノリがよくて、二十一世紀で出会っても友達になれる気がしていた古屋が、急に異星人に思えてきた。

古屋だけじゃなかった。周囲を見まわしてみると、右隣の男も紙に大きく○を書き、その横に『散りてぞ生くる桜花』などと添え書きをしていた。左隣は記入し終えた紙を誇らしげに床に置いたまま、顔を上げて目を輝かせている。こいつも○。お互いの紙を見せ合って肩を叩きあっている連中もいた。信じられない。誰もかれもが特攻隊に志願しているのだ。

斜め前に久保田がいた。じっと目を閉じている。迷っているように見えた。そうだよ、久保田。お前はやめろ。戦争が終わったら、軍隊をやめて長野の農家を継ぐって言ってたじゃないか。

久保田が小さな目をかっと見開き、紙に向かう。手もとは見えなかったが、あいかわらずののんびりした動作だったから、腕が円を描いているのがわかった。思わず肩をつかんでしまった。

「おい、よせ。長男は考えろって言ってたじゃないか」

振り向いた久保田の目はいつかのように、役牛から闘牛のそれに変わっていた。

「なんの、弟が二人いるから、大丈夫だ。祖国存亡の時だ。俺が皆の盾にならねば」

小野寺は、きちんと二つ折りした紙を握って、講堂の隅に正座していた。その毅然とした横顔を見れば、あの男の解答も一目瞭然だった。

なぜだ、なぜ？　なぜ？　なぜ？　なぜ？

「こんなことしたって、お前たちが死んだところで、どうせあと一年で日本は戦争に負けるんだ」

大声でそう叫びたかった。とんでもなく狂信的な宗教セミナーにまぎれこんでしまった気がした。

ごく一部だが、×を書いた人間、まだ迷っている人間もいるようだった。視線がおどおどと泳いでいたり、用紙をこそこそ隠し持ったりしている様子が、憑かれたように目をぎらつかせている、あるいは悟りを開いた坊さんみたいに居住まいを正している多くの人間と好対照だったから、紙の中を確かめなくてもわかる。

山口もその一人だった。胆《はら》は決まっていると言いたげに黙想していたが、体が震えている。周囲をうかがってから、小さく手を動かし、すばやく紙を折りたたんだところを見ると、やつは「×」だ。他のことだったら笑ってやるところだが、今回ばかりは別だ。みんなより山口のほうがまともな人間に思えてきた。

下士官の一人が用紙を回収しに来た。なぜか健太は後ろめたい気持ちで紙を渡した。大きな波が来ているのに、一人だけびびって沖へ出ていく連中を海岸から見守っている気分だった。でも、他のことならともかく、いまは臆病者と言われようが、卑怯者呼ばわりされようが、これればかりは、絶っ対に、い、や、だ。

各班から回収された紙が束ねられ、まず分隊士の兼子に渡される。やつは志願の対象外だ。紙束をぺらぺらとめくりはじめた。おい、勝手に見るなよ。

兼子が壇上に上がって片山に歩み寄り、芝居がかったしぐさで敬礼をした。紙束を片山に渡すのかと思っていたら、片手で束を握り潰した。

「第十二分隊、全員、志願です。拒絶するような腰抜けは、ここには一人もおりません」

片山中尉が大きく頷いた。

「うむ、わかった」

おい、ちょっと待て。

33

ミナミがじっと吾一の左肩を見つめている。

吾一は急に自分の浮かれようが恥ずかしくなって、捲り上げた半袖をもとに戻した。すると、ミナミも視線をそらした。

「……どうした」

「ううん、なんでもない」

ミナミはあらぬ方向へ視線を向けたまま、吾一とは目を合わせようとしない。戯《たわむ》れが過ぎたのだろうか。ミナミと一緒にいると、嬉しくてつい軽佻浮薄《けいちょうふはく》になってしまう。彼女を不愉快にさせることをしでかしてしまったのだろうか。考えてみたが、吾一にはわからなかった。

信号の手前で停車したままのあーるぶいに腹立たしげな警笛を鳴らして、後続車が通り過ぎていく。ミナミが小さな声で言った。

「ね、私が運転する。忘れてるんでしょ」

「ああ、うん」

素直に運転席を譲る。私のことも忘れているのでしょう、と言われた気がした。

健太しか知らないミナミとの思い出を、自分も得ることができたら、どんなにいいだろう。いまだけは、救国のための未来社会の軍機密よりそれが欲しかった。そうしたら、もっと彼女を笑顔にすることができるのに。

あーるぶいは再び走りはじめたが、ミナミは無言のままだ。慣れない大型車の運転のせいだけではなさそうだった。

この間の晩と同じだ。「帰ろう。外泊なんてしたら、家に入れてもらえないよ」そう言って、逢い引き宿を出た後の車中でも、同様のぎこちない沈黙が訪れた。あの時は、恥じらっているのだとばかり思っていたのだが。

しばらく走ってからようやく、思い出したようにミナミが言葉を口にした。

「どこへ行こう」

「風の向くまま、気の向くまま」

そう言ってみたが、未来社会の若い娘には通じなかったようだ。ミナミの気を引きたくて、戯れにたまさかテレビの宣伝映像で覚えた惹句《じゃっく》を使ってみた。

「行くなら、オキナワ！」

ミナミは一瞬だけこちらを向き、慈母のごとき笑顔を見せた。すぐに視線を前へ戻して、ひとり言めいた呟きを漏らす。

「どこへ行こうとしてるのかな、あたしたち」

「どこでも、いいとも～」

今度は笑ってくれなかった。

「ねぇ、以前約束したこと――」

おそらく「覚えているか」と問いかけるつもりだったのであろう。ミナミはそこで口をつぐんで、言葉を改めた。

「忘れてると思うから、もう一度言うね。今年の夏はどこへも行けそうにないから、お金を貯めて、来年の夏は二人で旅行に行こうって、約束したんだよ。前に電話で話した時」

「ああ……」

来年の夏までには、元の世界に戻っていなければならない。いつまでもここでぐずぐずしていたら、日本が戦争に負けてしまう。しかし、いまの吾一にはこう言うしかなかった。

「いいな、旅行」

ミナミが吾一の目を捉えて問い返してきた。

「ほんとに？」

何かを訴える目だったが、瞳の中にあるものが何かは吾一にはわからない。

「ああ、行こう、ミナミ」

「あ、ケンタ、いま、あたしのことを、ちゃんとミナミって呼んだね。退院してから初めてだよ」

ミナミの声がようやく華やいだ。名を呼ぶだけで喜んでくれるなら、何度でも呼ぼう。

「ミナミ、行こう。ミナミ、いざ行かん」

「どこがいい？　サーフィンのできるとこでしょ。あたし、海だってちゃんとつきあうよ。日焼け止めばっちり塗って。ねぇ、どこ？」

「行くなら、オキナワ！」

「ほんと？　本当に行こうか、沖縄。あたし、一度も行ったことがないんだ」

ミナミが笑った。今日初めての、心の底からの笑顔に見えた。

「俺もだ、ミナミ」

栃木と茨城以外の場所に足を踏み入れたことはない。ミナミと二人で旅に出ることができたなら、どんなに楽しいだろう。行けないのが悲しくてたまらなかった。

「じゃあさ、ヒミツの旅行にしようとしたって、どうせお互い、親にはバレちゃうだろうし、いまのうちに免疫をつくっておこうか。ケンタのこと、うちのママは結構気に入ってるみたいだし――」

ミナミがこちらを向いてはしゃぎ声をあげる。

「ミナミ、信号だ」

「わおぅ」

あーるぶいが急停車した。

「今日はうちのお店に行こうよ。ママの海軍カレー、まだ食べたことないでしょ」

ミナミのママさんの店は、土浦では有名であるらしい。祖父じこみのライスカレーが評判だと聞いた。

「いいとも～」

「ちょっと待って、電話してみる。もしお店が混んでたら、お客さんじゃなくて、店員になっちゃうからね」

信号を越えたところでミナミは車を路傍に停め、フリップという名称の携帯電話の蓋を開いた。

「――もしもし、ママ？　あたし……」

喋りはじめてすぐミナミの表情に翳がさし、見る間に曇っていくのがわかった。服に合わせて空色に塗った爪を噛み、関節が白くなるほど固く携帯電話を握りしめている。

「なんで……急に？　……わかった、じゃあ……うん」

通話を終えたミナミは、強張った顔を吾一に向けてきた。いつもはくるくると活発に動く瞳が、虚ろな洞《ほら》になっていた。ただ事ではないようであった。

「ごめん、ケンタ、今日は中止にしていい？」

「……どうした」

泣きそうな声でミナミは言った。

「……おばあちゃんの具合が……急に悪くなっちゃった」

三十四

冗談じゃねえ。

心の中で何度そう叫んだことだろう。心の中でだけじゃない。毎晩、居住区の寝床に潜りこんだ後は、何時間も眠れず、呟き声にして漏らしてしまうこともある。いまもそうだった。冗談じゃねえ。何で俺が。ふざけるな。冗談じゃねえ。死にたくない、死にたくない。毛布を頭からかぶってぶつぶつと呟いているうちに喉がからからになり、頭は真っ白になる。いきなりお前は癌で余命はあと数カ月、そう宣告されたら、きっとこんな気分だろう。病気ならまだましだ。自分の運命だと諦めがつくかもしれない。だが、これは違う。国に殺されるのだ。歴史に命を奪われるのだ。無実の罪で捕まって突然死刑宣告を受けるようなもんだ。

だいじょうぶ。まだ決まったわけじゃない。何度自分にそう言い聞かせただろう。

飛行機も爆弾も不足しているためか、特攻隊への志願が決まったからといって、いきなり全員が特攻機の発進基地かどこかへ連れて行かれるわけではなかった。少しずつ人間が消えていくシステムになっているのだ。

昨日、初めて出陣者が指名されて、分隊を出て行った。第一陣は五人。

五人はいつもの事業服ではなく、第一種軍装と呼ばれる正装をし、居住区の中央のモルタル製通路（通称、甲板）に並んだ。その中には水野という名のまだ十五歳のガキも含まれていた。

居住区にはめったに顔を出さない片山が丸い体を揺すって言った。

「第一次特別攻撃隊員として我が隊からも五名が下命された。本日、一五〇〇《イチゴオマルマル》をもって退隊する。誠に栄誉あることだ。皆で祝おう」

分隊の人間は皆、ハイテンションだった。

「俺も続くぞ」

「すぐに征《ゆ》くから、貴様は靖国で待っておれよ」

「水野勇君《いさむ》、万歳！」

誰かれとなく叫び、五人を囲んで握手責めにし、抱擁を繰り返す。

水野と親しかったらしい久保田は泣いていた。古屋も第一陣の一人一人と抱き合っていた。

誰かが軍歌をがなりはじめると、皆がそれに続いて、いつしか合唱になった。ふだんは口うるさい兼子も何も言わずにそれを黙認していた。わけのわからない熱狂の渦の中で、健太だけが呆然としていた。第二陣がいつなのか、そして誰が指名されるのかはまるでわからない。大きなパーティーのビンゴゲームみたいなノリのロシアンルーレットに参加しているようなもんだ。

　特攻隊に全員志願となってからも、飛行機を飛ばせない飛行作業は続いている。健太たち三班は毎日のように速駆けと前支え――。

　山口の様子があきらかにおかしかった。もともとちょっとイッちまってるヤツだったが、特攻隊志願が決まってからは、よけいにイッちまった。

　飛行場にまで精神注入棒《バッター》を持ち出し、いきなり全員を整列させて尻を殴りつける。「前支え二時間っ！」絶対にできるわけのない訓練を押しつけ、へたばった人間を片端から蹴り上げる。

　訓練が終わってからも油断はできない。あの日以来、夜は食事が終わるとすぐに教員室へこもってしまうのだが、そうかと思うといきなり部屋からバッターを手に飛び出してきて、いままでは難癖とはいえ前置きの説教があったのに、何の理由もつけず、班員を壁に並ばせる。

　居住区の食卓は班ごとに分けられていて、クソいまいましいことにいつも奴の顔を見ながら飯を食わなくてはならないのだが、昨夜など、食事に「かかれ！」の号令が出る直前になってから、いきなり「テーブル支え」を命令してきた。十人掛けの重い木の食卓を神輿《みこし》のように抱えあげる罰直だ。おかげで全員夕飯抜き。

たとえ死を宣告されていても腹は減る。いや、いままで以上に、ただの麦飯をうまく感じる。これには班員全員が怒りを隠さなかった。それでなくても特攻隊要員になった気分の昂りのためか、上下関係の規律が緩みはじめている。露骨に顔をしかめた何人かと、抱え上げていたテーブルからおかずをつまみ食いした一人(これは健太だが)に、山口は次々とパンチを食らわせた。

「俺たちはもうすぐ死ぬのに、なぜこんなことをしなくちゃならないんだ」そんな声なき怨嗟の声が班内に渦巻いている。小野寺が止めに入らなければ、昨日の晩だって一触即発だった。

健太だけでなく、進んで志願した連中だって、誰もが心の底から特攻隊員として死ぬことを平然と受け止め、納得しているわけじゃないと思う。あの日以来、分隊内の空気は変わった。

みんな妙にテンションが高い。声高に特攻の決意と自分が挙げるだろう成果に熱弁をふるうやつ。急に昔の思い出話や故郷のことを語り出すやつ。いそいそと遺書らしい文章をノートに書きはじめたやつ。これ見よがしに軍刀を磨くやつ。

突然、軍歌を歌い出すやつもいた。この男は健太と同じく「×」を書いたらしい。歌を歌い終わった後は、人目をはばからずに泣く。いくら時代が違ったって、死ぬことが嬉しくてたまらない人間なんているはずがない。

　昼間は高揚していても、夜になると心が乱れるのか、毎晩、消灯時間をだいぶ過ぎても、あちこちの毛布がもぞもぞ動いている。二段ベッドのあちこちで寝返りをくり返したり、突然起き上がったりする姿をよく見かける。百人を超える、ほとんどがまだ十代のガキたちの誰もの頭の上に、「死」という一文字が重くのしかかっているのだ。

　いつまでも寝られないのは健太も同じだ。

　だいじょうぶ。口に出してそう言ってみる。古屋の話では、第一陣に選抜されたのは操縦のうまい連中ばかりだったそうだ。上の人間も馬鹿じゃないから、特攻のための再訓練に時間のかからない連中から選んでいくだろう、と言っていた。

「俺たちより久保田のほうが先かもしれないな。若いやつのほうが覚えがいいから。石庭はまだまだだろう。お前、体技も座学も誰にも負けんくせに、なぜか本番に弱いから。すでに霞ヶ浦に特攻して、一機、おしゃかにしているしな」

　本当かどうかはわからないが、いまの健太はその言葉にすがりついている。特攻隊要員となる練習生や飛行機乗りは、この時代の日本には何万人もいるだろう。訓練にもこと欠くほど飛行機も爆弾も不足しているのだから、自分の番がまわってくるとしても、まだまだ時間があるはずだ。そうしているうちに敗戦。ジ・エンド。時間切れに持ち込める。きっと、たぶん、おそらく。

だいじょうぶ。俺はぜったいに生き残る。もう一度、お前に会うまで死ねないよ、ミナミ。

心の中だけで呟いたつもりだったのだが、これも言葉になってしまったらしい。

「どうした、眠れないのか」

下の寝床から久保田が声をかけてきた。

「……………うん」

「俺もだ。胸が高鳴る。武者震いがとまらん」

久保田が言う。ほんとうに武者震いだろうか。

「なぁ、久保田、後悔してないか？」

「もちろん。死ぬ前にもう一度、故郷へ帰れれば、思い残すことはない」

特攻隊要員になったことは、家族にも秘密にしろと片山は言っていた。まだ高校二年生ぐらいのこの男が、もうすぐ死ぬことを隠して家族と談笑しているシーンを思い浮かべただけで、目ぶたの裏側がかゆくなってくる。

みんなで生き延びたい。そう思った。もし二十一世紀に戻れたら、ちゃんと長生きして、爺さんになっていて、ゲートボールかなんかをしている、こいつや古屋や小野寺を訪ねてみたい。生きててよかったですね、と言ってやりたい。

「転隊の時には、上陸《がいしゅつ》ができる。休暇の許可が出るらしいからな。何日かわからんが、長野に帰って、たらふく食ってくる。五平餅、味噌田楽、引ネキ飴……新そばの季節ももうすぐだ。幸いうちは百姓だから、食糧にはさほど苦労していないようなんだ。うちのおふくろの稲荷寿司は絶品でな。石庭の故郷では稲荷の皮はどっちが表だ。うちはざらざらのほうを表にするんだ」

久保田はいつになく饒舌だった。

「いなり寿司かぁ」食いてぇ。うちのおふくろのはスーパーのだけど。「いなり寿司もいいけど、やっぱり俺は、本当の寿司がいいや。タコ、エビ、中トロ、それから軍艦巻き。あとは、そうだな……ビッグマックにコーラのLだな。ポテトも当然、L」

言ってしまってから、あわてて口をつぐんだが、いつの間にか久保田は寝息を立てていた。

さぁ、俺も寝なくちゃ。とりあえず、明日を生き延びれば、その先もなんとかなる。

とはいえ、目を閉じるのが怖かった。まぶたを閉じると、自分の死の瞬間のイメージ映像が浮かんできてしまうのだ。見たくもない妄想の中の健太は、いつの間にか操縦を覚えていて、一度しか座ったことのない飛行機の操縦席にいる。艦砲射撃の弾幕をかいくぐって、ぐんぐん敵の軍艦に迫っている。あっという間に米兵の顔まで見えるほど船体が近づき、そして——

永遠の暗闇。

いままで十九年間生きてきて、何度か死にそうな目に遭ってきた。サーフィンを始めたばかりの頃、お前にはまだ無理だと言われた大波にむりやり挑戦して溺死しかけたことがある。あの時は、たぶん特攻隊志願に「○」をつけた連中と似た心境だったのだろう。死ぬことより臆病者と呼ばれることのほうが怖かったのだ。

バイクの免許を取り立ての頃、大雨の国道を走っていてタイヤがスリップした時も、「あ、俺、死んだ」と思ったもんだ。

でも、その時ですら、たぶん本当に死ぬとは思ってはいなかったはずだし、死ぬことがさほど怖くなかったのは、次の日が来たって、特別楽しいことがあるとは思えなかったからだ。まだミナミと出会っていなかったからだ。

いまは怖い。すごく怖い。

居住区の戸が開き、誰かが足音を忍ばせて入ってきた。誰だろう。毛布から顔を出して、暗闇に目を凝らした。人影は教員室に向かっている。

たぶん外出帰りだ。健太たち練習生と違って下士官は平日の夜も外出ができるし、申請すれば外泊許可も下りる。門限は消灯時間までだが、古参の連中はおかまいなしだ。

あ、そうか。突然、健太の頭に希望の光が灯った。さっき久保田が言った言葉が頭の中でリフレインした。

転隊の前には外出ができる。

そうかそうか、外出できるのか。しかも数日間の休暇。じゃあ、悩む必要なんかない。健太の根拠なしポジティブ頭が、いっきに全開になった。

脱走だ。

練習生の場合、申告すれば日曜の外出はオーケーなのだが、脱走の疑惑が百パーセント晴れたわけではないらしい健太には一度も許可が下りていない。そもそも日帰りの外出の場合、ひとりひとりの俸給――軍隊でもちゃんと給料は出る――は隊に預けられたままで、小遣い程度の金しか渡されない。

そうだ。隊を出た時に逃げ出せばいい。金もきちんと渡されるはずだ。行き先のあてはあった。文子さんとキヨ婆さんの所。いまさら匿《かくま》ってもらうわけにはいかないから、また服だけ貸してもらって、しばらくどこかへ身を隠す。

よしよし、その手があったか。そうとわかったら、絶対に脱走してやる。高校の時から脱《フケ》走《る》のは得意中の得意だった。

教員室から足音が聞こえてきた。さっきの下士官がまだぶらついているのだろう。小さく唄を歌っているのが聞こえた。

命短し　恋せよ乙女
紅き唇　褪せぬ間に
調子はずれの歌だった。歌詞をちゃんと覚えていないらしい。同じフレーズばかり繰り返し歌っている。へたくそな唄が、しだいにこちらへ近づいてきた。

命短し　恋せよ乙女〜〜

毛布の間から顔だけ出してみた。近づいてくる人影はふらふらと揺れている。酔っているようだ。暗がりの中のそいつは黒いシルエットにしか見えなかったが、マムシの頭のように張ったエラで、誰だかわかった。片手にバッターをぶら下げている。

山口は健太たち三班のベッドが並ぶ場所に、ふらりふらりと体を揺らしながら歩み寄ってくる。

いのちぃ　みじかぁし　こぉいせよ　おとめぇぇ～～

酒臭さが臭う距離まで来ると、両手を口にあてがい、いきなり腐った柿みたいな臭いの息を吐きつけてきた。

「総員起こし～

総員起こし～」

もちろん総員起こしと呼ばれる起床時間まであと六時間はある。山口は一人一人の枕もとに顔を近づけて叫び続けた。

「総員起こし～

総員起こし～」

寝ぼけた一人が毛布を頭からかぶると、それを引き剝がして喚く。本人は声を殺しているつもりだろうが、深夜のその奇声にたまらず、班の全員が飛び起きた。暗闇の中で出っ張ったエラがさらに左右に広がる。笑ったらしい。

「貴様らみんな、廊下に出ろ。総員バッターだ」

いままでなら誰もが絶対に口にしなかっただろう声があがった。

「なぜでありますか、班長」

古屋だった。

「なぜもへちまもあるかっ、てめぇらがたるんでるから、海軍精神を注入するんだろうが！」

別の場所から舌打ちが聞こえた。

「誰だぁ、ああん、いまのは誰だ。俺に盾つこうってのかっ」

舌打ちの聞こえた毛布に向けて山口がバッターを叩きつける。押し殺した悲鳴が聞こえた。他の班の毛布からも頭が突き出て、こちらを窺っている。教員室にも声は届いているはずだが、誰も出てくる気配はない。分隊で山口に命令できるのは兼子だけだ。放っておけということか。古屋がみんなの気持ちを代弁する。

「班長、かんべんしてください。我々はもう御国のために死ぬ――」

その言葉が終わらないうちに、山口はバッターの標的を古屋に変えた。

「うるせえ！」

鈍い音がして、古屋のまん丸い頭が横ざまに沈んだ。健太はこめかみで自分の血管が切れる音を聞いた気がした。考えるより先に口から言葉がほとばしった。

「いいかげんにしろよ、てめぇ」

山口の影法師がゆっくりとこちらを振り向く。再びエラが横に広がった。

「石庭か？　いまのは石庭だな。もういっぺん言ってみろ。ああん、言えるものなら――」

「言えるよ。いいかげんにしろって言ったんだよ、カス野郎！」

もう止まらなかった。これから死ぬかもしれないっていうのに、こんなチンカス野郎に舐められっぱなしでいてたまるか。

「て、て、てめえ、俺をな、な、舐めやがって」怒りと酔いで山口はろれつがまわらなくなっていた。「おお前だけでいい、おおおお前だけ、でで出ろ！　ぶぶぶちのめしてやる」

健太は毛布の中でそっと指の骨を鳴らし、それから頭を左右に振って、首の骨の音をさせた。この時をずっと待ってたんだ。その言葉、そっくりお前に返してやるよ。

「石庭、よせ」

古屋の声が背中に飛んできた時には、もうやつの背中を追って歩き出していた。

山口は廊下を抜け、戸外へ出た。裸足だったが、健太もその後に従った。人けのないところを探しているのだとわかった。健太たちの居住区の裏手に平屋の洗面所がある。山口はその戸口に立ち、中に入れという具合に四角い顎をしゃくった。

三週間前、この時代へやってきた時はまんまるだった月が、いまは上弦の半円となって夜空に浮かんでいる。この時代の妙に明るい月の光も、洗面所の中には薄く届いているだけだ。

山口がまた調子はずれの唄を歌い、歌詞の続きみたいに健太に命令してくる。

「そこだ、そこで構えっ」

言われた通り、バッターを受ける構えをした。両手を上げて、尻を落として突き出す。山口がいきなり喚き出した。

「てててめえは、てめえは、いつもいつも、そそそうやっててへへへ平然としやがって。わかってんだよ、俺を馬鹿にしてるんだろう。ししし知ってるんだぞ。ほほ他のやつの身代わりになって、俺のバッターを食ったりしてやがったのを。おおお俺なんか、怖くねぇんだろ。いいいいつか俺に仕返しするつもりだったんだろ。そそそそうはいくか」

石庭というのは、そういうやつだったのか。案外、いいやつかもしれない。健太は背中の山口に声をかけた。

「死ぬのがそんなに怖いか？」

一瞬、空気が固まった気がした。やつが息を吸いこむ音も聞こえた。が、返事はなかった。

「怖いなら、他人に八つ当たりなんかしないで、一人で便所でしくしく泣いてろよ」

「きぃ〜っ」

泣き声のような気合とバッターの風切り音。もう何十発も食らっているから、やつのバッティングのリズムはわかっている。典型的なダウンスイング。野球なら内野ゴロしか打てないだろう。バッターが尻に届く直前に腰を引いて身をかわした。

山口が空振りし、勢いあまって体を泳がせる。こちら向きになった背中を思い切り蹴り飛ばした。うつ伏せに倒れこんだ山口の首にヘッドロックをかまして、体を押さえつける。倒れてもバッターを握ったままだったから、片足を伸ばしてやつの手に踵を叩きつけた。

「この、この、カス野郎」

バッターを手放すまで、何度も蹴りつけた。手加減なしだ。手の甲の骨を狙った。

「ふぎぃっ、ふぎぎっ、うぎぃ」

山口が豚みたいな情けないうめき声をあげる。みしりと鈍い音がして、バッターが手から離れた。それを奪い取り、もう一方の手でやつの襟首をつかんだ。

「馬鹿たれ、構えるのは、お前だ。立て」

襟を摑んで体を引き起こすと、山口は空嘔《からえずき》しながら身を起こした。片手をかばって、女みたいに胸の前で手を握り合わせながら喚く。喚き声が震えていた。

「じょじょじょ上官に、ささ逆らったら、どどうなるか知ってるんだろうな」

健太は答えてやった。

「知らない。だって、俺、未来からやってきたんだもん。二〇〇一年から来た魔法使いなんだ。お前にだけ教えてやるよ。この戦争は来年の八月十五日に終わる。その前に二つの新型爆弾が広島と長崎に落ちる。覚えとけ」

「……な、な、なにを言ってるんだ、貴様」

山口は口から泡を吹いている。月の光に照らされて、丸くふくらんだ目玉が光っていた。それが怒りのためではなくて、恐怖によるものだということを健太は確信した。

「いいか、よーく覚えとけ。もしお前が死なずに生き残ったら、いまの俺の予言が当たってることを思い出せ。俺の力を思い知れ。たとえ俺がこの世から消えても、お前を一生、呪ってやる。祟ってやる。取り憑いてやる。忘れるなよ。俺のことを思い出すたびに、そうやって震えろ」

「……キ、キ×ガ×………」

「構えろっ！」

山口の鼻先でバッターを振ると、当たってもいないのに悲鳴をあげて、尻からくずれ落ちた。腰くだけになったまま後ずさりする山口に、ゆっくりと歩み寄る。

「ひひぃ〜っ」

壁まで追い詰められたことを知った山口が、四つんばいで逃げようとする。その尻にバッターを叩きこんだ。

山口がゲロを吐いた。自分のゲロをかき分けて這いずって行こうとするところに、もう一発。今度はきっちり尾てい骨を狙った。

喧嘩をしたことは何度もあるが、これほど容赦なく相手を痛めつけたことも、こんなに残酷な気分になったことも初めてだった。頭の中いっぱいに膨れ上がっていた「死」をやつに叩きつけている気がした。

犬走りで逃げ出ようとする山口をさらに追いかけた。洗面所の戸口からいったん消えた山口が、四つんばいでまた中へ戻ってくる。戸口には古屋が立っていた。

「おいおい、石庭、一人で楽しむなよ」

古屋の後ろに班員たちの顔も見えた。久保田もいた。月の乏しい光の下でも、誰もの顔が引きつり、目がとんがっているのがわかった。

「ひぃぃぃぃ〜っ、助け――」

山口の甲高い悲鳴が途中で消えた。誰かが口に雑巾を突っこんだのだ。

「構え〜っ」

班員の一人が叫び、それを合図に二人が山口に近寄り、両腕を摑んで立たせた。

「総員バッター！」

古屋が厳かに宣言する。もちろん今日はバッターを振るう側が総員だ。最初にバッターを摑んだのは、なんと久保田だった。

洗面所の薄闇の中で、鈍い打撃音と山口のくぐもった悲鳴だけが続いた。山口が漏らした小便の臭いが立ちこめてきた。

誰もが殺気だっていた。いま敵艦が目の前にあったら、全員躊躇せずに突入していただろう。健太だってそんな気分だった。爽快な気分とは言えなかったが。

健太にもバッターが回ってきたが、首を振って断って、次の順番の人間に渡した。もういい。もう、じゅうぶんだ。


総員起こしのラッパが鳴り、あわただしく洗面を済ませる。朝礼の後は体操、そして居住区の清掃——。

いつも通りの航空隊の朝が始まった。いつもと違うのは、山口がいないことだ。昨夜はあの後、ボロ雑巾状態のあいつを、病室の前に転がしておいたから、たぶんいま頃はベッドの中だとは思うが。

だから朝食と軍艦旗掲揚までのつかの間の休息時間を、健太と班員たちは久しぶりに満喫した。山口がいたらそれどころじゃない。飯の盛りつけが悪いだの、食うのが遅いだの、あるいは前日の誰かの些細なミスを蒸し返してねちねち説教した挙げ句に、連帯責任で全員に「顎」、あるいは朝からバッターだ。

小野寺は昨日の騒動を知っているはずだが、何も言わなかった。兼子もだ。班員たちも食卓ではいつにもまして無口だった。ぽっかり空いた山口の定位置を、誰もが最初から空席だったかのように振るまい続けた。

　久しぶりにぐっすりと眠った一夜が明けると、昨夜の高揚はすっかり消えていた。自分のしでかしたことに、どんなしっぺ返しがくるのかを考えると、兼子たちの沈黙がかえって空恐ろしいのだが、後悔はしていない。

ただ、手のひらには、バッターが山口の尾てい骨を捉えた瞬間の不快な感触が残っていて、鼻からは、やつのゲロと小便の臭いがまだ消えていない。煙草を吸いすぎた翌朝の舌みたいに、心の中にざらざらが残っていた。

　山口から奪ったのがバッターではなく軍刀だったら、自分はどうしていただろう。居住区の壁に家具のひとつみたいに立てかけてある小銃だったら？　なぜこの時代に戦争が起こり、そして二十一世紀になっても戦争が止まないのか、健太はその真理にたどりついた気がした。でも、それにたどりついたのは夢の中でだったから、どんなものだったのか、もう忘れてしまった。

　早飯も良い兵隊の条件のひとつだそうで、質はともかく量はたっぷりの飯を、誰もがあっという間に食い終わる。最近は健太もずいぶん早くなったのだが、麦飯と煮魚と味噌汁の朝飯を五分で食い、部屋の隅に固まってひそひそ話を始めた班員たちの輪に加わったのは、いちばん最後だった。

「だいじょうぶかな」一人が声をひそめて囁いていた。

「案ずるまでもない」班のリーダー格の古屋がのん気に爪楊枝で歯をせせる。「山口とて、俺たちにやられたなどと上に知れたら、ただではすまん。班長失格だ。これ以上恥はかきたくなかろう」

班員たちが健太のために場所を開けた。誰もが健太の発する言葉を待っている。山口に嫌われているぶん、石庭は班員からは慕われていたようだ。おかげで健太も古屋とともに、いまではすっかり年下の班員たちの中で大きな顔をしていた。健太は酒保という名の売店で買った煙草がわりのハッカ飴を口の中に放りこんで言った。

「もう、やっちまったんだから、しょうがねぇじゃん」

一同が頷く。一人が言った。

「石庭さん、性格が変わりましたね……」

山口抜きで今日の飛行作業はどうなるのかと話しはじめたところで、教員の一人が声をかけてきた。

「石庭、古屋、分隊長室へ来い」

思わず古屋と顔を見合わせた。やべえ。やっぱり来たか。


士官舎は健太たちの居住区から航空隊庁舎を隔てた反対側にある。そこまでの数分の道のりが、やけに遠く感じた。高校の国語の時間に、軍隊だか警察だかに捕まって拷問死したという文学者の話を聞かされた記憶がある。あれは誰だっけ。古屋はせっかく志願した特攻隊要員からはずされてしまうことを心配していた。

「まずいな。分隊長はいつもいいモノを食ってるから、ギンバイは通用しないしなぁ」

もしそうなら、ラッキーなのだが。

部屋には片山中尉と兼子分隊士が待っていた。二人とも表情が険しい。分隊の他の班の連中も数人いた。証人ということか。兼子は軍刀を抱えて座り、顎を柄の上に載せている。やっぱ、やべえや。

片山がいきなり立ち上がって拳を振り上げた。殴られるのかと思ったら、また演説だった。

「貴様らも、現在の戦況がどれほどの難局となっているかは知っておるな。サイパン島において守備隊は勇猛に戦うも玉砕、まさに反攻、火急の時である――」

刀で斬りつけられるとしても、もうしばらく先だろう。何しろ話しはじめると長い男だ。左の耳から右の耳へと話を聞き流して、自分にどんな処分が下されるのかばかりを考えていたら、いきなり片山が言った。

「お前たちに特別攻撃隊の下命があった。本日一三〇〇《イチサンマルマル》付けで退隊、その足で新設の特別基地隊へ合流する。いまから身辺整理を始めるように」

脳天にバッターを食らった気がした。背後に包帯をぐるぐる巻きにした山口が口から泡を吹き、バッターを握って立っているのではないかと思った。絶望すると、目の前が暗くなるというのは、本当だった。明るい朝の日が差しこんでいる分隊長室から一瞬、光が消えた気がした。古屋がおずおずと尋ねている。

「そのまま直行でありますか？　数日間、外出する猶予は？」

「通常の転隊とは違う。お前たちは特別攻撃隊の中でも秘中の秘、高度機密に属する作戦に加わることになる。家族に別れを告げたい心情は察するが、悪く思うな。休暇はなしだ」

嘘だろ。脱走するチャンスもないのか。兼子がこれからの行動予定を事務的に読み上げていたが、健太の耳にはまるで入ってこなかった。

「十三時、隊門整列。十四時半、荒川沖駅より特別車両に乗車。行く先は秘す。わかっておろうが、この先、任務に関してはいっさい他言せぬよう――」

「あの……自分は」

健太は恐る恐る口を開いた。もし自分の順番が来たら――それはずっと先だとばかり思っていたのだが――言うだけ言ってみようと思っていたセリフだ。片山と兼子の剣呑な視線が飛んできた。

「正直に申しまして、先だっての事故により操縦をだいぶ忘れております……もう少しここで飛行訓練を続けてからのほうが、転隊先にも迷惑をかけないのではと考えますが」

「それはお前の決めることではない」片山が不愉快そうに言う。特攻隊要員となってからというもの、上官たちは練習生に少し寛容になっている。いままでなら殴りつけられたかもしれない。「心配は無用だ。お前たちが搭乗するのは、この七月に正式採用された、戦局の転換を可能にする、かつてない新兵器だ。任務につくものは皆、特殊訓練を受け、一から操縦を学ぶことになる」

嫌だ。かんべんしてくれ。そんなの知らないぞ。カミカゼ特攻隊じゃないのか？　片山が定期預金の満期日を告げるように、こともなげに言った。

「来年の夏頃には出撃できるだろう」

嫌だ嫌だ。

「以上だ。健闘を祈る。今回の大戦は百年戦争となるだろう。諸君らだけを死なせはしない。我々も必ず後に続く」

片山の言葉に他の訓練生たちが目を潤ませた。古屋もだ。嘘だ、騙されるな。こいつらは続いたりはしない。

「先に征ってくれ」

健太をのぞく全員が直立不動で声を揃える。

「はいっ」

嫌だ嫌だ。嘘だ嘘だ。嫌だ嫌だ嫌だ。

「石庭、返事はどうした」兼子が唇を歪め、尖った犬歯を見せた。「俺に恥をかかせるな」

健太が黙っていると、軍刀を顎から離して、片手で柄を握った。

「栄えある門出だ。昨夜の件は、不問に付すつもりだったが……」

事情を知らない片山が怪訝そうな顔をしていたが、兼子はおかまいなしだ。鍔に指をかけて、これ見よがしに刃を光らせてみせる。

「特攻隊に選別されたのだ。士気が昂るあまりのことと、寛容に解釈していたのだが、考え直さんといかんようだな」

こいつは俺を本気で殺す気だ。自分の分隊の全員が特攻隊に志願したという面子を守りたい一心で——。

「石庭飛行兵長、返事せよ」

健太は生唾を呑みこみ、それから、錆びついた蝶番《ちょうつがい》みたいな声を出した。

「……はい」

いまはそう言うしかなかった。ここで騒ぎ立てるより、チャンスを待つんだ。そのほうがいい。チャンスはあるはずだ。絶対に。あと十カ月で戦争が終わる。そうしたら、もとの世界へ帰れるはずだ。ミナミに会えるはずだ。きっと、きっと、きっと、きっと、きっと。

35

もう涙は出つくしたと思っていたのに、おばあちゃんがいなくなった部屋を眺めているうちに、ミナミはまた悲しくなって、少し泣いてしまった。

ずっと入院していたから、おばあちゃんがこの一軒家に暮らしていたのは、もう一年近くも前のことなのだけれど、部屋からはまだ、おばあちゃんの息づかいが聞こえてくるようだった。

昔ながらの平屋の小さな家。同じ茨城県内とはいえミナミたちの住む家からは少し離れていたから、ママは心配して、何度も一緒に住もうって提案していたのだけれど、おばあちゃんは、けっして首を縦に振らなかった。

昨日、市内の斎場でお葬式を済ませた。「七十五まで生きたのだから」とか「いや女性の平均寿命からすると早すぎる」などと、頭にくるほど陽気な親戚たちの精進落としにつきあって、悲しいというより、あわただしい数日間がようやく終わった。

ママとお姉ちゃんはお葬式の後片づけをしている。「おばあちゃんの家のモノを片づけないと」ママにそう言われたミナミはカギを預かって一人で先にここへ来たのだが、遺品整理などと言われても、何をどう整理していいのかわからない。

どんなに小さなモノだって、おばあちゃんが生きてきた証なのだから、捨てる気にはなれなかった。だからミナミは、タンスの引き出しを開けたり閉めたり、押入れからモノを出したり、またしまいこんだり、ぼんやり眺めたり、ずっとそんなことばかり繰り返している。

押入れの一番奥で、古い大きな鞄を見つけた。鍵付きで四隅が金具になっている金庫みたいなトランクだ。鍵はとっくに壊れていて、そのかわりに太い紐を巻いて蓋が閉じられている。

見てはいけないものかもしれない。なんとなくそんな気がした。きちんと積み上げられた収納ボックスの裏側に隠すように置かれていたし、ママと違ってのんびりした元お嬢さまって感じのおばあちゃんにしては、紐の巻き方がやけに厳重だったからだ。

そのまましまいこもうと思ったが、好奇心には勝てなかった。「そうよ、私は遺品整理に来たのだから」と自分で自分への言いわけを呟いて、紐の結び目に手をかけた。

古い古いレコードが出てきた。何十年前のものだろう。そう、おばあちゃんは音楽が好きなのだ。この家にも一人暮らしのお年寄りの家には珍しくCDプレイヤーがある。ミナミが携帯の着メロに使っているのも、おばあちゃんに教えられて気に入って、ダウンロードした昔の曲だ。

レコードの下には革の表紙の小さなアルバムがあった。ママの子ども時代の写真や、お姉ちゃんやミナミのお宮参りや七五三の写真なんかが貼ってあるアルバムは、ちゃんと本棚のめだつところに置いてあった。なぜこれだけをしまいこんでいるんだろう。

中を開けてすぐにその秘密がわかった。アルバムに貼ってあったのは、おじいちゃんの写真ばかりだった。

パパの顔すらほとんど覚えていないぐらいだから、ミナミは自分の生まれるずっと前に死んでしまったおじいちゃんのことをよく知らない。顔も仏壇に飾ってある写真でしか知らなかった。

ミナミはおじいちゃん似だよ、おばあちゃんにそう言われたことがあるけれど、自分ではよくわからなかった。似ていると言われた以上、ハンサムと呼びたいけれど、微妙。仏壇の写真のおじいちゃんは面長で目が鋭くて、ちょっと無愛想な感じの顔立ちだ。

当然だけど、写真は全部モノクロで、セピア色に変色していた。仏壇の写真のおじいちゃんもまだ若いけれど、アルバムの中のおじいちゃんは、さらに若い。

八年間しかなかったという結婚生活の間に撮られたもの。そしてたぶんおばあちゃんと結婚する前のもの。誰が写したのか、和服のおばあちゃんと軍服姿のおじいちゃんのツーショットもある。おじいちゃんの笑った顔は、けっこう愛嬌があった。昼寝をしているらくだみたいだ。

アルバムに貼られた写真はほんの数枚で、それ以外のページには封筒に入った手紙や葉書が挟みこまれていた。送り名は全部おじいちゃん。

『鴨志田祐司』

ママはパパが死んだあと、名字を旧姓に戻したから、鴨志田《かもしだ》という珍しい名前はクラスメートによくからかわれた。おじいちゃんのせいだ、なんて子どもの頃のミナミは思ったりしていたけれど、太くて男らしい筆文字で書かれているのを見ると、そんなに悪い名前じゃないような気がしてくる。

宛て名はおばあちゃんの旧姓になっているから、結婚前にもらった手紙だ。どんな秘密かと思ったら、なぁんだ。もういなくなってしまったおばあちゃんから、ノロケられてしまった。

でも、すごい。たぶんおばあちゃんは亡くなった後の四十数年間も、ずっとおじいちゃんを愛し続けていたのだろう。おばあちゃんがこの家を離れようとしなかったのは、おじいちゃんとの思い出がある家を捨てたくなかったからかもしれない。最近、健太に対しての気持ちがぐらぐらしている自分を叱られた気がした。

おばあちゃんが生きてたら、あのほんわかした口調でこう言いそうだ。「信じることですよ。相手の人を信じなさい」

そうだよ。健太は健太だ。何も変わってはいない。汗の匂いも、虫歯の治療をしたことがないっていう信じられない歯並びも、ホクロのある場所も、脛毛の薄さも、あれの大きさと感触も。

以前はなかったはずの健太の肩のあのヘンテコな傷痕は、海で溺れた時についたのかもしれない。事故から戻ってきた最初の頃に比べたら、少しずつ健太は、健太らしくなってきているし。前より男らしくなった気さえする。何を気にすることがあるの？

アルバムをもとに戻し、レコードを詰め直しているうちに、トランクの中身がまだあることに気づいた。

蓋の裏側にチャックがついた小物入れがある。そこがぽこりとふくらんでいるのだ。ちょっとドキドキした。秘密のトランクの中のさらなる秘密——いちばん大切な、プロポーズの時のラブレターが入っていたりして。

チャックを開け、手さぐりをして、中身を取り出した。

週刊誌ぐらいの大きさの紙包みだ。油紙でていねいに包装されていて、これもきちんと紐で結わえてある。

ごめん、おばあちゃん。お骨になったおばあちゃんがいる土浦の方角に両手を合わせて、包みを開けてみた。

中に入っていたのは特別なものじゃなかった。おばあちゃん宛の手紙が一通。そしてきちんと畳まれた小さな衣類。

封筒はかなり古くてぼろぼろになっている。送り主の名前は、消えかかっていて全部は読めなかったけれど、おじいちゃんの名前じゃなかった。住所もきちんと書かれていない。

おじいちゃんと知り合う前につきあっていた人？　それとも、おじいちゃんに内緒の恋人？　古風を絵に描いたようなあのおばあちゃんにかぎってそんなこと、と思ったけれど、封筒を厚くふくらませている中の手紙を読む勇気はなかった。

畳んである衣類は、二つある。ひとつは腹巻みたいなものだ。黄ばんでいるけれど、もともとは白かったのだと思う。赤い糸で、走る虎の絵柄と、漢字四文字が縫われている。

『武運長久』

最後の「久」の字は、まだ輪郭だけで、縫っている途中のようだった。テレビのドキュメンタリーで見たことがある。千人針って言ったっけ。昔々、この国が戦争をしていた頃、戦場へ行く人の無事を祈るために、女の人たちが一人一針ずつ、千針縫った布を手渡すのだ。

もうひとつは、意外なものだった。

男物のトランクス。

元の色がわからないほど色褪せている。厚手でつるつるした生地。かなり古いものに見えるけれど、昔の人もこんなのを穿いていたのだろうか。まるでサーフパンツだ。

いまはくすんだ黄土色だけれど、もともとはもっと濃い色だったのかもしれない。木の葉みたいな柄は、よく見ると薄く赤味が残っている。花模様だ。

ブーゲンビリア？　どこかで見たことがある気がした。

まさか、これ……。

内側に防水ポケットがついていた。どう考えても、サーフパンツだ。ポケットの中に何か入っていた。

ミナミは思わず両手で口を覆い、つまみあげたそれを取り落としてしまった。

十円玉みたいな色に錆びついているけれど、それは、まぎれもなく、クルマのキーだった。握りの部分が黒いトヨタ車のキー。そしてキーホルダーは――。

どういうこと？　なんでここにこれがあるの？

携帯の着メロが鳴っている。『ホーム・スイート・ホーム』。おばあちゃんは昔風に『埴生の宿』と呼んでいた。誰だかはわからないけれど、鳴り続ける携帯を手にとる気力などミナミにはなかった。

おばあちゃんの家の縁側の、開け放した窓の向こう、大洗海岸の方角から潮風がやってきて、カーテンを揺らした。かすかに海鳴りが聞こえた。

いったい、どういうこと？

ミナミの頭はぐるぐる回りはじめていた。

三十六

いまどこを走っているのだろう。健太と古屋、そして霞ヶ浦航空隊の各分隊から選抜された数十人を乗せた列車が、荒川沖という名の小さな駅を出発してから、もう八時間は経っている。常磐線スーパーひたちと大違いの硬い椅子に座っている尻が痛くてたまらない。

現在位置が不明なのは、五十年以上前の風景が見慣れないせいじゃない。すべての窓が黒いカーテンで覆われているからだ。

「行き先は軍極秘だ。到着するまでは車両から出るな。質問は一切受け付けない」

健太たちを引率する輸送指揮官にはそう言われた。列車には便所がついているし、飯も出る。夕飯は麦飯や豆の混入飯ではなく普通の米の握り飯だった。古屋が言うところの「銀シャリ」。ゆで卵と食後の栗まんじゅう付き。妙な待遇の良さが逆に不気味だった。

「いま、どのへんだろう?」

向かい側の座席に寝そべっている古屋に問いかけてみた。

「知らん」

古屋はそっけなく答える。出発までの慌ただしい身辺整理の間に、ちゃんとバリカンで頭を青々と剃り上げている。その頭をつるりと撫ぜながら言った。

「しかし、南であることは間違いないいな」

「なぜ？」

「特攻隊基地はどこも本土の南方に置かれているはずだ。北のアリューシャンも脅威だが、なんといっても現在の最大の使命は、フィリピンを死守することだろう」

のんき気にあくびをしてみせるが、古屋だって、けっこう緊張しているはずだ。両腕を必要以上に伸ばした大あくびが、なんだか芝居じみている。

「そう言えば、石庭、白髪が元に戻ったな」

「ああ」

先週、伸びすぎた髪を小野寺に注意されて、バリカンで刈り上げたからだ。健太の髪も古屋ほどではないがかなり短い。ボーズ風のショートヘアが本当の坊主頭になってしまった。

「残念だな。なかなか似合っておったのに。上野恩賜動物園の白猿のようだった」

「なぁ、後悔してないか」

「なんのことだ？」

「特攻隊に志願したこと」

「石庭からそんなセリフを聞くとは思わなかったな。頑迷な軍国少年の成れの果ての石部金吉だと思っていたのだが。お前もやっぱり人の子だったか」

軍国少年などではなく本当はサーフボーイの健太は怖くてたまらない。特攻隊から、この過去の日本から、逃げ出すチャンスが必ず来る。そう信じてはいるが、根拠は何もない。古屋が青い頭を撫ぜて半身を起こし、周囲の席に陣取った他の分隊員たちの耳には届かない囁き声を出した。

「正直言って、○を書いて出した後、急に後悔して、紙を取り戻して×に書き直そうかなんて思ったよ。まぁ、どっちにしても同じだったが。チビネコのやつ、とんでもないことしやがって。分隊には跡取り息子や父親のおらん者が何人もいたのに。だが、俺の場合かえってよかった。吹っ切れてさばさばしている」

そうだろうか。さっきまで眠っていた古屋は寝言を言っていた。言葉は聞き取れなかったが、いい夢を見ているとはとても思えない苦しげな呻き声だった。

カーテンは画鋲で木製の窓枠に止められている。こっそりはずそうとしたら、車両の扉の前に立つ、銃を手にした水兵に睨まれてしまった。

「もうお休みください。夜です」

女子高生みたいなセーラー式の軍服で、年齢も高校一、二年ぐらいの少年だが、銃は本物だ。しかたなく、腕を組み、目を閉じて、すべてパアになってしまった脱走計画を一から練り直すことにした。山口と深夜に立ち回りをした疲れが出たのだろうか。絶対に眠れないと思っていたのに、計画を考えはじめたとたん、受験参考書を開いた時のように、すとんと眠りに落ちた。

突然の足音で目が覚めた。いつの間にか、カーテンのすき間から朝日が差しこんでいる。靴音は、新しく車両に入ってきた三人の男たちのものだった。全員、第一種軍装。年齢は健太たちより少し上だろう。すっかり身についてしまった習慣で、健太は襟の階級章に目を走らせる。

やべえ兵曹長だ。あわてて立ち上がる。階級がひとつでも上の人間には、敬礼を怠ると顎にパンチが飛んでくる。面倒臭そうに身を起こした古屋がこっそり耳打ちしてきた。

「焦らんでも平気だ。あいつらは、たぶん予備士官だ。学徒兵だな」

「なんだ、それ?」

「ああ、哀れなり自我忘失症。去年の秋、明治神宮外苑で大々的に催されたろうが、学徒出陣。徴兵延期を短縮された大学生の坊ちゃんたちの壮行会が」

「そうか、あれな……」まるで知らない。

同じ兵曹長なのに古屋の敬礼には兼子へ対するような緊張感がない。少し離れた席で衣嚢を下ろしている三人にも、それを咎め立てする気配はなかった。

「あいつらと一緒に特攻訓練をするのか? やりにくいな。俺たちより軍隊飯《メンコ》の数が少ないのに、階級も歳も上で、しかもインテリだ。御国への尽忠に欠ける者も多いと聞くぞ」

言われてみれば確かに三人とも航空隊の古参兵とは漂わせている雰囲気が違う。向こうからこちらへ歩みよってきて、車内に散らばった航空隊の練習生たちに声をかけはじめた。おかげでもう一度敬礼し、一人一人に名前を名乗ることになった。最後の一人は、ひょろりと背の高い男だった。この時代の人間にしたら、かなりののっぽだ。

「よろしく」

のっぽが健太の敬礼と名乗りに気安げな口調で応えて、にこりと笑う。整った顔をしているが、目と目が少し離れ、耳が大きいところが、ちょっととぼけた感じ。どこかで見たことのある笑顔だった。男は階級が下の健太に丁寧語を使って言った。

「鴨志田と言います」

え？　カモシダ？　ミナミと同じ名字じゃん。


「総員、下車」

輸送指揮官が車両に現れて、声を張りあげる。三十時間ぶりに列車の外へ出た。辿り着いた先は、もう夜中だった。

停車するごとにさみだれ式に人間が増えていったらしい。最初は乗員三十人ほどだった車内から、その数倍の人数がばらばらと出てくる。古めかしい木製の標識によれば駅名は『呉』。

ゴ？　どこだっけ？

「広島か、初めてきたな」

東京の下町育ちだという古屋が言った。そうだ、呉《くれ》だ。広島県にある港町。

駅の前に横付けされていた何台かの軍用トラックが百人余りの人間をぎゅうぎゅう詰めにして走り出した。

昔の日本だから街並みの背は低いが、案外に大きな町だ。トラックは海に向かっているらしい。かすかに潮の匂いがした。霞ヶ浦と同じような航空隊に連れて行かれるとばかり思っていたのだが。ここにいったい何があるんだろう。

荷台を埋めた坊主頭の列から首を伸ばして、幌のすき間から外を窺った。闇の中に、黒々とした巨大な軍艦のシルエットが並んでいるのが見えた。

37

ウィンカーを左へ出し、ハイラックスサーフを国道へ乗り入れると、ほんの少し下げたサイド・ウィンドゥから心地よい秋風が吹きつけてきた。吾一はカーステレオにCDを放りこむ。ご機嫌な音楽が車内に満ちた。

貴様と俺とは　同期の桜
同じ航空隊の　庭に咲く
咲いた花なら　散るのは覚悟
見事散りましょ　国の為

病院へ行く道すがらの音響店で見つけたCDだ。二番を口ずさみながら、慎重に追い越し車線へ入り、前方を走る軽自動車を抜き去った。

十月に入ってからの半月ほどの間、吾一は車の運転の習得に多くの時間を費やした。健太の部屋にあった乗用車の専門書や雑誌を読み漁り、自動車教習所の免許既得者のための補習コースを受講し、平日は使わない勝利に車を借りて尾島家周辺を走りまわった。

航空隊で培った飛行術が役に立ったのか、いまでは近辺を走るなら不自由しない程度の技術は習得した。吾一の時代の単純なものとは違う、複雑怪奇な信号機と道路標識には、いまだに手こずっているのだが。

今月の上旬に、ミナミの祖母が亡くなった。自分も葬儀に参列したいと吾一は申し出たのだが、ミナミには内々の式になるからと、拒否された。葬式後も霊前に線香の一本でも、と言っているのだが、これもまだ叶わない。心なしか携帯電話の向こうのミナミの声はいつも硬かった。

メールを打てば返事はくれるが、交信記録に残る健太との長く情熱的で、絵文字を随所に活用したやりとりと比べたら、そっけない内容が多かった。

昨夜もメールをしたためた。

秋冷の候　祖母君はお気の毒であった。君の悲嘆はいかばかりであろうか。察するに余りあります。しかし、長く床に伏されていた祖母君に貴方も母上も充分手を尽くされた末のこと、この上は心を強くお持ちなさい。

生有るもの死有りのたとえあり。いつまで悲しんでいても、祖母君も喜ばれますまい。お力落としであることは重々承知ですが、今度の週末、久方ぶりにお会いできたらと考えています。お返事をお待ちしています。

尾島健太

鴨志田美奈美様

戻ってこない返信を諦めかけて風呂に入っていると、ミナミは自宅の電話に連絡を寄こし、承諾の返事をくれた。だから、いまは待ち合わせ場所まで迎えにいく途中だった。午前十一時。つくば市のバスターミナル近く。大きな駅を持たないこの町のいちばんの繁華街だ。

十分前だったが、ミナミは待ち合わせ場所へ先に着いていた。クラクションを鳴らす前にハイラックスサーフに気づいて歩み寄ってくる。

運転席の吾一を見る目が、なんとなし冷やかだった。アスファルトを叩く靴音もいつになく険しく聞こえた。昨日の電話でも気づいてはいたのだが、なぜかミナミはおかんむりの様子で、案の定、車に乗りこみ、荒々しくドアを閉めるなり、吾一にむかって生硬な声を投げつけてきた。

「どういうこと?」

「いきなり、どうした」

「ママさんから聞いたよ、自衛隊に入るって言い出したんだって? 馬っ鹿みたい。いつか誰にもまねできないすごいことするって言ってたのは、そんなことだったの?」

紀子のお喋りめ。昨日、電話を受けた時に喋ったのであろう。

十日ほど前、街で自衛官募集の貼り紙を見かけた吾一は、問い合わせ先に電話をしてみた。

「航空隊に入りたいのですが」

電話の向こうの人間は軍人とは思えない浮薄な声で問い返してきた。

——空自のパイロットってこと？

「飛行機乗りになりたいのです。すでに訓練は積んでいます」

吾一がそう言うと警戒する声になった。

——君、大卒？　高卒？

中等学校卒業とつい言いそうになったが、健太の最終学歴である高等学校卒業だと答える。

——高卒だと、航空学生だねぇ。この間、受験の受付を締切ったばかりなんだなぁ。

「次の試験はいつですか」

——年一回だから、申し込み開始は来年の八月下旬。

なんと。それでは間に合わない。貼り紙には随時募集と書かれていたはずだ。そのことを問いただすと、小馬鹿にしたような声が返ってきた。

——ああ、あれは二等士のこと。二等空士だったら随時募集してるけど……まぁ、二等士からパイロットになるのは難しいなぁ。なれたとしても五年、いや六年後かな、君が優秀ならね。

相手の言葉を最後まで聞かず、短く礼を言い、受話器を置いた。

自分は空を飛んでいるうちにこの時代へ来てしまったのだから、もう一度、練習機で空を飛べば、昭和十九年に戻れるのではないか。何のあてもないのだが、吾一はそう考えていた。

二十一世紀の軍極秘を携えて帰還し、日本の命運を大転回させる上申書を提出する——自分のそんな姿を思い浮かべていたのだが、まったくの無駄だった。

ミナミの唇は怒りの言葉ではじけ続ける。

「自衛隊に入っちゃったら、勤務地がどこになるのかわかんないんでしょ。防衛大に彼氏がいるコがそう言ってた。しかも平日は外出禁止だって。なに考えてんの？　現実はあんたの好きなシミュレーションゲームとは違うんだよ」

いつものミナミではない。最初は祖母を亡くして動転しているのであろうと考えていたのだが、そうではないらしい。何か別のことで怒っているように思えた。行き先も決めずにアクセルを踏んではみたが、この調子では、どこへ行くか相談もできまい。吾一は車を路肩に停めて言った。

「あれは、やめた」

ミナミは拍子抜けした顔で黙りこんでしまったが、ぷくりと膨らませた頬には、まだ言いたいことが詰まっているようだった。

「もうひとつ聞いていい？」

ミナミの声が少し低くなった気がした。

「あなた、本当にケンタなの？」

胸に二十ミリ機銃弾をくらった気がした。恐れていたことだった。行方不明になっている健太から連絡があったのだろうか。

思わず左肩の疱瘡の予防接種痕に手を触れた。今日は長袖の服で隠れているが、以前、ミナミが見つめていた箇所だ。あんなものは誰にでもあると思いこんでいたのだが、医療技術が変わったためか、そういえば、この時代の若者にはない。

ミナミの顔を見るのが怖くて、吾一はステアリングホイールをずっと眺めていた。ミナミも吾一には視線を向けず、ルームミラーにぶら下げてある交通安全のお守りを見つめている。

再び口を開いた時には、涙声になっていた。

「……だって……だって、ケンタは前のケンタと違うもん。あたしの知ってるケンタはもっとバカで、軽くて、口先ばっかりで……でもあたしに隠し事なんかするヤツじゃなかった」

鼻をすすり上げてから、吾一に指を突きつけんばかりの調子で言った。

「あたしのおばあちゃんと会ったことあるでしょ」

え？　吾一はようやくミナミの顔を見た。ミナミは眉を吊り上げていた。早口で捲し立てる。

「どうしてあたしに内緒にしてたの？　何か言えない理由でもあるの？　おばあちゃんの家に、あんたがなくしたはずのクルマのキーやトランクスがあるのはなぜ？　変じゃない？　どこで知り合ったの？　まさかとは思うけど、お婆ちゃん美人だから、浮気してた？　それでおじいさんみたいな性格になっちゃったってわけ？」

吾一は言葉の意味がわからず、ただぼんやり首を振ることしかできなかった。

「答えてよ、ねぇ、答えて！」

「知らない……俺は知らない」

本当に知らない。なんと答えればいいんだ。吾一も泣きたくなった。

「昔の健太のことは、俺にはわからない……確かに俺は別人かもしれん……でも、これだけは本当だ。俺は、君のおばあちゃんに会ったことは、一度もない」

本当のことは話せない。でも嘘をつきとおすのも辛かった。これがせいいっぱいの言葉だった。ミナミがそれをどう受け取ったのかはわからない。今日を最後にもう会うことがなくなるかもしれない、吾一はそう思った。

ミナミは答えを探すように吾一の顔を見つめ返してくる。心底困惑していた吾一の表情が答えになっていたらしい。無理して張りつけていたらしい怒りの表情が、くしゃりと歪んだ。

「……ごめん、あたし変なこと言っちゃったみたいだね」

ミナミが片手をひたいにあて、顔を覆う長い髪を何度もすくっては、また下に垂らす。

「ごめんね、ひどいこと言っちゃって……あたし、どうかしてんだ。あんなキーやトランスなんてどこにでもあるものなのに。誰かの忘れ物を大切に預かってただけかもしれない……ほんとにごめん……変なのはあたしだよ。ここのところ、おばあちゃんが死んじゃったり、いろんなことがあったから」

いろんなことの中には自分のことも含まれているのだろう。そう考えると、申し訳なく、情けなく、そしてますますミナミがいとおしくなった。吾一は顔を伏せて嗚咽しはじめたミナミの背中に手をかけ、ゆっくりとさすった。

「だいじょうぶ、俺は、健太だ。昔から」

なぜか今度はすんなり嘘がつけた。いまの吾一には本当にそうであるように思えたからだ。吾一はしゃくりあげるミナミの背中をそっと撫ぜ続けた。

もうすぐお別れだ。それまではミナミの恋人のままでいたかった。

三十八

瀬戸内海の島ばかりの海を見ながら、健太は尿道の先っぽがちりちりするような不安と焦燥にかられていた。

俺はいったいどうなっちまうんだろう。これからどこへ連れて行かれるのか、何を命令されるのか、さっぱりわからない。

呉にある海軍基地には、全国各地から兵隊が集められていた。早耳の古屋の話では、呉越同舟だそうだ。学徒兵の予備士官、健太たちのような飛行術練習生、予科練を卒業してここに直行してきた連中もいる。慣れないハンモックで一夜を明かし、朝飯を食ったら、また移動。今度は船に乗せられた。

考えてみれば海軍に入ったというのに船で旅するのは初めてだ、などとのん気なことを言っている古屋に声をかけた。

「今度はどこだ?」

「だから俺に聞くな、自我忘失症患者。俺は海軍大将じゃないんだから。お前と同じ一介の特攻隊要員だということを忘れたか」

船上では霞ヶ浦航空隊から出発した同じ分隊の六人で肩を寄せ合っている。分隊にいた頃は班同士で訓練を競わされることが多かったから、他の班の人間は仲間というより、むしろライバル関係にあったのだが、みんな心細いのだろう。年長の古屋と健太に子犬のようについてくる。

「大津島《おおつじま》だ」

いきなり背後で声がした。振り返ると、ひょろ長い体の上のらくだみたいな笑い顔が、健太たちを見下ろしていた。鴨志田だった。全員で敬礼する。同じ車両に乗り合わせたせいか、昨日から何度も気安げな口調で声をかけてくるのだが、階級が下のこっちはいちいち大変だ。

学徒兵の多くは健太たちより——実際には石庭だが——軍隊に入ったのは遅いが、たいていが一年と経たずに予備士官、予備少尉と呼ばれる階級になれるんだそうだ。

「階級泥棒だよ」分隊員の一人はそう言っていた。「少尉と言ったって、あいつらはしょせん予備。指揮権もない。俺たちと同じ鉄砲玉だ」とも。練習航空隊の古参の下士官みたいな口調だった。彼らのような予科練卒だって、叩き上げの連中に同じ事を言われていただろう。「飛行兵長といったって、あいつらはしょせん練習生」とかなんとか。

リンチと制裁が横行する昔の軍隊の陰湿な体質は、このへんが温床ってやつなんだろう。階級がひとつ上がれば、他人に威張れて、殴れて、待遇もよくなる。ただし昇級のスピードとチャンスは平等じゃない。その数多くのどろどろの不満と嫉妬が、下の人間にビシバシぶつけられる――。

健太のいた野球部や、居酒屋トト八や、そこらへんの学校や会社や役所で果てしなく繰り返されていることと似ている気もする。違うのは、自分たちの日常に命がかかっていて、誰もが本当の意味で「殺気立っている」ってことだ。

「そこで我々は何をするのでありますか」

古屋が聞いたが、鴨志田は古屋のはるか頭上で首を振った。

「さぁ、それしか俺は知らん」

健太たちが不安顔を突き合わせていたのを見かねただけのようだ。それだけ言って、去って行った。ちょっと猫背気味の躍るような歩き方――やっぱり、どこかで見たことのある男だった。分隊員の一人が首をひねっていた。

「あの学徒兵、どこかで見たことがある」

「俺もだ」思わず健太も呟いた。

首をかしげていたそいつがいきなり、若いのにジイさんみたいに――健太から見れば本当にジイさんの年齢なんだからしかたないけれど――ひたいを手のひらで叩いた。

「わかったぞ、あの人は三段跳びの学生王者だった鴨志田祐司《ゆうじ》さんだ」学徒兵と小馬鹿にしたように呼んでいたくせに、急に鴨志田の背中を憧れのまなざしで追いはじめた。「そうだ、間違いない。去年、大会を観に行ったんだ。俺も陸上をやっていたからな。新聞にも名前が載ったはずだ」

信じられない。健太は唐突にいつか聞いたミナミの言葉を思い出した。うちは女系で男は早死にしちゃうんだよって嘆きながら、自分のじいちゃんのことを、こう言っていたのだ。

「お父さんの顔だって覚えてないのに、おじいちゃんのことなんか、まるで知らない。でもあたしの身長とジャンプ力はおじいちゃん譲りだって、おばあちゃんが言うんだよ。昔の人にしてはかなり背が高くて、三段跳びの学生記録を持ってるって。戦争前のすっごい昔の話だけどね」

鴨志田という珍しい名字で戦前の学生記録を持っているやつが二人いるとは思えない。ということは――

あいつはミナミのじいちゃん！

でも、なぜ、よりによって、こんなところで会うんだ？

昼過ぎに出発した船は、夕方には鯨の背中みたいな島影に近づき、停船した。小舟しか停泊していない、港というより船着き場と言ったほうがよさそうな所だった。くねくねと小島を縫って走ってきたから、直線距離にすれば呉からそう遠くない瀬戸内海のどこかだ。

船着き場のすぐ目の前に、航空隊の格納庫に似た建物が並んでいる。健太たちはその前に整列させられた。

建物の中から現れた数人の士官が、緊張した顔を並べた百人の前に立つ。真ん中の男が言った。

「よく来たな。待っておったぞ。ここは第一基地隊第二部隊。私が指揮官、板垣少佐《いたがきしょうさ》だ」

老けてみえるが、まだ三十代だろう。軍服の左肩に細い綱みたいな肩章が入っている。片山や兼子クラスとは貫禄が違う。トト八で言えば、フランチャイズ・チェーン本社からやってくるスーツ姿のエグゼクティブ・マネージャーといった感じだ。

「諸士らには、今夏、正式採用された新型兵器マル六の搭乗訓練を積んでもらうことになる。マル六は、戦局を覆し、皇国に勝利をもたらす、『天を回する』救国の兵器であると私は信じる。心して励むよう。以上」

板垣少佐はそれだけ言って一同に背を向け、隣の士官に耳打ちをした。会話が終わって一秒後にその若い中尉が声を張り上げた。

「左向け左」

両角中尉と同じぐらいの年齢だが、年に似合わない塩辛声は号令をかけ慣れている様子で、目つきがやけに鋭い。健太たちが左へ向くと、もう一人の士官がすでに先頭に立っていた。この二人は店長ですら怒鳴りつける本社の教育係といったところ。いかにもプロフェッショナルって感じだった。戦争のプロだ。

「前へ。マル六調整場を案内する」

健太たちが行進して入った先は、倉庫風の建物だった。大きさのわりに扉が小さい。少しは話を聞かされているらしい予備士官たちも詳しいことは知らないのだろう。誰もが緊張した顔になっている。まして健太など右手と右足が同時に出てしまいそうだった。

建物の中は薄暗く、ガソリンの臭いと、獣が唸るような機械音に満ちていた。事業服姿の人間があちらこちらで油まみれになって動きまわっている。

部屋の真ん中に妙なものがあった。

黒くて細長い筒だ。長さは大型トレーラーぐらいありそうだが、直径はそれに積む土管程度。ミサイルだと健太は思った。引率してきた中尉が黒いミサイルを指さして言った。

「あれだ。機密保持のため、マル六金物と称してきたが、正式名称もすでに決まっている。『回天』。まさしく天を回する特攻兵器だ」

よく見ると、ミサイルの中央部分がほんの少し出っ張っていて、細い潜望鏡が伸びていた。

「前部に炸薬一・五五トンを装塡《そうてん》する。貴様たちは、あれに乗ることになる。言わずもがなだろうが、人間魚雷だ」

百人が一斉に息をのむ音が聞こえた。冗談だろ？　魚雷に乗れっていうのか？

39

――おお、ケンタか？　ひさしぶりじゃん。どうした急に連絡寄こして。

初めて話す男から、懐かしげに呼びかけられるのは、なんだか不思議な気分だった。吾一は携帯の向こうから流れてくる軽佻浮薄そのものの声へ曖昧に返事をした。

――頭の病気、治ったか。もう二カ月近くたつべ。何度もケータイしたのによぉ、ぜんぜん出ねぇから、もう死んだかと思ってたぜ。

相手はＫＡＺＺ。カズと読むのだろうか。本名は知らない。健太の携帯の交信記録にひんぱんに登場する男だ。メールの文面で波乗り仲間のひとりであることはわかっていた。

「少しずつよくなっている。しかし、記憶がまだ完全に戻っていないんだ。すまないが、お前のことも半分ほどしか覚えていない」

――しぇ〜っ、まじかよ。ほんとにあんだな、記憶喪失って。ま、お前、素質はあったからな、物忘れの。キーをクルマに置いたままロックしちまったの、何回あったっけ。サーフトランクス忘れてボクサーパンツでサーフィンしたのは、覚えてるか？

男は山鳥のようなけたたましい笑い声を立てるが、半分どころか、吾一はこの男のことをまるで知らない。ミナミや勝利から爺臭いと言われている言葉づかいにならないように気をつけて言った。

「お願いがあるんだ」

――なにさ、なんでも言ってちょうだい。

「サーフィンのしかたも忘れた。俺に教えてくれないか」

――まじかよ。やばくねぇ？　重症じゃん。

「まじ」

まじだ。空が駄目なら海だ。もう一度、自分が発見されたという海岸へ行ってみるつもりだった。そこのどこかに自分がこの未来社会へ迷い込んだ隧道《すいどう》のようなものがあるかもしれない。吾一はそう考えていた。

――まいったな……オーケー。どこから教えりゃいいんだ。刺し乗り？　ドライブ・ターン？　まさかパドリングからじゃねぇだろな。

「全部」

電話の向こうの山鳥の声が止んだ。

――まじ、やべえな。

四十

「回天は全長十四・七五メートル、直径一メートル、総重量八・三トン、乗員一名」

指導官が黒板に断面図を描く。設計に携わっていた人間かもしれない。やけに書き慣れていた。

「エンジンを始動させる際には発動桿を押す。これにより液体酸素と石油が燃焼室に送られ、発火装置が稼動する。航走の基本原理は九三式魚雷と同じだ」

教室風の部屋に、昨日連れてこられた人間たちが並んでいる。予備士官の一人が手をあげた。

「停止させるにはどうすればよいのでしょうか」

「発動桿を戻す。しかし、発火装置が作動するのは一度だけだ。その場合、減速ののち停止する。基本的に一度走り出せば停められないと心得ておけ」

別の予備士官が質問した。

「バックさせる方法は?」

教壇に立った男は、ここの他の指導官同様、いかにもエリートって感じだ。海軍兵学校と呼ばれる軍の幹部候補牛の養成学校出身。さっき、言わなくてもいいのに卒業年期までつけて自己紹介していた。大学を休学し、軍隊に入ったばかりの質問の主をひややかに見つめ返して、黒板にチョークを叩きつけ、室内の人間を脅すような音をさせた。

「回天のスクリューは逆回転しない。後退は設計に見こまれていない。そもそも敵前で反転はありえない」

座学と呼ばれる回天の講習の第一回目だ。誰もがノートを広げて熱心にメモを取っているが、健太はとてもそんな気にはなれなかった。戦争シミュレーション物のゲームは好きだったが、それは飛行機限定。船関係、まして昔の軍艦は詳しくない。戦艦大和という名前だって宇宙戦艦ヤマトで覚えたぐらいだ。回天なんてものの存在なんて、まるっきり知らなかった。

人間魚雷——別称そのまんまのとんでもない兵器だ。一度飛び出したら、停まれない、戻れない。そんなの乗り物じゃない。ようするに二十一世紀ではあたり前の自動追尾型の魚雷がないから、ソナーのかわりを人間にやらせるってことだ。カミカゼ特攻隊よりひどいかも。まじ、やべえな。机の下で貧乏ゆすりがとまらなくなってしまった。部屋には指導官の言葉が続いている。

「航続距離は、速力三十ノットにて二十三キロ、十二ノットにて七十八キロ」

小刻みに震える膝を鉛筆でつついてなだめていた健太の耳に、最後の言葉だけがひっかかった。

七十八キロ？　待てよ、最高七十八キロの距離を走れるってことは、もしこれに乗せられても、どこかの海岸へ逃走することができるかもしれないってことだ。

聞いておかなくちゃ。特攻から逃れるチャンスを少しでもふやすために。

「発進の際はまず電動縦舵機起動、続いて起動弁全開、すみやかにベント弁閉鎖――」

健太はおざなりに開いていた石庭の持ち物のざら紙のノートに向かい、指導官のややこしい専門用語に耳を傾け、すべてを書きとる。

電動ジューダキを機動、機動弁を全開、弁当弁をヘーサ
こんなに熱心に勉強したことなんて、小学校でも中学校でも、まして高校でもなかっただろう。

「必死」「一生懸命」って言葉の本当の意味が初めてわかった気がした。

41

日光街道から国道122号へ入り、日足《にっそく》トンネルを抜ける。晩秋の山道は紅葉の盛りで、金糸銀糸の錦を見るかのごとき見事さであった。

カーステレオのスイッチを押す。バックストリート・ボーイズの『アイ・ウォント・イット・ザット・ウェイ』が流れ出してきた。吾一にはどこがいいのかよくわからないが、ミナミからの贈り物のMDだから、最近はいつもこれを聴いている。初めて経験した高速道路の旅の伴奏曲としては、なるほど悪くはない。

トンネルの先は足尾だ。

時代がどんなに変わっても、山々の姿かたちは変わらない。懐かしい稜線に吾一は、この世界へ来て初めてと言っていい安息を覚えていた。

助手席には花を積んでいる。仏花ではなく小さな花籠がふたつ。芳子の好きだったひなぎくを選ぼうと考えたのだが、店先に四季や旬を忘れたかのような品々が並ぶこの時代でも、さすがにひなぎくは売っておらず、よく似たデージーという名の小さな鉢花を籠に盛ってもらった。

車の運転の習得に力を注いだのは、何もミナミと逢い引きを重ねたかったためだけではない。どうしても行きたい場所があったからだ。

母親や父親が、生きていまも足尾に暮らしているとは期待していない。吾一ですら、万一戦争で死ななかったとしても、この時代にはすでに寿命が尽きていておかしくない年齢なのだから。

足尾の町はずいぶん様変わりしていた。駅舎も建物も近代化されているが、昔の活気はなく、静かな田舎町になっていた。鉱山がすでに閉鎖されていることは事前に知っていたが、まるで違う町のようだった。精錬所の煙も、ガソリン軌道車も、炭坑夫たちが闊歩していた町の荒々しい熱気も、彼らを当てこんで岸辺に酒場や遊廓が軒を連ねていた庚申川《こうしんがわ》の賑わいももうない。

皮肉なものだ。この時代の日本は、どこもかしこも人とモノと音と光に満ちた狂乱騒ぎのような様相を呈しているのに、自分の故郷だけがひっそりと静まり返ってしまうとは。

鉱山職員用の宿舎だった吾一の家もとうになかった。山道の激しい起伏に揺れる花籠を片手で押さえながら車を走らせていた吾一は、急に不安になった。芳子の墓はいまでもあるのだろうかと。

石庭家がここに移り住んでからの菩提寺は、中心街から地蔵岳《じぞうだけ》の方角にしばらく登った先だ。吾一はデージーの花籠を助手席に座り直させ、ハイラックスサーフのギアをセカンドにして、山道を登った。

寺はまだあった。はやる心を抑えようとしても、石段を登る足取りはどんどん早くなる。最後は一段飛ばしで境内に駆け上がり、本堂の裏手にある小さな墓地へ急いだ。

墓地のいちばん端、足尾の町を見下ろせる場所に、墓は残っていた。

親類の誰かがこの町にまだ残っていて、墓守をしてくれていたのだろうか。さすがに長らく人の立ち寄った形跡はなく、墓石は落ち葉に埋もれ、苔生していた。

吾一は石柵の中の落ち葉を両手でかき出し、墓石に粗塩を振り、持参してきた亀の子タワシで磨く。十一月の足尾はタワシを持つ指先がかじかむほど寒いのだが、丹念に苔を削ぎ、碑銘につまった泥と木の葉屑を落とした。

墓石に水を打ち、デージーの花籠を置く。線香を手向《たむ》ける前に、まだすべきことがあった。墓石の隣の小さな墓誌も、刻まれた文字が読めないほど泥土に汚れているのだ。ここを最後に残したのは、刻まれている文字を見たくなかったからだ。

左端から少しずつ汚れを落としていった。最初に現れたのは、父親の名前が一文字入った戒名《かいみょう》だった。

没年は、平成十年。

いまだに戸惑うこの時代の年号を、逆算してみる。わずか三年前。なんと父親は九十六まで生きたのか。憎まれっ子世に憚《はばか》るとは良く言ったものだ。墓守をしていたのは、父親自身だった。

本当は放蕩者の父親が早死にをし、母がその後に安らかな人生を歩んだことを期待していたのだが。この男のことだ、卒寿を誰にも祝ってもらっていないだろう。花のついでに買った小瓶のウイスキーの封を開け、現れた戒名にかけた。好きだったろう、ウヰスキー。ご長寿、同慶の至り。

母親の没年はいただまれなかった。

昭和二十六年

吾一は菓子折りも携えてきた。和菓子が十六個も入った大箱だ。万が一、供え物ではなく手土産になるかもしれないことを考えたのだ。その時は、自分を誰と名乗ろうか、あれこれ悩みまでしたのだが、心配には及ばなかった。

箱から菓子をひとつ取り出し、花籠の隣に置く。もう茶断ちも必要ないだろう。自分のために買った日本茶のペットボトルも置いた。迷って、もうひとつ菓子を置く。二つぐらい食えるよね、母ちゃん。

再び墓誌の掃除に戻った。その先には見慣れた芳子の戒名と昭和十一年というわずか七歳の死の記録が刻まれているはずだったが、違っていた。

『釈吾哲信士』

どう考えても吾一の戒名だ。練習機の落水事故で死亡したものと考えられたのだろう。吾一が霞ヶ浦航空隊に入ってすぐ脱走騒ぎがあったから、自分も同類だと思われることを恐れていたのだが、まぁ、一安心だ。

没年の泥土を落としはじめて、妙なことに気づいた。戒名の下に刻まれていたのは、意外な年号だった。

昭和二十年
どういうことだ？　昭和十九年に自分は消えたはずなのに。

吾一はひたいを手のひらで叩いた。行方不明になった健太が、どこへ行ってしまったのか、ようやく理解したのだ。

四十二

健太は大きくワインドアップし、ボールをキャッチャーミットへ投げこんだ。外角低め。思い通りのコースに決まり、バッターは空振り。

バッターといっても海軍精神注入棒のことじゃない。本物の野球のバッターだ。ただし手にしているのは、折れた漕艇のオールを削ったもの。キャッチャーミットは飛行用手袋。ボールは「闘球」と呼ばれる海軍独特の競技の使い古した使用球から剝がした革を丸め、輪ゴムでぐるぐる巻きにしたものだ。

「ストライ～ク」

審判がコールすると今日何度目かの、異口同音の野次が飛ぶ。

「ストライクじゃなくて、『よし』だろう！」

審判が野次の主に叫びかえしていた。

「馬鹿を言え、ここは海軍だ。敵性語の練習もしておかねば、敵陣に突っ込む時に、やつらを罵倒できんだろうが！」

健太にはちっとも面白くないジョークにみんながげらげら笑う。三回裏の攻撃の時、古屋に教えてもらったのだが、この時代、日本を牛耳っていた軍隊は民間人に英語を使うことを禁じていたらしい。そのくせ自分たちは、水桶のことをオスタップ――ウォッシュ・タブが訊ったそうだ――と呼んだり、牛乳をミルク、料理屋を「レス」、風呂場を「バス」などとわざわざ気どった言い回しにしたりしているのだから、ヒット・エンド・ランをなんと言い換えればいいか頭を抱えただろう人たちが気の毒だ。

大津島の回天基地に来て、三週間目。いまは午後の体育の時間だ。担当の指導官は中学時代（!）、甲子園に出場した経験があるそうで、時間が余ると突然、言い出すのだ。「いまから特攻精神を磨くために、分隊対抗の野球の試合を行う」

ここでも兵隊はいくつかの分隊に分けられている。たいていが出身部隊別で、健太たち霞ヶ浦航空隊の練習生三十二人はそのまま第二分隊になった。分隊長は田淵《たぶち》中尉《ちゅうい》。

「俺は江田島でスパルタを受けた人間だ。お前らのこともびしびししごくから、覚悟しとけ」

丸顔でうっすらと髭を伸ばした、まだ二十代前半なのにダルマみたいなオヤジ臭い顔立ちと、それにぴったりのがらがら声を聞いたとたんに、嫌な予感がした。また出たか、暴力軍人。

しかし、田淵はいいやつだった。バイトを辞めると言った健太を引き止めてくれた店長に少し似ている。よく言えばおおらか。悪く言えばアバウト。田淵のたらこ五本セットみたいな手でいきなりバシバシ肩を叩かれ、「よ、元気か」と耳もとでがなり立てられ、耳が痛くなることはあっても、分隊の中に肩以外の場所を叩かれたり、耳の穴以外を痛めつけられたりしたやつはまだ誰もいない。

健太の背後で遊撃手が叫ぶ。

「あと一人で、チェンジだ。しまっていこうぜ」

「おおっ」

みんなが声を揃える。健太も雄叫びをあげて、グローブを拳で叩いた。

グローブも練習航空隊や予科練にいた人間がここへ持ってきた飛行用手袋だ。航空隊にいた頃にこんなことをしているのが見つかったら、全員、尾てい骨が粉々になるまでバッターを食らうだろうが、ここでは文句を言うやつはいない。もう飛行用手袋は必要ない、ということなのかもしれない。

相手は各地の海兵団から集められた予備士官たちのグループだ。チームのメンバーは、それぞれの隊の野球経験者が中心だが、運動能力を買われたらしく鴨志田も七番ライトでラインアップに加わっていた。

さすがに大学生は強い。先発した中等学校でエースだったと豪語していた男がノックアウトされ、四回の途中から五番サードの健太がマウンドに登った。得点は五対一。ツーアウト、ランナー一、三塁。試合は五回までだ。これ以上、点はやれない。

次のバッターは鴨志田だ。健太は大きく振りかぶる。健太の目の前には、バックネットのかわりに瀬戸内の海と空が広がっていた。

大津島の回天基地での生活は、霞ヶ浦航空隊に比べたら、ずいぶん楽だ。

早朝から叩き起こされて海軍体操をさせられるのは同じだが、朝飯を食った後は、座学と呼ばれる理論の勉強。回天の機構研究、操縦方法、もしくは整備法について学ぶ。一年かけてようやく空の飛び方を覚えたのに今度は水の中か、と古屋はぼやいていた。

午後は回天に乗って操縦訓練、もしくはそれをサポートする追躡艇《ついじょうてい》と呼ばれる船に乗って見学。ただし練習用の回天は三基しかないから、操縦するどころか、追躡艇に同乗することすら順番待ち。健太もまだ一度も回天には乗っていない。

残りの人間は体育だ。マラソン、ボート漕ぎ、柔・剣道、闘球もしくは野球。

飯も普通の米の飯で、内容も量も悪くない。航空隊では下士官たちの目が厳しくて実質的に禁酒禁煙だったが、ここでは煙草が吸えるし、酒も飲める。

なにより精神注入棒《バッター》がない。予備士官たちは叩き上げの古参兵とはまるで雰囲気が違う。健太たちにも気軽に声をかけてくる。喋り方もあまり軍人らしくないし、こちらが少し生意気な口調や態度で接しても怒らない。「あいつらは俺たちより娑婆っけが抜けてないから」分隊の誰かがそう言っていたが、確かにそんな感じだ。

回天の操縦方法を指導する連中は、みんなバリバリのエリートだ。広島県の江《え》田島《たじま》にある、この時代には狭き門だった大学に入学するよりさらに難しいという海軍兵学校出が多い。自己紹介の時、みんな必ず自分で口にするからすぐわかる。「鉛筆をころがしながら試験に解答したら合格した」と豪語する田淵分隊長のような例外を除けば、たいていがプライドが高くて、偉そうにしていて、そしてピリピリしている。

回天を考案したのは、海軍兵学校出身の若手士官たちだそうだ。ここの指導官たちは、その計画に賛同し、初期の段階から加わっている。彼らは数少ない操舵経験者でもあるから、出撃命令が出たら、特攻隊の指揮官となって、真っ先に突っ込むのだ。

指導官たちと年齢の近い予備士官は、彼らと仲が悪い。同じエリート同士で、一方は軍の出世が約束された人間、かたや一般社会でのそれが約束されていたはずの人間だが、軍隊という世界では、どっちが上か一目瞭然で、予備士官たちは、しょっちゅういびられ、指導官たちが「修正」と呼ぶパンチを受けたりしている。

逆に指導官は健太たちに暴力を振るうことは少ない。最初から眼中にないということか。彼らの目には健太たちなど、回天前部のＴＮＴ炸薬の発火装置ぐらいにしか見えないのだろう。

少しは野球をやったことがあるらしい。鴨志田の素振りは一応サマになっている。しかし初球への大きな空振りを見るかぎり、長い腕を振りまわすだけのタイプだ。狙い目はインコース。

健太が投げた二球目を鴨志田がすくい上げた。内野フライ。ようやくチェンジだ。健太たちの分隊から歓声が上がった。

死ぬことを命令された人間がこんなにのん気でいいのだろうか。地獄のような日々からようやく逃れてきた先が、本当の意味での天国の、扉の前だなんて、しゃれにならない。

結局、五対一のまま試合終了。試合後、グラウンドとして使っていた練兵場を整備していると、鴨志田が歩み寄ってきた。少し猫背気味の歩き方は、見れば見るほどミナミに似ている。

「ナイス・ピッチ。やられたよ」

鴨志田はなぜか健太たちに親しげに声をかけてくるのだが、いちおう上官だし、この男がミナミのじいちゃんだと思うと、どうも健太は喋りづらい。「わしの孫娘をキズモノにしおったのは貴様じゃな」なんていきなり怒鳴られる気がして。いつものように適当に返事をしてやり過ごそうとしたら、肩に手をかけてきた。

「君たちは、霞ヶ浦空から来たんだろ」

「はぁ」

「俺は茨城の産《さん》なんだ。土浦や霞ヶ浦にはよくピクニックに行ったよ」

ピクニック——古めかしい言葉だが、殺伐とした軍隊用語ばかり聞かされてきた健太には、久しぶりに聞くまともな言葉に思えた。

「ハイカラですね」

健太もだいぶこの時代の言葉づかいに染まってしまった。

「茨城は変わってないか？」

「さぁ、あまり隊の外には出なかったもので」

「それは残念、夏海村に行ったこともないか？」

夏海村？　どこかで聞いたことがある。しばらく考えて、思い出した。健太が最初に流れ着いた場所だ。キヨ婆さんが言ってたっけ。「ここはナツミ村だ」と。あれから二カ月しか経っていないのに、もう遠い昔のことに思える。

「いいところだ。俺の故郷なんだ」

「そして、憧れの君のいる場所だものな」

背後から茶化す声が聞こえた。鴨志田は予備士官たちに人気があるらしい。いつの間にか健太と鴨志田のまわりに人垣ができていた。逃げようにも逃げられない。鴨志田は悪びれるふうもなく軽口を叩き返している。

「ああ、そうとも、我がマドンナの家がある」

言葉づかいは古風だが、確かに「婆婆っけ」たっぷりの連中だ。でも、その彼らにしたって、特攻を志願してきたわけだ。いちおうこの時代のインテリだったはずなのに、迷ったり、悩んだりはしなかったのだろうか。

「マドンナには、告白していないのか」

「ああ、手を握ったこともない。遠縁だから帰省した折に挨拶ぐらいはするが。彼女は気の毒な身の上でな、両親を亡くされて身寄りがなく、東京から祖母を頼ってきたのだ。文子さんに最後に会ったのは、入隊前だから、そろそろ一年になるな」

文子？　健太の顔色が変わったのを、鴨志田は見逃さなかった。鈍いようで鋭いところもミナミに似ている。

「君は文子さんを知っているのかい。夏海村荒谷《あらや》の『よろず屋沢村』の文子さんだ」

深夜、井戸の中で二人っきりで抱き合った仲だなんて言ったら、この鴨志田でも「顎」をくらわしてくるだろうか。

「……一度だけ、お会いしたことが」

「いつだ、いつだ、いつだ」

「二月ほど前、自分は練習機を落水させてしまいまして、その時助けていただいて――」

健太が必要最低限のことだけを説明すると、鴨志田は心底悔しそうに体をよじった。

「なにぃ。沢村さんの家に泊まっただとぉ。俺ですら一度もないのに。なんと羨ましい。文子さんはお元気だったか」

「ええ」

「そのぉ……まだ……お一人か？」

「いえ、キヨさんとご一緒でした」

「おお、キヨさん。悪いが忘れていた。キヨさんもご健在でなにより。いや、そういう意味ではなく、結婚はしていないかという意味だ」

「はい、そのようでした」

「そうかぁ、文子さんは、まだお一人かぁ。出撃前の特別休暇時には、最後にひと目でいいから会いたいものだ」

予備士官たちが口々に鴨志田を冷やかした。

「鴨志田、敵空母につっこむ前に、その女性に突撃するつもりか」

「どうせ玉砕だ」

鴨志田がのんびりと言い返している。

「下劣なことを言うな。これはプラトニックのまま一方的に幕を閉じる悲恋なんだぞ」

たび重なる偶然。怖くなるぐらいだ。でも、驚いているばかりじゃなかった。健太は抜けめなく「出撃前の特別休暇」という言葉を心の中の『健太サバイバル・メモ』に記録した。

ここは島だから脱走は難しい。ごくまれに近くの陸地に日帰り上陸《きゅうか》ができるらしいが、団体行動だし、金も着替える服もない。もし逃げたとしても、秘密基地からの脱走だから、捜索はハンパじゃないはずだ。

そうか、秘密兵器の回天の搭乗員にも特別休暇は与えられるのか。よし、またひとつ、チャンスが広がったぞ。

突然、鴨志田が顔を寄せてきた。

「匂いをかがせてくれ。いとしの文子さんの残り香がまだ漂っているやもしれん」

健太に鼻を近づけて、くんくん動かす。変なやつ。身長とジャンプ力だけじゃない、しっかりしているのか、トロくさいのか、よくわからないところも誰かにそっくりだ。

43

ウェットスーツを着こんでいても、さすがに水は冷たい。なにしろ、まだ三月だ。

吾一がサーフボードを砂浜に立てると、先に海から上がっていたＫＡＺＺが声をかけてきた。

「ケンタ、すげぇじゃん。ほんの数カ月前までパドリングも忘れていたとは思えねぇな」

「お前のおかげだよ」そう言って吾一はすっかり使い慣れた未来社会の言葉で礼を言った。

「サンキュー」

なにしろこの数カ月間、暇を見つけては海へ通っている。真冬も年末年始も。水練は得意だったし、航空隊で磨いた平衡感覚が役に立った。いまではトップターンもカットバックもこなせる。

「でもさ、沖へ出てからわざと落ちて、水の中に潜るの、あれはやめろ。危ねえから。何してるんだ。素潜りか？」

「真珠貝を探してるのさ」

五十数年前の冗句で答えたら、KAZZが山鳥の声で笑った。

何度も沖へ行き、繰り返し水の中に潜った。仲間の目がない一人の時には、サーフボードは沖へ出かけ、岸へ戻るための道具でしかない。できるだけ沖まで出て、海女のように息の続くかぎり潜り続ける。

しかしトンネルのようなものは影もなく、吾一の身には何の異変も起こらない。足首につけたリーシュコードと呼ばれる命綱が邪魔なのかと思い、危険ものかは、それをはずして海底深くへ沈んでみたりもした。

だが、浮上しても、波の向こうの陸地にはあいかわらずの二十一世紀の風景が見えるだけだ。

「禁煙中」と言った吾一をからかうように、ＫＡＺＺがパッケージを振って煙草を差し出してくる。迷ったが一本もらった。死ぬほどむせた。ＫＡＺＺが煙草を唇でころがしながら言う。

「どうする、このあと。マックでも行くか？」

「悪い、今夜は――」

「バイトだっけ？」

先月から吾一はアルバイトを始めた。勤務先は清掃会社だ。いつまでも勝利と紀子の世話になっているのが心苦しかったのだ。

昭和十九年――いや、すでに昭和二十年に時を移しているはずの自分の時代へ戻るための活動を続けるには、働きづめになるわけにもいかない。働くのは週に三、四日の非常勤だが、より給金が良く、昼は海へ行ける夜勤を選ぶようにしている。

時おり舞いこんでくるビルの窓拭きの仕事も進んで受けていた。他のアルバイトの人間は敬遠するが、これは最も時給がいいのだ。航空隊で開く保証のない落下傘バンドひとつで空を飛んだ身には、たかだか高度数十メートルでの命綱をつけた作業など、危険の「き」の字も感じない。

終戦までになんとしても戻らねば、たとえ負ける戦争であっても戦わねば、そう考える一方で、ミナミとの沖縄旅行の資金をつくろうとしている自分が解せなかった。

「いや、今日は――」

「あ、そうか、ミナミちゃんとナニか。羨ましいぜ。俺なんて彼女いない歴一年だよ。タトゥー入れちゃったからかな。もてると思ったのにさ、やっぱ、ふつうのコには引かれるんだわ」

吾一は曖昧に笑ってみせた。いまだに彼らの言葉のすべては理解できず、親からもらった大切な体に、任侠徒でもないのに刺青を彫ったり、耳に穴を開けたり、耳ならまだしも鼻やへそにまで穴を開けてイヤリングを飾る精神構造も理解不能なのだが、不審がられない程度に調子を合わせる術は覚えた。

「沖縄行くんだって？　うまく台風が来ればいいけどな。あそこは海へビが出っから、気をつけろよ」

「ああ」

沖縄という言葉を聞くと、ついつい、南国の浜辺をミナミと手に手を取って歩く自分の姿を想像してしまう。実のところ吾一は、自分が本当に元の世界に戻りたいのかどうか、よくわからなくなっていた。

以前は、毎日、繕い直した飛行服のポケットから芳子の写真を取り出していたが、この頃は、携帯の待ち受け画面のミナミの写真ばかり眺めている。

四十四

三月の海の水は冷たい。練習用の回天の中は、それ以上に冷え冷えとしている。深度計が二メートルを指しているのを確かめてから、健太は海上に突き出ているはずの特眼鏡の把手《とって》を回した。

やべぇ。この先にある島が見えたところでUターンしなければならないのだが、波しぶきしか見えない。あわてて膝に載せた海図に目を落とした。

艇内は凍えるほどの寒さなのに、ひたいから汗が噴き出してきた。回天の内部は気圧が高くて、ひどく息苦しい。

見えた。大きな松の木が生えた島だ。急いで電動縦舵機に手を伸ばす。九十度取舵《とりかじ》で回頭。回天の操縦はめちゃくちゃ難しい。なにしろ発進までの手順が二十項目もあって、ひとつでもミスしたらアウトなのだ。そのくせ発進してからはアバウトで、特眼鏡と呼ばれる小さな潜望鏡が頼り。双眼鏡を両目にあてたまま、暴風雨が吹き荒れる高速道路をクルマで突っ走るようなもんだ。

搭乗訓練はこれで四回目。健太たちの到着後もぞくぞくと特攻隊要員が集められ、大津島の秘密基地は、秘密なんて言葉が似合わないほどの人数であふれ返っている。しかし、ほとんどの連中が回天には乗れない。使用基の数も少しずつふえてはいるが、人数分にはとても追いつかない。終戦間近の日本には魚雷をつくる余力もなくなってきているんだろう。

まだ一度も搭乗訓練をしていない人間が大勢いるのだから、健太の四回はましなほうだ。別に優秀だからではなく、初期の頃に集められ、すでに搭乗経験があるから上が続けさせているというだけの話だ。同時期に訓練をスタートした人間の中では、回数は少ないほうだった。つまり期待されていないってことだ。心配するまでもなく、いまの技術習得のペースでいけば、上の人間は健太を特攻隊員には選ばない気がする。

回天特別攻撃隊の第一陣は、すでに去年の十一月に出撃している。大本営は多大な成果をあげたと発表したが、たぶん嘘だ。そんなすごい兵器だったのなら、歴史の教科書にも載り、カミカゼ特攻隊みたいに健太ぐらいの年齢の人間だって知っていただろう。

回天基地はこの大津島以外にもあって、そこからも出撃が始まっている。しかし、最大目標と教えられている敵空母が沈んだという話は聞かない。

大津島からはすでに四回。とはいえ出撃する人数はそう多くない。回天を搭載する潜水艦には最高でも六基しか積めないからだ。搭乗者もいまのところ、初期の段階から計画にかかわってきた指導官たちが中心だ。

なんとか航行を終えた健太は、上部ハッチが開けられるのを待った。出口は計算外だった。ハッチは上下に二つあり、いちおう中からも開閉できるしくみにはなっているのだが、自力ではかなり難しい。水圧のある海の中ならなおさらだろう。脱出する必要などない、ということか。もし実際の特攻に駆り出されたら、戦場から逃げ出せたとしても、その後、どうやって外へ出るかが問題だった。

ハッチの上に顔を覗かせた指導官から怒鳴り声が飛んできた。

「馬鹿者、もう少しで岩場に激突するところだったぞ。お前が死ぬのは勝手だが、回天が破損するようなまねはするな！」

このまま操縦を覚えずにぐずぐずしていれば、とりあえず特攻での死からは逃げのびられる気がする。でも、不思議なものだ。こうして罵声を浴びせられると、やはり悔しい。搭乗割に名前が載っていないと、心のどこかでがっかりしている自分を発見して愕然とすることがある。今日だって、搭乗する前に他の訓練生から浴びた羨望の眼差しがほんの少し快感だった。この時代の軍隊に洗脳されはじめているのだろうか。

ここでは回天の操舵がうまいか下手かが価値観のすべてであり、一人一人の評価基準だ。自分だけがみんなから取り残され、役立たず扱いされることが怖いのかもしれない。野球部の補欠が必死でレギュラーをめざすみたいに。これじゃあ、周囲の勢いにのまれて特攻隊志願に「〇」をつけた連中と一緒だ。

どちらにしても一度乗ってしまったら、訓練中に手抜きはできない。へたなことをしたら、死ぬ。

回天はまだまだ未熟な兵器で、エンストして発進しなかったり、航行中に故障したり、ほんの小さなミスで事故を起こしたりというのがあたり前のように起きる。魚雷を乗り物に改造すること自体に無理があるのだろう。操縦ミスや突然の故障で、この基地でもすでに何人かの死者が出ていた。

そもそもの発案者だったという大尉は、正式に回天の訓練が開始された翌日に事故死したそうだ。エリートと呼ばれる人間たちの考え出すことは、どこか子どもじみていて、おタクっぽく、そして少し歪んでいる。

意外にも、大学の三段跳びチャンピオンの鴨志田祐司も苦戦していた。たぶんこの人間魚雷の搭乗員には最初から向いていないのだと思う。

なにしろ回天の中は狭い。閉所恐怖症の人間なら特攻を待たず、ハッチを閉められた時点でショック死するだろう。身長百七十弱の健太だって頭がつかえ、手足を動かすのがやっとなのだ。あの男の身長と長い手足には狭すぎるに違いない。

タイムスリップしたこの時代が、健太のいた時代と繋がっているのだとしたら、戦後生まれのミナミの母ちゃんの親である鴨志田は戦争では死なない。鴨志田ともども、できんぼ組に甘んじていれば、健太も生き残れることになる。そうなれば、問題は、どうやって元の時代に戻るかだけだ——。

古屋は水を得た魚だった。飛行機の操縦はいまひとつだったらしいが、チビだから、狭い所でちょこまかした操作が必要な回天と相性がいいのだろう。搭乗訓練回数は分隊一。もう十回を超えている。

搭乗を終えて兵舎に戻ってくると、古屋はきまって頬を上気させ、目を輝かせて、分隊の仲間にその日の様子を語って聞かせる。

「悪いな、また俺だけ乗っちまった。野球は楽しかったか。今日は波が高くてな——」

搭乗できないみんなを気づかった口ぶりだが、誇らしげな調子は隠せず、健太以外の連中を悔しがらせる。みんなまだ子どもなのだ。早く死にたいわけじゃない。ゲームやスポーツやテストで一番になってみたいと思うのと同じ。そして昔の日本の軍隊は、兵器は稚拙でも、その気持ちを煽る術は巧妙だ。

健太は心配だった。古屋がいまやっているのは、健太たちとはレベルの違う目標艦を使った襲撃訓練だ。「やめろよ、あんまりうまくなっちまうと、先に死ぬことになるんだぞ」何度もそんな言葉が口から出かかったが、大きな目をくりくりさせて熱弁をふるう古屋の顔を見ていると、とてもそんなことは言えない。

古屋もこの時代の人間なのだ。国のために死ぬことが美徳と教えられて育ったのだ。もし健太がそんなことを言ったら、怒って殴りかかってくるだろう。昔の野球部の仲間に、「あんまりうまくなるなよ、甲子園に出るはめになったら、夏休みがなくなっちまう」なんて言うのと同じことだ。

航空隊と違って居住区に上官はいない。合宿所のような雰囲気だが、練習航空隊より待遇がいいとは言っても、テレビやゲーム機やMDコンポがあるわけじゃないから、夜は暇だ。

夕食後は書き物をするやつが多い。家族への手紙、日記、もしくは遺書。

健太は何もすることがない。煙草も吸わない。もともとたいした本数を吸っていたわけじゃないし、いい機会だから、禁煙を続けている。自分の健康を気づかっても、無駄になるかもしれないのだけれど。

ハッカ飴をころがしながらルールをよく知らない将棋の対局をぼんやり眺めたりしていると、時々聞かれる。「お前は手紙を出さんのか」と。

霞ヶ浦から広島県の小島に来たことを、もちろん石庭の親は知らないから、誰もに定期的に届く実家からの手紙も来ない。みんなに不思議がられるものだから、最近は石庭をまねて、出す先のないミナミへの手紙を書いたりしている。


ミナミ、元気か。俺は生きてるぞ。YEAHH！　いまいるところを聞いたら、きっと驚くと思うぞ。なんと昭和二十年。タイムスリップしちまった。マジだって。マジ×10。

パソコンと携帯のメールばかりで、手書きの手紙なんてほとんど書いた記憶がないが、書いてみると案外楽しいもんだ。


愛してるぜ、ミナミ。死んでも愛してる。


途中で恥ずかしくなって破り捨てたりするのだが。

文子さんにも書いてみた。石庭の持っていた辞書を引きながら、この時代のややこしい漢字をできるだけ使って。

何時ぞやは有り難うございました。行き倒れのところを助けて頂いた者です。覚えていて下さったとしたら幸いです。

私は現在、広島の航空隊で戦闘機乗りとなり、出撃に備えて猛訓練を積んでおります。大空は良いものです。町も人も玩具のようです。文子さんにも見せてあげたい。


石庭の妹にあてた手紙を少しパクった。回天基地のことと特攻隊要員であることは、けっして外部へ漏らしてはならない。家族へ手紙を書く時も適当にごまかせ、と教えられていたから、思うぞんぶん、嘘が書ける。

きっと誰かに自分がここで生きていることを伝えたかったのだ。「いつかは分かりませんが、必ずまたお伺いして、お礼したいです」とも書いた。いつかはわかっている。八月中旬過ぎだ。それより早く出撃前の特別休暇が出なければ。

この時代に来て、誰よりも顔を思い浮かべるのは、ミナミだが、その次はKAZZたちでも、おふくろや親父でもなく、なぜか文子さんだ。

毎日、体がボロ雑巾になるまでしごかれた航空隊では、オナニーをするどころじゃなかったが、ここではたまにする。場所は便所。

ヤラシイ妄想の中に、文子さんが浮かびかけることもあるのだが、そんな時はすぐに手をとめ、頭から追い払うことにしている。なにしろ、あの人はミナミのばあちゃんになるかもしれない人だ。鴨志田のあの浮かれっぷりと一途そうな性格からして、なんとなく、そうなる気がする。

もし万が一、あの晩、文子さんと妙なことをしていたら――AVの母娘モノより恐ろしい。

せっかく書いたのだから、文子さんへの手紙は出してみた。送り名は、そうするしかないから、石庭吾一。鴨志田に聞いたのは住所だけで、番地はわからないが、郵便番号もない時代の田舎の村への手紙だ。着けばもうけものだと思って。

45

「ほんと、びっくり。ケンタがあんなにダンスがうまいとは思わなかったよ」

眠っているとばかり思っていたミナミが、毛布から顔を出して、また抱きついてきた。数時間前まで二人がいた土浦のクラブでの、吾一の踊りのことを言っているのだ。

両手両足に同時に違う動きをさせることは、海軍体操で慣れている。最初のうちこそ戸惑ったが、コツを覚えてしまえば、なんということはない。

吾一も土浦航空隊にいた頃は、何度か『クラブ』に通った。とはいえその頃のクラブといえば、たまさかの外出休暇の折、隊員たちに甘味や汁物を供し、将棋を指したり、読書をしたり、高歌放吟したりする場を提供する、隊の指定倶楽部のことだった。

この時代のクラブはとんでもないところだった。二十一世紀版の『ええじゃないか』といったところか。目を閉じると瞼の裏に閃光が蘇る。耳からはいまだに大音響が離れない。しかし吾一は嫌な気分ではなかった。ミナミがとても楽しそうだったからだ。

クラブを出た時は吾一もミナミも汗まみれで、疲れ果てていたが、お互いに相手を求め合っていることは口にしなくてもわかった。道すがら、二人でじゃれあい、もつれあうようにホテルの一室に入り、そのままベッドへ直行した。

「今日はこのまま泊まっちゃおうか」

そう言い出したのはミナミだった。

「ママにはバレバレだけど、うちのママ、最近、ちょっと甘くなってきたから。お父さんが生きてたら、大変だったろうけどね」

娘が男と泊まることを容認する母親。やはり、この半世紀で日本は変わった。むしろ吾一のほうが紀子になんと言い訳すればいいのかわからず、一瞬、返事を迷ったのだが、当然のごとくミナミと一晩を過ごすことを選んだ。ミナミとはもう何度も体を重ねていたが、朝を一緒に迎えたことがなかったのだ。

「また行こうね、クラブ」

「ああ、そうしよう」

ミナミの頭が小猫のように毛布にもぐりこみ、吾一の胸の上に乗ってきた。吾一は頬をくすぐるその髪をゆっくりと梳《す》いた。

「ケンタ、ねぇ、ケンタ」

もう健太と呼ばれることには、すっかりなれた。吾一はすぐに返事をした。

「なんだい？」

返事はなかった。寝言だった。いつの間にかミナミは眠っていた。

「……………ケンタ」

またミナミが夢の中で呟いた。夢の中でまでミナミと一緒にいられる尾島健太という男が、吾一は羨ましくてならなかった。

それは自分ではないのだ。ミナミが夢を見ている男は、吾一ではない。自分にうりふたつの別人だ。

吾一は赤い照明が淡く灯る部屋の中で、小さな寝息を聞きながら、ミナミのぬくもりと重さを抱きしめ続けた。そして自分に問いかけた。お前はいつまでこの娘を騙し続けるつもりかと。

日本の敗戦を食い止めることは、もう諦めている。海軍大将や参謀たちが首を揃えても不可能だったのだ。一介の飛行兵長にできるはずがなかった。歴史書を見るかぎり、一兵卒の目から見ても開戦からわずか半年のミッドウェー海戦以後、我が日本に勝機はない。

第一、歴史を変えることになんの意味がある？

二十一世紀の日本の自堕落で無秩序で、道義も節度もなくした現状を、吾一のように知ってしまったら、ミッドウェーで、ガダルカナルで、サイパン島で、あらゆる場所で御国の為に命を散らした多くの英霊たちは、さぞや嘆くだろう。

しかし、戦争に負ければ滅亡すると教えられた祖国は、なぜか戦争前より富み、多くのモノと情報と利便にあふれている。飢えて死ぬ者も、戦争で死ぬ人間もいない。吾一には生きづらい時代だが、この時代の人間が、この世の中で幸せなのであれば、それで別にかまわない。

テレビや新聞では、世界各地で断続的に続いている戦争に対し、日本の軍隊がかかわるべきか否かが論じられ、そのたびに五十余年前の吾一たちの戦争へ「我々は責任を感ずるべき」「いや自らの歴史を卑下してはならぬ」などとの論争も繰り返されている。

吾一にはあまり興味がなかった。論争しているのはみな戦争を知らない若造ばかりだ。たまさか経験者の声があったとしても、一兵卒からの地獄を味わっていない人間の、あいも変わらぬ上から見下ろすような発言ばかり。

空襲や食糧不足の苦しみを語る銃後の人々の声はあるが、精神注入棒《バッター》で叩かれ、「顎」を食らい、「前支え」に泣いた人間の声はほとんど聞かれない。恐ろしく人の寿命の長いこの時代には軍隊を知る人間がまだ大勢いるはずなのに。バッターを振るった過去を恥じているのか、バッターを食らわされた屈辱を思い出したくないのか。それとも人を殺《あや》めた経験を知られたくないのか。

そして当然ながら、戦争で死んだ人間の声は、もう誰にも聞こえない。

吾一たちが死ぬために生きてきた戦争を、この国の人間は忘れようとしている。

忘れたいのなら、忘れるがいい。しかし忘れることはできても、消すことはできない。吾一が罰直に流した涙も、同期生と交わした笑みも、練習機から眺めた空も、すべて現実だ。

いま吾一が考えていることはただひとつ。自分は、自分のかわりに過去へ行ってしまった尾島健太という男と再び入れ替わらねばならない。それだけだった。彼のためにも自分のためにも、いますべきことは、それが唯一無二だろう。帰らねばならないのだ、そこがどんな場所でも。自分が存在した場所なのだから。

もし入れ替わるとしたら、昭和二十年の健太の近くにいる必要がありそうだった。問題は、それがどこなのか皆目わからないことだ。

吾一たち霞ヶ浦航空隊の練習生は、ほんの数カ月でまた転隊し、実用機訓練を受けることになっていた。いまはそこも巣立ち、前線に出ている頃だ。霞ヶ浦にはもうおるまい。配属先は内地だろうか、それとも外地か？　まず、それがどこかをつきとめねば。いちばん可能性の高い場所を考えるのだ——。

ミナミが寝返りを打ち、今度は吾一の腕に頭を預けてきた。吾一はミナミの顔を覆った毛布をはだけ、指を伸ばしてその柔らかな頬に触れた。それから、そっと呟いた。

「できることなら、健太になりたかった」

四十六

文子さんから手紙が届いた。

お便り嬉しく拝見致しました。あの日以来、石庭様の消息に胸を痛める日々が続いておりましたが、ご無事とのこと、祖母ともども深く胸を撫でおろしています。

こんな書き出しで始まっている。きれいな文字だった。達筆すぎて健太にはところどころ読めないぐらいに。

長い長い手紙だった。健太が出した便箋三枚の倍以上の長さがあった。ていねいで、思いやりにあふれた手紙だった。文子さんが和服の襟もとにあの小さくて細い指を揃えて、本当に胸を撫でおろしてくれている姿が、目に見える気さえした。

あれからキヨ婆さんと、健太がどうなったかを人づてに聞いて回ったが、まったくわからず心配していたそうだ。あっさりと書いてはいるが、いろいろ苦労させてしまったようだった。それからキヨさんと自分の近況が綴られ、健太が書いたでたらめの軍隊生活にいちいち感心し、称賛し、激励してくれている文章が続いていた。

文子さんはいま女子挺身隊として軍需工場で働いている。落下傘を軍服に仕立て直しているそうだ。キヨ婆さんは相変わらずで、茨城にも伝宣ビラではなく、本物の爆弾が落ちるようになったから、古井戸を防空壕にすると張り切って、一日一寸（三センチ！）ずつシャベルで掘っているという。最後はこんな文章で結ばれていた。

祖母ともども石庭様がお越しになるのを首を長くしてお待ちしております。
ご武運をお祈りしております。お体くれぐれもお気をつけ遊ばせ

かしこ

「お気をつけ遊ばせ」ときたか。「かしこ」だもんな。ミナミには書けないセリフだ。健太は何度も手紙を読み返し、分隊の連中がいない時を見はからって、便箋にほおずりしたり、胸に抱きしめたりした。誰も知っている人間のいないはずのこの時代で、自分を気にかけてくれる人がいる。それがとてつもない幸せに思えた。

がんばります。お気をつけ遊ばします。文子さんもお気をつけて、長生きをしてください。もし今年会うことができなくても、二十一世紀に戻ってからでよかったら、きっと会いに行きますから。

戦前の日本に来ても悪いことばかりあるわけじゃない。

とはいえ、いいことは少ない。

心配していた通りだった。四月になって、古屋に出撃命令が下った。

健太は悲しかったが、古屋は喜んでいた。以前、特攻隊への志願を取り消しにしたかったと打ち明けた時と違って、今回は後悔している様子はない。分隊で戦争ゲームのいちばんうまいガキになったのが、嬉しいのだろう。

出撃命令が出たといっても、古屋が死ぬと決まったわけじゃない。回天の特攻作戦は行き

当たりばったりだから、出撃しても敵艦が見つけられず作戦が打ち切りになったり、故障が多い回天が発進しなかったりして、そのまま戻ってくるケースはいままでに何回もあった。

古屋のことだ、一カ月後にひょっこり帰ってきて、「釣りで言えば、ボウズってとこか。ついてねぇ」などとぼやいたりするに決まってる。

古屋が出撃する前の晩、分隊内で茶碗酒の壮行会を開いた。酒の肴は特攻が決まってもギンバイをやめようとしない送られる本人が集めてきたカニ缶やサバ缶だ。

あまり酒が強くない古屋は、二杯の茶碗酒で顔を真っ赤にし、分隊員たちが祝い事のようにかける激励の言葉に「苦しゅうない」などと偉そうに応えていたが、突然、立ち上がって、奇声をあげた。

「母さん、英二は征きますっ」

たぶん東京の方角だろう。居住区の誰もいない壁に向かって敬礼する。一人が調子を合わせて言った。

「おふくろだけか？　おやじさんが可哀相じゃねぇか」

古屋がしらふの声に戻って言った。

「おやじはもうおらん。去年死んだ」

初めて知った。父親のいない者というのは自分のことだったのだ。古屋の情報源だった兄は去年暮れ、フィリピンで戦死した。古屋が今度は天井に向けて叫んだ。

「父さん、兄さん、英二がもうすぐ行きますからね」

三杯目の酒をついでやりながら、健太は古屋に聞いた。

「なぁ、お前の家って、どこだっけ」

「何度言ったらわかる。また病状がぶり返したか。京橋区の月島だ。勝鬨橋《かちどきばし》を渡ってすぐのところの団子屋。先祖代々の寺も近くにある。靖国もいいが、俺はできればあそこへ戻りたい」

寺の名前を聞くと、妙な顔をされたが、教えてくれた。健太は二十一世紀に戻って古屋に会いに行った時、団子屋が潰れていた場合を考えて尋ねたのだが、違う意味にとったらしい。

「お前の出撃休暇の時に、墓参りなんかに来んでいいからな。三日なんてあっという間だったぞ。自分のために使え。もし来てみろ、墓石がたがた揺らしてやる」

やつなりに緊張しているのか、冗談にいつものキレがない。

死ぬな――特攻が決まった人間に、そんな言葉はかけられない。

「整備不良や故障だった時は、無理せずに引き返してこいよ。上の連中はお前なんかより回天一基のほうが、よっぽど大切なんだから」

そう言うのがせいいっぱいだった。

「腹立つな。自我忘失症だったくせに、いつそんな憎まれ口を覚えたんだ」

古屋は初めて会った時と同じように目玉をくるりと動かして言い返してきた。

古屋の回天特攻隊が出撃したのは五月の半ば。あいつらしく大型艦を狙ったらしい。敵艦は沈没を免れたが、古屋は還ってこなかった。

47

「いまからのご予約ですと、お盆期間中は難しいですねぇ。八月十五日過ぎならプランもいろいろとあるのですが」

カウンターの向こうの若い娘が事務的な笑顔を浮かべて言った。

「まじっすか？　なんとかなりません？」

吾一はすっかり身についた二十一世紀風の言葉と物腰でそう言ったが、心の中では、嗚呼、我が命運尽きたり、と嘆いていた。まだ七月になったばかりだというのに、沖縄旅行の予約がこんなに早く埋まってしまうなんて、吾一はもちろん、自ら旅行代理店に足を運ぶのは初めてだというミナミも知らなかったのだ。

終戦まであとひと月あまり。吾一は焦っていた。健太はまだ生きているだろうか。もし自分があのまま航空隊にとどまっていたのなら、生き残っている姿は想像できない。なにしろ御国の為に死ぬことが人生の目標だったのだ。

隣に座ったミナミが顔を覗きこんでくる。

「今年はおばあちゃんの新盆だし、あたしは十五日過ぎのほうがかえって都合がいいんだけど……」

ミナミの夏休みは七月からだが、短大を卒業する今年の夏は何かと忙しいらしく、八月にならないと長い休みが取れないのだ。

大洗海岸にはここしばらく行っていない。あそこで時代を出入りする隧道を探すことはもはや不可能である気がしていた。昭和二十年の健太がいる場所に、自分も同時に存在していなければ入れ替わることはできないはずだ。健太の居場所は、沖縄ではないか。吾一はそう考えている。

根拠はあった。戦記によれば、沖縄は大東亜戦争における最後の決戦の舞台と言える場所だ。六月にはほぼ陥落したが、日本軍は奪回を試みて特攻作戦を繰り広げ、それは終戦まで続いている。

吾一と同じ予科練甲飛十三期操縦専修生は、卒業後、各地の航空隊に散り散りに配属された。燃料不足で飛行機乗りの途を絶たれた者もいれば、実戦部隊に入隊できた者もいる。特攻作戦に加わった人間も少なくなかった。戦地に行くとしたら、いちばん可能性が高いのは、沖縄だ。自分が戯れ言のつもりで口にした「行くなら、オキナワ」という言葉は、何かの暗示だったのではないかとさえ、いまの吾一には思えていた。

一人で行ってしまおうかとも考えたが、夏の沖縄旅行は高額で、バイトで貯めた金は旅行一回分しかない。一刻も早くと思う一方で、最後の旅になるのなら、どうしてもミナミと行きたいと吾一は願っていた。本当は健太と入れ替わるのを拒否しているのではないか、と自分を疑いたくなってくる。

「ねぇ、なんで八月十五日までじゃないとだめなの？」

ミナミがまた自分に不審を抱くかもしれないが、これだけは譲れなかった。

「悪い。バイト、その時しか休めないんだよ」

また嘘をついてしまった。しかし、なぜかこの答えはミナミを喜ばせた。

「じゃあしかたないよね」

旅行会社を出たミナミが、ひたいを片手で叩いた。吾一のしぐさを面白がって真似しているのだ。

「そうか、飛行機のチケットさえ取れればいいんだよね。ネットで買っちゃおうか。さっきの何とかプランみたいないいホテルじゃなければ、泊まるとこはまだあるだろうし、そのほうが安上がりだしね」

家計を預かる主婦のような口ぶりだった。ついさっきまで、パンフレットに掲載された豪華なホテルの部屋に目を輝かせていたことはおくびにも出さない。

「いざとなったら、向こうでレンタカー借りて、そこで泊まるか?」

吾一の言葉に怒るかと思ったら、逆に目を輝かせた。

「わお、ロマンチック。だったらサンルーフ付きのにしようよ。二人で星空を見ながら寝るんだ」

本当にいい娘だ。今度の沖縄行きが最後の機会だと吾一は考えている。そこで自分の身に何も起こらなければ、本物の健太には申し訳ないが、自分が尾島健太として生きていこう。ミナミを一生守って暮らそう。そう決めていた。

四十八

指導官室前に、二十六人に減った健太たち分隊員が整列する。ついいましがた士官従兵の呼び出しを受けたのだ。ドアを開けて出てきた分隊長の田淵が、だるまみたいなぎょろ目を剝いて、全員を見まわした。

「決まったぞ、喜べ。次は俺が出撃だ」

田淵は無邪気に興奮していた。老けた顔立ちからは信じられないが、まだ二十三歳。ガッツポーズ風に拳を固めた様子は、軍隊の士官というより、仲間に先を越されていた就職がようやく決まった大学生のようだった。

隊員の中には涙ぐむ人間もいる。田淵はみんなに人気があった。健太も好きだった。搭乗訓練後の反省会で、他の指導官から罵倒される健太を何度かばってくれたことか。

古屋の戦死の報せを聞いてから、まだ二カ月も経っていないのに、今度は田淵。先月は、分隊対抗野球チームのエースを失った。訓練中に特眼鏡の把手がはずれ視界を失い、岩礁に激突してしまったのだ。健太がチェンジアップの投げ方を教えてやったら、びっくりしていたけど、一カ月でマスターして「魔球使い」と恐れられていたのに。死んで欲しくないやつばかりが、逝ってしまう。

「潜水艦は伊三七四。出撃は一カ月後だ」

一カ月後といえば、八月の初めか。たぶん回天の最後の出撃だろう。もう少しで戦争が終わるというのに、なんて運の悪い。もちろん田淵は、それを幸運だとしか思っていないようだったけれど。

「俺が特攻指揮官だ。隊員の人選は未定だが、半分は俺の裁量で決められる。だから貴様たちの中から二人、連れて行こうと思っている」

げげ。まじかよ。

「俺を連れてってください！」

「いえ、自分が行きます」

「死ぬ時は分隊長と一緒です」

隊員たちが口々に叫び、田淵ににじり寄った。誰もが「死」という言葉を「名誉」と同義語だと信じているのだ。健太はこの時代では高いほうの背丈を縮めて、田淵と視線を合わせないようにした。来るなよ、来るなよ。確かに田淵はいいやつだが、一緒に死にたくはない。

田淵は腕組みをし、隊員たちの声にいちいち頷いていた。

「そう言い出すと思ったよ。できれば全員を連れて行きたいところだ。率直に言って、古屋、吉野《よしの》らが軍神となったいま、この分隊の人間の操艇技術はどんぐりの背比べだ。どう選んだところで不満が残るだろう。そこでだ――」

ラッキーチャンスとでもいうふうに、田淵がひとさし指を立てた。

「名簿のいろは順か、あいうえお順にしようと思っている」

健太はそっと安堵の息を吐き出した。「あいうえお」なら「尾島」より先に、安部《あべ》と植村《うえむら》がいる。「いろは」——よくわからないけど、たしか「お」はそんな前の方じゃない。

「異存はないな。恨みっこなしだ。いまからこれを投げる」

田淵がポケットから小さな人形を取り出した。いつも肌身離さずに持っているお守りだ。噂では田淵が特攻隊員であることを知らずに、故郷で待っている許嫁が送ってきたものらしい。かなりアバウトな決め方だが、田淵も分隊員たちも真剣そのものだ。

「表が出れば、いろは。裏が出れば、あいうえお、それでいいか——」

「はいっ」

分隊員が声を揃えた。特に自分が有資格者であると知った連中は目を輝かせている。健太の心は早くも終戦後に飛んでいた。ぎりぎりセーフで命拾いしたようだ。除隊したら、二十一世紀へ戻る手段を探す前に、まず文子さんとキヨさんの家へ行って礼を言おう。死んだ爺さまの形見のシャツをなくしてしまったことも詫びなければ。

「お久しぶりです、いつぞやお世話になった——」文子さんの前で挨拶をしている自分の姿を思い浮かべているうちにようやく、いまだに慣れず、何度も繰り返している勘違いを自分がまた犯していることに気づいた。

やべぇ。俺はここでは尾島健太じゃない。「石庭吾一」だ。ということは——。

田淵が人形を投げた。

見なくたって結果がわかった。

49

ホテルの予約を終えたミナミは、頬をふくらませて、ふう、と息を吐き、受話器を置いた。八月十三日から十六日までの三泊四日。宿は観光ホテル「湧出《ワジー》」。一泊八千円だというから、ホテルといっても民宿みたいなところだろう。

場所は伊江島《いえ》。沖縄本島の北側、本部半島《もとぶはんとう》の五、六キロ沖合にある珊瑚礁に囲まれた島だ。旅行ガイドをめくったり、インターネットを検索したりしているうちにここを発見して、すっかり気に入ってしまったのだ。

肌が弱くて、日焼けするとすぐに全身がまっ赤っかになってしまうから、海は苦手なのだけれど、ガイドブックに載っていた伊江島の夕陽は信じられないほどきれいで、こんな浜辺を健太と二人で歩けたら、どんなに素敵だろうと、ミナミは胸をときめかせていた。ぜひ行ってみたい観光スポットもある。

サーフィンというよりダイビング向きの場所みたいだから、健太が嫌がるかもしれないと思って昨日、電話をしたら、あっさり言っていた。

「オーケー、ぜんぜん構わないよ」

なぜかは知らないけど、健太は沖縄という行き先と八月十五日までという日付けにしか興味がないみたいだった。遊びに行く時は自分がしきりたがるタイプだったのに、ミナミに任せきり。つきあい始めて間もない頃、「千葉なんて行きたくねえよ。波がイワシ臭えもん」なんて文句ばっかり言うアイツと喧嘩していたのが嘘みたいだ。

バイトを休めない、なんていうセリフも驚き。トト八にいた頃は、腰掛け気分を正社員のヒトに叱られていたのに。真面目に働く気になってくれたのなら、ミナミは嬉しかった。

八月十三日から旅行へ行くと言ったら、ママには叱られた。「お婆ちゃんの新盆なのに」って。一緒に行くのが健太だっていうこともバレバレ。でもミナミが大切な旅行だって話すと、それ以上は何も言わなかった。

そう、大切な旅行だった。ミナミには健太に言わなくてはならないことがある。だけど昨日の電話でも結局、切り出せなかった。

沖縄に行けば話せるような気がしていた。あのきれいな夕陽の中でなら素直に自分の気持ちが言えそうだ。もしかしたら二人の仲がおしまいになるかもしれないのだけれど。

五十

車窓を流れていく五十数年前の東京に、健太は目を丸くし続けていた。

モノクロ写真でしか見たことのないレトロな街並みが珍しかったわけじゃない。建物のほとんどが焼け、破壊されていることにショックを受けたのだ。

空襲だ。最近はB－29が大津島の上空にもしばしば姿を現す。地形を利用して施設を巧妙に隠した回天基地は素通りするが、近くの呉や徳山《とくやま》は何度もやられている。通りすぎた沿線の都市はどこもかしこも無事なところはなかったが、東京はとりわけ酷い。窓を開けたら木のくすぶる臭いがしてきそうだった。これでまだ戦争を続けるつもりなのだから、あきれる。この時代の日本を動かしていた連中には、終わったら困る理由がいろいろあるのだろう。

東京駅で夜行列車を降り、茨城へ向かう常磐線に乗り換えたばかりだった。出撃まで一カ月を切り、健太たち特攻隊員に三日間の特別休暇が与えられたのだ。

「惨状の極みだな。伝え聞いていた以上だ」

健太の向かい側で鴨志田がため息をついた。

今回の特攻隊に鴨志田も選ばれたと知った時は驚いた。しかも田淵が率いる第一陣。同じ潜水艦だ。

鴨志田の話では「補欠出場」だそうだ。当初選ばれた人間が訓練中に艇内への浸水で溺れて意識不明になり、病室送りになった。自分が補充要員になったのは、その男と出身大学が同じだったからじゃないかと鴨志田は言う。最初は熟練者を送りこんでいた回天特攻隊もしだいに人材不足になり、隊員の決め方もアバウトになりつつある。

二人とも搭乗訓練数は二十回足らず。教習所ならようやく仮免といった段階だが、木の葉が散るように少しずつ減っていく回天基地の残された隊員の中では、もう若葉とはいえない。

「ところで石庭、いいのか俺の家で。足尾なら帰れんこともないだろう」

鴨志田が車中、何度も繰り返していたせりふをまた口にする。家族との最後の別れになるのに、一緒に茨城へ連れていってくれと健太が頼んだのが、不思議なようだった。

「ええ、お邪魔でなければ。足尾は山の中ですから、戻っても日帰りになっちまいます」

大津島を発ったのは昨日の朝。夏海村だって明日の昼には去らなくてはならない。ＡＮＡも新幹線も高速道路もないこの時代、瀬戸内海のはずれから北関東への旅は、成田――ニューヨーク間より時間がかかる。

「それに、実家の父親とはあまりうまくいっていませんので」

とっさに適当な言葉で誤魔化したが、まんざら嘘でもなさそうだった。石庭の父親のことは、母親の手紙にたった一度しか出てこない。しかも文面から察すると、石庭とは不仲のようだ。

「俺は別に構わないが。しかし辛いな、帰省しても特攻のことを口にするのは罷《まか》りならぬとは。俺が口を滑らしそうになったら、遠慮せずに頭をひっぱたいてくれ」

「はい」

鴨志田も特攻隊に選ばれたことは、健太にとってグッドニュースかもしれない。戦争を生き延びたミナミのじいちゃんと一緒なら、安心だ。

出撃は八月六日。沖縄近海へ行き、敵艦隊を洋上攻撃する。

回天は当初、停泊した大型艦を狙う泊地攻撃を目的に開発されたが、すぐにそれが通用しないことが判明した。回天の母艦である潜水艦が、米軍の強力なソナー網ですぐに発見されてしまうのだ。戦果があがらないことに業を煮やした上層部は、途中から戦法を洋上攻撃に変えた。つまり警戒の比較的手薄な航行中の敵艦に遭遇するまで、潜水艦で海を徘徊する作戦。

この時代の潜水艦の速度だと沖縄までは二、三日かかる。しかも空には米軍の飛行機がばんばん飛んでいるし、哨戒艇もうようよしていて、簡単には目的地へ近づけないし、獲物になる船団とそう簡単に出会えるわけでもない。

だいじょうぶ。俺は死なない。死ねない。もう一度、ミナミと会うまでは。

窓の外の焼け野原を眺め続けている鴨志田に、前からずっと聞きたかったことを聞いてみた。

「鴨志田少尉は、どうして特攻隊に志願されたのですか？」

去年の暮れ、予備士官たちは正式な士官になった。鴨志田の白い第二種軍装の襟章には、少尉の証である桜のマークがついている。

健太の階級もこの十カ月で飛行兵長から一等飛行兵曹に上がった。だからといって何が変わるわけでもないのだが、二人で駅を歩いていると、どう見ても年上の兵隊に敬礼される。これはちょっと気分がいい。長くやってると軍隊はやめられなくなる所かもしれない。

「いいよ、少尉は。娑婆へ戻ってそう呼ばれると、なんだか体がむず痒い。名前で呼んでくれ。呼び捨ては嫌だが」

兵学校出身の士官たちは階級どころか、卒業期の一期の上下にも神経を尖らせるのだが、予備学生出身者は何かにつけ、おおらかだ。鴨志田には指定の二等車に乗れる士官特権があるのだが、健太と一緒のこの車両を動く気はなさそうだった。

「じゃあ……鴨志田さん、なぜですか？」

鴨志田が肩をすくめてみせた。

「君たちはどんな説明を受けたのか知らないが、俺たちは予備学生隊の隊長から『一撃必殺の特殊兵器』の搭乗員募集としか説明されていない。『性能上特に危険を伴う』とは聞いていたが、応募の時は特攻隊の『と』の字も出なかった」

ひでえな。まるで悪徳商法だ。しかもクーリング・オフがきかない。

「軍隊に入ったからには、命の危険は覚悟のうえだ。それなら、ひとつやってやろうって、思うじゃないか。軍の上の人間に、予備学生は高等遊民だの、ふぬけた坊ちゃんだのと言われていたのも悔しかったしな。まさか十死零生の兵器だとは思わなかった。ふぬけた坊ちゃんたちに本当のことを言ったら誰も志願しないと思ったんじゃないか？　むろん回天のことはまるで知らなかった。最初はまいったよ。いくら注意しても頭をぶつけちまう」

鴨志田がのん気な口調で伸びかけた前髪をあげて見せる。「ほら、デコがこぶだらけだ」

回天基地の隊員たちには髪を伸ばす人間がふえた。「敵艦に突っこむまでは切らない」などと言われれば上も文句は言えない。健太の髪も鴨志田たち士官ほどではないが、丸刈りではなく、ショートと呼べるぐらいの長さに伸びた。ワックスがないから唾をつけてトップを立たせている。

「後悔はしてませんか？」

「いちおう士官だぜ。そんなことを俺に聞くのか？」

「すいません」

鴨志田がいつもの昼寝から目覚めたらくだみたいな笑顔を向けてきた。

「してる」あっさりそう言ってから、窓へ顔を振り向けた。「しかし、あれを見ろ。祖国の惨憺《さんたん》たるこのありさまを見て、いまさら自分だけ逃げ出すわけにもいかん。ヒロイズムを巧みにくすぐられて、祭りの神輿《みこし》の上に据えられた気分になることもあるがな」

さすがに大学出でも、あと一カ月足らずで戦争が終わるとは想像もしていないようだ。鴨志田が窓枠に頬杖をついたまま、節をつけて言った。

「君が為　すてて甲斐ある　ものにあらば　何惜しむべき　賤《しず》がいのちも」

「何ですか、それは？」

「勤皇の歌人、佐久良東雄《さくらあずまお》の歌だ。大学の史学の教授がよく口にしていた。回天の操舵訓練の時には、俺はいつもこの歌を諳《そら》んじる。ただし――」

周囲の耳を気にしたらしく、鴨志田が健太に顔を近づけ、声をひそめた。

「俺の場合の『君』は天皇陛下じゃない。自分の親しい人々だ。その人たちのところへの空襲を一日でも、一機でも食い止められるなら」そこで言葉を切って、鴨志田はまた歌うように言葉を続けた。「何惜しむべき、しずが命も」

親しい人なんて言っているが、鴨志田の「君」はきっと文子さんだろう。

「一人で数千の敵を屠《ほふ》れば、それだけ日本の危機を救うことができる」

同じせりふを分隊の仲間から何度も聞いていた。そのたびに喉もとまで出かかる言葉が健太にはある。鴨志田の軍人らしくないのどかさにつられて、それを口にしてみた。

「でも、敵の数千の兵隊にも家族や恋人がいますよね」

身内や仲間の死はストレートに悲しくて、わかりやすい。でも、顔が見えず言葉も違う人間の死や苦痛には想像力が働かないんだ。鴨志田やこの時代の人間が悪いわけじゃない。テレビで、まるで興味のない遠い国の戦争やテロのニュースが始まると、すぐにバラエティ番組にチャンネルを切り替えちまっていた健太だって同じだ。

健太の言葉が耳に入ったのだろうか、通路の向こう側の席の老人が、睨みつけてきた。鴨志田が珍しく厳しい表情になる。

「石庭飛曹、言葉を慎め」周囲に聞こえるようにそう言ってから、にまりと笑って、囁きかけてきた。「そんなこと考えたこともなかったよ。石庭、お前は面白いやつだな」

夏海村に着いたのは、昼すぎだった。鴨志田の家は、文子さんの住む場所よりだいぶ内陸で、健太の先に立って田んぼの中の一本道をどこまでもまっすぐ歩いていく。道の両側にはツユクサが咲いていた。健太の家の近くでもよく見かけるありふれた花だが、青い花色がやけに鮮やかに見える。この時代の空気がきれいだからか。それともいまの気分がそう見せているのだろうか。

健太は迷っていた。ここに居られるのは、二十時間ほど。戦争では死ななかった鴨志田と一緒に出撃しても特攻する可能性は少ない。事を荒立てずに除隊したほうがいいのか、それともこのチャンスに脱走してあと一カ月逃げまわるか――。

一度だけ海に行ってみよう。それだけは決めていた。自分が漂着した海岸へ行き、沖へ向かって泳いでみるのだ。あそこにタイムトンネルのようなものがあって、そこをくぐれば、岸へ戻った時には、二十一世紀になっているかもしれない。

「おーい、石庭ぁ、着いたぞぉ～」

さすが三段跳び学生王者だ。素晴らしいストライドでずいぶん先まで歩いていて、健太に手を振ってくる。

この時代に大学へ行くには、頭だけでなく金も必要だったらしいから、豪邸を想像していたのだが、鴨志田の家は意外にこぢんまりした和風の平屋だった。父親は中等学校の英語教師だったが、敵性語禁止のあおりを食らって休職中だそうだ。

鴨志田が生け垣から首を突き出して、庭に穴を掘っている男へ声をかけた。

「ただいま、父さん、何をしているのですか」

振りかえった男は鴨志田とそっくりの大きな耳をしていた。

「防空壕を掘っとる。最近はこの辺りにも空襲が来るからな。しかもB－29ではなく軍艦からの艦砲射撃だぞ。お前ら海軍はいったい何をしておるのだ」

「面目ありません、海軍大将によく言っておきます」

鴨志田がゆったりと笑うと、父親もよく似た笑顔で笑った。

玄関の扉が開き、モンペ姿の女の人が駆け寄ってきた。

「祐司、祐司っ」

半分涙声だ。かぶっていた手ぬぐいを脱ぎ、目頭に押し当てている。

「ただいま、母さん」

鴨志田祐司とミナミの背丈は、この人の遺伝子を受け継いだのだろう。この時代の女の人にしてはかなり背が高い。

ミナミ、驚け。俺はいま、お前のひいじいちゃんとひいばあちゃんに会ってるんだぞ。

再会の興奮が鎮まると、鴨志田にばかり向けられていた両親の視線が、どう見ても友人には見えない健太に移った。鴨志田が説明する。

「航空隊の石庭一等飛行兵曹です。隊は違いますが、彼とは気心の知れた仲でして。夏海には浅からぬ縁があるとかで、一緒に連れてきました」

「なぜ航空隊の兵隊さんが？　お前は海兵団の学生隊に入ったのだろう――」

そこで父親が口をつぐんだ。健太に同情のまなざしを向け、なぜか深々と頭を下げた。

「よろしくお願いします」

健太を神風特攻隊要員だと思ったらしい。軍艦に乗っていると信じこんでいる息子が同じ運命だとは知らずに、自分の息子が故郷のない特攻隊員を哀れんで連れてきたのだと。

顔を上げた父親が、また鴨志田に声をかけた。

「ゆっくりしていけるのか？」

「いえ、明日早く立ちます。強行軍ですが、しばらくは戻れませんので、親類にも挨拶をしていこうかと」

「賢三《けんぞう》や義雄《よしお》叔父《おじ》の家か？」

「ええ、まぁ、行けるかぎりの所に」

鴨志田が口ごもって顔を赤らめている。どこへ行きたいのか、健太にはすぐわかった。

「沢村さんのところにも行ってこい」

「は？」心を読まれたと思ったのか、鴨志田がしどろもどろになっている。

「キヨさんが亡くなった。家を守ろうとして無理がたたったのかもしれん。線香の一本もあげてこい」

健太は言葉を失った。せっかく礼を言いに帰ってこれたのに。たった一晩世話になっただけだが、まだガキで死の意味がよくわからなかった、自分の祖母ちゃんが死んだ時より悲しかった。


目を覚まして、いつの間にかかけられていた布団を引きはがすと、ずきりと頭が痛んだ。壁の柱時計を見る。アナログ時計の針が午前二時を回っていた。

しまった、寝ちまった。鴨志田家の人々が寝静まるのを待って、海へ出かけようと思っていたのに。

鴨志田の父親はとんでもない大酒のみだった。酒は配給制で、なかなか手に入らないらしいのだが、息子の帰郷の日に開けるつもりだったという一升瓶を何本も出してきて、それをがんがん飲み、どんどん人に飲ませる。

健太も調子に乗って、ついモー娘。を歌ってしまった。鴨志田の父親には「珍しい民謡だ」と大ウケだった。父親ほど酒が強くないらしい鴨志田が畳に大の字になってしまったところまでは覚えているのだが——。

鴨志田は大の字のままで、すぐそばに転がっていた。家の中は静まり返り、鴨志田のいびき以外に物音はしなかった。鴨志田の二人の兄は出征中。妹はすでに嫁ぎ、この家には両親しかいない。健太はそっとふすまを開け、玄関から外へ出た。

真夏だが、二十一世紀に比べると風が涼しい気がする。門を出ると、潮騒の音が聞こえてきた。それを頼りに、健太は真っ暗な田んぼ道を歩いた。

人間が戦争をしていても、大地や動物には無関係のようだ。田んぼではウシガエルが合唱している。堆肥の臭いが鼻を刺す。波音が高まり、海からの風が頬を撫ぜていく。藪蚊の羽音まで鮮明に聞こえた。生きているってことは、こんなにもたくさんの音や匂いに包まれていることなんだ。それを初めて知った気がした。

ふいに嫌な予感に囚われた。まさか、これって、俺の死が近づいていて、それで五感が敏感になっているわけじゃないだろうな——。蚊に食われた頬を掻きながら健太は、ぶるりと首を振った。妙なことを考えるのはやめよう。頬が痒い、めちゃくちゃ痒い。俺が生きてる証拠だ。

　道の先に松の防砂林が見えてきた。文子さんの家を探したが、街灯もネオンもない夜の闇の中では、確かな方角すらわからなかった。道を渡り、この世界に漂着した日に這い昇った砂の土手を駆け下りる。

　十カ月ぶりだ。最初はとんでもない場所へ流れ着いたと思っていたのだが、いま考えれば、海に入った時と同じ場所だったのだ。五十数年前の深夜の大洗海岸は、波頭だけがほのかに白いほかは、一面の暗黒だ。

　鴨志田から借りた浴衣を脱ぐ。そして健太は海へ入った。

51

　夜の海は暗く静かだ。ねっとりと全身にまとわりついてくる闇は、地上のどんな暗夜より圧倒的で、虚無や死といった言葉を連想させた。心臓の鼓動と、口から吐き出す気泡が頭上へ昇っていく音しか聞こえない。さすがの吾一も体を震わせた。

　突然、体が海の底に吸いこまれていくのを感じた。あわてて両手で水を掻こうとしたが、体はまったく動かない。苦しくて開けた口に海水が流れこんでいく――。

　吾一はベッドから飛び起きた。サイドテーブルを手さぐりして携帯をつかみ、フリップを開ける。待ち受け画面のデジタル時計は、ＡＭ２：１１を指していた。

全身汗まみれだった。エアコンにリモコンを向ける。涼風に人心地ついた吾一は考えた。なぜあんな夢を見たのだろう。あの海は大洗海岸であろうか、と。

ふと思い立って、部屋の明かりをつけ、パジャマ用のTシャツを洗濯したてのものに替えた。ハーフパンツはそのまま穿き続けることにして、ポケットに携帯とクルマのキーを突っこむ。

この時間帯なら三、四十分で大洗に着くだろう。夜が明けるまでにはまだ時間がある。さっきの夢は、夜潜ればよい——という誰かからの、あるいは人ならざる何かからの啓示であるような気がした。吾一は大洗での最後の挑戦をしてみるつもりだった。

行ってみよう。夜、海に潜ったことは一度もなかった。勝利と紀子を起こさないように、足音を忍ばせて玄関を出る。短くアイドリングさせただけで、サーフボードを積んだクルマを、そろりと発進させた。

五十二

ばっくしょいい！

ピストルの音みたいだといつもミナミに笑われるクシャミを連発していると、田舎道を歩いていた鴨志田が呆れ顔で振り返った。

「夏風邪か？　早朝から水練とは、さすが予科練卒、殊勝な心がけだ。おふくろがたまげていたぞ」

海から上がって鴨志田家に帰り着いたのは、まだ夜明け前だった。体を拭くものを持っていくのを忘れて、濡れねずみのまま帰ってきた健太に、もう起き出して井戸水を汲んでいた鴨志田の母親が目を丸くしていた。

夜の海にはなんにもなかった。タイムトンネルどころか、光も音も生き物の気配も。潜っていた時間は二時間もなかったろう。夜の海の冷たさや疲労で体がへばる前に、心がまいってしまった。

夜の海の中があれほど恐ろしいとは思わなかった。まるで永遠の闇の中に自分が吸いこまれてしまうような気がして、夜明けを待たずに海から逃げ出してしまった。

もう決めた。脱走はしない。鴨志田にくっついて軍隊へ戻り無事に終戦を迎えるほうが、あの海に潜り続けるよりよっぽどましだ。昨日の夜、鴨志田から聞いた話では、除隊の時には恩給の一時払いという金が貰えるらしい。戦争に負けても支払われるのかどうかはわからないが、かなりの金額だそうだから、あと一カ月間、無一文で逃げまわるより、その金を手に入れて、ゆっくり二十一世紀に戻る方法を探すほうが現実的に思えてきた。

見慣れた風景が近づいてきた。いくつかの商店が並んだ、この村にとっては繁華街と呼べる場所。文子さんの家がある通りだ。

鴨志田は軍服の襟もとからカメラを下げている。写真機というより革製のバッグみたいなしろものだ。これで文子さんと写真を撮りたいのだそうだ。自分は見ることができない写真だと鴨志田は笑う。いまの日本の状況では写真館で現像して貰えるかどうかわからないし、仮に現像できても、日数のかかる軍事郵便で届く前に出撃してしまう可能性が高いからだ。

よろず屋沢村の店先からは「たばこ」と書かれた小さな看板がはずされ、雨戸が閉め切られていた。庭へ続く木戸の前まで来ると、急に鴨志田がもじもじし始めた。

「先に行ってくれ。上官命令だ」

こんな時ばっかり。だから健太が先に木戸を抜け、店の横手にある玄関の戸を叩いた。

「ごめんくださ〜い」

とととととと、家の中から子犬が駆け寄ってくるような可愛らしい足音が聞こえてきた。

引き戸が開いて、出てきた文子さんは相変わらず素晴らしくきれいだったけれど、少し痩せたように見えた。健太の顔を見るなり、長い睫毛をしばたたかせて、大きな目をさらに丸くふくらませた。

「ごぶさたしました。石庭です」

本当は尾島健太と名乗りたかった。文子さんにだけは、健太っていう人間の存在を知って欲しかった。言ったところで、文子さんは首をかしげて、熱があるのかという顔をするだけだろうけれど。

文子さんが健太の胸に手を伸ばしてくる。本物かどうか確かめるような手つきだった。途中で自分の行動に驚いた様子で、腕を胸に折りたたんでしまった。健太に何か言おうとして唇を開いた。見上げてくる黒水晶みたいな目が、少し潤んでいる気がしたが、それを確かめることはできず、文子さんの言葉も聞けなかった。健太が瞳を見つめ返す前に、後ろで咳払いが聞こえたからだ。

「あのぉ、新田《しんでん》の鴨志田のところの祐司です。お久しぶりです」

遠縁といってもさほど親しいわけではないらしい。文子さんが戸惑った様子で会釈をすると、鴨志田もぎこちなく頭を下げた。

「父から聞きました、キヨさんのこと。お線香をあげさせてください」

「ありがとうございます。お上がりください」

文子さんはうつむいたまま健太に背中を向けた。

キヨさんはいつか見た仏壇の中にいた。といっても遺影はなく、あの空襲の夜、取りに戻った爺さまの位牌の隣に真新しい位牌がふえているだけだ。

鴨志田は目を閉じてじっと手を合わせている。健太は目頭がヤバくなってきたから、顔の汗をぬぐうふりをして、隣の部屋へちゃぶ台を出そうとしている文子さんを手伝った。健太が最初に目覚めた六畳間だ。二人で運ぶ途中、一瞬、指先が触れ合った。文子さんが静電気に打たれたように手を引っこめる。

開け放した障子の向こう、庭の隅に文子さんと二人で震えて抱き合った古井戸が見える。シャベルが立てかけてあるところを見ると、まだ防空壕は完成していないようだ。

文子さんがちゃぶ台に湯呑み茶碗といくつかの食器を置いた。小鉢や皿に載っているのは、ふかしたサツマイモ、乾パン。小さな石炭のかけらのようなものは、砂糖だろう。なんだかおままごとの料理みたいだったが、軍隊と違って食糧事情が厳しい一般の家では、せいいっぱいのもてなしのはずだ。たぶん自分の何日かぶんの食べ物だ。それがわかっていたから、健太も鴨志田もお茶にしか手を出さなかった。

「こんなものしかありませんが、どうぞ召し上がってください」

文子さんは恥ずかしそうに言い、うつむいてひとさし指で自分の耳を撫ぜた。

やっぱりだよ。この人はミナミにそっくりだ。ミナミも恥ずかしい時には、耳を触る癖があるのだ。ミナミの場合、ピアスが揺れるほど耳たぶを弾くのだけれど。

「以前いただいた手紙では、キヨさんもお元気だと書かれていたので、安心していたのですが」

「ええ、突然倒れて……それまでは元気だったんですが……」

二カ月前、防空壕を掘っている時に意識を失い、そのまま亡くなったそうだ。暑い日で、頭には爺さまの形見の麦わら帽子を被っていたそうだ。

鴨志田は、健太が文子さんと話すのをまぶしそうな目で見つめるだけで、口を閉ざしたままだ。しっかりしろよ。あんたががんばらないと、ミナミの母ちゃんも、ミナミも、この世に生まれてこないじゃないか。

「少尉は文子さんとは幼い頃からのお知り合いなのですか？」

せっかく健太が会話の糸口をつくってやろうとしても、鴨志田の言葉は、これだけ。

「ああ」

ああ、じゃないだろが。俺に答えてどうする。三段跳びの学生王者だったくせに、女に関してはカメみたいにとろ臭い。文子さんも鴨志田と目が合ってもすぐに下を向いてしまう。なにせ鴨志田は二枚目だし、健太より大人っぽいし、おまけに士官だ。ちょっと悔しいが、二人は似合いだと思うのだが。

部屋には線香の匂いが漂い、鴨志田がせわしなく茶をすする音だけが続いている。このまではロマンチックな雰囲気にはなりそうもない。健太は文子さんに言ってみた。

「いまも音楽はよく聴かれるのですか」

「……いえ、祖母が亡くなってからは」

「レコード、聴かせてくれませんか」

「おう、いいな」

鴨志田が間の抜けたあいづちを打つ。

健太がトランクと間違えた蓄音機は、まさにトランクになっていて、文子さんは把手を握って運んできた。いつかのように唇を花の蕾みたいにすぼめてレコードの埃を払い、蓄音機に置く。

一曲目は久々に聴く「誰か故郷を思わざる」。二曲目は知らない曲。鴨志田の手前、禁止になっているという外国の曲はかけないつもりのようだ。

三曲目はスローテンポののどかな曲。聴いたことがあるメロディだった。

「何という曲ですか」

健太の問いに答えたのは鴨志田だ。

「埴生の宿。ホーム・スイート・ホームだ。原曲は英国民謡だが、和名のおかげで禁止を免れた」

ホーム・スイート・ホーム！　ああ、そうだよ、これ、ミナミの携帯の着メロだ。以前、聴かせてくれた「スワニー河」は、ミナミが唯一ピアノで弾ける曲だ。

百パー間違いない。文子さんはミナミのばあちゃんだ。一緒には暮らしてなかったけれど、ミナミはばあちゃん子だったから、音楽の趣味や癖が全部うつってるんだ。

「スワニー河、聴かせてもらえませんか？」

健太が言うと、文子さんがとまどった様子を見せたが、鴨志田が笑って言った。

「かまいませんよ。洋楽もお願いします。憲兵が押しかけてきたって、俺たちが追い返しますから」

文子さんが初めて鴨志田に視線を向けて頷いた。よしよし、いい雰囲気になってきたぞ。自分の恋人のじいちゃんとばあちゃんのキューピッド役になるなんて、なんか変な感じだけど、悪い気分じゃない。二十一世紀に戻れたら、ミナミに恩着せがましく言ってやろう。お前がいまそこにいるのは誰のおかげだと思ってるんだ、って。

鴨志田も音楽が好きらしく、ようやく文子さんにぽつりぽつりと話しかけはじめ、文子さんも小さな声で答えるようになった。でも帰りの列車の時刻を考えると、そう長くはここに居られない。五曲目の途中で健太はこの場を二人っきりにすることにした。ささ、後はお若い方どうしで。

「防空壕、つくりかけですよね。俺、掘りますよ」

健太がそう言うと、文子さんも立ち上がってしまった。ああ、いいのに。のそのそと鴨志田も腰を上げる。だめだってば。

鴨志田と二人で掘ったら、あっという間に小柄な文子さんには深すぎるほどの穴になった。内側に土止めの板を張って防空壕が完成したのは、列車の時刻にぎりぎり間に合うかどうかという時刻だった。文子さんはシャベルを動かしている健太と古井戸を見比べて、一度だけ悪戯っぽい目を向けてきた。あの夜のことを覚えていてくれただけで健太は満足だった。

「そうだ、完成記念に写真を撮ろう」

鴨志田がカメラを取りに家へ戻ると、ふいに文子さんが囁きかけてきた。

「いま千人針をつくっているんです。要領が悪いものですから、協力してくれる方がなかなか見つけられなくて、いつお届けできるかわかりませんが。お邪魔でなければお使いになって」

「え、俺に?」

文子さんが健太の顔から目をそらさずに頷く。本当に水晶みたいな目だ。なぜ健太たちが帰郷したのか、本当の理由が、占いに使う水晶玉みたいに映っているのかもしれない。

「武運長久をお祈りしています」男を戦場に送り出す時の決まり文句を口にしてから、鴨志田に、いや健太にも聞かせまいとするような小さな声でつけ足した。「死なないで」

カメラにはフィルムが二枚しか残っていない、と鴨志田は言う。

「一枚ずつ文子さんと撮ろう。まずお前からだ」

「いえいえ、お先にどうぞ。ほらマドンナが待ってる」

「しっ、声が高い」

文子さんは男たちのはしゃぎぶりに目をぱちくりさせていた。健太が先を譲ると、本当は一刻も早く写真を撮ってもらいたかったらしい鴨志田はあっさり頷き、文子さんの隣に並ぶ。

カメラはファインダーを上から覗く二眼レフ。もちろんオートフォーカスなんてしゃれたものはなく、ピントを合わせるのは金庫のダイヤルみたいなつまみだ。

鴨志田の顔は真っ赤だった。自分が見ることができるかどうかもわからない片思いの相手とのツーショット写真のために、緊張しまくってポーズをつくっている。文子さんのアルバムに自分の姿を残して、時おり顔と名前を思い出してもらえれば、それだけで思いが叶うんだろう。

ずいぶんとシンプルで、古めかしくて、そして一途な恋だ。せっかくだから二枚連写してやろう。もしもミナミが、ばあちゃんの古い写真の中に健太を発見したら、泡を吹いて気絶しちまうだろうから。

「笑ってくださ〜い、一たす一は？」

「ん？」鴨志田が首をかしげた。「石庭、俺を馬鹿にしているのか」

「答えてください。笑い顔になれますから」

「二……おお、本当だ、石庭は意外にしゃれ者だな」

文子さんと鴨志田が並んでこっちを向いた。本当に、お似合いのカップルだ。

「いきま〜す。一たす一は？」

健太はシャッターを押した。

53

短銃のような音をさせて吾一がくしゃみをすると、ミナミが呆れ顔でテーブルの上にティッシュの箱を滑らせてきた。

「あいかわらずピストルみたいなくしゃみだねぇ。バカだよ、まったく。夏の風邪はバカがひくっていうけど、ほんとだね。というかバカが原因で風邪をひいたのか。夜中にサーフィンなんかするからだよ」

ティッシュの箱には、きれいな花柄のカバーがつけられている。ティッシュ箱を昼寝の枕がわりにする紀子とは大違いだ。

初めて訪れたミナミの家だった。テーブルの上にはミナミの手料理が並んでいる。

「どう、納豆スパゲッティ」

「うん、なかなか」変わった味だ。健太という男の味覚が妙なのか、ミナミが恐ろしくて言い出せなかったのか、これが健太の好物ということになっているらしい。料理はともかくエプロン姿のミナミはいいものだった。

健太は旅行鞄を持っていなかったから、ミナミの家に借りに来た。そのためにやっと祖母君への線香もあげることができた。鞄は亡くなった祖母の家にあったものだと言う。

「いいの？　ほんとにこれで。鍵が壊れてるんだけど」

「うん、錠前をつければいい。なかなか立派な鞄じゃないか」

吾一の時代なら最新流行のものだったろう。この時代の鞄のような見栄を張るためのものではなく、鞄がまだ物を運ぶための道具だった時代のものだから、頑丈で、鍵以外どこにも不具合はなく、じゅうぶん使えそうだった。

祖母の旅行鞄を使ってみては、と言ったのはミナミだった。吾一が「使う」と答えたら、自分が言いだしたくせに驚いていた。自分の気持ちを整理するつもりで、そう言ったのかもしれない。いつか吾一を詰問した、ここから出てきたという不審なモノについては、もう口にしないし、捨ててはいないようだが、吾一には見せてはくれなかった。

「そうだ、まだお線香をあげてなかった。鞄をお借りするんだから、ご挨拶しなくちゃ」

「おお、礼儀正しくなったもんだねぇ。スパゲッティ、おかわりは？」

「……ああ、いや、残念だけど、もう満腹」

奥の間にある仏壇に手を合わせた。写真が何枚か飾られている。ミナミとよく似たややつり目の男のものが二枚。父親だろう。まだ真新しい写真立ての中で微笑んでいるのは、去年亡くなった彼女の祖母か。見事な白髪で目の大きな可愛らしい老女だ。またミナミに勘繰られてはたまらないから、すぐに目をそらした。

古い写真が一枚。未来社会ではあたりまえのカラー写真ではなく、白黒。和服姿の若い女性と軍服姿の男が並んで写っている。男は海軍の第二種軍装に身を包んでいた。

リビングからミナミが声をかけてくる。

「あ、それ、おばあちゃんとおじいちゃんの写真。この鞄の中に入ってたの。いい写真だったから、ママに飾ろうよって言ったんだ。ね、熱愛中って感じでしょ」

熱愛中。そうかな。自分の祖父母だからミナミにはそうとしか見えないのだろうが、淡い片思いの記憶すらなかった以前の吾一ならともかく、いまの吾一にはわかる。写真の中の娘が本当に好きなのは、まっすぐ見つめているレンズの先の誰かのように思えた。

五十四

朝から暑い日だった。風はなく、瀬戸内の箱庭みたいな海でさざ波がまぶしく輝いていた。

昭和二十年八月六日。健太たち六人の特攻隊員は、大津島回天基地の号令台の前に整列していた。全員が頭に『七生報国《しちしょうほうこく》』と書かれた鉢巻き。ついいましがた水盃をし、一人にひと振りずつ短剣が渡された。万一、回天が爆発せず、敵の中に取り残された際には、これで自害しろということらしい。

午前十時。特攻を見送りに来た艦隊司令部の参謀だというオッサンが、号令台の上で小太りの体を反り返らせて、健太たちに訓示を垂れている。

「本日、午前八時、広島に敵の新型爆弾が投下された」

八月六日。そうか、今日は広島に原爆が落ちた日だ。記念日ではなく、本当に今日落ちたのだ。朝、いつもに比べて指導官室が騒がしかったのは、出撃のためだとばかり思っていたのだが、それだけではなかったらしい。

「落下傘にて空中で破裂せしものと思われる。威力はまだ調査の段階にあるが、敵もかような兵器を使用しはじめたところを見ると、我が方の反攻に慌てふためき、いよいよ追い詰められているようだ」

違うだろ。健太は思わずつっこみを入れたくなった。どこからそういう発想が出てくる。オッサンの隣に立っていたら、後頭部を叩《はた》いていただろう。

「諸士らの義勇公に殉ずる心、感激に耐えん。神州護持のための聖戦に命を捧げ、軍神となられんとする精神は、必ずや戦局逆転の尊い礎となるだろう――」

あと十日で戦争が終わるというのに、本気でそんなことを信じているのだろうか。漫才よりナンセンスだ。もっと早く素直に負けを認めていれば、広島には――長崎にだって、原爆は落ちなかったはずだ。

こういう奴らにかぎって、戦争が終わったとたん、じたばたと保身に走り、のうのうと生きながらえる気がする。もうすでに保身に走っていたとしてもおかしくない。知っているくせに、まだ若い兵隊を死なせようとしているのかもしれない。

いまの日本がかなりヤバイ状況であることは回天基地の誰もが知っている。でも同時にみんなが、まだ挽回できると信じている。さっきの短刀授与式のあとだって、「頼むぞ、六人で空母六パイだ」なんてかけ声が飛んでいた。選手は九回裏、10対0でツーアウトになったって、自分たちの負けを想像しはしないものだ。こんな人間たちに、あのオッサンみたいに勲章をいっぱいコレクションしていそうな連中は、なんて言い訳するつもりなんだろう――あれは間違っていた、申し訳ないじゃすまないぞ。

達着場から特攻隊員六人が二隻の短艇に分乗して出発した。隊長は田淵中尉、次席搭乗員は伊藤中尉《いとうちゅうい》。予備学生四期の鴨志田少尉と中林少尉《なかばやししょうい》。第二分隊からは健太と、いろは順で二番目の橋口《はしぐち》。霞ヶ浦にいた頃、隣の班で人一倍精神注入棒《バッター》を食らっていたやつだ。

大津島の沖に潜水艦が浮かんでいる。搭載済みの回天は訓練用の上部を白く塗られたものとは違って、実戦用に黒一色に塗装されている。まるで棺桶だ。

健太たちと回天を運ぶ母艦は、伊三七四。戦闘能力の高い巡洋潜水艦ではなく本来は輸送用だった艦だが、軍艦も航空機もその大半を失ったいま、どんな船であれ、潜水艦は日本海軍にとって最後の頼みの綱なのだ。

初めて見た時は潜水艦の威容に圧倒されたものだが、見慣れてしまうと、頼りないほど小さく見える。伊三七四の艦橋はプレハブ小屋に毛が生えた程度の大きさしかない。

特攻隊員とともに回天の整備兵も同乗する。一基につき一人、計六人。大津基地には整備兵が大勢いるし、ころころ人間が変わるから、半分は見慣れない顔だ。回天に乗るわけじゃないが、生死をともにするという意味では彼らも特攻隊の一員で、出撃整備員と呼ばれる。回天を発射するためには敵艦に至近距離まで近づく必要があるから、母艦自体も通常の任務よりはるかに危険だ。すでに参加潜水艦が何隻も沈められている。

鴨志田たち士官の艇に続き、健太たちを乗せた二隻目の短艇がゆっくりと達着場を離れはじめた。岸から歓声があがる。みんな手に手に帽子を振っている。万歳の合唱が始まり、どこかでラッパが鳴り響いた。

水音がした。その音で達着場は一瞬にして静まり返る。整備員の一人が揺れる船の舳先《へさき》から落ちたのだ。

「わっぷ、わぷぷ、た、助けてっ」

落ちた整備員が水面から懸命に頭をもたげて叫ぶ。とろくさいヤツだ。岸からほんの数メートルのところで溺れている。

「馬鹿者！　早く上がって来んか。厳粛なる出陣に水をさすな」

整備長が顔を真っ赤にして怒鳴っていた。

「泳げ……うぶ……ません……あぷ」

整備員はとぎれとぎれに叫び、そのたびに水をのむ。船が停止し、歓呼と感涙のるつぼが、いっきに笑いの渦になってしまった。

「おーい、俺たちは海軍だぞ。整備科は皆かなづちか？」

「いや、スパナだろう」

岸からの嘲り声に整備長の顔はさらに赤くなる。飛びこもうとした仲間の整備員をどやしつけていた。

「助けんでいい、助かりたくば、自力であがってこい」

そりゃ、無茶だ。整備員は、もう悲鳴もあげられない。ずり落ちた丸眼鏡を片耳だけでかろうじてひっかけ、鼻水を垂らし、フグみたいに頬をふくらませて、もがき続けている。

健太はもやい綱を体に巻きつけて海へ飛びこんだ。夏場にサーフィンをやっていて、沖まで流された海水浴客を拾った経験がある。溺れかけた人間は危険だ。抱きつかれたらこっちまでアウト。健太はやつの背後から近づいて、後ろから沈みかけた首根っこをヘッドロックした。短艇に手を振って、ロープを引っ張ってくれと、合図を送る。

「この馬鹿！」

甲板で水とゲロを吐き出している息も絶え絶えの丸眼鏡を、整備長が殴りつけた。

「整備科の面汚しがっ」

眼鏡がふっとび、甲板にころがる。踏んだり蹴ったり。霞ヶ浦時代の自分を見ているようだった。整備長は鉢巻きを絞っている健太まで睨みつけてくる。幸先はあんまりよくない。

伊三七四の船上でもう一度セレモニー。出陣式の来賓の親爺が先回りしていて、さらに格上らしい偉いさんの訓示を代読する。卒業式のスピーチよりくどい。もういいよ。そんなに名残を惜しんでくれるのなら、いっそ、一緒に行こうぜ。回天に乗っけてやるよ。ヒア・ウィ・ゴー。

ようやく出撃用意のラッパが鳴り響き、潜水艦が動き出す。もう本土の空や沿岸も日本軍のものではなく、米軍の支配下だ。偵察機や哨戒艇がいつ現れるかわからないから、すぐに潜行だ。

甲板から眺めると、回天基地で手を振る人々も、小旗を立てた見送りの短艇も、ジオラマキットみたいに小さく見えた。しばらく陸地は見納めだ。もしかしたら——考えたくはないけれど——最後になるかもしれない。そう思うと、日本のどこにでもありそうな、どうってことのない山々や島々が、めちゃくちゃきれいに見えてくる。健太は遠ざかる地平線をずっと眺め続けていた。

「ありがとうございます」

背後から声をかけられて振り向いた。さっきの整備員だった。丸眼鏡の片側に、一本ひび割れが入っている。臂章《ひじしょう》を見ると階級は健太より下だが、年はいくつも上に見えた。

「おかげで命拾いしました」

「ああ、いや、なんの」

「私、このたび、石庭飛曹の五号艇を担当させていただくことになりまして、お礼かたがたご挨拶をと——」

え？　訓練の時には別の人間だったのに。聞いてないぞ。だいじょうぶか、こんなトロくさいやつに任せて。万一、回天に乗せられたら、特攻せずに沖へ向かって逃走するつもりでいるのに。海の真っただ中でエンストなんてしゃれにならない。

「石庭飛曹は霞ヶ浦から来られたと聞きました。私は茨城出身であります」

だからなんなのさ。せっかくセンチメンタルな気分だったのに。整備員は健太のそばを離れようとせず、忠犬みたいな目をして言葉をかけられるのを待っている。よく見ると、どこかで見たことのあるような顔だった。この丸眼鏡の下のだんごっ鼻《ぱな》にちょび髭をつければ──。健太は首をひねりながら尋ねた。

「お前、名前は?」

「あ、申し遅れました。オジマと申します。尾っぽの尾に島、です」

ぽかんと口が開いてしまった。嘘だろ。

「出身は茨城のどこ?」

「は、新治《にいはり》。筑波山麓のほうです」

「下の名は?」聞かなくても、もうわかった。

「亀久雄《きくお》であります」

健太は丸眼鏡の顔をまじまじと見つめてしまった。整備員尾島亀久雄がはにかんで顔を赤くする。信じられない。ミナミのじいちゃんとばあちゃんに続いて、今度は俺のじいちゃんまで登場した。

急に胸騒ぎがしてきた。役者が揃いすぎだ。

いままで健太は自分がタイムスリップしたのは、恐ろしく運が悪かったせいだとばかり思っていたのだが、これだけまさかが続くと、過去の世界へ放りこまれたのがただの偶然じゃなくて、何かの目的のために呼びつけられ、誰かのシナリオどおりに役を割り振られている気分になってくる。

思わず空を仰いだ。天の上で誰かが悪戯をしているのだろうか。将棋のコマを動かすみたいに。その誰かは、俺に何をさせようとしているんだ？

出撃の翌日、伊三七四は豊後水道《ぶんごすいどう》を通過し、九州東岸の日向灘《ひゅうがなだ》を南下していた。

健太は潜水艦の兵員室のひどく狭いベッドに寝ころんで、終戦までの残り日数を指折り数えていた。何回数えても、あと九日。思わずため息が出た。まだ一回の裏も終わっていない。優勝候補の野球チームにノーヒットノーランをもくろんでいる気分だった。ヒット一本出れば終わり。そう考えるたびに、野球部時代、サードの定位置でそうしていたように、キンタマをぎゅっと握りしめてしまう。

九日間がとてつもなく長い時間に思えるのは、丸一日、潜水艦の中に居ただけで、すっかりこの乗り物に辟易していたせいでもある。水中を走る乗り物の中に居続けるのは精神的にキツイ。壁のすぐ向こうが海水だってことを思い出すたびに、尻がむず痒くなってくる。しかもこれは五十年以上前のコンピュータもテレビもない時代の技術でつくられた乗り物で、それを沈めようとしている敵が周囲にうじゃうじゃいるのだ。

輸送用だった伊三七四は、日本海軍の潜水艦の中では大型なのだが、人間が使えるスペースは四両編成の電車分ぐらい。そこに何十人もの乗組員と食糧と弾薬その他もろもろが詰め込まれているから、とにかく狭い。士官用の居室にも容赦なく荷物が積み上げられ、棚に載せられているぐらいだから、下士官用の兵員室は、倉庫をあてがわれたようなもんだ。いま健太がいるベッドなど、まるで電車の網棚。天井が低すぎて、横向きに寝ることもできない。そして臭い。何十人分もの体臭と機械油の臭いが混じり合った空気が艦内に澱んでいる。昔、練習試合の時に借りた、工業高校の更衣室で寝起きしている感じだ。

乗組員に言わせると、「いまはまだいい」のだそうだ。潜水艦には風呂がない。それどころか、少ない水を節約するために、洗濯や洗面も制限されている。何十日も上陸せずに航行し続けていると、慣れた人間でも、女や刺身や生野菜より、まず新鮮な空気が欲しくなるって話だ。

気を紛らわすものもない。潜水艦の中では、特攻隊員は格別することがなく、基本的に暇だ。酸素をムダにしないように当直明けの乗組員はなるべく寝ているのがルールだそうで、健太もそれにならっている。ときどき同室の橋口や士官室にいる鴨志田と話をするぐらい。鴨志田のところには、予想に反して実家から文子さんと撮った写真が送られてきたから、もう有頂天だ。話題は文子さんと会ったあの日のことばかり。

橋口はえらく気合が入っている。霞ヶ浦時代、バッターを食らった夜に寝床でベソをかいていた人間とは別人だ。いまも健太の真上のベッドで、妙な替え歌をがなっていた。

「もういくつ寝ると、東シナ海〜」

当直明けで仮眠をとろうとしている乗組員たちは、たまったもんじゃないだろう。だが、誰も文句は言わない。特攻隊員には誰もが妙に優しく、腫れ物に触るように接してくるのだ。

健太は鼻のすぐ上にある天井を叩いた。

「橋口、静かにしろよ」

「おお、すまん。血が騒いでしまってなぁ。寝ちゃあおれんのだ」

「どうしても歌いたかったら、まくらに顔を突っこんで歌えよ」

「オーケー、べーべ」

橋口は、健太が分隊で流行《はや》らせた言葉で答えてくる。

「は〜やく、来い来い、メリケン空母」

声が少し小さくなった。橋口は健太よりふたつ下。まだ変声期が終わりきっていない、アヒルの鳴き声みたいな歌声だ。

「マッカーサーはお手上げで、目玉をまわして――」

突然、目覚し時計のような音が鳴り響き、汗と油の臭いに満ちた艦内の空気を震わせた。警急電鐘だ。

「本当に来た」橋口が上から顔を覗かせる。強張った顔は、血が騒いでいるというより、血の気が引いているように見えた。

いきなり部屋がかたむいた。

ベッドから体が浮き上がり、壁にしたたか頭を打ちつけた。潜水艦が急速潜航を始めたのだ。艦内スピーカーが、セロハン紙を口にあてて叫んでいるような震え声をあげた。

――音源左四十度、感二

斜めになったベッドから這いだす。橋口がアヒルの声で叫んでいる。

「会敵《かいてき》!? 空母はいるのか?」

――感三……感四……

スピーカーが連呼しているのは、聴音室が捉えた敵艦の音感だ。四なら、そうとう近くにいると教わっていた。乗組員たちは緊張した面持ちで持ち場へ走り、兵員室には健太と橋口と整備員だけが取り残された。

――感五!

その声と同時に、頭上からくぐもった音が聞こえてきた。洗濯機が回るようなかすかな水音だ。

「なんだこれ?」

「スクリュー音です」整備員の一人が大きく見開いた目を向けてきた。

「お～い、みんな」

背後で緊迫感をとろかす間のびした声が聞こえた。潜水艦の各室にはドアがない。カーテンの間から鴨志田が長い首を伸ばしている。

「士官室に来い」

士官室は、それぞれのベッドの前にカーテンが吊られていることを除けば、兵員室と同じ造りだ。下のベッドに浅く腰をかけて、田淵隊長が伊藤中尉と顔を突き合わせていた。全員が集まると、田淵が突っ立ったみんなの顔をぐるりと見まわし、渋い顔で首を横に振る。

「敵は単艦、駆潜艇だ」

誰もがため息をつく。健太もためこんでいた息を吐いた。だが、それはみんなとは違って安堵の息だった。他の人間と同様に残念そうな表情をつくるのに苦労した。

雑魚《ざこ》だ。駆潜艇は、回天の攻撃目標の中でいちばん小物の駆逐艦より、さらに小さい対潜水艦用の船だ。回天が無駄になるだけだと、相手にはしないことになっている。

頭上では、鈍いスクリュー音が続いている。「雑魚の水遊びか」橋口は血の気のない顔のまませせら笑ったが、健太にはそれがだんだん大きくなっている気がした。

いきなり耳もとでバスドラムをぶっ叩かれたような騒音。一瞬の間ののちに、壁が震え、ぐらりと床が揺れた。健太は前のめりに倒れた。誰かが叫んでいる。

「爆雷だ、近いぞ！」

現代用語に直すと、機雷。投下型の水中爆弾だ。敵艦に魚雷が発射できない真上につかれてしまったんだ。どっちにしろ輸送艦だった伊三七四には二本しか魚雷が積まれていない。照準を合わせてきたハンターから散弾銃で狙われているも同然。できることは右に左に逃げまわることだけだ。

起き上がったとたん、またもや凄まじい音がした。今度は連続して数発。続いて激しい震動。まるでドラム缶の中に入り、外から丸太でガンガン叩かれている感じだった。

「完全に捕まっちまったな」二度目の出撃で潜水艦慣れしている伊藤中尉が、ぼそりと呟く。

伊藤は前回の出撃の時にも母艦が攻撃され、航行が困難になったために戻ってきた。「この前より、ひどいぞ」

駆潜艇は小物だなんて勝手に盛り上がっているのは回天基地の中だけで、米軍にしてみたら、回天のほうこそ雑魚《じゃこ》かもしれない。しかも、ちりめん雑魚。

三度目の爆発音。身構える間もなく、艦が大きく揺れた。天井の塗装が剝がれて、ばらばらと降ってくる。砂塵みたいに埃が舞った。棚の上の工具箱がいまにも落ちてきそうだった。その真下にまぬけ面の尾島がへたりこんでいた。

「危ない！」

とっさに尾島を突き飛ばし、やつのちっこい体に自分の体をかぶせた。

一秒前まで尾島がいた場所に工具箱が落下し、重量感たっぷりの音をさせて床を震わせた。眼鏡のもう片側にもひびを入れてしまった尾島が半ベソですがりついてくる。

「あ、あ、ありがとう、ございます。一度ならず二度までも」

世話の焼けるやつ。情けなく震え続けているから、背中を叩いてなだめてやった。

「よしよし、だいじょうぶだ。だいじょうぶだからな」

「このご恩は一生忘れません。私は石庭飛曹にどこまでもついていきます。なんでも言いつけてください」

いいよ忘れて。覚えられていたら後が面倒だ。ばあちゃんは、ふた言めには、じいちゃんは立派な軍人さんだったって言っていたけれど、事実ってやつはいつも思い出話ほど美しくはないもんだ。

――後部兵員室、浸水！

艦内スピーカーが喚くと同時に、床がさらに傾いた。健太は再び這いつくばる。足もとが突然滑り台になってしまったようだった。たび重なる激しい揺れに胃袋がバウンドし、朝飯だったか昼飯だったか、昼夜が早くもわからなくなって覚えていない胃袋の中味が飛び出しそうになった。

――深さ五十、六十……

潜水艦が斜めに傾いたまま、沈んでいるんだ。どうなってる？　だいじょうぶなのか？田淵隊長の姿を探したが、いつの間にか士官室から消えていた。

「鴨志田少尉、ど、どうしたんでしょう」

亀久雄じいちゃんを笑えない。健太も震え声をあげてしまった。長い腕を天井近くの配管パイプに伸ばして体を支えている鴨志田も、さすがにいつも笑っているような表情を引っこめ、顔をこわばらせている。

「浸水で艦が釣り合いを失ったんだ。といって、メインタンクをブローすることもできない。空気が海面に出ちまったら、敵に俺たちの場所を教えることになる」

冷却機が停まってしまったらしい。艦内の温度がどんどん上がっていく。その間にも爆雷の炸裂音が続いた。見えない手が心臓をわしづかみにする。健太は懸命に自分に言い聞かせた。

だいじょうぶだ。歴史どおりなら、この潜水艦が沈むことはない。だって鴨志田がここにいるんだから。いや、鴨志田だけじゃない。戦争を生き残った人間がもう一人いる。

健太はひび割れ眼鏡の中を涙目にして天井を見つめている尾島に視線を走らせた。じいちゃんが死んだのは、戦争が終わった年の冬だ。そう考えると急に、この恐ろしい状況が遊園地のよくできたアトラクションに思えてきた。セーフティバーはついていないけれど。

そうだよ、だいじょうぶなんだ。みんなは知らないけれど、俺は知っている。

発令所に続く防水扉が開き、田淵の丸い顔と体が現れた。いつのまにか『七生報国』の鉢巻きを巻いている。

「俺が行って食いとめる」

田淵と同期の伊藤中尉が絶句した。

「回天で駆潜艇を？……本気か？　お前は隊長だぞ」

ぎょろ目を剝き、口をへの字にした、だるまそのものの顔で田淵は頷いた。

「俺が隊長だからだ。貴様ら全員に敵艦轟沈を果たしてもらうためには、ここで空母だ大型油槽船だなどと贅沢は言っておれん。このままじゃ、回天六基、いや、この艦自体がおだぶつだ。いま艦長に話をつけてきた。俺は行くからな」

「分隊長ぉぉ」

田淵になついていた橋口が涙声を出した。鴨志田は、らくだが砂嵐の中で必死に目を開けようとするように田淵を見つめている。健太は思わず叫んでしまった。

「行っちゃだめだ」

田淵が健太の顔の前に、手のひらを突き出した。

「行かせろ。誰かが行かねばならん。先に征って、靖国で待ってる」

「違う。だいじょうぶなんだ。あんたが行かなくたって、この艦は沈まない！」

いきなり顎に衝撃が走り、目の前に星が飛んだ。よろけて尻もちをつく。田淵に初めて殴られたのだ。

「狼狽《うろた》えるな、馬鹿たれ。何がだいじょうぶだ、どこがだいじょうぶなんだ、言ってみろ！」

何も言えなかった。田淵の言うとおりだった。水圧で壁が不吉な軋みをあげている。ドアの向こうから白煙が漂ってきた。負傷者の呻き声も聞こえている。

だいじょうぶじゃない。健太は気づきはじめていた。

歴史は、何もしなければ変わらないのじゃなくて、何もしなければ変わってしまうんだ。

「どうせ死ぬのなら、俺は軍神となって死にたい。止めてくれた気持ちだけ、もらっていく」

そう言ってから、田淵は「へ」の字にした唇の端をほんの一瞬だけ、吊り上げた。

——回天戦、用意っ。

伝声管から伝令の声がした。まだ若い声だ。ベンチから飛び出してきた高校球児が「犠牲バントだ。きっちり決めろ」と言っているように聞こえた。

——一号艇発射用意。

回天へ乗り込む時は、交通筒と呼ぶ狭いパイプ状の通路を伝っていく。田淵はその前に並んだ人間たちに、手刀を切るような軽い敬礼を投げてから、太い体を細い交通筒に滑りこませた。健太は祖母ちゃんが死んだ時の、火葬場のボイラーへ棺桶が入る瞬間を思い出してしまった。

田淵の姿が通路の奥に消えた。

行っちまった。本当に行っちまったよ。もっと本気で止めればよかった。

潜水艦の居場所をソナーで捉えようとしているのだろう。頭上の駆潜艇のスクリュー音は遠ざかっては、また近づいてくる。ほどなく、その音に違う水音が重なった。回天の発進音だ。

「分隊長〜分隊長〜」

橋口が泣きじゃくりながら、田淵を呼び続けている。鴨志田は唇を嚙みしめて、発進音が消えた天井を見つめていた。

特攻隊の全員がはるか上の海面に耳を澄ませていたが、いつまでたっても回天が爆発する音は聞こえなかった。

「最高速力三十ノットにて二十三キロ」それが回天の航続距離だ。時間にすれば二十五分ほど。その時間を過ぎても轟沈音はなかった。駆潜艇のスクリュー音もいつの間にか消えていた。

——感一。右二十、遠ざかる。

聴音室からの報告に続いて、艦長の声が響き渡った。

——田淵中尉の勇猛果敢なる働きにより、本艦は救われた。田淵中尉に黙禱。

駆潜艇は突然現れた回天を追いかけたか、あるいは出現に驚いて逃げたか、どちらかだろう。きっと田淵は自らを囮にして潜水艦から遠く離れた場所へ疾走したのだ。真上の敵艦に特攻して母艦をさらなる危険に晒すより、とりあえずここにいるみんなの安全を考えてそうしたに違いない。もちろん敵にぶち当たらなくても、田淵に戻ってくるすべはない。その最期を考えると、いっそ命中してひと思いに死んだほうがよっぽど楽な気がした。

もういいよ、健太は泣きたくなった。もういい。これ以上、誰かが死ぬのを見たくない、聞きたくない。

55

「ひょっほ〜」ミナミが、足もとにまとわりつく波に歓声をあげた。「きれいだねぇ〜」

「おう」

吾一も声が弾んでしまうのを抑えられなかった。

初めて見た沖縄の海は、淡く明るい青緑色で、信じられないほど澄みきっている。山育ちの吾一が知る、数少ない本土の海とは、まるで別物だ。

那覇空港からバスに揺られること三時間、本部港から船で三十分。伊江島は仏器に盛る飯のようなこんもりとした山を頂く小さな島だ。時間はかかるが、そのぶん訪れる者は少なく、海はさらに美しい。

　ミナミはワンピース型の水着だが、腰に長い原色の布を巻き、上半身にはヨットパーカーを羽織って、浜辺にいる他のどの娘より伸びやかな手足を半ば隠している。

「日に焼けると、すぐ赤くなっちゃうから。この頃、デブになったし」とミナミは言うが、今日だけではなく、最近は、昨夏初めて会った頃のような半裸に近い服は着ない。この一年でミナミはずいぶん大人の女になった。

　吾一はこの時代に来て新調したサーフパンツではなく、ウェットパンツを穿いている。健太のタンスで見つけた着古しの膝丈ウェットスーツを、パンツに仕立て直したのだ。右側の腿にかぎ裂きがあるがじゅうぶん穿けて、しかも穿き心地がすこぶるいい。吾一の物惜しみにミナミは半ば呆れているが、二十一世紀の暮らしにずいぶん慣れたとはいえ、まだ使えるものを簡単に捨ててしまう風習にはいまだになじめない。

ゲンを担ぐ意味もあった。健太と首尾よく入れ替わるための願かけだ。

通常の糸では縫いきれず、かぎ裂きには応急処置しかしていないが、ちょうど良い大きさだったので、当て布の中にビニールで包装した芳子の写真を縫いこんだ。

「俺、泳ごうかな」

　吾一がそう言うと、海が苦手なはずのミナミがヨットパーカーを脱ぎ、海に負けず劣らず澄みきった空へ片手を突き出した。

「は〜い、私も。こんないい海、泳がないわけにはいかないよ」

本当にいい海だった。なにより遠浅だ。これならどこまでも泳いでいけるだろう。健太が赴いた戦地が本当に沖縄なのかどうかはわからない。ましてこの伊江島である可能性は、霞ヶ浦に落とした一銭錫貨を拾い上げるほどの確率だろうが、吾一は自分の直感を信じることにしていた。

ミナミから行き先を伊江島と聞かされた時には、どこにあるのかも知らなかったが、フェリーが島影に近づいた瞬間、ぞくりと背中が震えた。初めての場所なのに、いつか見た風景であるように思えた。よくある既視現象とは思えない強烈な衝動だった。

自分が来ようとしていたのは、ここだ。

吾一は時々思うことがある。自分と健太という男は、見えない糸で繋がっているのかもしれない、と。

一卵性双生児は離れていてもお互いのことを感知する能力がある――紀子が熱心に見ている昼下がりのテレビドラマで耳にした話だが、まさしくそんな気がする。別々の時代に生まれた双子などという存在があればの話だが。

最初はたまさか容姿がよく似ているだけなのだろうと思っていた。だが、それだけではないらしい。紀子やミナミの評からすると、性癖や嗜好や体質まで酷似しているようだ。

自堕落そのものの汚い部屋の主で、携帯に残されたメールの文面がひらがなとカタカナばかりの男と自分が同種の人間とは心外なのだが、最近、吾一も部屋の整頓をさぼるようになり、だんだん健太が居た頃とよく似た状況を呈しはじめている。こっそり受験勉強をしていたらしい健太のノートの文字は漢字が極端に少ないが、筆跡は吾一とそっくりだ。

ミナミが吾一を健太と信じこんでいるのは、そのお蔭だろう。そして健太が愛した女を吾一が愛してしまったのも、きっとそのためだ。

淡い青色の海に突進していくミナミの後を追いながら吾一は思った。

時代が違えば自分は健太だったかもしれない。健太は自分だったかもしれない。

伊江島の海は砂の色まで美しい。泳ぎ疲れた体を真っ白な熱砂へ投げ出すと、背中に快い搔痒感《そうようかん》が走った。目を閉じても瞼の裏が赤い。太陽の色なのだろうか。自分の血液の色なのか。吾一は自分が生きていることを全身で感じた。死ぬことばかり考えていた時には、想像もしなかった充足感が体を満たしている。

熱い風になぶられていた頬がひやりとした。目を開けると、ミナミがコーラの缶を差し出していた。手を伸ばせばすぐ届くところに菩薩のような笑顔が広がっている。缶の中身をひと息で半分あおった。最初は煎じ薬としか思えなかったコーラは、いまでは吾一の大好物になっている。

「ケンタ、ごめんよ。やっぱり、ここ、サーフィンには向かないみたいだね」

牛乳パックのストローをくわえながら、静かな海を眺めてミナミが言う。サーフボードは茨城から持ってきたが、この島はダイビングの名所のようで、いま浜辺でボードを立てているのは吾一だけだった。

「やりたいなら、行ってきなよ。この波じゃ、あんたには物足りないかもしんないけど。あたし待ってるから」

「うん、そうしようかな」

吾一はミナミに笑いかけ、ボードを小脇に抱えて海へ向かった。心の中で独りごちた。待ってるだなんて言わないでくれ。決心が鈍ってしまうから。

五十六

潜水艦の狭苦しいベッドで健太は目を覚ました。あいかわらず艦内は蒸し暑く、臭い。何日も風呂に入っていない体からは、ホームレスのおっちゃんみたいな臭いがしはじめていた。陽が射さず、夜と昼の区別もない中に閉じこめられ続けていると、そのうち全身にかびが生えてくる気がする。

でも健太の気分は晴れやかで、心の中ではさんさんと太陽が輝いていた。

なにしろ、今日は、八月十五日なのだ。

長かった。十一カ月も戦争中の日本を這いずりまわり、殴られ、なじられ、もてあそばれ、さんざんにひっぱりまわされたが、ようやくそれも終わる。

駆潜艇の攻撃を受けた後、伊三七四は被害状況を調べるために浮上した。爆雷攻撃にさらされた甲板は、スクラップ置き場の廃車のボディさながらで、沈まなかったのが不思議なほど酷いありさまだった。甲板へ剥き出しの状態で無防備に搭載された回天は、半分がた破壊されていた。辛うじて難を逃れたのは二艇だけ。健太の五号艇は、リサイクル機に放りこんだアルミ缶のように、ぺしゃんこに潰れていた。

回天はそれぞれの搭乗員に合わせて調整されている。もしいまここで会敵したとしても、健太の乗る回天はもうないのだ。

田淵のおかげだ。士官室の主がいなくなったベッドと、そこに誰かが置いた田淵の忘れ物のマスコット人形を見るたびに、胸に見えない棘が刺さるが、あの日のことは自分でもあきれるほど、あっさり忘れることができた。短期間にたくさんの死を見すぎたせいかもしれない。周囲に死があたり前にころがっているためかもしれない。

出番がなくなったのは五号艇の整備員である尾島亀久雄も一緒だ。居住区の隅っこでこっそり手紙を読んでいる。この男も心はすっかり陸に戻っているようだ。

「尾島」

健太が声をかけると、飼い犬が尾っぽを立てるように背筋を伸ばした。

「はいっ」

「煙草ある?」

「はいいっ」

自分のじっちゃんをパシリに使うのは、なかなかいい気分だ。尾島が差し出した煙草をくわえて部屋を出た。潜航中は煙草を吸えないが、伊三七四はいま浮上航行中だった。米軍の補給路からはずれているとはいえ、沖縄にだいぶ近づいたはずの危険な海域では異例と言える。やっぱりな。もうすぐ何かがあるんだ。

尾島の吸っている煙草は〝ほまれ〟。缶ピーみたいな両切りで、ニコチンとタールがめちゃめちゃ多そうだが、煙草を持ってこなかった健太は文句を言えない。せっかく禁煙を続けていたのに、前回の浮上航行の時、みんながやけにうまそうに煙草をふかすのをみて、急に吸いたくなってしまったのだ。

発令所の隅にある吸気口の前で火をつけると、のこのこついてきた尾島も煙草を取り出した。マッチで火をつけてやりながら聞いてみた。

「何を読んでたんだ」

「あ、いえ、その……」

特攻隊員の前では誰もが家族や故郷の話をするのを避ける。もちろん未来の話も。

「嫁さんからの手紙か。お前、子どもが生まれたばかりだろう」

「……なぜご存じで」

「顔に書いてあるんだよ」

健太がそう言うと、不思議そうに自分の顔をなでた。

「出撃の直前に知らせを受けました。男子です。私によく似た愛らしい子だと……あ、いえ、妻がそう書いておるだけですが」

知ってる。よく似てる。あまり可愛くはないだろうが。

「俺が名づけ親になってやろうか。なんでも言うことを聞いてくれるんだろ？」

「……あ、はぁ」

「ピョン吉って名前はどうだ？」

おれが二十一世紀に戻ったら、バカ親父の名前はピョン吉だ。さんざん苦労させられたんだ。このくらいなら歴史をいじったってバチはあたらないだろう。

「……それは、一寸《ちょっと》」

「そうか、じゃあ、チン八ってのは？」

「申し訳ありません。もう命名し、役場に届けるよう妻へ手紙を出してしまいました。聖戦の勝利を祈して、勝利と名づけました」

「勝利ねぇ……いまひとつだな。口先三寸で内容の薄い男になりそうな名前だ」

「……あの、もうひとり男が生まれましたら、必ずや、チン八と。……あ、いえ、自分はもちろん御国のために死ぬ覚悟ですが、その前に万一、生まれた場合でありますが」

尾島の顔が見られなくて、目をそらした。あんたに次の子は生まれないんだ。健太のじいちゃんは昭和二十年の冬に、食あたりで死ぬ。ちゃんとした食べ物があれば、妙なものは食べなかっただろうし、薬さえまともにあれば助かった、ばあちゃんがよく嘆いていた。この男も間接的な戦争の犠牲者かもしれない。

「なぁ、尾島」健太は言った。自分の名字を他人に呼びかけるのは、なんだか妙な気分だった。「子どもじゃなくて、孫でいいよ」

「孫、ですか？」二十代前半のはずのこの男には唐突だったかもしれない。妙な顔をされてしまった。「……承知しました。では、初孫が生まれましたら、必ずや、チン八と」

健太はあわてて首を振った。

「いや、その時は別の名だ。お前の息子に男の子が生まれたら、その時は――」

お気楽な調子で喋ったつもりだったのだが、尾島は神妙な顔になって背筋を伸ばす。

「そうだ。健太がいいな。健太、という名前をつけてくれ。健康の健に太い、だ」

「健太……はぁ、わかり……いえ、自分は孫の顔など見られません。御国のために……」

「わかったわかった、じゃあ、遺書でも家訓でもいいから、家族にそう伝えといてくれ」

自分の名前の由来を、健太は親父にもおふくろにも聞いたことはないが、もしかしたら、じいちゃんが律儀に約束を守ってくれたのかもしれない。

「は、健太ですね。しかと承りました。よい名だと思います」

尾島が几帳面に課業日誌へメモをとっている。その姿を見ているうちに、自分でも思いがけない言葉が口をついた。

「もし、俺が死んだら、お前の孫に生まれ変わってやるからさ」

尾島が煙草のけむりにむせた。健太も自分の言葉が信じられなかった。あれ？　俺、いま、とんでもないことを口走らなかったか。


昼前、浮上航行中の伊三七四の甲板に特攻隊員と非番の乗組員が集められた。

甲板にラジオが運び出されていた。艦長は「いまから重大な放送がある。総員、心して聴くように」と言ったきり黙りこんでしまったが、もちろん健太はその放送が何であるかを知っている。いよいよだ。解放の時が来た。

ちょうど正午だった。最初にアナウンサーの声が短く入り、君が代が流れ、それからおそろしくチューニングの悪い音質で、甲高くくぐもった声が聴こえはじめた。

『朕《ちん》……く……の大勢と帝国の……に鑑み……………を以て……を収拾せんと…………忠良なる…臣民…告ぐ』

ほとんど言葉が聞き取れない。聞き取れたところで健太には意味不明だろう。念仏を聞いているようだった。その後、またアナウンサーの声。どうやらいまの天皇の言葉を解説しているらしい。だが艦長は手を振り、そこでラジオを止めさせた。

たいていの人間が狐につままれた表情をしている。内容がわからなかったのだ。航海長の大尉が嗚咽を漏らしはじめた。健太の隣に立っていた鴨志田が、海を見つめて目をしばたたかせ、小さく呻いた。

「……日本が負けた?」

文子さんにまた会えることになったというのに、鴨志田はちっとも喜んでいない。その言葉を聞いて、健太の後ろにいる尾島が、こっそり安堵の息を吐いていた。艦長が全員を見まわして言った。

「みな、いま聞いたとおりだ」

そう言われても困るだろう。場は混乱していた。号泣するやつもいれば、つられてもらい泣きするやつもいる。喜びを隠して頬をひくつかせている連中もいた。だが、半分以上の人間は、まだ何が起きたのか理解できていない。

「我々は陛下のお言葉に従わねばならない。いまこそ耐えがたきを耐え、忍びがたきを忍び、ますますに軍務に励まねばならん」

え？

「これから本艦は、沖縄方面に突入、泊地攻撃を行う」

頬がゆるむのをこらえていた連中が目を丸くした。いい加減にしろよ！　健太は叫び出しそうになった。尾島が細い声を漏らす。

「……そんな馬鹿な」

そのとたん健太の隣で声があがった。

「陛下のお言葉はポツダム宣言の受諾、と私には聞こえましたが」鴨志田だ。半分涙声だった。「無念ですが、いま軽挙妄動に走れば、日本の将来をかえって危うくすることになります」

「口を慎め。特攻隊員のくせに、臆病風に吹かれたか！」

鴨志田に続いて伊藤中尉も何か言いかけたが、男泣きしていた伊三七四の航海長の声がそれをかき消した。

「艦長のおっしゃるとおりだ。徹底抗戦だ。俺たち日本海軍が負けるはずがない」

これが決め手だった。あちこちで乗組員たちが鬨《とき》の声をあげる。長い期間、狭い空間で同じ釜の飯を食い、常に生死をともにしている潜水艦乗りのチームワークは抜群だ。そして艦長の命令は絶対。艦長が勝ち誇った顔を鴨志田に向ける。目が完全にいっちまっていた。

「臆病者は、この艦から出て行ってかまわん。いますぐ、出て行け」

海を指さしてそう言った。めちゃくちゃだ。

警急電鐘が鳴りはじめた。

言わんこっちゃない。こっちが攻撃をしかけている以上、米軍だって反撃をやめはしない。伊三七四は、沖縄本島北部沿岸に停泊している米艦隊へ接近している途中、またもや敵艦のソナーに捕まってしまった。

八月十六日。戦争はまだ続いている。教科書には、こうして戦争をやめようとしなかった人間たちがいたことなんか載っちゃあいなかった。歴史の年表には、ただ一行、『一九四五年　八月十五日　終戦』と記されているだけだが、考えてみれば、何年も続けられ、たくさんの人間が死んだ戦争が、イベント最終日みたいに「本日かぎり。ありがとうございました」で済むわけがない。

伊三七四はたった二本しかない魚雷をすでに放ってしまい、なすすべもなく水深七十メートルを潜航中。ただでさえ手負いの艦は、爆雷の音が轟くたびに、大きく震え、壁も床も天井も、悲鳴に似た軋みをあげている。

――発射管室、浸水！

スピーカーの向こうの声も、いまや悲鳴になっていた。頭上から防湿塗料が雪のように舞う。まるで前回の再現フィルムを見ているようだ。いや、前より酷かった。真上にいるのは駆逐艦だ。爆雷の数は駆潜艇の比じゃない。

健太たち特攻隊、本来なら元・特攻隊になるはずだった五人は士官室に集まっている。鴨志田が艦長に逆らったから、半ば軟禁状態だった。本当に自分が助かるのか、二十一世紀に戻れるのか、健太にはまるでわからなくなってしまっていた。

――電池室、浸水！

伝令係の若い声が半べそに聞こえた。長い手足を折りたたんでベッドの縁に腰かけていた鴨志田が、閉じていた目ぶたを開けた。

「伊藤中尉」

田淵亡きあとの隊長代理である伊藤中尉に、あくびをするような声で言った。

「三号艇、発進させてください。今度は、私が行きます」

健太は目をむいた。伊藤が首を横に振る。海軍兵学校出身だが、敗戦という事実には意外なほどクールだった。戦局がちゃんと耳に入っていたのだろう。

「もうよせ。お前だってわかってるだろう。もうなすすべはない。艦長とて本気で乗組員全員を引き連れて特攻するつもりはない。乗組員ももうこれ以上、言いなりにはならないだろう。だいじょうぶだ、この艦は沈みはせん。機関長も言っておったろう。なにしろ三七四潜《みなしせん》だ」

海軍兵学校出でも、最後は縁起担ぎしかできないようだ。そう言う顔には、沈むかもしれないって書いてある。三号艇の整備員である兵曹も首を振った。

「やめましょうや。あたしは出しませんよ。もう、アホらしくなってきた」

艦内はまだ混乱している。乗組員たちの多くは戦争が終わったことに気づきはじめていて、戦闘続行を嫌がっている人間もふえている。玉音放送を聴いて誰もが嘆き悲しんだ、と死んだばあちゃんが言っていたが、それはきっと建前だ。誰の葬式だろうとそう言わなくちゃならないのと一緒。内心喜んでいる人間、安堵してる人間は、健太が想像していた以上に多い。

「田淵中尉がおっしゃっていたじゃないですか。誰かが行かねば」

鴨志田がこの男に似合わない早口で言うと、伊藤中尉は黙りこんでしまった。「誰か」という言葉を聞いたみんなの目が、次席搭乗員である自分に向けられていないことに、内心ほっとしている表情だ。伊藤の回天はもう使用不能。自分の回天艇が残っているのは、鴨志田と橋口だけだ。

橋口はみんなと目が合うのを避けて震え続ける壁を見つめるふりをしている。やつは今朝、「早くこいこい、メリケン空母」と歌っていたのが嘘のように、晴れやかな顔で健太にこう言った。「グッド・モーニング」

またすぐ近くで爆雷が鳴り、艦を震わせた。

「俺は知らん、知らんぞ」伊藤中尉が目玉をふくらませて、子どもみたいにぶるぶると首を振る。ポマードで髪を固めた二十三歳とは思えないおっさん臭い容貌と物腰は、終戦とわかった時から、年相応に戻ったように見える。「戦争が終わったのに、お前に死ねなどと、命令したくない。どうしても行きたければ、艦長に話せ」

「わかりました。艦長に言っておきます。これで最後だと」

鴨志田がにこやかに笑った。田淵の時と違って、健太は声も出なかった。もう歴史がそう簡単に自分の思いどおりに動かないことに気づきはじめていたからだ。正直に言えば、自分じゃない誰かになんとかして欲しかった。

ミナミ、おじいちゃんのことは何も知らないなんて言わずに、知っておけ。お前のじいちゃんはたいしたやつだ。戦争が終わったとわかっているのに、ムダ死にだと知っているのに、それでも、特攻しようとしている。命令でもない。誰かに教えられたからでもない。軍神になりたいわけでもない。自分の命とほかの全員の命の重さをはかりにかけて、しっかりその目盛りを読んだんだ。ただ震えているだけの俺とは大違いだ。

降りそそぐ防湿塗料が、揺れ続ける部屋を白く煙らせている。鴨志田はその真ん中に立ち、全員に敬礼をした。そしてあっさり背中を向けて部屋を出て行った。

その瞬間、健太は、とんでもないことに気づいた。

気づいた時には鴨志田の後を追って走り出していた。

だめだ。だめだってば。あんたはだめなんだ。

発令所から三号艇の交通筒へ向かおうとしていた鴨志田は、機関室の手前の狭い通路で待ち構えていた健太に、一瞬、驚いた表情をしたが、すぐにいつものらくだの顔になった。

「許可をもらってきた。さすがに艦長も懲りたようだ。頼むって何回も言ってたよ。伊藤中尉の言うとおりだ。たぶんもうこれで諦めるだろう」

ようやく健太の口から言葉がほとばしり出た。

「行かないでください、鴨志田少尉！」

鴨志田は健太の顔の前でひとさし指を振った。

「笑って送り出してくれ。一たす一は？」

一たす一？　わかんないよ。俺、馬鹿だから。笑えるわけないじゃないか。

背中を向けた鴨志田が言った。

「じゃあ、行ってくる。文子さんを頼む。どうやら文子さんは、お前……」

言葉の続きは聞きとれなかった。健太がぶっとばしたからだ。ストリート・ファイトの得意なやつから聞いたことがある。相手を気絶させたかったら、うなじを狙えと。強く叩き過ぎると死んじまうから八分ぐらいの力だ。うまくいくかどうかはわからなかったが、ふいをつかれた鴨志田は、一発で床にころがり、小さな呻き声をあげた。

鴨志田祐司を死なせるわけにはいかなかった。だって、そんなことをしたら、歴史が狂っちまう。日本が戦争に勝つとか負けるとか、そんな小さな問題じゃない。

ミナミが生まれてこなくなっちまう！　俺にとって、それは世界の終わりだ。そうだよ、ミナミのいない世界に帰ったって、意味がないじゃないか。

ダクトのような交通筒の中を這い、下部ハッチから回天の中へ飛びこむ。頭上で爆雷が連発した。こんな時なのになぜか健太は、ミナミと行った大洗の花火大会を思い出していた。後ろから誰かが交通筒を這ってくる。

「石庭飛曹〜っ」

尾島だ。操縦シートに座った健太の、ちょうど股の間にある下部ハッチから泣き顔を突き出してきた。

「調整をいたします」

「そんな暇はない。だいじょうぶだ、なんとかなる」

三号艇の上部ハッチには、畳んだてぬぐいが張りつけてある。頭をぶつけるのに辟易した鴨志田が取り付けたのだろう。ちょうど目の高さ、操空タンクの下には文子さんの写真が貼りつけてあった。文子さんが健太に微笑みかけてくる。健太も笑い返した。

文子さん、あなたの将来の旦那と、三十七年後に生まれてくる孫娘は、俺が守ります。さよなら。心の中で呟いて写真をそっと剝がした。

「これを鴨志田少尉に渡しておいてくれ」

「石庭飛曹、どうしても行かれるのですか」

健太は自分のじいちゃんを怒鳴りつけた。

「行く。もう泣くな」

「では、私もおともします」

「馬鹿を言うな」絶対にやだ。「ひとつだけ頼みがある。ハッチは緩めに締めといてくれ。気圧のせいかな。ハッチが固いと、俺、耳が痛くなるんだ」

「ハッチを？　しかし、浸水の危険性が……」

「だいじょうぶ。浸水する前に、片をつけるから……泣くなっていってるだろ」

泣かなくても、いいんだよ。俺は死ぬつもりなんかないんだから。田淵の時とは違う。陸地はすぐそこだ。健太は駆逐艦を追い払ったら、沖縄の海岸をめざして走るつもりだった。米軍がうようよしているだろうから、途中でハッチを開け、岸まで泳ぐ。いざとなったら褌を白旗にしよう。鴨志田とこの潜水艦を助け、自分も生き延びる。完璧な作戦だった。きっと、たぶん、おそらく。

泣きながら敬礼をしている尾島に、最後の言葉をかけた。

「達者でな。食い物には気をつけろよ、特に光モノ」

いちおう忠告しておこう。もしかしたら、じいちゃんに説教される親父の姿が見られるかもしれない。二十一世紀に戻れたらだけれど。

戻れなかった時のことも健太は考えていた。戻れなくても、会う方法はひとつだけある。二十一世紀まで生き延びることだ。じいさんになるまで生き抜いてやる。石庭の名前を騙《かた》って。ジジイに言い寄られてもミナミには迷惑なだけだろうから、どこか遠くで見守っているだけでいい。ひと目逢えるだけでもいい。

ひと昔前の電話の受話器によく似た伝声管をとって、発令所の声を待つ。

――三号艇、発射用意。

聞こえてきたのは、いつもの伝令の声じゃなかった。玉音放送を聞いて以来、乗組員たちが少しずつ離反しているからかもしれない。やけに老けたその声が言った。

「……すまん」

艦長だ。遅えよ、気づくのが。大声で怒鳴り返した。

「三号艇、発射用意、よーし」

電動縦舵機起動。起動弁全開。ベント弁閉鎖。金氏弁閉鎖……体がすっかり覚えてしまった発進前のややこしい手順をこなす。

発動桿を倒す。スクリュー音が耳をつんざき、艇内が激しく震動する。固縛バンドがはずれる音が聞こえた。

健太の回天が発進した。

57

ビーチパラソルの下で、ラジオが台風の接近を告げていた。伊江島の穏やかだった海に、今日は白い波頭が立っている。吾一はずっと海を見つめていた。

ビーチに出た時は、大洗でそうしたように、沖まで行き何度も海へ潜っている。昨日、戦争資料館を訪れて、朽ち果てた遺品や錆びた鉄兜や米軍の砲弾や弾痕を見た後は、居ても立ってもいられなくなり、ミナミが呆れ、口を尖らせても潜り続けた。伊江島は沖縄でも有数の激戦地だった。その事実が自分の予感を裏付けている気がした。だが、やはり何の変化も起きない。虫の知らせと信じてきたものすべてが、急にただの妄想であるように思えてきた。

「ねぇ、そろそろ戻ろうか。けっこう風が出てきたよ」

吾一はミナミの言葉へ曖昧に返事をしただけで、視線を海へ戻した。今日でここを発つ。最終便で東京へ戻るのだ。八月十六日の午後だった。

戦争が終わってしまった。二〇〇二年の砂浜で、吾一は長く長く嘆息した。自分のすべてが否定された心持ちだった。胸にぽっかり空いた穴は、一昨日ミナミと見た、島の南岸にあるニャティヤ洞《がま》より深く大きい。二十年の生涯をかけて積み上げてきたものが、一瞬にして瓦解してしまった喪失感は、想像以上だった。

そして、思った。もう一度だけ、海に潜ってみようと。戦争は終わったが、内地でも外地でも日本軍はすみやかに武装解除したわけではない。玉音放送の後も統制を保ち続けた部隊が多く、血気盛んな一部は、各地で戦闘を続けたと戦史にはある。

ミナミと別れたいわけではない。巣をめざす鳥のように渇望していた軍隊への帰還の決意は、二十一世紀で一年近くを過ごしているうちに、すっかり薄らいでいる。とはいえ、この心持ちのまま、素知らぬ顔で未来社会の喧騒と狂乱の中に戻れるとは思えない。これは自分への禊《みそぎ》。吾一はそう考えていた。

「ねぇ、ミナミ、もう一度だけ、海へ行ってもいいかな」

ミナミはちょっと渋い顔をした。フェリーの出航時間にはまだ間があるはずなのだが、今日のミナミはさっきからずっとそわそわしている。吾一に何か話しかけようとしては、口をつぐみ、しきりに耳を掻く。そればかり繰り返し、結局、口をつぐんでしまう。腕組みをしたミナミがため息をつき、子どもをあやす口調で言った。

「しょうがないね。ようやく波らしい波がきたんだもんね」

「悪《わり》い。まじで、これで最後」

せいいっぱいの未来用語で言った。これで最後にしよう。海に潜るたびに、そう考える。航空隊へ戻ったら、おそらく自分を待っているのは、死のみ。最初はそれを当然のこととして受け止めていた。だが、いまは死ぬことが怖くなっている。吾一はそんな自分に驚いていた。

芳子が死に、芳子によって生かされてきた自分の人生の目的は死ぬことだと、長らく吾一は思い定めてきた。人の一生は楽しむためのものではなくて、どんな名誉ある死を迎えられるかを問われるものだと思い続けてきた。しかし、いまはなぜか怖い。

サーフボードを抱えて波打ち際へ歩く途中、もう一度振り返った。海辺に立ち、腰布を風に揺らすミナミは、海より空より白い砂より眩しかった。

いつか見た風景だった。その姿は初めて会った時に頭をよぎった、原色の花々が咲く南の島に佇むミナミを思わせた。やはり沖縄へ来たのは妄動ではなかった。自分は最初からここへ来ることに決まっていたのだ。

ミナミが両手を振っている。吾一も振り返した。

急に引き返したくなって、足を止めたが、結局、吾一は海へ向かって走り出した。

五十八

波がくるたびに目の前が曇りガラスになる。回天の特眼鏡で見る海は、サーフボードでパドリングしている時の視界にそっくりだ。

脱出したあと泳ぎやすいように、発射直前に褌一丁になっていたが、健太はそれでも全身にびっしょり汗をかいていた。ひどく冷たい汗だ。

最初に見えたのは、真ん中にこんもりと高い山があるひょっこりひょうたん島みたいな島だった。左六十度。ラッキー。かなり距離はありそうだが、逃げるならあそこだ。

特眼鏡を右に回す。右三十度、駆逐艦を発見。

でけぇ。軍艦としてはいちばん小型なのに。まるで工場が浮いているようだった。これの何十倍も排水量がある空母を回天一基で沈めようなんて、よほどの奇跡でもないかぎり、最初っから無理だったのに違いない。上の人間は百も承知だったんだろう。知ってて「回天六基、空母六パイ」なんて特攻隊員に叫ばせてたんだ。

くそっ、責任者、出てこいっ！

駆逐艦の側面からドラム缶みたいなものが海に放りこまれている。爆雷だ。

「こいよ、ほら、こっちだぞ」

訓練の時とは逆に回天の航跡が発見されやすいように並走したが、駆逐艦はいっこうに進路を変えようとしない。おい、早くしてくれよ。時間がないんだ。最高時速を出し続ければ、走っていられる時間は二十五分しかない。

もう一度、誘うように旋回してみた。だめだ。田淵ほどの技術がないから、こちらに気づかないようだった。それともはずれた魚雷にしか見えないのだろうか。

特眼鏡を水面に長くつき出してみる。そのとたん砲撃してきた。そうか、やつらはすでに回天への対応策を熟知しているんだ。さすがマクドナルドの国。スマイル0秒なんて回天用のマニュアルがあるのかもしれない。

また爆雷が投下された。やべえ。このままじゃ潜水艦がやられる。鴨志田が死んじまう。

三秒だけ迷ってから、健太は大きく弧を描いて駆逐艦から遠ざかる。そして回天の炸薬の詰まった前部を駆逐艦の横腹に向けた。

決めた。

こうなったら突っ込むしかない。

方位角零。距離二千。健太は駆逐艦に向けて突進していった。

ミナミ、三十七年後に生まれてくるミナミ、見てろよ。野球も、バイトも、ゲームクリエーターの夢も、いつだって俺は中途半端な男だったけど、今度だけは、ぜったいうまくやってみせるから。いつか誰にもまねのできないすごいことをする――いま、その約束を果たすよ。

敵艦にあたった衝撃で回天のハッチが開き、外へ飛び出した特攻隊員がいたという話を健太は思い出していた。そして同じ可能性を信じることにした。その特攻隊員はどちらにしろ死んだのだけれど。

そうとも、特攻なんてまっぴらだ。俺は自分のために、イクんだ。自分の意志で突っ込んだ。十死零生とやらはくそくらえだ。ほんのわずかとはいえ、生きる可能性があるから、こんなことができるんだ。きっとそれは最初から死ぬつもりの覚悟より強いはずだ。

距離千五百。

駆逐艦の姿が少しずつ大きくなっていく。二本の煙突が突き出し、砲塔や爆雷投射装置がごてごてと装備されている姿は、本当に海の上に化学プラント工場が浮かんでいるみたいだ。狙いは船尾寄りにあるはずの弾薬庫。

古屋や田淵は、回天が発進した後に何を考えていたのだろう。古屋はまた急に気が変わって引き返したくなっただろうか。田淵はお守りの人形を忘れてきたことに気づいただろうか。

健太はひたすら怖かった。怖いのに、なぜか頭はめまぐるしく動いている。ミナミが、おふくろが、親父が、いろんな人間の顔が頭の中でぐるぐると駆けめぐっていた。

もしも、もしも帰れたら、ミナミに教えてやろう。KAZZたちにも。

五十何年前の戦争中の日本にいた人間たちは、喋り方や動作は爺むさく婆くさいけれど、俺たちとそんなに変わんない。いいやつもいれば、嫌なやつもいる。俺たちと同じように笑って、怒って、泣いて、悩んで、怯えて、信じて、誰かを好きになって、自分を認めて欲しがって。

何かを間違えたんだ。どこかで何かを、ほんの少し間違えただけだ。きっと、ほんの小さな穴ボコが土手を決壊させたのだ。

距離千。

駆逐艦の砲弾が回天のすぐ脇に着水した。一瞬、水しぶきで視界を失った。向こうは特眼鏡を狙っているはずだけれど、下ろしてしまったら、標的にぶちあてる自信がなかった。回天の艇内は小刻みに振動し、重苦しいスクリュー音が続いている。頭の中ではブルーハーツが歌っていた。

ああ君のため　僕がしてあげられることは　それぐらいしか　今はできないけれど

自分の声なのかどうかよく分からない声が、どこかで叫んでいる。

正しい戦争なんて、どこにもない。戦死に尊いも賤《いや》しいもない。責任者、出てこい！

距離五百。

駆逐艦の砲台にいる米兵の姿まで見える。真っ赤な顔。怒っているのだろうか。それとも怯えているのだろうか。回天が命中したら、すぐに脱出しろよ。本当は戦争で死にたいやつなんか誰もいない。死の危険がない安全な場所にいるやつらが戦争を考えて、命令しているんだろう。

また至近距離に着弾。ちりぢりに思考が飛んでいた頭は、すべて飛びつくしたのか、もう真っ白だった。気を緩めると、自分がいま何をしているのか、どこにいるのか、わからなくなってくる。それでも発動桿を握り続けた。ミナミ、ミナミ。からっぽの頭の中で、健太はミナミの名を呼び続けた。

距離二百。

ミナミ、ミナミ、ミナミ、ミナミ、ミナミ。

距離百。

59

もうどのくらい泳いだだろう。途中一度だけ振り返った時には、すでに海岸は遥か彼方だった。吾一は、まだパドリングを続けていた。沖へ、沖へ。巨大な磁力に吸いよせられるように。さすがにこのあたりまで来ると、色つきガラスのような沖縄の海でも、水底は見通せない。

ここか。なんのあてもなく、しかし自分では何かがあると信じて、吾一はサーフボードから離れ、足首を繋いでいたリーシュコードをはずした。大きく息を吸いこんでから、この島に来て覚えたジャックナイフという素潜り法で、海中に身を投じる。宝石を思わせる鮮やかな色の魚群が、吾一の出現に驚いて奔《はし》り去っていく。

素潜りには自信があったが、それにしても信じられない深さまで吾一の体は潜行していった。息が苦しくなり、肺が潰れそうだったが、それでも下を目指した。本当の海底なのか、海洋棚の斜面なのかは不明だが、思いがけず足が着いた。水深はどのくらいだろう。水上から届く光が薄れ、周囲は薄暗い。

健太、健太、ここにいるのなら、返事をしてくれ。

しかし、相変わらず吾一に異変は起きなかった。いや起きていたとしても海中ではわからないだろう。吾一はためこんでいた最後の空気を口から吐いた。

すまない。健太。もう俺は戻る。ミナミは俺が絶対に幸せにするから。

浮上しようとした吾一の体はなぜか動かなかった。誰かの手で摑まれ、呼び戻された気がした。振り向くと、健太のウェットスーツのかぎ裂きが、さんごの突起にひっかかっていた。いくら引っ張ってもはずれない。脱ごうとしたが、サーフパンツと違ってぴたりと体に張りつくウェットでは果たせなかった。

俺は死ぬのか。

死にたくない。全身の細胞がそう叫んでいた。しかし、とっくに限界に達していた息はもう続きそうになかった。海の底は静まり返り、ただ自分の心臓の音だけが、鼓膜を打っていた。

どく、どく、どく、どく、どく。

母親の胎内で羊水に包まれている気分だった。薄れていく意識の中で吾一はずっと叫び続けていた。

ミナミ、ありがとう。楽しかった。人生は悪くなかった。愛してる。ミナミ、ミナミ。

六十

閃光が弾けた瞬間、特眼鏡は視野を失った。衝撃でハッチが開いたのか、それとも回天そのものが粉々になったのか、どちらだかわからないまま、健太は海中へ放り出された。体はまったく動かない。そもそも自分の手足がどこにあるのかすらわからなかった。いままでのどんなワイプアウトでも経験したことのない圧倒的な水流に、健太はただただ翻弄され続けていた。

目の前は真っ暗だった。自分が目を開けているのかどうかもわからない。自分がまだ生きているのか、もう死んでいるのかも。聴力も失った。凄まじいはずの爆音も水音も聞こえない。どこかで心臓の鼓動を思わせる音だけが続いている。

どく、どく、どく、どく、どく。

ミナミ、戻るのは、無理かもしんない。中途半端な男で、ごめん。健太は遠のいていく意識の中で、呼びかけ続けていた。

ミナミ、ミナミ、もう一度、会いたかったよ。ミナミ、さよなら。

61

ミナミはだんだん心配になってきた。波の向こうに消えた健太が、いつまでたっても戻ってこないからだ。

なんだかこの海岸に自分ひとりが取り残されてしまったような気がして、ミナミはパラソルの下から立ち上がった。

さっきより波がずっと高い。風が強くなってきたのだ。海風が誰かの泣き声みたいな音を立てて、ミナミの頭から麦わら帽子をもぎとろうとしている。

ふいに怖くなった。また健太が溺れたんじゃないかと思って。健太が死ぬことはない。たとえ百メートルの大波に呑まれても。ミナミの世界では、それはありえないのだ。心配なのは、溺れたショックでまた別人みたいになっていたらどうしようってことだ。

去年の夏の事故以来、健太が健太でなくなってしまったようで、ミナミはずっとずっと不安だった。また海から戻ってきた健太が――。

やだ、何考えてるんだろう、あたし。

ぶるんと首を振って、馬鹿げた考えを頭から追い払った。それからパレオで隠した自分のお腹を触った。健太はまだ気づいていないようだけれど、少しふくらみはじめている。

早く帰ってきて。健太が海から帰ってきたら、今度こそ絶対に言おう。赤ちゃんができたことを。

たとえ別れようって言われても、ミナミは産むつもりだったけれど。

赤ちゃんができたとわかってから、ミナミの体には静かだけど、すごく強いエネルギーが宿っている。なんだか両足から根っこが生えて、大地とくっついた気分だ。

健太はやめろとは言わないと思う。きっと喜んでくれる。一昨日、二人で行ったニャティヤ洞で、あたしが子宝と安産祈願の石だという〝力石〟を触っていた時には、不思議そうな顔をしていたけど。ちょっと鈍感だけれど、あいつは、そんなやつじゃない。

早く戻ってきて。またおかしくなってたって平気。あたしが治してあげる。そうだよ、健太は健太だ。戻ってきた健太が健太だ――。

それにしても、本当にどこまで行っちゃったんだろう。泣き出したくなるのをこらえて、ミナミは水平線を見つめ続けた。

波のずっと向こうに、ゴマ粒みたいな頭が見えてきた。

健太だ。

風が麦わら帽子をさらっていったけれど、ミナミは振り向かずに波うち際まで走った。

この世でたった一人の健太を、この手で抱きしめるために。

〔参考文献〕

『海軍飛行豫科練習生（第一巻・第二巻）』小池猪一（国書刊行会）
『図説・帝国海軍』太平洋戦争研究会編（翔泳社）
『海の若鷲・予科練の徹底研究』下平忠彦（光人社）
『日本の空襲（一・二・三）』日本の空襲編集委員会編（三省堂）
『秘録・謀略宣伝ビラ――太平洋戦争の〝紙の爆弾〟』鈴木明・山本明編（講談社）
『新版日本流行歌史（中）』古茂田信男・島田芳文・矢沢寛・横沢千秋編（社会思想社）
『日本の軍装』中西立太（大日本絵画）
『大日本帝国陸海軍・軍装と装備』（サンケイ新聞社出版局）
『航空基地図〔霞ヶ浦地区〕』（防衛研修所）
『海軍航空教範』押尾一彦・野原茂編（光人社）
『特攻』森本忠夫（文藝春秋）
『あゝ回天特攻隊』横田寛（光人社）
『海底の沈黙「回天」発進セシヤ』永沢道雄（日本放送出版協会）
『回天特攻学徒隊員の記録』武田五郎（光文社）
『回天特攻――担当参謀の回想』鳥巣建之助（光人社）
『潜水艦伊16号通信兵の日誌』石川幸太郎（草思社）

本作品は二〇〇六年八月に小社より
刊行された文庫の新装版です。

双葉文庫

お-23-07

僕《ぼく》たちの戦争《せんそう》〈新装版《しんそうばん》〉

2016年8月7日　第1刷発行

【著者】
荻原浩《おぎわらひろし》

【発行者】
稲垣潔

【発行所】
株式会社双葉社
〒162-8540 東京都新宿区東五軒町3番28号
［電話］03-5261-4818(営業)　03-5261-4831(編集)
www.futabasha.co.jp
(双葉社の書籍・コミックが買えます)

【印刷所】
大日本印刷株式会社

【製本所】
株式会社宮本製本所

【表紙・扉絵】南伸坊
【フォーマット・デザイン】日下潤一
【フォーマットデジタル印字】恒和プロセス

ISBN978-4-575-51911-2 C0193
Printed in Japan

JASRAC 出 1608401-601